Marit
Warncke

Die Magie der Mitternachtsrobe

IMPRESS

© privat

Marit Warncke, geboren 1995 in Hamburg, liebt es, sich in kreative Projekte zu stürzen. Nach ihrem Abschluss in Modedesign gründete sie ihre Firma »Make Ma!«, eine Onlineplattform für Näh- und Stickbegeisterte mit großer YouTube Community. Nebenbei produziert sie Imagefilme für Unternehmen, illustriert und schreibt leidenschaftlich. Romane zu veröffentlichen war von Kindheit an ihr größter Traum.

Zu jeder Kunst gehören zwei: einer, der sie macht,
und einer, der sie braucht.

—

Ernst Barlach

PROLOG

Wie Schatten huschten die Männer durch die Dunkelheit, kamen aus allen Winkeln des Bergdorfes hervorgekrochen. Sie liefen durch die Ruinenstadt in Richtung Palast. In den kleinen Gassen war der Boden immer nass und keiner wusste, warum. Obwohl der Krieg schon seit neunzehn Jahren vorbei war, lagen immer noch überall Schutt, Bretter und Steine verstreut. Viele Häuser waren zerstört, ihre Fassaden mit Einschusslöchern gesprenkelt. Wäscheleinen spannten sich zwischen den Fenstern, daran befestigte Tuniken trockneten in der staubigen Luft.

Die Verbitterung hing fast greifbar über dem Ort, genauso drückend wie die Wolkenfetzen.

Am Denkmal, das eine scharfkantige Bergkette zeigte, nahmen sich die vermummten Männer Zeit für eine tiefe Verbeugung, dann wandten sie sich nach links.

Hinter den Häusern des Dorfes ragte das Gebirge in die Luft. Davor ihr letzter und einziger Stolz. Der blanke Fels der Berge verschmolz mit einer Palastfassade, imposant und mächtig. Der Bergpalast war mit Magie errichtet worden und strahlte aus jedem einzelnen Winkel Macht aus. Er hatte eine hohe Eingangstür und vier Türme, die nahtlos in den roten Stein übergingen.

Als die Schatten durchs Portal ins Innere des Berges traten, ließ eine laute Stimme den bereits prall gefüllten Saal erzittern.

»Unser Schicksal ist noch nicht besiegelt«, donnerte ein bulliger Mann namens Kaplan über die Köpfe der Versammelten hinweg. »Wir haben unseren König verloren, aber wir haben nicht die Schlacht verloren.«

Die Menschen drückten sich bis in die hintersten Winkel, reckten die Köpfe, um einen guten Blick vom Podium und ihrem Anführer zu erhaschen. Da stand er, Kaplan, in seinem typischen mitternachtsblauen Umhang, in seiner gedrungenen Haltung, den Oberkörper leicht nach vorn gebeugt, wie ein Tiger zum Sprung bereit.

»Holen wir endlich, was uns zusteht«, sprach er weiter. »Wir lassen uns nicht länger herumschubsen. Die Königin hat ihr Versprechen gebrochen. Wie will sie als Nördliche unseren wunderschönen und stolzen Süden vertreten? Seit Aslans Tod ging es von Jahr zu Jahr bergab mit unserem Land. Jetzt schickt sie sogar Truppen in den Süden. In *unseren Süden*! Was will sie hier? Uns ausspionieren? Uns aus unserem Land vertreiben?« Er spuckte verächtlich aus. »Es reicht! Wir haben uns zurückgezogen, als unser Anführer die Königin geheiratet hat. Wir haben geschwiegen. Aber diese Verbindung ist nichts mehr wert. Wir werden nicht ruhen, bis die Taten des großen Krieges gerächt sind, bis unser Blut mit ihrem vergolten ist, bis keine Königin je wieder das Licht der Welt erblickt. Wir verdienen die absolute Macht. Und wir werden sie uns holen.«

Brüllende Zustimmung entbrannte und rauschte durch den Saal, hoch bis zur Decke, die aus scharfkantigen Felszähnen bestand.

Kaplan lachte und hob die Hände. »Meine Freunde, es kommt noch besser. Die Königin unternimmt einen armseligen Versuch, uns zu blenden, indem sie ihre Tochter zur Heirat freigibt. Sie soll hundert Edelmänner an den Hof eingeladen haben. Das schauen wir uns mal genau an, was meint ihr? Ich kann verraten, dass die Thronerbin ein langweiliges Ding ist. Aber wenn einer von euch Interesse an ihr hat, nur zu!«

Er lachte und bleckte die Zähne. Ein paar Männer fielen in sein Lachen ein.

»Ich sage, dass das ein Schrei um Erlösung ist! Die Königin bettelt förmlich darum, dass wir ihr Dasein beenden.«

Er zückte einen Dolch aus seinem Gürtel und zog eine Linie nahe seinem dicken Hals. Gackern ging durch die Reihen.

»Heute Nacht ist es so weit. Wir machen uns auf den Weg in die Hauptstadt und setzen die Mühle in Bewegung. Bald krönen wir den Mann, der eigentlich unser rechtmäßiges Oberhaupt sein sollte.«

Tosende Zustimmung barst durch die Luft und der Rote Block setzte sich in Bewegung. Stiefel polterten über den Steinboden, Fackeln wurden entzündet und Wut und Rache marschierten los in Richtung Arada.

1

Naima

Hastig zog ich die Tür hinter mir zu und presste mich dagegen. Ich lauschte einen Moment, aber außer dem Rauschen in meinen Ohren war es still. Niemand war mir gefolgt.

Erleichtert breitete ich das zerknautschte Kleid aus, das ich in den Händen trug, und presste es an meine Brust. Hier, im Vorraum von Herdas Büro, war der einzige Spiegel im ganzen Heim.

Schert euch um die Arbeit, nicht um eure hohlen Fratzen, sagte Herda immer, wenn jemand es wagte, das Thema anzuschneiden. Ich hatte mein eigenes Gesicht aus diesem Grund nur selten gesehen. Ein paarmal in Häusern, wo ich putzte und kurzfristig Zugang zu einem Spiegel hatte, oder hier, wenn wir Mutprobe gespielt hatten.

Auch jetzt fühlte es sich noch ungewohnt an, in meine grünen Augen zu sehen. Ich strich mir eine schwarze Strähne aus der Stirn. Mein geflochtener Zopf reichte mir bis zu meiner Hüfte. Mein Körper war noch immer mager und klein, fast schon kindlich, nicht so kurvig und erwachsen wie die der anderen siebzehnjährigen Mädchen hier.

Ich schüttelte den Gedanken ab und fokussierte mich wieder auf das, was mich eigentlich herbrachte: das Kleid, an dem ich seit Wochen arbeitete, immer nachts, wenn die Drecksarbeit des Tages erledigt war und die anderen Mädchen schliefen. Letzte Nacht war ich endlich fertig geworden.

Über Monate hatte ich jedes Stoffstück gesammelt, das ich zu fassen bekommen hatte: alte Lappen, eine zerrissene Uniform und Herdas ausrangierte Gardinen. Ich hatte alles in Streifen geschnitten und daraus einen neuen Stoff gewebt. Die verschiedenen Materialien ergänzten sich in ihrem moderigen Grau und ergaben eine gebrochene Struktur, die beinahe an Tweed erinnerte. Ich hatte ein schlichtes, geradliniges Kleid daraus zugeschnitten, mit eckigem Halsausschnitt und leicht gekräuselten Ärmeln. Es war das Aufwendigste, das ich je genäht hatte. Obwohl es nur aus altem Zeug bestand, sah es stimmig aus, als gehöre es genau so, wie es war.

Tiefe Zufriedenheit erfüllte mich und plötzlich spürte ich den starken Drang, es überzuziehen. Ehe ich wusste, was ich tat, streifte ich meinen grauen Pullover ab und hielt das Kleid um meine Taille. Wenn ich doch nur kurz hätte hineinschlüpfen können, nur einmal hätte sehen können, wie es getragen wirkte ...

Bevor ich den Gedanken zu Ende bringen konnte, schlug hinter mir die Tür auf und ließ alles um mich herum gefrieren. Herdas kastiger Körper stand im Rahmen, den Kopf steif nach vorn gereckt, die Miene verkniffen. Ihre Augen weiteten sich, als sie mich sah, dann kippte ihr Blick innerhalb einer Sekunde von Entsetzen zu hämischer Zufriedenheit.

Das durfte doch nicht wahr sein. Wie konnte sie schon von ihrem täglichen Rundgang zurück sein?

»Naima«, zischte sie. »Was, bei der Sonne, hast du hier zu suchen?«

»Ich wollte nur kurz ...«, stammelte ich. Mir schoss Hitze in die Wangen. Das war mal wieder typisch mein Pech! Unbeholfen versuchte ich das Kleid hinter meinem Rücken zu verstecken.

»Was ist das?«, blaffte Herda. »Was hast du da?«

»Gar nichts«, sagte ich etwas zu schnell.

Mit zwei stampfenden Schritten war Herda bei mir und riss mir mein Kleid aus den Händen. »Wo hast du das her?«

»Ich habe es selbst gemacht.«

Herda schnaubte. »Unsinn. Das hast du doch irgendwo geklaut. Du machst mir Kopfschmerzen, Gör, deine Fratze bedeutet nichts als Ärger.«

Langsam kochte Wut in mir auf, wie immer, wenn Herda den Mund aufmachte. Ich streckte die Hand nach meinem Kleid aus, doch die Heimleiterin wandte sich ruckartig ab.

»Und was suchst du auch noch hier oben? Meine Räume sind tabu, das weißt du genau.«

Ich versuchte meine Erregung herunterzukämpfen. »Ich habe das Kleid aus alten Lumpen gemacht, die niemand vermissen wird. Ich wollte es nur einmal ansehen –«

»Spar dir deine Geschichten!«

»Es sind keine ...« Ich holte tief Luft, gab mir alle Mühe, einen sachlichen Ton anzuschlagen. »Bitte, Herda. Du weißt, dass ich mehr kann, als nur Böden zu schrubben. Gib mir doch die Chance, weiterzukommen.«

»Du nimmst dir ganz schön was raus, Naima.« Herdas Stimme klang so knarzend wie die Holzdielen auf der Treppe, wenn man darüber schlich. »Die Sonderbehandlung reicht dir nicht? Kriegst nie den Hals voll, was? Ich hab mich für dich verbogen ohne Ende. Als du meintest, dass du nähen willst, habe ich dir Uniformen zur Verfügung gestellt, die du flicken durftest, und Gardinen zum Umnähen. Habe ich dir nicht sogar erlaubt, diesen Tätigkeiten nachzugehen, anstatt in der Küche zu helfen?«

»Ich weiß und dafür bin ich auch dankbar, aber es geht immer nur ums Löcherstopfen und Knöpfeannähen. Ich will –«

»Ich will, ich will, ich will!«, äffte Herda mich nach. »Ich begreife es nicht, Gör. Verschwinde doch! Ich freu mich, wenn ich ein Maul weniger zu füttern habe. Niemand zwingt dich, meine Obhut zu genießen, das Essen, dein warmes Bett, die Arbeitsstelle.«

Der Ärger in mir brodelte heiß und stechend. Dass sie es wagte, meine Arbeitsstelle als eine Wohltat hinzustellen. Alle Heimkinder mussten für ein paar Münzen die Woche die Drecksarbeit für Herdas Kunden erledigen. Den eigentlichen Batzen strich sie sich ein. Dabei koordinierte sie nur die Dienste und entschied dabei, wer welche schmutzige Aufgabe erledigen musste.

»Das meinte ich nicht! Ich will eine zusätzliche Arbeit anfangen. Neben meinen Aufgaben fürs Heim. Zum Beispiel beim Schneider. Wenn ich nur ein paar Stunden die Woche freibekommen könnte ...«

»Ach ja? Und was verdienst du beim Schneider?« Herda sah mich lauernd an wie ein Straßenköter.

Betreten wandte ich den Blick ab. »Solange ich noch nicht fertig ausgebildet bin, kann er mich nicht bezahlen, aber wenn ich erst eingearbeitet bin, dann bekomme ich einen guten Lohn.«

Herda gackerte, kehrte mir den Rücken zu und stampfte durch den Flur zu ihrem Büro. Sie wollte mich gar nicht verstehen. Das war das Schlimmste an der ganzen Sache.

Ich ballte meine Hände zu Fäusten. »Sieh dir mein Kleid doch wenigstens an«, startete ich einen letzten Versuch. »Ich bin doch viel nützlicher für dich, wenn ich mehr lerne.«

Zu meiner Überraschung blieb Herda tatsächlich stehen, verharrte kurz und breitete dann das Kleid vor sich aus. Für einen Moment vergaß ich zu atmen. Es war gut, das wusste ich. Vielleicht würde Herda es zugeben, vielleicht würde sie zum ersten Mal in ihrem Leben nicht aus Eigennutz handeln und …

Herda sah von meinem Kleid auf und kniff die Augen zusammen. In dem Moment, als unsere Blicke sich trafen, wusste ich, dass es keine Hoffnung mehr gab.

»Danke für den Putzlappen«, sagte sie hämisch, schloss ihre Bürotür auf und warf mein Kleid in ihren Mülleimer.

Es fühlte sich an, als würde etwas in mir zu Bruch gehen.

»Du kennst die Regeln, Naima. Entweder du lebst hier und arbeitest für die Gemeinschaft oder du gehst und baust dir deine Existenz auf. Es liegt bei dir. Ich kann dich nicht durchfüttern, ohne dass du das nötige Geld nach Hause bringst, wenn du stattdessen deine Zeit mit unnötigen Dingen verplemperst. Ich weiß wirklich nicht, wie du dir das vorstellst.«

Wütende Tränen schossen mir in die Augen. Ich hasste es, abhängig von Herda zu sein. Mit jedem Tag hasste ich es mehr. Ich wollte frei sein, die Welt sehen, Arbeit machen, die mich forderte. Nicht nur Toiletten schrubben, ausgerissene Hosentaschen schließen und Herdas Gardinen kürzen.

Aber unser Hafendorf war klein. Es gab kaum Arbeit, die nicht von Herda und ihrem Klüngel kontrolliert wurde. Wenn, dann musste ich weit weg, aber wohin? Und mit welchem Geld?

Ich hatte mir felsenfest geschworen, es bis zu meinem achtzehnten

Geburtstag von hier weg zu schaffen. Inzwischen war nicht mehr viel Zeit bis dahin, mir blieb nur noch ein halbes Jahr. Aber jede meiner bisherigen Ideen war früher oder später zerschlagen worden. Es war, als würde mich das Pech verfolgen, gerade in den letzten Wochen. Bei jedem Gespräch mit Menschen und Händlern aus dem Ort hatte mich Herda erwischt. In den letzten Monaten hatte ich mehr Strafarbeiten abbekommen als in meinem ganzen Leben. Eigentlich hätte mir klar sein müssen, dass sie mich auch heute erwischen würde.

Wahrscheinlich würde ich enden wie die anderen Mädchen und Jungen, die das Heim nie verlassen hatten. Jetzt waren sie längst aus der Uniform herausgewachsen und standen bei der Essensausgabe auf der anderen Seite, auf der von Herda. Wenn Herda irgendwann alt und zahnlos war, würde jemand von ihnen das ganze Haus übernehmen. *Vielleicht ich.*

Die Wut zerfiel in Trübsal und ich starrte auf den Mülleimer.

»Ich kann doch nicht mein Leben lang Löcher stopfen«, flüsterte ich.

Herda seufzte, während ihr Blick langsam zurück zu mir glitt. »Genau genommen bist du sogar dafür da, Löcher zu stopfen. Du gehörst nirgends hin, du bist der Lückenfüller im Leben anderer. So ist das, wenn man in diesem Haus aufwächst.«

Ihre Worte fühlten sich an wie ein dumpfer Schlag in die Magengrube. Herda war immer gemein, wahrscheinlich, weil es ihr als Kind ähnlich wie uns ergangen war. Sie hatte ihre Eltern im Hundertjährigen Krieg verloren und, wie sie oft genug erzählte, barbarische Szenen ansehen müssen. Kein Wunder also, dass sie zu einem herzlosen Drachen geworden war. Trotzdem trafen mich ihre niedertrampelnden Worte jedes Mal aufs Neue.

Mit hängenden Schultern wandte ich mich ab und verließ den verwinkelten Flur.

»Ach, Naima?«, rief mir Herda hinterher. »Zur Strafe für deinen Einbruch in meine Privatsphäre übernimmst du ab heute meinen Gang zum Hafen. Beim Fischhändler stehen zwei Eimer für uns. Am besten gehst du gleich. Je früher, desto frischer ist der Fisch.« In Herdas Blick glomm beinahe so etwas wie Genugtuung.

»Natürlich«, sagte ich kraftlos und schloss die Tür hinter mir.

***

Auf den Treppenstufen vorm Heim saß Melda, ein kleines Mädchen von neun Jahren, den Kopf auf ihren knochigen Knien abgelegt.

Ich verlangsamte meinen Gang.

»Was ist denn mit dir los? Alles in Ordnung?« Ich strich ihr im Vorbeigehen über den Kopf.

Melda nickte in ihren Schoß. »Herda hat uns vorhin dabei erwischt, wie wir in der Küche gespielt haben, anstatt zu putzen«, sagte sie leise.

»Und nun?«, fragte ich.

»Wir müssen morgen zur Strafe eine doppelte Schicht in der Schänke einlegen«, piepste Melda.

Das Ohnmachtsgefühl in meinem Inneren dehnte sich weiter aus. *Kinder sollten doch verflucht noch mal spielen dürfen und nicht den bierverklebten Boden von irgendwelchen Erwachsenen schrubben.* Ich setzte mich zu Melda auf die Treppenstufen und drückte ihren Kopf an mich. Ich wollte ihr sagen, dass ich mich kümmern, dass ich mit Herda sprechen würde. Aber nach dem Gespräch eben war ich selbst zu niedergeschlagen, um auch nur einen Funken Kampfgeist aufzubringen.

»Wir verdienen Besseres als das hier«, flüsterte ich. »Und eines Tages werden wir das auch bekommen. Wir werden unser eigenes Leben führen, eine eigene Familie finden. Und dann werden wir niemals wieder an Herda denken, nicht einen Augenblick.« Ich rang mir ein Lächeln ab und stupste aufmunternd gegen ihre Nase.

Melda sah mich prüfend an und ich erkannte erschreckende Abgeklärtheit in ihren Augen. »Das sagst du immer«, seufzte sie. »Aber du bist ja auch noch hier. Immer noch.«

Ihre Worte versetzten mir einen Stich und ich dachte wieder an mein Kleid, welches Herda einkassiert hatte, an die Absage, in der Schneiderei arbeiten zu dürfen, und dieses elendige Heim, in das wir eingekerkert waren. Wie sollte ich da ein Vorbild für die Kinder sein? Wie konnten sie an irgendeine andere Zukunft glauben?

Ich straffte meine Schultern.

»Aber bald bin ich weg«, log ich. »Ich mach den ersten Schritt. Dann werdet ihr wissen, dass ich es geschafft habe und dass auch ihr es schaffen könnt.«

Zum ersten Mal trat etwas Waches in Meldas Blick. »Wirklich?«, fragte sie.

Ich zwang mir eine zuversichtliche Miene auf und nickte. »Alles schon geplant.«

***

Das Heim lag etwas außerhalb, deshalb war es immer ein Fußmarsch bis ins Ortszentrum. Die Nachmittagssonne brannte auf meinem Scheitel und ich fühlte mich innerlich wie äußerlich vertrocknet. Ich nahm einen Schluck aus meiner Tonflasche, die ich immer wie eine Tasche um die Schulter trug. Das Wasser konnte das Kratzen in meiner Kehle nicht vertreiben. Gedankenverloren strich ich über die Hülle aus Makramee und schraubte den Verschluss zu, während ich ins Zentrum bog.

Die Häuser waren vorwiegend aus hellem Stein, ebenso die krummen Straßen und schmalen Fußwege. Ich kannte jede Gasse in- und auswendig von meinen täglichen Diensten in verschiedenen Familien oder Schänken. In der Luft lag ein salziger Geschmack, der von den nahegelegenen Salzgärten herüberwehte. Salz war das einzig interessante Produkt dieser Gegend, der einzige Grund, in einem anderen Teil des Reiches überhaupt je von Tuzol, unserem Zipfel ganz im Osten, gehört zu haben.

Ich strich mir den Schweiß aus der Stirn, während ich nach rechts auf den Basar abbog. Heute war verhältnismäßig viel los. Es war Markt und die durchs Land ziehenden Wanderhändler hatten kleine Tische in der Mitte des Platzes aufgebaut und mit seltenen Waren beladen. Nüsse, Obst, feine Stoffe und Teppiche lagen in rauen Mengen aus. Eine Sehnsucht zerrte an mir, ein paar dieser Köstlichkeiten zu probieren, über die Teppiche zu streichen oder kleine Ansichtskarten auszusuchen und damit die Wände im Heim zu schmücken.

Hinter dem wuseligen Markt entdeckte ich ein größeres Schiff, das am Pier festgemacht war. Für ein paar Augenblicke verlangsamte sich mein Gang. Das Schiff trug das weiße Wappen von Arada. Was um alles in der

Welt suchte jemand aus der feinen Hauptstadt hier, am Ende des Reiches? Ich fand keinen Anhaltspunkt und ging weiter, geradewegs auf den Fischhändler an der Ecke des Platzes zu.

Schon von Weitem drang mir der Gestank von in der Hitze gegorenem Fisch in die Nase. Ich unterdrückte ein Würgen und trat an den Stand heran.

Der Fischhändler war ein grober Mann mit Händen so groß wie die Doraden in seinen Metallkisten. Rund um den Stand stapelten sich die Kübel mit verschiedenen Fischen, die in halb geschmolzenem Eis dümpelten. Aus den unteren lief eine glibbrige Lache auf den Steinboden.

»Was kann ich für dich tun?«, grunzte der Fischhändler und nahm mich von oben bis unten unter die Lupe. »Herdas Heim?«

»Genau«, sagte ich und straffte die Schultern in meiner grauen Bluse.

»Wie jede Woche eine gute Tat«, sagte der Fischhändler. Ich war mir nicht sicher, ob er es zu sich selbst oder zu mir sagte. Dann wuchtete er zwei große Metalleimer hinter dem Tresen hervor und donnerte sie mir vor die Füße. Sie waren bis oben hin gefüllt mit Fischköpfen und Gräten. Die leeren Augen der Tiere starrten ins Nichts. Alles schwamm in einer roten Masse aus Innereien. Jetzt wurde mir wirklich schlecht und ich schlug mir die Hand vor den Mund.

»Sag Herda, ich will die Eimer zurück!«, befahl mir der Händler. »Ich warte immer noch auf die von letzter Woche.«

Konsterniert schaute ich von ihm zu den Fischen und wieder zurück. Das konnte doch nicht sein Ernst sein!

Mit angehaltenem Atem hievte ich die Eimer hoch und schleppte mich über den Marktplatz. Sofort schnitten die Griffe in meine Finger.

Kein Wunder, dass die Fischsuppe, die regelmäßig auf dem Speiseplan stand, so widerlich war, wenn sie nur aus diesem Abfall produziert wurde. Ich kämpfte gegen einen Würgereiz an und versuchte den hin und her schwappenden Glibber zu ignorieren.

Ich ging an der Hafenpromenade entlang und passierte das Geschäft des Schneiders. Wie immer entdeckte ich ihn in gebückter Haltung über seiner Nähmaschine, die Brille auf die Nasenspitze gerutscht. Um ihn herum lag ein Chaos aus Stoffen, Holzbügeln und Schleifen. An einer Kleiderstange hingen die Aufträge, die auf ihre Abholung warteten. Ein wehmütiges Gefühl stieg in mir auf. Ein weiterer zerplatzter Traum. Wahrscheinlich der größte von allen.

Plötzlich merkte ich, wie sich etwas um meinen Fuß schlang. Ehe ich einen klaren Gedanken fassen konnte, ging ein Ruck durch meinen Körper und ich fiel der Länge nach hin.

Der Fisch!, schoss es mir durch den Kopf. Und obwohl es schon zu spät war, versuchte ich die Eimer aufrecht zu balancieren. Doch die Henkel entglitten meinen Fingern und die stinkenden Fischinnereien stoben in alle Richtungen wie ein roter Platzregen. Ich landete hart auf dem Bürgersteig, spürte, wie meine Knie aufschlugen und gleichzeitig der Fischmatsch von oben bis unten auf mich klatschte und meine komplette Kleidung einweichte.

Ich hörte einen Schrei, realisierte aber einen Moment später, dass meine Lippen fest aufeinandergepresst waren. Erschrocken sah ich mich um und entdeckte ein paar Meter weiter eine junge Frau in einem orangefarbenen Kleid auf der Erde liegen. Anscheinend war ich über die lange Schleppe ihres Rockes gestolpert und hatte uns beide zu Boden gezogen.

Ich versuchte meine Füße aus dem Stoff zu befreien, und stutzte. Nein, die Schleppe hatte sich vielmehr wie eine Schlange um meine Knöchel gewickelt. Wie war das überhaupt möglich? Es sah aus, als hätte mich jemand an die Fremde angeknotet.

Ich schüttelte energisch den Kopf. *Unsinn!* Meine Zurechnungsfähigkeit musste beim Sturz gelitten haben.

Die Frau zeterte vor sich hin, als sie sich ziemlich ungalant aufrappelte.

»Es tut mir so leid! Ich weiß nicht, wie das passieren konnte«, stieß ich hervor und schaffte es endlich, meine Füße zu lösen. Hektisch sammelte ich ein paar Gräten von meiner Bluse und inspizierte das Ausmaß des Schadens. Um uns herum war ein Meer aus Fischteilen. Das Rinnsal lief die Straße hinab und der strenge Geruch war überall. Alle vorbeiziehenden Passanten rümpften die Nase und machten einen großen Bogen um uns, sodass ich mich wie auf einer Bühne der Blamage fühlte.

»Ist das eklig!«, quietschte die Frau und klopfte ihr Kleid aus. »Kannst du nicht gucken, wo du hinläufst?«

»Eure Schleppe hat mich …« Ich spürte, wie mir die Hitze in den Kopf schoss. »Habt Ihr etwas abbekommen?«

Fahrig betrachtete ich ihr feines Kleid, konnte glücklicherweise aber keine Spritzer entdecken. Den größten Anteil der Innereien hatte offenbar ich abbekommen.

»Du hast meine Schleppe abgerissen!«, fauchte die Fremde und drehte sich hektisch im Kreis wie ein Tier, das seinen Schwanz jagte.

»Darf ich mal sehen?« Vorsichtig trat ich näher.

»Warum, bist du etwa Schneiderin?« Die Fremde zog eine beleidigte Schnute und strich sich ihre feuerrote Mähne aus der Stirn. Erst jetzt sah ich, dass sie kaum älter war als ich.

»Sozusagen«, stieß ich hervor.

»Das Kleid war doch ganz neu«, maulte die Fremde weiter. »Gerade letzte Woche erst gekauft. Bei der Sonne, mein bestes Kleid! Und ausgerechnet jetzt.«

»Was ist denn jetzt?«, fragte ich, um irgendwas zu sagen.

Die Fremde funkelte mich an. »Ich habe eine Verabredung! Ein Abschiedstreffen, besser gesagt.«

Schweigend nahm ich den Rock unter die Lupe. Die Schleppe, die vorher wahrscheinlich glatt heruntergehangen hatte, war an der Seite eingerissen und offenbarte etwas vom glänzenden Unterrock.

»So was trägt man hier sowieso nicht, so eine lange Schleppe habe ich seit Jahren nicht gesehen.«

»Was war das bitte?« Die Fremde starrte mich an.

»Ich meine nur, dass so eine Schleppe doch völlig altmodisch ist, nicht wahr?« Ich biss mir auf die Zunge. Wieso konnte ich denn nicht einfach meine Klappe halten?

»Und das kannst ausgerechnet du beurteilen, Fischmädchen?«

Wieder spürte ich meine Wangen glühen. »Der Schneider wird das Gleiche sagen«, gab ich patzig zurück.

»Ich habe aber keine Zeit für einen Schneider. Ich habe sowieso nur noch eine Stunde, bis wir ablegen.«

Ich sah flüchtig zum Anleger. Natürlich gehört diese aufgetakelte junge Frau zum Schiff und in die Hauptstadt.

»Aber so kann ich meine Verabredung vergessen und ich werde ihn nie wiedersehen!« Ein Schluchzen brach plötzlich aus ihrer Kehle und wieder zippelte sie an ihrem Rock herum.

Ehe ich wusste, was ich tat, war ich in die Hocke gegangen und betrachtete den Riss. »Ich kann das vorübergehend ausbessern.«

Die Fremde beachtete mich nicht einmal, sondern jammerte in einem Redefluss vor sich hin. Mit spitzen Fingern griff ich nach dem Saum und legte den orangenen Stoff in Falten wie eine Treppe, Stück für Stück nach oben, sodass mehr vom glänzenden Unterrock sichtbar wurde. Ich pflückte eine saubere Fischgräte von meiner Manschette und steckte damit den gerafften Stoff fest. Das Gleiche wiederholte ich auf der anderen Seite, fixierte den Stoff, bis sich die Falten komplett symmetrisch um den Riss wanden und es wie ein raffinierter Schlitz im Kleid aussah.

Als ich mich aufrappelte, sah ich, dass sich die Fremde schmunzelnd in der Schaufensterscheibe des Schneiders betrachtete.

»Könnte gehen«, sagte sie nach einer gefühlten Ewigkeit. Ein Stein löste sich von meinem Herzen. »Glück gehabt. Ich werde dir deine Dussligkeit verzeihen.«

Sie strafte mich mit einem letzten unwirschen Stirnkräuseln und wandte sich ab, bevor ich noch etwas sagen konnte. Die gerafften Volants um den Schlitz in ihrem Kleid wackelten anmutig bei jedem Schritt.

Je weiter sie sich entfernte, desto mehr sackte ich in mich zusammen. Ich sollte dankbar sein, dass sie mir nicht den Kopf abgerissen oder eine Entschädigung gefordert hatte, die ich nicht hätte zahlen können. Aber ich war es nicht. Auch so hatte ich weniger als nichts. Ich hatte nicht mal mehr den Fisch.

Mühsam pulte ich ein paar Reste von der Straße und warf sie zurück in die Eimer. Der Fisch war dreckig und staubig und füllte nicht mal mehr eine der Tonnen. Das meiste der stinkenden Suppe klebte an mir oder war die Straße hinuntergelaufen.

Herda würde mich zerfetzen. Schlimmer noch, sie würde mich vor den Augen aller zur Schnecke machen. Meinetwegen gab es kein Abendessen fürs ganze Heim. Das schlechte Gewissen sackte mir in den Magen. Wenn die Konsequenzen wenigstens nur mich allein treffen würden. Ich fühlte mich wie eine Versagerin.

Ein dröhnendes Sirenengeräusch ertönte und ich zuckte zusammen. Ich brauchte einen Moment, um herauszufinden, dass es vom Schiff kam. Das Schiff, welches in einer Stunde ablegen und nach Arada fahren würde, in eine schillernde andere Welt. Was für ein Glück es wäre, einfach mitzufahren. Dieses ganze verkorkste Leben hinter sich zu lassen …

Wie ein Blitz durchzuckte es mich. Ich kam auf die Füße, ohne darüber nachzudenken.

»Das kann ich nicht machen«, flüsterte ich zu mir selbst. *Aber warum eigentlich nicht?*

Wie in Trance ließ ich die stinkenden Eimer los und lief über den Marktplatz. Erst langsam, dann immer schneller. Ich bremste erst direkt vor der Laderampe des großen Schiffes ab. Es dümpelte sorglos im Hafenbecken hin und her. An Deck erkannte ich zwei Soldaten, die zum Meer hinausblickten und diskutierten. Außer ihnen war das Schiff verlassen.

Ich drückte mich am Steg entlang und versuchte ein besseres Bild zu bekommen. Dort, wo die Rampe aufs Schiff traf, führte eine schmale Treppe nach oben zu den Soldaten und eine nach unten in den voluminösen Bauch des Schiffes. Es war ruhig, wahrscheinlich hatten sich alle Passagiere zurückgezogen oder waren noch im Ort unterwegs.

»Das kann ich nicht machen«, flüsterte ich erneut und dachte an Melda und die anderen Kinder im Heim. Ich konnte sie nicht allein lassen. Mein Herz setzte einen Moment aus, als mir einfiel, was ich Melda vorhin versprochen hatte. *Ich musste gehen.* Für sie. Mein Verschwinden würde ihr mehr Hoffnung geben als mein Bleiben. Vielleicht würde sie einen Hauch der Zuversicht zurückgewinnen, dass sie es auch schaffen konnte.

Das hier war meine letzte Chance. Und ich musste mich jetzt entscheiden. Solange der Steg verlassen war und Herda mich noch nicht vermisste. Sie würde sicher bald jemanden schicken, der nach mir sah. Oder vielmehr nach dem Fisch. An mir lag ihr schließlich nicht viel.

Ich versteifte bei dem Gedanken und ballte die Hände zu Fäusten. Plötzlich wirkte alles so klar. Ich wollte nicht zurück. Nie mehr. Und ohne noch einmal darüber nachzudenken, ergriff ich das Geländer der Rampe und huschte an Deck.

2

Shanini

»Warum tust du mir das an?«, flüsterte ich.

Meine Augen brannten. Ich verkrampfte am ganzen Körper, grub die Fingernägel in meine Handballen. *Ich darf nicht weinen,* mahnte ich mich in Gedanken. *Nicht weinen. Bloß nicht weinen.*

Warum, verflucht noch mal, schossen mir immer gleich die Tränen in die Augen, wenn ich wütend war? Ich hasste das an mir, mehr als alles andere. Das Weinen ließ mich schwach aussehen und ich konnte einfach nichts dagegen tun.

Mutter seufzte und drehte sich zum Fenster. Ich nutzte die Gelegenheit und rieb mir mit dem Handrücken über die Augen. *Reiß dich endlich zusammen.* Ich setzte mich auf, aber meine Nase kribbelte schon verräterisch.

»Shanini, Liebes. Du bist mit großer Macht geboren. Du kannst nicht ewig vor deinen Dämonen davonlaufen.«

Glaubte sie etwa, das wusste ich nicht? Glaubte sie, es machte mir Spaß, so verdammt unsicher zu sein? Ich wollte ihr all das entgegenschleudern. Aber ich blieb stumm. Wie immer.

Mutter sah ungerührt nach draußen, inspizierte irgendetwas in der Ferne. Die Sonne war gerade dabei unterzugehen und ein unwirklicher blutroter Himmel lag über Arada.

»Du wirst schon sehen. Es wird eine unglaublich traumhafte Zeit. Jede andere Frau im Land wäre neidisch! Hundert Verehrer, die um deine Gunst werben. Du kannst dir den prachtvollsten Mann aussuchen!« Mutter wandte sich wieder zu mir und musterte mich. Wie immer hatte sie einen besorgten

Zug um die spitzen Lippen. Ich war ihr einziges Kind, ihr einziges Vermächtnis und gleichzeitig ihre größte Sorge.

Ich hasste es, so mitleidig angesehen zu werden, und ließ den Blick auf meine Hände fallen.

»Aber warum müssen sie denn gleich vier Wochen im Palast bleiben?«, stieß ich hervor. »Wieso können wir sie nicht nur für den Ball einladen?«

»Wie willst du denn hundert Anwärter an einem Abend kennenlernen?« Sie lachte leise. Es versetzte mir einen Stich. »So erfolglos, wie deine arrangierten Verabredungen bisher waren, müssen wir nun zu anderen Maßnahmen greifen. Du wirst dir innerhalb der vier Wochen jemanden aussuchen. Es wird höchste Zeit. Ich kenne doch meine liebe Tochter. Du wirst ein paar Anläufe brauchen, um dich für einen schönen Edelmann zu entscheiden. Es ist viel entspannter, wenn sie eine längere Zeit hier sind und dir den Hof machen. Vier Wochen sind gut für dich. So hast du Zeit, jeden in Ruhe kennenzulernen.«

»Aber ich will doch gar nicht heiraten«, sagte ich und meine Stimme war inzwischen so tonlos, dass ich mich selbst kaum noch hörte.

Mutter setzte sich zu mir auf das kleine Sofa neben meinen Bücherregalen. Sie strich mir eine Strähne aus der Stirn. Ich wollte zurückweichen, konnte mich aber nicht rühren.

»Es ist nicht leicht, Thronanwärterin zu sein. Glaub mir, das weiß ich. Als ich in deinem Alter war, hatte ich auch Angst vor dem Thron. Aber die Verantwortung liegt nun mal in unseren Händen. Wir können nicht nur danach entscheiden, was wir wollen. Wir müssen danach entscheiden, was unser Land braucht. Und was Melidiya braucht, das sind Gesten, Zeichen der Einigkeit. Ich habe dir schon ein halbes Jahr eingeräumt. Das Gesetz hätte verlangt, dass du den Thron gleich mit deiner Volljährigkeit übernimmst. Seit dein Vater gestorben ist, bin ich nur noch die Übergangsregentin. Ohne Partner aus dem Süden darf ich nicht mehr herrschen. Das weißt du. Wir brauchen ein neues Bündnis und viele neue Thronfolger, damit wir den Frieden noch lange sichern können.«

Thronfolger. Kinder. Meine Kehle schnürte sich zusammen. Ich wollte das alles noch nicht. Ich wollte nicht irgendeinen Fremden heiraten. Ich wollte nicht regieren. Ich wollte keine Kinder bekommen.

Mutter sprach unbeirrt weiter: »Der Süden wird jetzt schon unruhig. Wir müssen den Südlichen das Gefühl geben, gesehen zu werden. Wir müssen uns an das Gesetz halten.« Sie legte ihre Hand auf meine. »Shanini, Liebes, ich weiß, dass es nicht einfach ist, aber ich habe das Gleiche getan, indem ich deinen Vater geheiratet habe. Und schau, wie weit wir gekommen sind! Wir haben Waffenruhe, seit neunzehn wunderbaren Jahren. Nun bist du an der Reihe. In zwei Wochen kommen deine ersten Gäste.«

Ein Beben erfüllte meine Brust, eine unendliche Ohnmacht. *Nicht weinen, ich werde nicht weinen.*

Doch ich merkte schon längst, dass ich verloren hatte. Verloren gegen meinen eigenen Körper. Die Panik wallte in mir auf. So schnell ich konnte, sprang ich auf und stürzte aus dem Zimmer. Ich hörte Mutters Seufzen, spürte ihren Blick in meinem Rücken, spürte ihre Enttäuschung.

Egal. Das war alles zu viel. Ich konnte nicht mehr.

Ich schaffte es gerade noch bis in mein Badezimmer und sank nach Luft ringend zu Boden. Die Wände schienen näher zu kommen, meine Welt wurde ganz klein und die Angst zurrte sich um mich wie ein Seil.

3

Naima

Meine Beine taten weh. Ich kauerte hinter einem Berg aus Jutesäcken, rollte mich so eng zusammen, dass ich möglichst wenig Platz einnahm. Je weniger Fläche ich besetzte, umso unwahrscheinlicher würde ich auffallen. Zumindest malte ich es mir so aus.

Ich hatte es irgendwie geschafft, in den Lagerraum des Schiffes zu gelangen. Genau genommen war es so unwahrscheinlich einfach gewesen, dass ich mich fragte, warum ich nicht viel eher auf diesen Gedanken gekommen war. Der Lagerraum war bis oben gefüllt mit Holzkisten, Säcken und in Papier eingeschlagenen Skulpturen. Durch die Ritzen der Tür fiel spärliches Licht in den Raum und tauchte alles in mystische Farben. Es war heiß und stickig, sodass es meine Kehle ausdörrte. Am Anfang hatte mich das Warten beinahe wahnsinnig gemacht, insbesondere, als von überall an Bord dumpfe Schritte und Stimmen ertönt waren. Ich hatte damit gerechnet, jeden Moment entdeckt zu werden. Doch das war nicht passiert. Und jetzt fuhren wir. Seit ein paar Stunden pendelte das Schiff schwerfällig hin und her, Welle für Welle von Herda weg.

Ich war noch nie mit einem Schiff gefahren und es fühlte sich ungewohnt an. Ich hatte das Gefühl, dass auch in meinem Inneren alles von einer Seite zur anderen geschaukelt wurde. Von der Erleichterung, es fortgeschafft zu haben, schleuderte es mich zurück zur Panik, entdeckt zu werden.

Wir waren unterwegs nach Arada. Ins goldene Herz von Melidiya. Ein Ort, von dem ich nie zu träumen gewagt hatte. Ich kannte die Hauptstadt, die den hellen Norden und den bergigen Süden verknüpfte, nur aus Märchen. Ich kannte Geschichten über die pulsierenden Straßen, den Königshof aus Gold und die Königin, die Melidiya nach hundert Jahren endlich Frieden gebracht hatte. Doch was mich genau erwartete, wusste ich nicht. Ob ich es dort besser haben würde? Ob ich wieder würde hungern müssen? Ich hatte nichts bei mir außer der stinkenden Uniform an meinem Leibe, ein paar Münzen und meiner Flasche.

Ich teilte mein Wasser in Rationen. Die Hauptstadt war nicht mehr als drei Tage mit dem Schiff entfernt. Das wusste ich aus den Unterrichtsstunden, die eine alte Lehrerin uns Heimkindern ein paar Jahre lang gegeben hatte, während wir bei ihr putzten. Sie hatte ein unerschöpfliches Wissen über das Reich, den Hundertjährigen Krieg, brachte uns Lesen, Schreiben und Sticken bei. Die Dienste in ihrem kleinen schiefen Reihenhaus waren die Höhepunkte meiner Kindheit gewesen.

Drei Tage. Das würde nicht einfach werden, aber mit meinem Wasser würde ich hinkommen. Und drei Tage ohne etwas zu Essen hätten mir auch im Heim geblüht. Das war ich gewohnt. Der Trick war, auf dem Wasser zu kauen und möglichst viel Luft zu schlucken. Das gab wenigstes für den Moment das Gefühl von Sättigung.

Herda lag hinter mir, das Heim, mein ganzes Leben. Alles versank in der Ferne.

Ich malte mir aus, wie die anderen reagieren würden. Viele hatten mich gemieden, seit ich in letzter Zeit ständig mit Herda aneinandergeraten war. Wahrscheinlich hatten sie gefürchtet, mein Ruf könne auch auf sie überschwappen. Nur der Gedanke an Melda und die anderen ganz Kleinen versetzte mir einen Stich. Ich hatte immer das Gefühl gehabt, sie beschützen, ihnen ein bisschen Liebe an diesem finsteren Ort entgegenbringen zu müssen. Ich hoffte, dass sie ihren Weg gehen und Herda auch irgendwann verlassen würden.

Herda. Wie sie wohl reagieren würde, wenn sie mein Verschwinden bemerkte? Ein düsteres Grinsen wanderte auf mein Gesicht. Egal wo ich landen würde, es war mir ein Triumph, sie hinter mir gelassen zu haben.

Als mein Puls sich endlich etwas verlangsamte, wagte ich es, meine Beine auszustrecken und mich ein Stück in die Jutesäcke hinabsinken zu lassen. Bald darauf umhüllte mich der Schlaf wie ein schwerer Mantel.

***

Ein penetranter Geruch stieg mir in die Nase. Schweiß. Verschlafen kräuselte ich meine Nase, ehe ich die Augen aufschlug. Es dauerte einen Moment, bis mir wieder einfiel, wo ich war. Vorsichtig reckte ich meine tauben Glieder. Der Schweißgeruch war beißend und füllte den ganzen Raum. Bei der Sonne, das konnte doch nicht ich sein? Ich schnüffelte an meinen Achseln. Nein, ich stank zwar noch bestialisch, aber eindeutig nach Fisch.

Mit einem Mal traf es mich wie ein Schlag: Hinter den Jutesäcken räumte jemand. Wie vom Donner gerührt zog ich den Kopf ein. *Nein, nein, nein.*

Ich spähte an den Säcken vorbei in Richtung Tür. Im Chaos der gestapelten Waren stand ein mittelalter Mann. Er trug eine schmutzige Latzhose und suchte etwas in einem Stapel von Kästen. Schritt für Schritt kam er näher, betrachtete dabei die gekritzelten Markierungen. Er fluchte leise vor sich hin und sah sich um. Schnell verkroch ich mich wieder hinter den Säcken. Das konnte nicht sein. Er durfte mich einfach nicht finden! Nicht jetzt, kurz vor meinem Ziel!

Die Schritte und das Fluchen kamen langsam näher. Ich hielt die Luft an, presste mir dir Hände auf den Mund. Der Mann konnte nur noch ein paar Meter entfernt sein.

»Joe!«, donnerte plötzlich eine unbekannte Stimme. Vor Schreck hätte ich fast laut aufgeschrien.

»Was wird das?«

Von der anderen Seite der Jutesäcke kam ein Knurren. »Die Lady wünscht ihren neuen Armschmuck.«

»Jetzt?«, brummte die zweite Stimme.

»Natürlich jetzt. Sie hält uns auf Trab, wie immer«, entgegnete Joe.

»Na, wenn das so ist.«

Jede Faser meines Körpers war auf Höchstspannung, als Joe plötzlich einen der Jutesäcke beiseiteschob. Ich versuchte noch tiefer abzutauchen, machte mich so klein ich konnte. Mein Herz pochte gegen meine Brust. Joe hob den äußersten der Säcke aus der Mauer. Ich schnappte stumm nach Luft. Gleich würde er mich finden!

»Aber da werden sie nicht sein. Wenn, dann in den Kisten hier vorne.«

Joe verharrte in der Bewegung. Der Sack schwebte einen Moment in der Luft.

»Dahinter kommt doch nur noch Salz.«

»Stimmt«, sagte Joe und ließ den Sack langsam sinken.

Mein Herz machte einen Satz. Am liebsten hätte ich einen tiefen Seufzer ausgestoßen. *Danke, unbekannter Mensch!*

»So viel Salz, dafür die ganze Schufterei. Was, bei der Sonne, will man damit?«, brummte Joe. Genervt schleuderte er den Jutesack von sich.

Ich hatte es nicht kommen sehen. Der Sack fiel hinter die gestapelte Mauer und schmetterte gegen meinen Kopf. Ein erstauntes Keuchen drang aus meiner Kehle, ehe es mir das Gleichgewicht raubte und ich zur Seite kippte. Dabei riss ich einen Turm aus Kästen mit mir und ein ohrenbetäubendes Scheppern breitete sich im Lagerraum aus.

»Was war das?«

»Woher soll ich das wissen?! Was hast du gemacht, Joe?«

Ich spürte jemanden an mich herantreten und bevor ich auch nur zusammenzucken konnte, sah ich in zwei braune Augen, die sich vor Erstaunen weiteten.

»Was haben wir denn hier?«

Mein Herz setzte einen Schlag aus. Das war's also. Ich hatte es verbockt. Mein Pech hatte mich wieder einmal eingeholt. Das Einzige, was ich von Arada sehen würde, war das Gefängnis. Wenn sie mich überhaupt so lange auf dem Schiff behalten würden und mich nicht kurzerhand den Haien zum Fraß vorwarfen! Kalter Schweiß bildete sich auf meiner Stirn. Ich hatte nicht einmal mehr genug Kraft, um mich zu verteidigen, um irgendeine Rechtfertigung vorzubringen.

Neben Joe tauchte der zweite Mann auf. Er war etwas älter und steckte in einer hochgeschlossenen Soldatenuniform. Er zog die buschigen Augenbrauen in die Höhe und betrachtete mich wie Ungeziefer.

»Das darf nicht wahr sein. Ein blinder Passagier?« Seine Stimme war leise und eindringlich.

»Was sollen wir jetzt machen?«, fragte Joe.

»Du weißt doch, was wir mit Dieben und Verrätern machen?« Im nächsten Moment packte der Soldat mich am Arm und riss mich auf die Füße. »Wir hacken ihnen die Hände ab.«

Ich stieß einen kehligen Laut aus.

»Aber General«, schaltete sich Joe ein. »Sie ist doch noch so jung.«

»Jugend schützt vor Strafe nicht.« Der Soldat schloss seinen Griff fester um meinen Arm, sodass es wehtat, und zerrte mich aus dem Lagerraum. »Ich bring sie zu Efendi Gould. Und du, Joe, räumst hier auf.«

Der Soldat brachte mich in einen kleinen Gemeinschaftsraum, wo mehrere üppig gekleidete Herrschaften über einem köstlich duftenden Frühstückstisch saßen. Mein Magen krampfte sich vor Hunger zusammen. Als der Soldat mich hineinzerrte, sahen die Menschen überrascht auf. Einem Mann, der ein rotes Samtgewand trug, fiel vor Schreck der Löffel aus der Hand.

»Wer ist das denn?«, rief er in einem vorwurfsvollen Ton.

»Efendi, wir haben diese Göre im Lagerraum entdeckt! Eine Kriminelle.« Der Soldat schubste mich noch ein Stück vorwärts.

Ich ließ den Kopf hängen, fühlte mich dumm und bloßgestellt. Wie hatte ich auch je denken können, dass ich es unbemerkt nach Arada schaffen würde?

»Was willst du denn hier?«, quietschte eine dritte höhere Stimme. Verwundert sah ich auf und erkannte das rothaarige Mädchen vom Vortag.

Der Mann in Rot schnappte nach Luft und sah von mir zum anderen Mädchen.

»Du kennst sie?«, rief er. »Wer ist das, Zoe?«

»Keine Ahnung. Ich glaube, eine Fischhändlerin.«

»Nein, ich …« Fieberhaft suchte ich nach einer Erklärung, nach einer plausiblen Ausrede, aber nichts klang richtig. Ich atmete tief durch. »Ich habe mich hier versteckt, als ich hörte, dass Ihr nach Arada fahrt. Es war meine einzige Chance, fortzukommen.«

Zoe musterte mich von oben bis unten. »Und warum? Steckst du in Schwierigkeiten?«

»Ich glaube es ja nicht«, keuchte der Mann in Rot. »Wir sind doch nicht die Wohlfahrt. Es kann nicht einfach jemand auf diesem Schiff mitfahren.«

»Wieso nicht? Es ist doch dein Schiff, Baba«, sagte Zoe schnippisch.

Die Augen ihres Vaters quollen aus den Höhlen.

»Bitte, verzeiht mir«, sagte ich. »Ich weiß, dass es nicht richtig war. Ich war verzweifelt. Ich zahle Euch das Geld für die Überfahrt zurück. Ich verspreche es. Ich kann auch nähen, ich kann flicken oder ausbessern, was auch immer Ihr braucht.«

»Flicken?« Der Mann runzelte die Stirn, als hätte er das Wort noch nie gehört.

»Wenn ich etwas dazu sagen darf, Efendi«, schaltete sich der Soldat hinter mir ein. Schon der Klang seiner Stimme ließ mich erschaudern. »Sie hat eine Straftat begangen. Straftaten verlangen Konsequenzen. Wir können sie nicht einfach davonkommen lassen, Efendi.«

Dieser nickte langsam. Mir schnürte es die Kehle zu.

Zoe warf ihrem Vater einen flüchtigen Blick zu, dann sprang sie auf. »Ach, komm. Es ist in Ordnung, Baba. Gestern hat sie mich gerettet. Ja, wirklich! Sie hat mir mit dem zerrissenen Kleid geholfen, hat verhindert, dass ich mich zum Gespött mache. Es wäre nur gerecht, wenn wir jetzt auch freundlich zu ihr sind.«

Atemlos sah ich zum hochrangigen Efendi, wartete fieberhaft auf sein Urteil. Die Finger des Soldaten gruben sich tiefer in meine Schulter.

Die Spannung im Raum schien zum Greifen nah. Es war so still, dass man eine Nadel auf dem Boden aufschlagen gehört hätte.

Schließlich setzte sich Zoes Vater auf. »In Ordnung«, presste er hervor und wedelte mit der Hand. »Aber sie soll sich nützlich machen. Und kein Wort nach außen.«

»Danke, Efendi, Euer Ehren«, keuchte ich. Mein ganzer Körper begann zu zittern.

»Komm mit, du kannst mit meiner Garderobe helfen«, verkündete Zoe und hakte sich bei mir ein, als wären wir die besten Freundinnen.

Ein Wirbelsturm der Erleichterung fegte durch meinen Körper. War das gerade wirklich passiert?

***

»Also los, erzähl, wovor läufst du weg?«, fragte Zoe, während wir ihre Koje betraten.

Alles in diesem Teil des Schiffes war prunkvoller als die wohlhabendsten Häuser meiner Heimatstadt. Boden und Wände waren mit Holz vertäfelt, überall standen feine Möbel und goldene Laternen. Zoes Zimmer trieb alles auf die Spitze: Obwohl die Koje klein war, war sie wunderschön und kostbar dekoriert. Das Bett war von einem hauchzarten Vorhang umsäumt, der mit einem unendlich feinen Ornament bestickt war. Auf dem Bett lagen Hunderte bunt geknüpfte Kissen. Eine Schiebetür führte in einen zweiten kleineren Raum mit Sitzgelegenheiten und drei monströsen Schrankkoffern. Ich fühlte mich mehr als fehl am Platz und wusste nicht, wohin mit mir. Ich wollte nichts berühren, um ja nichts kaputt oder schmutzig zu machen.

Zoe wedelte mit der Hand vor meinem Gesicht. »Hallo? Hast du mich verstanden?«

»Ich, ähm ... Ich bin in einem Heim aufgewachsen«, sagte ich schnell. »Es war nicht immer einfach.«

»Zum Weglaufen schlimm?«, höhnte Zoe und warf sich auf ein Sofa.

»Ja«, sagte ich knapp. »Wenn ich gestern nach Hause gekommen wäre, hätte mir eine Abfallwoche bevorgestanden.«

Zoe sah mich unverständig an. »Eine was?«

Ich zögerte. »Eine Woche, in der man sich sein Essen aus den Abfällen zusammensuchen muss. Hungern war eine der häufigsten Strafen.«

»Das ist ja widerlich.« Zoe rümpfte die Nase. »Und was willst du in Arada?«

»Arbeiten. Leben.« Ich zuckte mit den Schultern. »Ich schätze, es ist überall besser als zu Hause.«

»Das ist so aufregend.« Zoes Augen leuchteten. »Du bist so rebellisch!«

»Na ja ...«

»Erzähl mir noch was!«

»Da gibt es nicht viel …«

Zoe zog eine beleidigte Schnute. »Dafür habe ich dich aber nicht gerettet. Du musst mich schon ein bisschen unterhalten.«

Unangenehm berührt trat ich von einem Bein aufs andere. Zoe betrachtet mich eindringlich und ihr Blick blieb an meiner Tonflasche hängen, die ich noch immer um die Schulter trug. »Was ist das denn?«

»Meine Flasche.« Ich hielt sie völlig unnütz hoch. »Für Wasser«, schob ich hinterher.

Zoe verzog das Gesicht. »Sieht ziemlich alt aus.«

Meine Hand schoss zum Flaschenhals und legte sich schützend darum. »Ist sie auch. Sie ist das Einzige, was wirklich mir gehört.« Ich holte tief Luft. »Ich hatte sie dabei, als ich vor dem Heim ausgesetzt wurde.«

»Nicht ehrlich!« Zoe starrte mich an wie ein Fisch. »Das ist ja so dramatisch.«

»Ich habe versucht herauszufinden, woher sie stammt, aber in Tuzol waren die Mittel begrenzt.« Ich sah auf die kleine ovale Flasche. Sie war bis zur Hälfte in einem Netz aus Papiergarn eingewebt, das sich zu einem Träger formte. Ansonsten war sie schlicht und dunkelgrün, bis auf ein kleines Symbol am Hals. Lange hatte ich es für einen Schmetterling gehalten. Erst vor ein paar Jahren war mir aufgefallen, dass es ein Flügelpaar mit einer filigranen Nadel in der Mitte war. Ein seltsames Symbol, das weder Sinn ergab noch irgendwem in Tuzol bekannt vorgekommen war.

Ich stockte einen Moment. Aber was hatte ich zu verlieren?

»Wisst Ihr, was das heißt?«, wandte ich mich an Zoe.

Begierig stand sie auf und betrachtete das kleine Symbol. Zu meiner Enttäuschung zuckte sie bloß mit den Schultern. »Nie gesehen.« Sie ließ sich wieder auf das Sofa fallen. »Du weißt also nicht, wer deine Eltern sind? Ist das verrückt.«

»Ja«, sagte ich.

Einen Moment herrschte merkwürdiges Schweigen.

»Und Ihr seid in Arada aufgewachsen?«, lenkte ich von mir ab.

»Schön wär's.« Zoe schüttelte überschwänglich den Kopf. »Ursprünglich komme ich aus Arada, aber ich glaube, die meiste Zeit meiner Kindheit habe ich auf diesem ollen Schiff verbracht. Mein Vater handelt mit Spezialitäten und ist ständig auf der Suche nach unbekannten Geschmäckern und kulturellen Seltenheiten. Er hat meine Mutter und mich durchs ganze Königreich geschleift, wir haben nirgends länger als ein halbes Jahr gelebt.«

»Wahnsinn«, seufzte ich.

Allein der Gedanke, dass Zoe so viel mehr von der Welt gesehen hatte, erfüllte mich mit Sehnsucht, ja fast Neid. »Wo seid Ihr denn schon gewesen?«

»Hmm, mal sehen. Zweimal waren wir in Aladag, hier im Norden. Das kann ich nur empfehlen: jeden Tag Feierlichkeiten, Musik und der beste Anisschnaps!« Sie leckte sich die Lippen. »Dann waren wir ein paar Jahre im Süden auf Durchreise, Korgun und Gürün, dann in vielen winzigen Bergdörfern. Komisch verschlossenes Volk da unten, nicht gerade gastfreundlich. Je weiter man in den Süden kommt, umso schlimmer wird es. Die verlieren wirklich kein Wort zu viel.«

Ich hing an ihren Lippen. »Man sagt ja, dass der Süden sehr traditionell geprägt ist.«

»Nett ausgedrückt. Ein Haufen Langweiler würde es auch treffen«, mokierte sich Zoe. »Die Wörter Abenteuer und Feiern haben sie im Süden wohl noch nie gehört. Es geht immer nur um das, was man sich erarbeitet hat, oder irgendwelche Familientraditionen. Und in den kleinen Dörfern ist es am schlimmsten. Ausgerechnet diese langweiligsten und abgelegensten Dörfer sucht sich mein Vater natürlich immer aus. Vor drei Jahren ist mir dann endgültig der Geduldsfaden gerissen. Wir waren seit Ewigkeiten mal wieder länger in der Hauptstadt, ich habe eine beste Freundin gefunden und mich zum ersten Mal richtig zu Hause gefühlt. Und dann wollte mein Vater urplötzlich wieder aufbrechen. Da habe ich mich geweigert.«

Überrascht zog ich die Augenbrauen in die Höhe. »Wie, geweigert?«

»Ich habe gesagt, dass ich nicht länger mitkomme. Dass ich in Arada bleiben will.« Sie zuckte die Schultern. »Meine Eltern konnten mich ja nicht zwingen. Und mal ehrlich, wozu haben wir diese herrliche Wohnung samt

Dienerschaft in der Hauptstadt, wenn nie jemand dort ist? Seither ist mein Leben jedenfalls besser als je zuvor und ich fahre nur noch mit, wenn ich gerade Lust auf eine Reise habe.«

Ich seufzte leise. Was für ein traumhaftes Leben Zoe doch führen musste.

»Warum seid Ihr ausgerechnet mit nach Tuzol gekommen?«, fragte ich. Mein Heimatort war wirklich alles andere als ein spannendes Reiseziel.

»Das frage ich mich inzwischen auch«, sagte Zoe. »Mein Vater hat mich angelogen, mir versprochen, dass es ein Ort sei, in dem viel los ist und gefeiert wird. Aber ich fand es ehrlich gesagt ziemlich *lahm.*«

»Das Beste an Tuzol ist, es zu verlassen«, stimmte ich zu.

Zoes Augen funkelten amüsiert, dann drehte sie sich zu einem der Schrankkoffer. Mit einer flinken Handbewegung zog sie ihn auf und ein Meer aus bunten Stoffen quoll hervor. Ich sah eine ganze Farbpalette aus schrillen Tönen, ein glitzerndes gelbes Kleid, verschiedene Blautöne und ein grünes Federkostüm. Zoe ergriff das letzte und zerrte es hervor.

»Toll, oder?« Sie hielt sich das Kleid vor den Körper. Es war hochgeschlossen, hatte lange Ärmel und einen ausgestellten Rock, der über und über mit buschigen Federn verziert war. »Es ist brandneu. Ich habe es mir extra für die Reise machen lassen.«

»Es ist gewagt«, sagte ich, weil mir nichts anderes einfiel.

Zoe nickte zufrieden und schwenkte das Ungetüm von Kleid vor sich her. Die Federn zuckelten in alle Richtungen.

»Was wollte Euer Vater denn in Tuzol?«, fragte ich.

»Ach bitte, du musst mich nicht so förmlich anreden.« Sie wedelte mit der Hand. »Sag einfach Zoe zu mir.«

»Oh, d-danke«, stammelte ich. Eine kurze, merkwürdige Pause entstand. »War Euer, ich meine, dein Vater wegen des Salzes in Tuzol?«, fragte ich irgendwann.

Zoe schnappte nach Luft. »Ja! Woher weißt du das? Langweiliger geht es kaum noch. Er war den ganzen Tag in den Salzgärten und ich musste die Zeit in diesem Dorf totschlagen.« Trotz ihres genervten Tones huschte ein Glimmen über ihren Blick. »Das hat mich zu Beginn geärgert. Aber dann habe ich eine nette Beschäftigung gefunden. Fadri.« Verträumt lächelnd betrachtete sie sich in einem bodentiefen Spiegel.

Ihre Offenheit machte mich irgendwie nervös. »Ach … so?«

»Er war ein Handwerker. Dass es mit uns keine Zukunft hat, wussten wir beide. Aber diese Augen und seine kräftigen Arme … ich wollte mich darin verlieren.«

»Oh«, presste ich beschämt hervor.

»Dass es so schwer sein würde, ihn zu verlassen, hätte ich nicht gedacht.« Ihr Lächeln versiegte.

»Das tut mir leid. Vielleicht kannst du ihm schreiben?«

»Ach nein, das ist doch zwecklos.« Zoe wedelte mit dem Ärmel, stopfte das grüne Kleid dann wieder in den Koffer. »Und du? Gibt es bei dir jemanden?«

»Bei mir?«

»Wen würde ich sonst meinen?« Zoe musterte mich und rümpfte die Nase. »Na ja. Wohl eher nicht.«

Ich verschränkte die Arme vor der Brust.

»Du riechst«, stellte Zoe fest. »Du brauchst etwas anderes zum Anziehen.« Wieder wandte sie sich ihrem Koffer zu und zog schließlich ein schlichtes dunkelblaues Kleid hervor.

»Das hier trage ich sowieso nicht«, sagte sie und streckte es mir entgegen. »Ist für mich zu langweilig. Du kannst es haben.«

»Das kann ich unmöglich annehmen«, sagte ich.

»Du musst. Ansonsten gehen alle an Bord ein.«

***

Den Rest des Tages plapperte Zoe in einem fort, erzählte mir Details von ihrer verflossenen Liebe, die ich nicht wissen wollte, und forderte meine Meinung zu diversen Kleidern ein. Ich wusste noch immer nicht, warum sie mir geholfen hatte, gewann mit der Zeit aber den Eindruck, dass sie mich schlichtweg als Beschäftigung sah. Mir sollte es recht sein und so gab ich mir große Mühe, sie die Entscheidung nicht bereuen zu lassen. Ich folgte geduldig ihren Themen und gab mich geselliger, als ich es sonst war.

Zu meiner Überraschung zeigte sie mir daraufhin eine Dienstbotenkammer mit einer kleinen Pritsche und einem Waschtisch, an dem ich mich frisch machen konnte. Zu allem Überfluss lud mich Zoe um die Mittagszeit zu einem Imbiss auf ihr Zimmer ein. Sie hatte ein Platte voller Köstlichkeiten kommen lassen, sodass mir fast die Augen aus dem Kopf fielen.

Zoe tat sich auf, als wäre es das Normalste der Welt, und bemerkte offenbar nicht einmal, dass ich vor Überforderung kaum einen Ton mehr herausbekam. Es gab frisches Obst, knusprige Blätterteigrollen gefüllt mit Spinat und Käse, dazu Feigen und Datteln. Mein Magen war so eine Fülle nicht gewohnt und mir wurde beinahe schlecht von diesem Genuss. Als ich am Abend in meine Dienstbotenkammer zurückkehrte, war ich erschöpft und dankbar zugleich.

Am übernächsten Mittag tauchte Arada am Horizont auf. Kaum hatte ich es gesehen, konnte ich mich vom Anblick nicht mehr losreißen. Mit jeder Meile, die wir uns näherten, fehlten mir mehr die Worte. Die Hauptstadt erstreckte sich über die komplette Küste. Bunte Häuser hangelten sich die hügelige Landschaft hinauf, schmale Straßen wandten sich in Serpentinen an ihnen vorbei. Hinter der Stadt entdeckte ich einen weiteren Zipfel Blau. Das Westmeer.

Ich sog den Anblick in mir auf. Von Landkarten wusste ich, dass Arada genau in der Mitte von Norden und Süden des Landes lag, auf der schmalen Landzunge, die Ostmeer von Westmeer trennte. Aber nie hätte ich mir ausmalen können, wie traumhaft der Anblick dieser quirligen Stadt umrahmt von zwei Meeren wirklich war.

Je näher wir kamen, umso mehr Details erkannte ich. Der Hafen war zehnmal so groß wie der meines Heimatortes und im Becken tummelten sich mächtige Schiffe, eines prachtvoller als das andere. Menschen schoben sich überall entlang, viele schrill gekleidet und in Gruppen unterwegs. Als die Besatzung das Schiff zum Anleger steuerte, hörte ich laute Musik, die aus dem Zentrum herüberwehte.

Ich bemerkte erst, dass mir der Mund offen stand, als Zoe sich zu mir gesellte. Sie trug ein gelbes Kostüm mit einem großen Hut und einer kleinen runden Handtasche, in die nicht mal ein halbes Brot gepasst hätte.

»Willkommen in Arada. Hübsch nicht?«, sagte sie. »Du hast dir für deinen Besuch den besten Tag ausgesucht, das Fest der Einigkeit.«

»Das Fest der was?«

»Bei der Sonne, das Fest der Einigkeit!« Zoe starrte mich schockiert an. »Das kennt doch wirklich jedes Kind in Melidiya. Der Feiertag, an dem wir das Ende des Krieges zwischen Norden und Süden feiern? Das Hochzeitsdatum von Königin Esme und Zauberer Aslan, ruhe er in Frieden. Heute sind es neunzehn Jahre! Unsere Königin kennst du aber schon?«

»Natürlich!«, protestierte ich. »Was ist denn das für eine Frage?«

»Na, wer das Fest der Einigkeit nicht kennt ... Komisches Volk seid ihr auf dem Land.«

Einige Matrosen, unter ihnen Joe, waren auf den Steg gesprungen und machten das Schiff mit dicken Tauen fest. Mein Herz hüpfte, immer noch ungläubig darüber, wo ich jetzt war. Am Pier wimmelte es von Menschen, die Kisten und Fässer umherwuchteten. Dazwischen kleine Jungen, die Zeitungen verkauften, und einzelne Frauen und Männer in aufwendigen Kaftanen und Tuniken. Der Geräuschpegel war laut und verwirrend und rauschte wie ein Orchester in meinen Ohren.

Als ich mich endlich wieder Zoe zuwandte, merkte ich, dass sie mich hatte stehen lassen und zusammen mit ihrem Vater und den anderen vornehmen Menschen über die Planke an Land wanderte. Ich hastete ihr nach und holte sie auf dem Steg ein.

»Was passiert denn heute zum Fest der Einigkeit? Gibt es etwas, das man tun muss?«, fragte ich.

Zoe grinste und zum ersten Mal wirkte sie wirklich freundlich. »Spaß haben! Die ganze Stadt ist in Feierlaune.«

Ich folgte ihrer Gruppe durch den tummeligen Hafen. Die Stege spannten sich wie ein Gitter über das Hafenbecken und es dauerte, bis wir auf der Straße ankamen.

Die Gruppe steuerte auf eine wartende Kutsche zu und einer nach dem anderen nahm Platz. Ich schluckte, als mir klar wurde, dass ich von nun an auf mich allein gestellt war.

»Danke«, sagte ich zu Zoe. »Für alles. Wenn ich irgendetwas für dich tun kann ...«

»Hab eine gute Zeit, Naima. Halt dich westlich, die größte Feier findet direkt vor dem Palast statt. Viel Glück.« Sie winkte mir noch einmal zu und nahm ebenfalls in der offenen Kutsche Platz.

Ich hatte das Gefühl, noch etwas sagen zu müssen, und wandte mich an den Efendi. »Danke, dass Ihr mich geduldet habt. Ich stehe für immer in Eurer Schuld.« Ich verbeugte mich tief vor ihm. Als ich mich wieder aufrichtete, sah ich ein Schmunzeln in seinem Gesicht.

»Die Sterne stehen gut für dich«, sagte er. »Auf Wiedersehen.«

Mit einem Peitschenknall setzten die Pferde sich in Bewegung und ich war allein.

4

Naima

Zoe hatte recht. Die Stadt war in Feierlaune. Jede Gasse war mit bunten Fahnengirlanden dekoriert, Ney-Flöten und Geigen verflochten sich zu wunderschönen Klängen und hallten über die Köpfe der gut gelaunten Menschen hinweg. Jedes Restaurant und jede Schänke waren brechend voll mit großen Gruppen, die schunkelten und durcheinanderlachten, daneben der geschäftige Tagesbetrieb. Menschen wimmelten um mich herum, trugen Körbe mit Lebensmitteln und hinterließen ein Meer aus köstlichen Gerüchen.

Ein Geschäft reihte sich an das nächste, jedes üppig behängt mit Teppichen, Lederwaren oder funkelnden Laternen. Es gab Stände mit Gewürzen und Nüssen, Barbiere, bei denen sich fein gekleidete Herren frisieren ließen und vor dessen Schaufenstern sich rot-blaue Spiralen drehten. Einige Läden boten Hamamtücher und dicke Stoffballen an.

Im Vorbeigehen strich ich mit den Fingerspitzen über ein hauchzartes Tuch, das über und über mit Perlen bestickt war. Der Stoff fühlte sich kostbar und wunderschön leicht an. Wie einmalig erst ein ganzes Kleid daraus wäre? Ich riss mich vom Anblick los, schob mich weiter durch die Gassen.

Vor den vollgestopften Eingängen der Geschäfte saßen alte Männer über bronzefarbenem Cay-Tee auf rot-weißen Untertassen und plauderten. An allen Ecken feilschten Menschen, riefen durcheinander, lachten. Abgebrühte Straßenkatzen schlichen zwischen ihren Knöcheln hindurch.

Ich hielt mich westlich und die Straßen wurden voller, die Musik immer lauter. Die Menge schob sich durch die Gassen. Auch in Tuzol hatte ich viele Feste mitbekommen, doch das hier übertraf alles. Noch nie hatte ich so viele

Leute auf einem Fleck gesehen und mit jedem Blinzeln wurden es mehr. Arme und reiche Menschen feierten hier miteinander, was in meiner Heimatstadt undenkbar gewesen wäre.

Auf einem kleinen Rondell in der Mitte eines prallgefüllten Platzes entdeckte ich ein Dutzend Frauen in atemberaubenden Kostümen. Sie trugen seidige Röcke und dazu passende Oberteile, beides geschmückt mit goldenen Plättchen und Perlen, die bei ihren Bewegungen klirrten. Jede von ihnen war in eine andere Farbe gehüllt und gemeinsam ergaben sie einen magischen Regenbogen. Perfekt synchron tanzten sie einen traditionellen Bauchtanz, ihre Bewegungen so anmutig, beinahe schon unmenschlich, dass ich mich für einen Augenblick fragte, ob es nicht Göttinnen waren, die sich auf die Erde verirrt hatten.

Ich konnte meinen Blick erst abwenden, als mir jemand wie aus dem Nichts ein Fähnchen von Melidiya in die Hand drückte. »Auf den Frieden!«

Ich sah dem Mann hinterher, der schon wieder in der Menge verschwand, dann fiel mein Blick auf die kleine Flagge, zusammengesetzt aus drei Balken: Rot für den Süden, Weiß für die neutrale Hauptstadt und Goldgelb für den Norden. Ich musste lächeln und steckte mir das Fähnchen in den Gürtel.

Das Fest war ein Rausch, und obwohl es laut und trubelig war, spürte ich, wie ich nach und nach ruhiger wurde. Hier war ich plötzlich Teil einer großen Menge. Niemand sah mich skeptisch an. Niemand sah in mir eine Heimatlose. Im Gegenteil: Noch nie zuvor hatte ich so viele freundliche und wohlwollende Gesichter gesehen. Völlig fremde Menschen lächelten mir zu, forderten mich zum Tanzen auf, und als ich an einem Stand mit knusprigen Sesamkringeln vorbeikam, drückte mir die Betreiberin ungefragt einen in die Hand.

Bevor ich mich bedanken konnte, hatte sie schon die nächsten verteilt, also wanderte ich zu einem Mauervorsprung etwas abseits des Stroms. Ich legte meine umgehängte Flasche neben mir ab, hielt mein Gesicht in die Sonne und biss in das Gebäck. Es war köstlicher als alles, was ich zuvor gegessen hatte. Innerhalb weniger Minuten hatte ich jeden Krümel und jedes Korn verputzt.

Ich schloss die Augen und genoss die wohlige Wärme. So vieles war ungeklärt, aber ich hatte das Gefühl, hier wirklich ankommen zu können. Ich würde Arbeit finden, eine Unterkunft, ich würde …

Ein plötzlicher Ruck ging durch meinen Körper und ich schlug die Augen auf. Direkt vor mir schwebte ein Gesicht. Ein schönes Gesicht. Es gehörte zu einem jungen Mann mit braunen Augen und braunem, verstrubbeltem Haar. Er trug ein verwaschenes Hemd mit lilafarbenem Muster und hielt meine Tonflasche in der Hand. Ich blinzelte.

»Was soll das?«, keuchte ich.

Ein erschrockener Zug wanderte über seine Miene. »Oh, ich sammle nur Schrott.«

»Schrott?« Ich schnappte nach Luft. »Das ist kein Schrott!«

»Entschuldige, sah nur so aus …«

Empört riss ich ihm meine Flasche aus der Hand und hängte sie mir wieder um die Schulter. »Sah wie aus?«

»Es sah so aus, als würde die keinem gehören«, gab der Fremde zurück.

»Tut sie aber.«

Ich kniff die Augen zusammen und betrachtete ihn eindringlicher. Auf dem Rücken trug er einen großen Lederrucksack, an den allerlei komische Dinge geknotet waren: Tücher, Metallanhänger und eine zerbrochene grüne Vase.

»Was ist das denn alles? Noch mehr Schrott?«

»Kann man so sagen.« Der Fremde zog seine dunklen Augenbrauen zusammen und funkelte mich an. Unwillkürlich schoss mir ein Schauer über den Rücken.

»Und wofür?«, fragte ich weiter, wobei meine Stimme etwas hohl klang.

Der Fremde musterte mich, als müsste er abschätzen, ob ich die Antwort verdiente. Dort, wo sein Blick mich berührte, fühlte sich mein Körper plötzlich heiß an.

»Um daraus etwas Neues zu machen«, sagte er schließlich. »Sicher, dass du das Ding noch brauchst?«

Ich schnaufte empört. »Ganz sicher!«

Etwas, das wie ein halbes Grinsen aussah, wanderte über seine Lippen, doch gleich im nächsten Moment fiel es wieder in sich zusammen. »Gut. Dann pass auf dich auf, Reisende.« Mit den Worten wandte er sich ab und tauchte so plötzlich in der Menge unter, wie er gekommen war.

Mit offenem Mund sah ich ihm nach. *Reisende?* Wie hatte er erkannt, dass ich nicht von hier war?

***

Ich mischte mich unter die Menge und konzentrierte mich darauf, die aufgeschlossenste und gesprächigste Version meiner selbst zu sein. Im Heim und bei meinen Arbeitsplätzen war ich immer darauf gedrillt worden, kein Wort zu viel zu verlieren. Es war nicht einfach, diese Gewohnheit abzuschütteln und Menschen aktiv anzusprechen. Zum Glück stellten sich die Aradaner als die gastfreundlichsten Menschen heraus, die ich je getroffen hatte.

Mit jedem Gespräch wurde es einfacher. Niemand hob die Augenbrauen, wenn ich ihn oder sie ansprach, so wie ich es von zu Hause kannte. Sie erzählten mir von sich und fragten mir Löcher in den Bauch. Bald kam ich mit einer Frau namens Leyla ins Gespräch, die ursprünglich auch aus dem Norden kam, aus einem Dorf nicht weit von Tuzol entfernt. Jetzt leitete sie ein Wohnheim in der Innenstadt von Arada.

»Ein Glück lernen wir uns kennen!«, sagte sie, als ich einen Teil meiner Vergangenheit preisgab. »Komm mit, Liebes, ich hab da vielleicht etwas für dich. Es ist nicht groß, aber du kannst sofort hinein.«

Ungläubig sag ich sie an.

»Na los, wir Dorfmädchen müssen doch zusammenhalten.« Sie kicherte wie ein Kind und führte mich durch ein paar Blocks bis zu einem schmalen, ziemlich schiefen Haus mit sechs Etagen.

»Es ist nur das Dachzimmer. Der Vorgänger hatte eine sehr intensive Liebe zu Räucherstäbchen, weshalb ich seit drei Wochen am Lüften bin«, schnaufte Leyla, während wir die Stufen eines engen Treppenhauses erklommen. »Wenn es dich nicht stört, kannst du es haben.«

Wir kamen am oberen Treppenabsatz an und Leyla schloss eine krumme Tür auf, die in eine kleine Dachkammer führte. Sie war komplett in dunkle Dielen gekleidet. Es gab einen Schreibtisch, einen Schrank und ein schmales Bett. Damit war das Zimmer bereits vollständig gefüllt. Ehrfürchtig trat ich ein und ein Schwall von süßlichem Räucherstäbchenduft schlug mir entgegen. Es roch wunderbar. Es roch nach Freiheit.

»Ich habe aber keine Arbeit. Noch nicht«, warf ich ein. »Ich weiß nicht, wann ich es bezahlen kann.«

»Mach dir darum keine Sorgen. Bei diesem Gestank kann ich es sowieso nicht vermieten. Komm einfach zu mir, wenn du eine Stelle gefunden hast.« Sie lächelte so freundlich, dass ich beinahe rührselig wurde.

»Danke, das ist unglaublich«, sagte ich gepresst.

»Na, na. Wer freundlich ist, macht die Welt ein Stückchen besser. Und genau darum geht es doch heute, nicht wahr?«, sagte Leyla und zwinkerte. »Aber jetzt entschuldige mich, ich muss zurück, sonst verpasse ich das große Finale!«

Ich verabschiedete mich und Leyla schlurfte die knarzende Treppe wieder nach unten. Eine Weile stand ich einfach nur da und betrachtete das leere Zimmer. *Mein Zimmer.* Ich hatte noch nie eins ganz für mich gehabt. Nicht mal eine einzige Nacht lang.

Voller Ehrfurcht glitt mein Blick über die Holzdielen, über die schräge Decke und das winzige Fenster. Hinter der Tür entdeckte ich einen Waschtisch und einen Krug voll abgestandenem Wasser. Ich trat an das kleine Fenster und sah hinab auf die Menschenmenge, die sich noch immer durch die Straßen schob. Arada war pulsierender, lauter und bunter, als ich es mir je erträumt hätte. Es war überwältigend, wie ausgelassen die Menschen am Tag der Einheit zusammen feierten, fast so, als hätte es den Krieg nie gegeben.

Aus meinem Heimatort kannte ich nur die Vorurteile, die viele Nördliche noch immer gegenüber dem Süden hatten. Ich hatte den Krieg nicht miterlebt, aber das Misstrauen war noch so präsent, dass es sich manchmal angefühlt hatte, als wäre der Frieden nur vorübergehend. Die blutrünstigen Angriffe und die unzähligen Opfer, die die Kämpfe zwischen Norden und Süden gefordert hatte, waren zu viel gewesen. Gerade die Älteren verurteilten die Südlichen und ihre vermeintlich starrsinnige Art nach wie vor. Und sicher war es im Süden nicht anders.

Ich fragte mich, ob sich dieser gegenseitige Hass irgendwann mildern würde. Ob der Einklang, der in der Hauptstadt herrschte, es schaffen würde, sich über das ganze Land auszubreiten. Diese Feier machte Hoffnung.

Ich riss mich vom Anblick der Menge los und zog Zoes Kleid aus. Bevor ich unter das dünne Laken ins Bett schlüpfte, hängte ich das Fähnchen von Melidiya an die Wand. Mein Kopf sirrte von den Eindrücken des Tages, von der Dankbarkeit, ein Dach über dem Kopf zu haben, und von dem Gefühl, zum ersten Mal in meinem Leben vielleicht doch das Pech hinter mir gelassen zu haben.

***

Früh am nächsten Morgen wurde ich wach. Kaum hatte ich die Augen aufgeschlagen, raste mein Herz. Heute musste ich Arbeit finden. Ich würde eine finden. Und wenn ich wieder Toiletten schrubben musste, dann war es so. Das wäre immerhin ein Anfang.

In Windeseile zog ich mich an, lief die knarrenden Stufen hinab und trat an die Luft. Es war kühl und feucht und duftete nach frisch gewässerten Olivenbäumen und Zitronen. Ich sog den Duft tief in meine Lungen, bevor ich mich ins Zentrum aufmachte. In einem kleinen Lebensmittelladen kaufte ich mir von meinem letzten Geld eine Orange und etwas Brot, dann setzte ich meinen Weg fort.

Es war überraschend leer auf den Straßen, das vollständige Gegenteil zum Vortag. Die Gassen lagen wie ausgestorben vor mir, ließen nur noch erahnen, was sich gestern hier abgespielt hatte. Überall waren Überreste verstreut: feuchtes Konfetti, Melidiya-Fähnchen, Zigarrenstummel und leere Gläser. Die meisten Geschäfte waren noch verrammelt und außer ein paar Männern in Latzhosen, die die Straßen fegten, sah ich niemanden.

Fest entschlossen, mein Vorhaben umzusetzen, klopfte ich dennoch an eine Tür nach der anderen. Niemand öffnete mir. Zunehmend besorgt drehte ich eine immer größer werdende Runde, bis ich schließlich beim Königshof angelangte. Dieser war durch eine hohe Sandsteinmauer vom Rest der Stadt abgetrennt. Mehrere Soldatentrupps bewachten zusätzlich jedes Tor, das aufs Gelände führte.

Neugierig spähte ich durch die Gitter und begutachtete den wunderhübschen, penibel gepflegten Hof dahinter. Ich erkannte einen Park, der wie ein Dschungel anmutete, mit leuchtenden Blumenhecken, Palmen und riesigen Springbrunnen. Eindrucksvolle Frauenskulpturen spien Wasser in die Luft. Es war kaum zu glauben, dass die Königin des Landes dort, nur ein paar dutzende Meter entfernt, hinter den Mauern war.

Nach einer Weile wandte ich mich ab und trottete durch die nächstbeste Straße. Auch diese war verlassen, die Geschäfte geschlossen. Zwischen den Häusern hatte jemand große weiße Segel gespannt, um die Hitze des Tages abzufangen. Der Schatten tat gut, denn inzwischen hatte es sich aufgeheizt, sodass mir der Schweiß die Stirn hinablief.

Arada war wie in einem tiefen Märchenschlaf gefangen. Vielleicht hätte ich es mir denken müssen, dass sich heute alle vom großen Fest erholen mussten und niemand arbeitete.

Plötzlich bremsten meine Füße wie von selbst ab. Im ersten Moment wusste ich nicht, was es war, das mich stutzen ließ. Doch dann registrierte ich ein Kellerfenster, in dem Licht brannte. Und nicht nur das, der Anblick, der sich im Inneren des Raumes bot, kam mir seltsam vertraut vor. In einem Berg von Chaos saß ein mittelalter Mann über einen Schreibtisch gebeugt, die große schwarze Brille war ihm auf die Nasenspitze gerutscht und in seinen Händen hielt er ein Ungetüm von Kleid. Mit flinken Handbewegungen ließ er eine Nadel in den Stoff hinein- und wieder hinausgleiten. Sein ganzer Körper wirkte dabei starr und eingerostet, nur seine Hände waren geschickt und stickten beinahe spielerisch vor sich hin.

Das war es, was ich so sehnlichst machen wollte!

Ich holte einmal tief Luft und kramte in meinem Kopf nach den Worten, die ich mir in Tuzol zurechtgelegt hatte, als ich mich beim Schneider bewerben wollte. Ohne auch nur einen Zweifel zuzulassen, lief ich die Stufen zum

Eingang hinab. Über der Tür hing ein altmodisches Schild: *Hamdans Schneiderei, Maßanfertigungen, Änderungen, Anpassungen*

Eine Glocke ertönte, doch der Schneider blinzelte nicht einmal. Etwas ratlos trat ich näher.

»Hallo?«, fragte ich vorsichtig.

»Ich nehm keine Aufträge mehr an. Komm nächste Woche wieder«, grunzte der Mann und stickte weiter vor sich hin.

»Ich will hier anfangen«, platzte ich heraus. Gleich darauf schlug ich mir die Hand vor den Mund. Das war es nicht, was ich mir zurechtgelegt hatte. »Bitte!«, schob ich deshalb schnell hinterher.

Immerhin hatte ich nun die Aufmerksamkeit des Schneiders. Wie in Zeitlupe richtete er sich auf.

»Ach so?« Er musterte mich abschätzig. »Wie kommst du denn auf die Idee, ich würde jemanden brauchen?«

Er hatte eine Halbglatze, um die sich ein kleiner Rest aus fettigem Haar rankte, und seine Mundwinkel waren wie von Natur aus nach unten gebogen.

»Ich kann nähen. Ich kann Löcher stopfen und Säume ändern und ich habe ein Kleid gemacht ...«

»Das da?«, unterbrach er mich und zeigte auf das Kleid, das ich trug. »Nicht sehr raffiniert.«

»Nein, ein anderes.«

»Und wo befindet sich das?«

»Es wurde ... entsorgt.« Ich biss mir auf die Lippe. Was war nur los mit mir?

»Das klingt ja vielversprechend. Kein Interesse.« Er schnaufte und widmete sich wieder seiner Handarbeit.

»Bitte!« Ich wagte mich etwas näher heran. »Ich weiß, dass das nicht gerade überzeugend klingt, aber lasst es mich beweisen. Ich nähe eine Woche umsonst, wenn es sein muss.«

Der Schneider betrachtete mich mit einem abschätzigen Blick, mein Kleid, meine ineinander geknoteten Hände, bis hin zu meiner Trinkflasche.

»Lasst mich nur eine Sache nähen und ich werde Euch überzeugen«, bat ich und verfluchte mich selbst. Legte ich die Latte nicht etwas hoch?

Plötzlich warf der Schneider das Kleid beiseite und stand auf. »Schön«, sagte er. »Dann zeig, was du kannst.«

Ich schnappte nach Luft. »Etwa ... jetzt?«

Er sah mich über seine Brille hinweg an. »Passt dir das nicht? Möchtest du den Zeitpunkt auch noch selbst aussuchen?«

Hastig richtete ich mich zu meiner vollen Größe auf. »Nein, sicher«, stammelte ich.

Der Mann grinste und ich wusste nicht, ob es ein amüsierter oder hämischer Ausdruck war. Langsam schlurfte er zu einem Regal, in dem Hunderte Ballen Stoff in allen Regenbogenfarben gestapelt lagen. Er ging sie nachdenklich durch, bis er einen makellosen blauen Satinstoff herauszog. Anschließend ergriff er einen Stapel aus braunem Papier, auf das ein Schnittmuster aufgezeichnet war, und drückte mir beides in die Hand.

Mein Puls beschleunigte sich, als ich den seidenweichen Satinstoff in meinen Händen spürte.

»Daraus?«, fragte ich erstickt.

»Natürlich.«

»Kann ich nicht einen etwas ... günstigeren nehmen?«

»Warum? Wenn du doch so gut bist?« Wieder grinste mich der Schneider an.

Was hatte ich mir da nur eingebrockt? Was, wenn ich das teure Material ruinierte? Mein Atem ging flach, doch ich schloss energisch meinen Griff um den Stoffballen.

»Kein Problem«, sagte ich.

Ich schlug den blauen Satinstoff auf einem Zuschneidetisch aus. Wie in Wellen waberte er über die Tischplatte und kam schließlich zum Liegen. Das Kerzenlicht funkelte auf seiner Oberfläche. Mit einem Handgriff faltete ich den Stoff in der Mitte und legte das Schnittmuster aus steifem Papier darauf aus. Nach einigem Hin- und Hergeschiebe erkannte ich darin eine einfache Tunika. Das war schon mal gut. Das Lumpenkleid, das ich im Heim genäht hatte, hatte einen aufwendigeren Schnitt gehabt.

Ich fixierte alles mit Gewichten und schnappte mir die schwere Metallschere.

Ich spürte, wie sich mein Puls beschleunigte. Noch nie hatte ich so teuren Stoff verarbeitet. Zu Hause hatte ich mit dem gearbeitet, was ich in die Finger bekam. Jutesäcke oder gerissene Hemden waren das Höchste der Gefühle. Mit diesem Stoff würde ich in völlig neue Welten eintauchen.

Ein Teil von mir konnte es gar nicht abwarten, ein anderer war in panischer Sorge. Ein Fehler, ein falscher Schnitt und alles wäre ruiniert. Ich spürte förmlich die Kostbarkeit unter meinen Fingern. Wie ein stilles Flimmern, das von jeder Faser ausging.

Der prüfende Blick des Schneiders von der anderen Seite des Raumes verringerte meine Anspannung nicht gerade. Ich versuchte den mürrischen Mann auszublenden und mich auf meine Aufgabe zu konzentrieren, aber die Nervosität reichte mir bis in die Zehen.

»Du kannst das«, flüsterte ich mir zu. »Du bist gut, du wirst keinen Fehler machen.«

Ehe ich ein zweites Mal nachgedacht hatte, hörte ich ein Knirschen. Ich keuchte. Ich hatte den ersten Schnitt gemacht. Einfach so!

Als wäre damit der Knoten geplatzt, überkam mich förmlich ein Rausch. Mit akribischer Genauigkeit fuhr ich fort, schnitt ein Teil nach dem anderen zu. Ich genoss es, wie meine Finger über die zarten Fasern wanderten, über die matte, raue Rückseite des Satins und die glatte Vorderseite. Ich steckte die ersten Schnittteile mit Nadeln zusammen. Der Stoff war glitschig und schwer zu kontrollieren. Ich war langsam, aber das war egal. Diese Tunika musste perfekt werden.

Ich huschte hinüber zur Nähmaschine und begann, die ersten Teile miteinander zu verbinden. Die Maschine war aus massivem Metall und ratterte laut los, als ich das Pedal berührte. Nach ein paar Minuten gewöhnte ich mich an den kräftigen Zug. Nun kam der schönste Part. Wie ein Puzzle verband ich die passenden Stücke miteinander. Der Schnitt war gut, sodass jedes Teil perfekt ins andere griff. Ich verfiel in einen tranceartigen Zustand, als ich Naht für Naht schloss und versäuberte.

Mit jedem Stück nahm das Hemdkleid mehr von seiner Form an: das lockere Oberteil, die strengen Ärmel, der runde Ausschnitt ...

Wie nebenbei nahm ich wahr, dass eine Frau auftauchte und mir ein Glas Tee und ein paar Stücke Baklava hinstellte. Ich räumte hastig alles aus dem Weg. So ein klebriges Zeug in der Nähe der Maschine!

Als ich nach Stunden der Arbeit aufschaute, warf die Sonne gerade ihre letzten Strahlen über die Stadt und die Werkstatt war nur noch spärlich beleuchtet. Kein Wunder, dass meine Augen wehtaten. Ich warf einen Blick auf die Uhr und schnappte nach Luft.

»Halb acht?«, stieß ich hervor.

Ich hörte das Zurückschieben eines Stuhls und drehte mich um. Der Schneider kam hinter seinem Schreibtisch hervor.

»Endlich fertig?«, fragte er in seinem unwirschen Ton.

»Fast«, antwortete ich etwas zerknirscht.

»Dann zeig mal, was du hast.«

Hamdan schnipste mit den Fingern und wanderte zu den Schneiderbüsten hinterm Zuschneidetisch.

Ich holte tief Luft und schüttelte die Tunika aus. »Der Saum ist noch nicht fertig ...«

Er fuchtelte ungeduldig mit den Händen. »Ich will auch mal Feierabend machen.«

Ich trat näher und stülpte die blaue Tunika mit angehaltenem Atem über die Büste. Der Satinstoff fächerte nach unten aus und das Kleid schmiegte sich perfekt um die Schneiderpuppe. Ich schloss die kleinen goldenen Knöpfe auf der Vorderseite, zippelte an den Seiten und betrachtet schließlich mein Werk.

Ein lautes Seufzen entfuhr mir. Ich hatte es nicht verpfuscht, im Gegenteil. Das Hemdkleid saß wie angegossen. Das Dekolleté lag perfekt an, dann fiel der Stoff locker und geradlinig nach unten. Die Ärmel reichten spiegelgleich nach vorn und endeten in schmalen Manschetten. Obwohl es ein einfaches Kleidungsstück war, verströmte die ganze Tunika ein Gefühl von strotzender Kraft und Selbstbewusstsein. Ich merkte, wie es auf mich abfärbte. Ein zufriedenes Grinsen breitete sich auf meinem Gesicht aus.

Ich riskierte einen Blick zu Hamdan, der mit verschränkten Armen neben mir stand. Überrascht registrierte ich, dass er beinahe geschockt aussah. Mit weit aufgerissenen Augen starrte er Löcher in mein Werk. Irrte ich mich? Hatte ich doch etwas vergessen oder falsch gemacht?

»Du bist zwar nicht die Schnellste«, brummte er schließlich, »aber du bist nicht so schlecht.«

Ich stieß einen Schwall Luft aus und ein Wirbelsturm der Erleichterung machte sich in mir breit.

»Hast die Stelle, Mädchen. Morgen geht's los. Sieben Uhr, sei pünktlich.« Mit den Worten wandte er sich ab und verschwand in seinem vollgestopften Büro.

Mir klappte der Mund auf. Was war das denn gerade gewesen?

Ich schüttelte lachend den Kopf und mich durchströmte warmes Glück. Beschwingt ließ ich mich auf einen Stuhl fallen und betrachtete das blaue Hemdkleid. Kurz hatte ich das Gefühl, es würde pulsieren. Ich fuhr mir übers Gesicht. Das waren nur meine Augen, die mir nach dem langen Tag einen Streich spielten.

Mein Grinsen wandelte sich in ein Gähnen. Ich hatte es geschafft. Ich hatte einen Arbeitsplatz und würde von nun an jeden Tag nähen. Ging es noch schöner?

5

Naima

Hamdan spannte mich vom ersten Tag an so in den Betrieb ein, dass ich mich fragte, wie er die ganze Arbeit überhaupt je allein geschafft hatte. Unzählige Kleider warteten auf Fertigstellung und die erste Woche war ich mit nichts als Kleinarbeiten beschäftigt. In einem fort nähte ich Knöpfe an, kürzte Säume oder steppte Belege ab. Auch wenn sich diese Arbeiten kaum von meinen Aufgaben im Heim unterschieden, hatte ich hier doch das Gefühl, etwas Wichtiges zu tun. Und ich war dankbar, meine Vormittage nicht mehr auf dem Boden irgendwelcher reichen Familien verbringen zu müssen.

Außer mir gab es nur eine ältere Frau namens Zuti, die dreimal die Woche kam, um Hamdan hinterherzuräumen und Verpflegung hinzustellen. Wie es aussah, vergaß auch er ständig das Essen über seiner Arbeit. Bald realisierte ich, dass sie diejenige war, die mir bei meiner Probearbeit Verpflegung gereicht hatte. Soweit ich es beurteilen konnte, war Zuti sanft und freundlich, so etwas wie die gute Seele der Werkstatt, aber ich sprach kaum mit ihr, um nicht Hamdans Ärger auf mich zu ziehen. Den bekam ich auch so schon häufiger zu spüren. Nicht selten entriss er mir aus dem Nichts meine Arbeiten, ließ mich unzählige Nähte wieder auftrennen oder beschwerte sich über meine Langsamkeit. Er erklärte mir nur das Allernötigste, sodass ich mir vieles selbst erschließen musste.

Alles entlohnte sich jedoch, als er mir jeden Abend einen Umschlag mit meinem Gehalt auszahlte. Mein erstes wirkliches Geld. Geld, das ich mir verdient hatte und das mir niemand, auch nicht Herda, aus den Händen reißen konnte!

Nachdem ich zwei Wochen gespart und nur das Nötigste gekauft hatte, um die Miete für Leyla zusammenzubekommen, genehmigte ich mir in meiner Mittagspause Anfang der dritten Woche eine dampfende *pide,* einen großen, mit Spinat und Käse überbackenen Teigfladen. Alles hier in Arada war so köstlich, wahrscheinlich würde ich in kürzester Zeit dick und rund werden. Auch jetzt vertilgte ich in rasender Geschwindigkeit die Hälfte und sparte mir den Rest mit aller Willensstärke für den Feierabend auf. Als ich mit dem fettigen Proviant zurück in die Werkstatt trat, erstarrte ich auf der Türschwelle.

Zwei dunkle Augen schossen zu mir herüber und wieder sah ich den Hauch eines aufkommenden Grinsens.

»Hallo, Reisende.«

Perplex sah ich vom fremden jungen Mann zu Hamdan. Die beiden standen an einem Zuschneidetisch über einen Haufen aus Perlen und Broschen gebeugt. Daneben lag der mir bekannte Lederrucksack mit den vielen angeknoteten Tüchern.

»Der Flaschendieb«, rief ich überrascht. »Was tust du denn hier?«

»Wieso kennt ihr euch?«, brummte Hamdan.

»Tun wir nicht«, sagte ich barsch.

»Nur ein wenig«, antwortete der Flaschendieb.

Eine merkwürdige Pause entstand.

»Tarik ist einer meiner Zulieferer für Schmuck«, erklärte Hamdan schließlich. »Ich nutze manchmal seine Perlen für besondere Maßanfertigungen.«

Zögerlich trat ich näher an den vollbeladenen Tisch. »Das ist also dein Schrott?«, fragte ich.

Tarik gab ein Grunzen von sich. »Nein. Das ist Kunst.«

Ich konnte mir ein Grinsen nicht verkneifen und betrachtete die Schmuckstücke. Er hatte recht. Es war Kunst. In einer kleinen Dose lagen wunderschöne silberweiße Glasperlen, so in Form geschliffen, dass ihre spitzen Kanten im Kerzenlicht wie Sterne funkelten. Daneben winzige Anhänger in Form von filigranen Käfern, jeder davon funkelnd und einzigartig. Vollends die Sprache verschlugen mir Blumenbroschen, die offenbar aus winzigen Tonscherben gefertigt waren.

»Die hast du gemacht?«, fragte ich ungläubig und langte nach einer der Blumen.

Bevor ich sie berührte, schlug mir Hamdan mit einem Lineal auf die Finger. Ein brennender Schmerz zuckte mir durch die Hand.

»Weg mit deinen Fettpfoten«, knurrte er.

Erst jetzt wurde mir wieder die *pide* in meinen Händen bewusst und ich trat beschämt beiseite.

»Ich nehm die Broschen und die Weißen«, erklärte Hamdan, ohne mich weiter zu beachten. »Bis in zwei Wochen brauche ich noch ein paar davon. Kriegst du das hin?«

»Sicher«, sagte Tarik.

Ich trollte mich und wusch mir die Hände, bevor ich mich zurück an meinen Arbeitsplatz setzte.

Über die Nähmaschine hinweg beobachtete ich Tarik, der die unverkauften Stücke wieder in seinen Rucksack stopfte. Er hatte etwas Undurchdringbares an sich, eine Aura, die ihn distanziert wirken ließ. Gleichzeitig hatten die verwaschenen bunten Farben, die er trug, eine interessante und freigeistige Ausstrahlung.

Er schien zu spüren, dass ich ihn ansah, denn plötzlich schoss sein Blick empor und traf meinen. Ertappt wandte ich mich ab und fädelte meine Maschine neu ein.

»Dann bis in zwei Wochen«, sagte Tarik zu Hamdan, der nur ein Brummen von sich gab.

Zu meiner Überraschung verlangsamte sich Tariks Schritt und er blieb vor meinem Arbeitsplatz stehen. Ich sah ihn fragend an.

»Du musst mir auch noch deinen Namen verraten, Reisende«, sagte Tarik todernst.

Ein kleines Lächeln überkam mich. »Naima.«

Er nickte, als wäre damit alles geklärt, und verließ den Laden ohne ein weiteres Wort.

***

In der folgenden Woche überließ mir Hamdan endlich auch aufwendigere Aufgaben. Zwei quirlige Schwestern stolperten in den Laden und gaben neue Teekleider in Auftrag. Ich hatte bisher nicht gewusst, dass es Kleider gab, die man extra zum Trinken von Tee anzog. Doch wie sich herausstellte, gab es am Hof so einiges, das mir fremd war.

Die Schwestern namens Gevezel plapperten munter vor sich hin und erzählten, dass die Thronanwärterin anscheinend eine Teegesellschaft zur Begrüßung zweier Junggesellen aus dem Süden veranstaltete. Wie ich ihrer vibrierenden Euphorie entnahm, war das ein besonderes Ereignis. Mehr noch war es eine besondere Ehre, dass die Schwestern an der Gesellschaft teilnehmen und das Geschehen hautnah miterleben durften. Sie versponnen sich in ewigen Träumereien, wie die Junggesellen wohl aussehen und was sie erzählen würden. Ich versuchte das Gerede auszublenden und mich auf das Wesentliche zu konzentrieren.

Der Tradition nach musste jede höfische Familie zusammenpassende Garderobe tragen. Die Kleider der Schwestern mussten also ähnlich aussehen, aber das war auch schon das Einzige, in dem sie sich einig waren. Während die Ältere alle Blicke auf sich ziehen wollte, war es der Jüngeren wichtig, ernst genommen und respektiert zu werden. Die Kleider sollten ihre Familiengemeinschaft symbolisieren und doch sollte man die unterschiedlichen Charaktere erkennen. Als sie nach einem zweistündigen Beratungsgespräch endlich die Werkstatt verließen, stieß Hamdan ein grollendes Seufzen aus.

»Ich übergebe die beiden dir«, grunzte er. »Ist ja nicht zum Aushalten. Es würde mich überraschen, wenn ihnen nächste Woche noch gefällt, was sie heute ausgesucht haben.«

Ich versuchte mir die Euphorie nicht anmerken zu lassen, und versteckte mein breites Grinsen hinter den Stoffballen, die ich zurück ins Regal wuchtete.

»Ich werde die beiden nicht enttäuschen«, verkündete ich. *Und dich auch nicht,* fügte ich in Gedanken hinzu.

Ich breitete den petrolfarbenen Seidenstoff aus, auf den beide Schwestern sich nach langem Hin und Her geeinigt hatten, und begann mit dem Kleid für die jüngere Schwester.

Mit jedem Schnitt der Schere und jedem Stich der Nadel konzentrierte ich mich auf die Autorität, die sie dadurch ausstrahlen würde. Ich dachte an Herda, die auch mich nie ernst genommen hatte, und meine Finger wurden schneller und bestimmter durch die Wut, die langsam in mir aufwallte.

Die ganze Woche blieb ich jede Nacht bis spät in der Werkstatt, um die jungen Frauen bei der ersten Anprobe zu beeindrucken und Hamdan seine Entscheidung nicht bereuen zu lassen. Bald waren meine Finger wund und mein Rücken schmerzte von der gebückten Haltung, aber das war es wert. Als die beiden jungen Frauen zum zweiten Mal in den Laden kamen, standen ihre Kleider fertig bereit.

Sie wirkten im ersten Moment ähnlich, genau wie die Etikette es verlangte, und doch strahlten sie etwas völlig anderes aus. Das eine war autoritär, hatte einen runden Ausschnitt und eine verstärkte Schulterpartie, die in einem Umhang mündete. Der Rock war aus doppelt liegender Seide und fiel glatt und eng nach unten. Es wirkte mächtig und eindrucksvoll.

Das zweite hatte einen tiefen Ausschnitt bis zur Taille, der mit hauchzarter Spitze kaschiert war, was dem Kleid etwas Verruchtes schenkte. Es hatte dünne Träger und einen schmalen Gürtel.

Als die Schwestern ihre Kleider entdeckten, verstummte zum ersten Mal ihr Geschnatter. Mein Herz setzte einen Schlag aus, während ich hinter meinem Rücken krampfhaft die Finger kreuzte und betete, dass ihnen das Ergebnis so gefallen würde wie mir. Ich wusste nicht, was ich hätte besser machen können, aber ich war schließlich auch neu in dem Beruf. Vielleicht hatte ich etwas vergessen oder meine eingewobenen Ideen gefielen ihnen nicht …

Die Jüngere stieß ein Quietschen aus. »Ich will es sofort anziehen!«

»Es ist perfekt«, flüsterte die Ältere.

Ein Gefühl der abgrundtiefen Befreiung erfasste mich und ich spürte, wie ich ganz leicht wurde.

»Sie gefallen Euch?«, fragte ich.

»Wie könnten sie nicht?«, sagte die Ältere und hielt den Blick nach wie vor auf das Kleid gerichtet.

Ich half beiden Frauen in ihre Gewänder und schnürte die Mieder am Rücken fest, sodass alles perfekt saß. Just in dem Moment, als beide vor den bodentiefen Spiegel traten, kam Hamdan in die Werkstatt. Wieder entdeckte ich den gleichen Schreck in seinen Augen, den ihn auch beim Anblick meiner Probe-Tunika überkommen hatte. Dann hob er plötzlich die Zeitung, die er in den Händen trug, und schirmte damit seinen Blick ab, bevor er ruckartig in seinem kleinen Büro verschwand. Etwas gekränkt sah ich ihm nach. Was war denn jetzt schon wieder los? Fand er meine Ergebnisse so scheußlich?

Das Seufzen der älteren Schwester riss mich aus den Gedanken und ich schüttelte den Kopf. Hamdan war von Anfang an verkorkst gewesen. Ich sollte mir meinen persönlichen Triumph nicht versauen lassen.

»Ich sah nie schöner aus«, hauchte die Ältere ihrem Spiegelbild zu.

Als ich mich ihnen zuwandte, geschah etwas Merkwürdiges. Ein plötzliches Kribbeln erfasste meinen ganzen Körper und mir wurde schummerig. Es war, als würde jede Kraft meinen Körper verlassen. Ich wankte einen Schritt zurück, stolperte gegen den Tisch.

»Alles in Ordnung?« Die Jüngere war mit einem Satz bei mir und half mir auf einen Stuhl.

»Entschuldigung, ich weiß auch nicht«, stieß ich zwischen zusammengepressten Zähnen hervor.

Alles drehte sich und der Stoff der Kleider begann, vor meinen Augen zu flimmern wie Feuer.

»Es geht schon«, sagte ich und konzentrierte mich auf einen Punkt am Boden. *Reiß dich zusammen, Naima!*, mahnte ich mich. Ich würde doch jetzt nicht meine Professionalität verlieren. Nicht nach der ganzen Arbeit!

»Wollt Ihr die Kleider dann so mitnehmen?«, fragte ich mit der letzten Kraft, die ich zusammenkratzen konnte.

»Mitnehmen?«, rief eine der Schwestern. »Ich werde es nicht mehr ablegen, bis zur Teegesellschaft. Ich werde es überhaupt nie mehr ablegen! Ich sehe zum Anbeißen aus!«

Ihre Worte erfüllten mich mit lauer Wärme. Langsam beruhigte sich mein Atem und ich wagte es aufzusehen. Es stimmte, die Schwestern waren schöner denn je, und ein leichter Stolz umgab mich. Der Älteren stand das gewagte Kleid sehr gut, sie sah aus wie ein Gemälde, die Jüngere wirkte so autoritär wie eine Königin.

»Umso besser, dann wünsche ich eine schöne Feier heute Nachmittag«, sagte ich und kam etwas wackelig auf die Beine.

Als die Frauen schnatternd das Geschäft verließen, lugte Hamdan aus seinem Kabuff.

»Gute Arbeit«, grunzte er, aber es klang eher wie eine Zurechtweisung als ein Kompliment. Und ohne ein weiteres Wort verschwand auch er aus dem Geschäft.

Ich hatte keine Kraft, auch nur die Stirn zu runzeln. Kaum war ich allein, gab ich der Erschöpfung nach und sank mit dem Kopf auf die Tischplatte. Hatte ich mich so übernommen? Offenbar schon, warum sonst sollte ich von einer Sekunde auf die andere so erledigt sein?

Ehe ich darüber nachdenken konnte, fiel ich in einen unruhigen Schlaf.

***

Es war später Nachmittag, als ich erschreckt wieder zu mir kam. Hamdan war zum Glück nicht wieder aufgetaucht und hatte mich nicht beim Schlafen ertappt.

Hastig beendete ich noch einige der liegengebliebenen Aufgaben, bevor ich beschloss, mir ein wenig die Beine zu vertreten. Ich hatte die letzten Wochen so viel gearbeitet, dass ich kaum etwas von der Stadt gesehen hatte. Also schloss ich den Laden ab und ließ mich durch die Gassen treiben.

Das Klima in Arada war zwar nicht anders als in Tuzol und doch kam es mir stickiger vor. Vielleicht lag das an der großen Stadt und den engen Gassen, in denen die Luft stand. Es war brütend heiß, obwohl die Sonne sich schon ihrem tiefsten Punkt zuneigte.

Meine Füße trugen mich unwillkürlich in Richtung Hafen. Dieser Teil der Stadt fühlte sich bedeutungsvoll an und schien mich deshalb wie magisch anzuziehen. Hier war ich angekommen, hier bestand die Verbindung zu meinem alten Leben, das inzwischen so unendlich weit in die Ferne gerückt war. Ich durchquerte einen verwohnten Bezirk, in dem Kinder herumliefen, die auch aus Herdas Heim hätten stammen können. Schweren Herzens sah ich ihnen nach, wie sie durch die Gassen flitzten. Plötzlich überkam mich der traurige Wunsch, ihnen eine bessere Kindheit bereiten zu können, als ich sie gehabt hatte.

»Aber wie?«, murmelte ich vor mich hin. Mein Gehalt reichte gerade zum Leben. Vielleicht konnte ich mir etwas vom Munde absparen. Auch wenn ich dadurch nur ein paar Kindern helfen konnte, beschloss ich, in den nächsten Tagen noch mal wiederzukommen und etwas zu essen mitzubringen.

Ich bremste ab, als sich das Meer vor mir ausbreitete. Heute war ich an einer anderen Stelle herausgekommen, nicht direkt am Hafen, sondern an einer großen Plattform ganz im Süden der Stadt. Staunend trat ich näher. Das hier musste der berühmte schmalste Punkt der Stadt sein, das Nadelöhr zwischen Norden und Süden, von wo aus man vom Östlichen Meer auf das Westliche sehen konnte.

Der Pavillon war der Mittelpunkt aller Himmelsrichtungen. Hüfthohe Mauern trennten die Plattform zu beiden Seiten vom Meer. Mächtige Säulen ragten daraus empor und verbanden sich in eindrucksvollen, spitz zulaufenden Bögen. Wie ein königlicher Pavillon säumten sie die gesamte Promenade. Die tiefstehende Sonne tauchte alles in goldenes Licht.

Ich lief über den bunt gefliesten Mosaikweg zu einem der Bögen und stellte mich an die Mauer. Das Meer schwappte still vor sich hin, verschmolz am Horizont mit den Schemen einer flirrenden Bergkette, die den Süden des Landes ankündigte. Der strahlend blaue Himmel mischte sich in das Farbspiel ein und bildete einen malerischen Kontrast zum goldenen Streifen am Horizont.

Ich sog tief die Luft in meine Lungen, schmeckte Salz, das mich an zu Hause denken ließ. Nein. Tuzol war nicht mehr mein Zuhause. Genau genommen war es das auch nie gewesen. Arada hingegen fühlte sich so an, als könne es so was wie mein Zuhause werden.

Ich war schneller angekommen, als ich je zu träumen gewagt hätte. Befreit atmete ich auf. All die Schmerzen und die Einsamkeit von früher hatten sich langsam ausgeglättet wie die Falten beim Bügeln aus einem dünnen Stoff. Und vielleicht würden sie irgendwann ganz verschwinden.

Zu diesem Zeitpunkt ahnte ich noch nicht, dass sich in wenigen Tagen alles ändern würde.

***

Ich traute meinen Augen kaum, als ich am nächsten Morgen zur Arbeit kam. Vor dem Laden stand eine Traube Männer und Frauen, alle in höfischer Garderobe. Sie quasselten wild durcheinander, wirkten trotz der frühen Morgenstunden putzmunter und drückten sich die Stufen bis zum Eingang hinab, sodass ich kaum hindurch kam.

»Darf ich mal?«, fragte ich und schob mich durch die Menge.

Die Tür zum Laden war verschlossen, doch drinnen brannte Licht. Verwirrt schüttelte ich den Kopf und schloss die Tür auf.

»Was ist denn hier los?«, keuchte ich, als ich es endlich geschafft hatte, mich in die Werkstatt zu quetschen. »Gibt es noch ein Fest, von dem ich nichts weiß?«

Zuti war gerade dabei, den Laden aufzuräumen, von Hamdan sah ich nur die Schuhspitzen. Er hatte sich in sein Büro verzogen und hinter einem Berg aus Stoff versteckt.

Die ältere Frau warf mir ein freundliches Lächeln zu. »Sie sind deinetwegen hier«, erklärte sie.

Perplex starrte ich sie an. »Meinetwegen?«

Zuti nickte begierig. »Deine Kleider für die Schwestern waren der letzte Schrei. Jetzt will jeder so eins –«

»Zuti«, blaffte Hamdan aus seinem Büro.

Sie rollte mit den Augen und zwinkerte mir zu, bevor sie sich wieder den Stoffschnipseln am Boden widmete.

Ich stand noch immer wie eine Salzsäule da. Das konnte nicht sein. Ja, die Kleider waren mir gelungen, aber waren sie wirklich so besonders gewesen?

Langsam drehte ich mich der wartenden Meute zu. Ein paar Frauen ganz vorne winkten mir aufgeregt zu und zeigten auf den Türgriff.

»Warum ist denn niemand hier drinnen? Wenn sie doch alle warten?«

»Hamdan hat sie vor die Tür gesetzt«, raunte Zuti.

»Was? Aber warum? Es ist doch gutes Geld. Und ich würde gerne noch mehr dieser Kleider machen.«

»Nein!«, kam es aus Hamdans Kabuff.

»Aber warum denn nicht?«

Ich spähte in sein Büro. Wie immer, wenn ihm etwas nicht passte, stellte er sich taub. Plötzlich erwachte wieder das kribbelnde Gefühl von Wut in meinem Magen. Ich fühlte mich an Herda erinnert, an die elende Bevormundung. Ich wollte nähen und entwerfen, und vor der Tür stand ein Pulk von Menschen, die meine Arbeit schätzten. War nicht das allein schon Irrsinn? Und doch war ich noch immer machtlos, schon wieder abhängig.

Ich schüttelte energisch den Kopf. War ich nicht.

Kurzentschlossen stapfte ich zur Tür und öffnete den Riegel. Augenblicklich purzelte ein Dutzend Frauen und Männer hinein.

»Bist du etwa die neue Schneiderin?«, fragte ein Mann in Rot. »Schneiderst du auch für Herren?«

»Ich brauche ein Kleid für den Ball der Königin!«, verkündete eine ältere Dame.

»Ich auch! Ich will auch eines in Petrol!«

Das Geschrei nahm Fahrt auf und vermengte sich zu einem lauten Geschnatter.

Mein Puls beschleunigte sich. Ich schnappte mir eine Liste und bat die Frauen und Männer, sich in eine Reihe zu stellen. »Bitte, eine nach der anderen. Ich nehme die Aufträge nacheinander an«, sagte ich und konnte mir ein Grinsen nicht verkneifen. Wenn das nicht nach einer Gehaltserhöhung schrie, dann wusste ich auch nicht …

»Schluss jetzt!«, donnerte eine Stimme direkt neben meinem Ohr. Ich zuckte zusammen, sodass mir der Stift aus der Hand fiel.

Hamdan war neben mir aufgetaucht, sein Kopf glühte wie eine Paprikaschote. »Raus aus meinem Laden! Alle miteinander!« Er schrie die Kunden an, dass ihm der Speichel flog. »Sie nimmt keine weiteren Aufträge an.«

Mit erschreckten Mienen stolperten die Frauen und Männer hinaus, schüttelten die Köpfe und tuschelten leise.

Ehe ich den Stift wieder in den Händen hatte, war der Laden wie leergefegt.

»Was sollte das denn?«, fuhr ich Hamdan an. Die Wut in meinem Inneren war am Siedepunkt angelangt. »Wieso verweigerst du mir die Aufträge?«

»Es reicht«, knurrte Hamdan.

Ich schnappte nach Luft. »Nein, tut es nicht! Ich will noch mehr Kleider nähen. Und ich schaffe das. Wieso lässt du mich nicht zeigen, was ich kann?«

Hamdan sah mich bitterböse an. Er setzte an, etwas zu sagen, aber ich war so in Rage, dass ich ihm über den Mund fuhr. »Ist es etwa Neid? Weil erst meine Kleider deinen Laden interessant machen?«

Ich sah Hamdan kaum merklich zusammenzucken und biss mir auf die Lippe. Das hatte gesessen.

»Es reicht«, zischte er nun in einem leisen, bedrohlichen Tonfall. »Du bist immer noch bei mir angestellt. Du nähst nur, was ich dir gestatte.« Mit einem eiskalten Gesichtsausdruck wandte er sich ab, donnerte mir die Kiste mit ausgerissenen Hosentaschen vor die Füße und kehrte zurück in sein Büro.

Heiße Tränen schossen mir in die Augen. Ich fühlte mich plötzlich wieder klein und in eine Zeit zurückversetzt, von der ich bis vor Kurzem noch gedacht hatte, sie zurückgelassen zu haben.

»Das ist so ungerecht«, flüsterte ich und fuhr mir verärgert übers Gesicht. Ich wollte nicht weinen. Ich wollte ihm nicht so eine Macht geben.

Erst jetzt registrierte ich Zuti in der Ecke des Raumes stehen. Sie machte ein bedrücktes Gesicht.

»Nimm es dir nicht zu Herzen, *tatlım*«, sagte sie liebevoll. »Er meint es nicht so. Er wird sich schon wieder einkriegen.«

Ich trat verärgert gegen den Eimer, sodass Zuti zusammenzuckte. »Ich denke, dass er es genauso meint. Und das ist das Schlimmste.«

Mit brodelnder Wut im Bauch nahm ich mir die erste Hose vor. Zurück war ich beim elendigen Löcherstopfen.

6

Shanini

Ich lag auf einem Teppich und blätterte in meinem gerade beendeten Buch. Ein paar Sätze überflog ich noch ein zweites Mal, als könnte ich so für ein paar Augenblicke zurück in die fremde Welt eintauchen, in die Geschichte voller Magie und fremder Kulturen. Doch die Geschichte war ausgelesen, ich hatte sie verlassen wie ein beruhigendes Bad. Warum waren die schönsten Geschichten auch immer am schnellsten vorbei?

Ein Klopfen an meiner Zimmertür ließ mich den Kopf heben.

»Ist offen«, rief ich und klappte das Buch zu.

Ein roter Lockenkopf schob sich durch den Türrahmen und ich lächelte.

»Schokoladeneis gefällig?«, fragte meine beste Freundin und zauberte zwei silberne Schüsseln hervor.

»Es ist zehn Uhr abends!«, rief ich und streckte nichtsdestotrotz meine Hände aus. »Bist du mal wieder in die Küche eingebrochen?«

Sie verzog den Mund zu einem unschuldigen Grinsen und plumpste neben mir auf den Teppich.

Ich fiel über das Eis her und spürte dabei ein paar Seitenblicke auf mir. Ich ließ den silbernen Löffel sinken und sah zu meiner Freundin. Ihre Augen huschten umher und verrieten nur zu eindeutig, dass sie etwas im Schilde führte.

»Das Eis ist nur Bestechung, was?«, seufzte ich und schob den Becher von mir.

»Kann schon sein.«

»Na, dann spuck's aus, Zoe.« Ich legte mich wieder flach auf den Boden.

»Ich habe rausgefunden, wo die Gevezel-Schwestern ihre Kleider gekauft haben«, rief sie.

»Fängst du jetzt wieder damit an?«, seufzte ich. »Es ist mir egal, was passiert ist.«

»Egal?« Zoe schnappte nach Luft. »Wie kann es dir egal sein? Die beiden Männer waren deinetwegen hier. Sie wollten *dich* kennenlernen und *dir* den Hof machen. Und kaum sind die Gevezel-Hühner aufgetaucht, wurdest du liegen gelassen wie ein Sack Linsen!«

Ich sank unwillkürlich in mich zusammen. »Ist doch nicht schlimm«, murmelte ich.

»O doch, das ist es! Irgendwas stimmte da nicht. Und ich sage dir noch mal, es waren einfach diese wunderschönen Kleider. Kein Wunder, dass diese Dumpfbacken von Männern nirgends anders hingucken konnten. Wenn du so ein Kleid getragen hättest …«

»Aber das ist doch gar nicht mein Stil.«

»Macht ja nichts.« Zoe schob sich einen großen Löffel Eis in die Backen. »Ich lass jedenfalls nicht zu, dass meiner besten Freundin auf ihrem Rendezvous noch mal die Schau gestohlen wird.«

»Ehrlich gesagt, haben sie mir damit sogar einen Gefallen getan. Es hat doch die Situation gerettet. Ich habe keinen Ton herausgebracht, schon vergessen?«

Zoe schüttelte ihren Lockenkopf. »Hör auf, dich so klein zu machen. Sehen wir nach vorn. Die Schneiderei ist hier in der Nähe. Es war wohl eine ganz Neue, die die Kleider gemacht hat. Bestellen wir dir ein Kleid für die große Willkommensgala in zwei Wochen, bevor jemand anderes dir wieder zuvorkommt.«

»Sollen sie doch.«

Meine Freundin überging meinen Kommentar und schleckte den Löffel ab, bevor sie ihn klirrend in die Schüssel warf.

»Ich werde hingehen, gleich morgen früh, und dir ein Kleid bestellen.«

»Aber Zoe …«, setzte ich an. »Warum?«

»Du kommst aus der Nummer sowieso nicht mehr raus. Und du hast immer noch keine Idee, was du zum Gala-Empfang anziehen wirst, geschweige denn zum Ball. Langsam wird die Zeit knapp.«

Ich verzog das Gesicht und drehte mich auf den Bauch. Es fühlte sich beinahe so an, als würde meine beste Freundin mich verraten. Ich wusste, dass das dumm war, aber ich hätte mir einfach gewünscht, sie wäre gemeinsam mit mir wütend auf meine Mutter gewesen, hätte sich mit mir zusammen aufgeregt. Ich schwieg.

»Du hast doch selbst gesagt, dass die Teekleider außergewöhnlich waren!«, drängte Zoe weiter. »Das hast du vorher noch nie gesagt.«

»Ja«, brummte ich und zeichnete das Granatapfelmuster auf dem Teppich nach.

»Hey«, sagte Zoe und knuffte mich in die Seite. »Wir stehen das zusammen durch.«

»Lass das!« Ich wehrte ihre piksenden Finger ab und konnte mir ein Lächeln nicht verkneifen.

»Zusammen durch den Irrsinn?«, erinnerte mich Zoe und hielt mir den kleinen Finger hin. Geschlagen gab ich nach und hakte in unserem Ritual meinen Finger in ihren.

»Na also«, sagte Zoe zufrieden und widmete sich wieder dem Eis. »Suchen wir dir einen schönen Ehegatten.«

»Ich hasse dich«, maulte ich.

»Und ich liebe dich auch.« Sie strubbelte mir durchs Haar und stand auf. »Ich berichte dir morgen.«

»He!«, rief ich ihr nach. »Nimm die Eisschalen mit, sonst krieg ich wieder den ganzen Ärger!«

Aber Zoe grinste nur und hob unschuldig die Hände.

Als sie mein Zimmer verließ, sah ich ihr nach. Wie gerne hätte ich auch die Leichtigkeit meiner besten Freundin besessen. *Wenn doch nur sie die Thronfolgerin wäre. Sie wäre so viel besser darin.*

7

Naima

Am nächsten Morgen kam ich kaum aus dem Bett. Alles fühlte sich sinnlos an. Es widerstrebte mir, zurück in Hamdans Laden zu gehen und mich ihm anstandslos unterzuordnen.

Flüchtige Gedanken schwirrten mir im Kopf umher. Der Wunsch, endlich meine eigene Herrin zu sein. Während ich mich anzog, sponn ich herum, mein eigenes Geschäft zu eröffnen, meine eigenen Kundinnen zu haben und nie wieder von den Launen eines anderen abhängig zu sein. Die Träumereien gaben mir etwas Auftrieb, ließen mich jedoch zusammensacken, als mir bewusstwurde, dass ich noch nicht mal Geld für ein neues Kleid hatte. Ich trug noch immer Zoes Gewand. Wie sollte ich da eine Nähmaschine, einen Laden und Stoffe bezahlen?

Missmutig stapfte ich zu Hamdans Schneiderei und schob mir unterwegs ein Stück *börek* in den Mund. Als ich vor dem Geschäft ankam, entdeckte ich drinnen eine Kundin mit langem rotem Haar und einem aufwendigen grünen Kleid. Neben ihr stand eine ältere Frau, die anscheinend so was wie eine Zofe war. Ich runzelte die Stirn, verwundert darüber, dass Hamdan sie noch nicht verjagt hatte. Aber vielleicht handelte es sich auch um einen alten Auftrag.

Mit einem Seufzen wandte ich mich den Treppenstufen zu, als plötzlich etwas in meinem Augenwinkel meine Aufmerksamkeit erregte. Besser gesagt *jemand*.

»Du bist auch immer nur am Essen«, begrüßte mich Tarik.

Er trug heute ein braun gestreiftes Hemd und wie immer seinen vollen Rucksack auf dem Rücken. Unwillkürlich überkam mich ein Lächeln und mein Unmut schwand. Schnell fegte ich mir ein paar Blätterteigkrümel aus dem Gesicht.

»Und du nur am Meckern«, erwiderte ich.

Tarik fixierte mich mit seinem durchdringenden Blick. Die Stille machte mich nervös, daher fragte ich etwas lahm: »Bringst du neue Perlen?«

Tarik löste sich aus seiner versteinerten Haltung, als wäre ihm etwas eingefallen. »Ja«, sagte er und lief ohne ein weiteres Wort an mir vorbei und die Stufen hinab.

Ich folgte ihm mit zuckenden Schultern. Das Klingeln der Türglocke ließ die Kundin im Verkaufsraum herumfahren. Überrascht schnappte ich nach Luft, als ich ihr Gesicht erkannte.

»Fisch-Mädchen!«, schnurrte die Rothaarige. »Was machst du hier? Und warum trägst du immer noch das? Bist du so versessen auf mich?« Sie klimperte spaßhaft mit den Wimpern und wies auf mein Kleid.

»Zoe?«, fragte ich verblüfft.

Ich sah Hamdans Augenbrauen fragend nach oben schießen.

»Ich arbeite jetzt hier«, erklärte ich. »Als Schneiderin.«

»Nicht wahr!«, rief Zoe. »Ist sie etwa *die* neue Schneiderin? Das gibt's doch nicht. Ich hätte es ahnen müssen, als du mein Kleid mit Gräten geflickt hast.« Sie klatschte in die Hände.

»Du hast was gemacht?« Tarik sah mich an, als wäre ich wahnsinnig geworden.

»Das war ... ach, egal.« Ich merkte, wie mir das Blut ins Gesicht schoss.

»Hast du die Perlen, Tarik?«, mischte sich Hamdan ein. »Mir passt das gerade gar nicht. Leg sie dort hinten aus.«

Tarik sah Hamdan böse an, sagte aber nichts. Meine Wut vom Vortag kitzelte erneut in meinem Magen und ich wünschte, Tarik würde sich verteidigen. Stattdessen trottete er einfach zum anderen Ende der Werkstatt und breitete den Inhalt seines Rucksacks auf einem Tisch aus. Ich sah ihm nach und verspürte kurz den Wunsch, seine neusten Kreationen sofort zu begutachten.

Zoes Stimme riss mich aus den Gedanken. »Jedenfalls habe ich ein Anliegen«, sagte sie etwas ungeduldig. »Ich will ein Kleid bestellen.«

»Leider nehmen wir keine Aufträge mehr an«, erwiderte ich und ließ dabei Hamdan nicht aus den Augen. Er verzog keine Miene.

»Aber diesen doch gewiss«, sagte Zoe. »Für die Thronerbin Shanini.«

Ich starrte sie perplex an. »Was?«

Das zufriedene Grinsen kam zurück auf Zoes Gesicht. »Ganz richtig gehört.«

»Du kennst die Thronerbin?«, fragte ich ungläubig.

»Kennen«, schnaufte Zoe. »Sie ist meine beste Freundin, seit wir vor ein paar Jahren nach Arada gekommen sind. Ihr habt ja sicher vom Heiratsmarkt gehört?«

»Natürlich«, brummte Hamdan.

»Nein«, sagte ich.

»Warum überrascht mich das jetzt nicht?«, stöhnte Zoe. »Bei deinem miserablen Wissen über Festivitäten.«

Ich zwang mich, kein beleidigtes Gesicht zu machen.

»Die Königin hat hundert Edelmänner aus dem Süden eingeladen, die um Shaninis Aufmerksamkeit buhlen werden.«

»Alle auf einmal?« Ich machte große Augen.

»Ja, und sie bleiben vier Wochen im Palast, bis zum großen Ball. Dort muss sich Shanini einen Mann aussuchen, weil sie bisher jeden abgelehnt hat. Es lief bisher noch nicht so gut.« Sie hielt einen Moment inne und betrachtete mich mit einem Blick, den ich fast als Vorwurf gedeutet hätte. Doch dann schüttelte sie den Kopf. »Direkt im Anschluss an den Ball findet die öffentliche Hochzeit statt.«

»Und wann reisen die ganzen Kandidaten an?«, fragte ich.

»In zwei Wochen. Und das bringt mich auch zu meinem Anliegen. Die Kandidaten werden mit einem Gala-Abendessen empfangen. Dafür brauchen wir ein besonderes und auffälliges Kleid. Ein Kleid, in dem niemand es schafft, die Erbin wieder auszustechen.«

»Auszustechen?«

»So wie bei ihrer Teeveranstaltung. Die Verehrer hatten plötzlich nur noch Augen für die Gevezel-Hühner, nicht mehr für die Thronerbin!«

Mir klappte die Kinnlade herunter. »Was?«

»Ganz genau. Das darf nicht noch mal passieren. Ausgerechnet die Gevezel-Schwestern, unglaublich! Es geht hier schließlich um Shanini.«

»Wir nehmen keine Aufträge mehr an«, unterbrach Hamdan barsch und verschränkte die Arme vor der Brust. »Wie meine Gehilfin schon meinte.«

»Aber –«

»Wir sind außerdem beschäftigt«, sagte Hamdan.

Ohne ein weiteres Wort drehte er Zoe den Rücken zu und ging zum wartenden Tarik hinüber. Mir klappte der Mund auf.

»Entschuldige, dass er so ...« Ich rang nach Worten. »Sicher gibt es noch mehr passende Schneidereien.«

Zoe stöhnte auf. »Aber das ist es ja gerade. Shanini macht sich nichts aus Kleidern und die Verkupplungsgeschichte ist ihr sowieso ein Graus. Deswegen braucht sie so dringend ein ganz besonderes Kleid, in dem sie ihren eigenen Wert erkennt. Mit dem Kleid kommt die Lust auf alles andere.«

»Sagt man das hier so?«, fragte ich.

»Nein, das sage ich so.« Zoe wedelte mit der Hand und senkte die Stimme. »Hör zu. Pfeif auf diesen alten Mann. Komm in den Palast, wenn du heute fertig bist, und triff dich mit Shanini und mir. Wir finden schon eine Lösung.«

»Ich weiß nicht ...«, setzte ich an.

»Überleg es dir«, sagte Zoe entschieden.

Leichte Aufregung durchströmte mich. Den Königshof von innen sehen und die Prinzessin treffen? Das fühlte sich an wie ein Märchen. Aber war es nicht gleichzeitig dumm, meinen Arbeitsplatz für einen einzigen Auftrag aufs Spiel zu setzen?

»Warum denn unbedingt ich?«, fragte ich Zoe, als sie sich schon zum Gehen wandte. »Du hast doch nur zwei Kleider von mir gesehen, sie können ja nicht so besonders gewesen sein, dass –«

»O nein.« Zoe drehte sich zu mir um. »Es waren nicht nur die Kleider. Es war das, was sie aus den Trägerinnen gemacht haben. *Sogar* aus den Gevezel-Schwestern.«

Die Art, wie sie es sagte, machte deutlich, was für eine Meinung sie eigentlich von meinen ersten Kundinnen hatte.

»Sag, dass du ein Gast von Zoe Gould bist.« Mit diesen Worten hakte sie sich bei ihrer Zofe unter und verschwand aus dem Laden.

***

Den ganzen Tag war ich in Gedanken versunken. Ich hatte den Eindruck, Hamdan hatte etwas von Zoes Vorschlag mitbekommen, zumindest behandelte er mich noch unfreundlicher als sowieso schon. Trotzdem war diese Chance zu unglaublich, um sie zu ignorieren.

»Was sie aus den Trägerinnen gemacht haben«, murmelte ich vor mich hin.

Ja, ich war zufrieden mit den Ergebnissen gewesen und ich hatte mit den Kleidern geschafft, was sich die Schwestern gewünscht hatten. Aber wieso war das so erstaunlich, dass der halbe Hof plötzlich ein Kleid von mir wollte, ja sogar die Prinzessin? Meine Gedanken verknoteten sich wie ein unentwirrbarer Klumpen Garn.

Als es dunkel wurde und Hamdan den Laden schloss, hatte ich noch immer keine Entscheidung getroffen. Ich verabschiedete mich knapp und streunte durch die Gassen, bis ich mich nach einem Umweg vor den Palastmauern wiederfand. Unwillkürlich beschleunigte sich mein Atem.

Ich war doch sonst nicht so unentschieden.

Ich straffte die Schultern und trat an die Wachen heran. Sie musterten mich skeptisch.

»Ich habe eine Verabredung mit Zoe Gould«, erklärte ich.

Die beiden wechselten einen Blick, bevor einer mir etwas zubrummte und mich aufforderte, ihm zu folgen. Das Tor zum Königshof öffnete sich und mein Herz flatterte. Ich, ein Waisenkind vom Ende der Welt, betrat gerade tatsächlich königlichen Boden!

Ich wollte schon losmarschieren, doch der Wachmann bremste mich und wies mich an, ihm alles zu zeigen, was ich bei mir trug. Da ich außer meiner Wasserflasche nichts dabeihatte, tastete er anschließend noch penibel mein Kleid ab. Es war unangenehm und nach einer gefühlten Ewigkeit kam er endlich zum Schluss, dass ich keine Waffen an mir trug, und setzte sich in Bewegung.

Der Vorplatz zum Schloss war mit spitzzulaufenden Torbögen gesäumt, ähnlich wie am Hafen. Sie waren ringsum mit filigranem Fries geziert. Das untere Drittel der Säulen trug ein Mosaik in Türkistönen, der obere Teil war in einem Elfenbeinton verputzt. Jetzt, im Dunkeln, waren die Bögen mit tausend Lichtern erleuchtet und glühten wie die Sonne. Die sorgfältig gepflegten Blumenbeete und Palmen gaben der Luft ein köstliches Aroma. Zusammen mit den vom Tag aufgeheizten Steinwegen ergab sich ein Duft aus einer anderen Welt. Überall standen kleine Laternen mit filigranem Gehäuse, die Muster auf Böden und Wände warfen.

Ich sog jedes Detail auf, während ich hinter der Wache durch die verwinkelten Gänge der Anlage lief. An der geschwungenen Tür zu einem Palastflügel übergab er mich an einen jungen Soldaten.

Ich stutzte einen Moment. Er war mit Abstand der hübscheste Mann, den ich je gesehen hatte. Sein Gesicht war markant, er hatte kräftige Wangenknochen und braune Augen. Sein Haar war blond und kurz. Ich zwang mich förmlich, ihn nicht blöd anzustarren, und folgte ihm in den Palast.

»Ich bin Adem«, stellte sich der Soldat vor. »Ich gehöre zur ersten Garde der Prinzessin. Dich kenne ich nicht.« Er warf mir einen misstrauischen Blick zu.

Ich reckte das Kinn. »Ich bin Schneiderin und mit Zoe Gould verabredet«, sagte ich. *Schneiderin*. Ich biss mir grinsend auf die Unterlippe. Wie herrlich es war, das von mir sagen zu können.

»Mhm«, machte Adem und führte mich weiter ins Innere des Palasts.

Teures Fischgräten-Parkett breitete sich vor mir aus, eine hohe Decke über mir. Die Wände waren über und über mit verschlungenen Tapeten geziert. Sie waren gold und blau, zeigten Ornamente aus Pfauen und Granatäpfeln, dazwischen Fabeltiere mit Flügeln und Krallen. Die kunstvollen Muster mündeten in einer hölzernen Leiste an der Decke, in welche weitere Bilder von Legenden geschnitzt waren. Mehrere Stoffbänke, Spiegel und Gemälde rundeten den Anblick ab. Ich kam aus dem Staunen nicht heraus.

Der Soldat führte mich in einen Vorraum und forderte mich grunzend auf zu warten, während er durch eine Mosaiktür in einen weiteren Raum verschwand. Ich hatte noch längst nicht alle Details von dem kleinen Raum unter die Lupe nehmen können, als Adem auch schon wiederkam.

»Komm. Sie erwarten dich«, verkündete er mit einem knappen Nicken. Sein Blick hatte etwas Durchdringendes und Misstrauisches, das mich verunsicherte.

»Danke«, sagte ich und holte Luft.

Der Soldat öffnete die Tür und schob mich in einen Raum mit rosafarbener Blumentapete, einer opulenten Sitzecke aus Hunderten Kissen und zwei Gesichtern, die mich freundlich ansahen.

Zoe saß auf einem wuchtigen rosafarbenen Sessel mit goldener Kante. Sie stieß einen begeisterten Schrei aus.

»Ich dachte mir doch, dass du kommst! Hab ich's nicht gesagt, Shanini?!«

Wie vom Donner gerührt sah ich zur zweiten Person, die in den Bergen von Kissen saß. Sie trug ein elegantes marineblaues Kleid. Es war schlicht, bis auf den Saum, der mit funkelnden Perlen bestickt war. Ihr Gesicht war fein und von ein paar hellbraunen Strähnen umrahmt, ihre Augen waren dunkelbraun und huschten scheu umher.

»Bei der Sonne«, flüsterte ich und verbeugte mich hastig. »Eure Hoheit.«

»Schon gut, du musst dich nicht verbeugen.« Prinzessin Shanini machte eine unangenehm berührte Handbewegung.

»Sie hasst das«, erklärte Zoe.

»Entschuldigung.« Schnell richtete ich mich wieder auf und stieß dabei gegen eine Vase, die bedrohlich kippelte. Panisch rettete ich sie vor dem Umstürzen. Das fing ja toll an.

Der Soldat neben mir zischte genervt. Auf Shaninis Gesicht erkannte ich glücklicherweise ein gutmütiges Lächeln.

»Kein Problem«, sagte sie.

Ihre Stimme war hell und warm, ihre Haltung zurückhaltend, aber elegant. Sie war das völlige Gegenteil von Zoe und ein wenig überraschte es mich, dass die beiden so gut befreundet waren.

»Du kannst uns allein lassen, Adem«, meldete sich Zoe.

»Sicher?« Der Soldat bedachte mich mit einem weiteren prüfenden Blick, die Hand ruhte auf dem Gewehr an seiner Hüfte.

»Ist in Ordnung, danke«, bestätigte die Prinzessin sanft.

»Sehr wohl. Ich warte vor der Tür.« Adem nickte knapp und verließ den Salon.

»Er ist sehr misstrauisch gegenüber Fremden, entschuldige«, erklärte Shanini.

»Kein Problem«, sagte nun auch ich.

»Also«, schaltete sich Zoe wieder ein. »Sie wird dir das perfekte Kleid nähen, Shanini. Eins, das keine andere hat. Wir dachten an etwas mit Glitzer und weitem Rock –«

»Wohl eher du«, warf Shanini ein und machte ein gequältes Gesicht. »Ich würde am liebsten in einem Kartoffelsack kommen. Oder noch besser: gar nicht.«

»Ist die Hochzeit nicht in Eurem Sinne, Eure Hoheit?«, fragte ich und biss mir auf die Lippe. Durfte ich das überhaupt fragen?

»Nenn mich Shanini, bitte«, seufzte die Prinzessin. »Und nein, sicher nicht. Mir ist es ein Graus, dass hier bald hundert Männer herumschwirren werden.«

»Warte erst mal ab, was das für Sahnehäppchen sind«, sagte Zoe grinsend.

Shanini stöhnte. »Sag das doch nicht so.«

»Wie denn?«

»Na, so ... als sei das lustig!«

»Aber es ist lustig!«, erwiderte Zoe. »Nimm nicht alles so furchtbar ernst.«

»Ich wünschte, das wäre so einfach.«

»Wir schaffen das schon«, munterte Zoe sie auf. »Der Süden hat bestimmt viele süße Männer.«

»Warum gerade der Süden?«, fragte ich.

»Ich soll so sein wie meine Mutter«, sagte Shanini. »Durch ihre Heirat mit meinem Vater ist sie ein Bündnis mit dem Anführer der südlichen Seite eingegangen. So konnte sie den Waffenstillstand im Hundertjährigen Krieg bewirken.«

»Sie ist eine wahre Heldin«, seufzte Zoe. »So selbstlos.«

Shaninis Blick verdunkelte sich. »Ja. Sie strahlt heller als alles andere und wirft dadurch große Schatten.«

»Sei nicht so hart zu dir«, entgegnete Zoe. »Jetzt kommt deine Zeit. Dein Prinz ist irgendwo da draußen. Das ist doch wohl das Schönste, was man sich vorstellen kann …«

»Das seh ich anders«, murmelte Shanini.

Ich beobachtete sie stumm. Ihr Gesicht war fahl geworden und Sorge lag in ihrem Blick. Ein leises Mitgefühl wuchs in mir. Ich verstand ihre Angst, sich für die Politik in eine Abhängigkeit zu begeben, in die Arme irgendeines Mannes.

»Es ist sicher nicht einfach«, sagte ich leise.

»Nein.« Shanini sah mich dankbar an.

»Ich glaube schon, dass es das ist. Wir amüsieren uns in diesen vier Wochen und wenn dabei ein Verlobter für dich rausspringt, umso besser.« Zoe stand auf und zerrte zwei Kleider hinter einem Paravent hervor. »Wie wäre es mit so einem Stil?«

Das eine Kleid war quietschrot mit langer Schleppe. Das andere ein gepufftes Kleid, das mich an eine Sahnehaube erinnerte.

»Du weißt, dass ich so was nie anziehen würde«, stöhnte Shanini. »Ich glaube sowieso, dass das hier sinnlos ist. Tut mir leid.« Sie wandte sich an mich. »Danke, dass du hergekommen bist. Aber ich glaube, ich ziehe einfach irgendwas aus meinem Schrank an. Das hier fühlt sich alles nicht richtig an. Tut mir wirklich leid.«

Sie stand auf und angelte ein zerlesenes Buch aus dem Kissenberg.

Bevor Zoe protestieren konnte, ergriff ich das Wort: »Du hast recht. Ich glaube auch nicht, dass ein Kleid die Lösung für alles ist.«

Zoe schnaubte. »Von dir hätte ich mir ein bisschen mehr Zuspruch erwartet!«

»Es geht nicht um das Kleid. Es geht nur darum, was das Kleid in dir auslöst.«

Shanini sah mich aufmerksam an, also fuhr ich schnell fort. »Die besten Kleider sind nicht die, die dich überschatten, sondern die, die dich strahlen lassen.« Mein Herz begann schneller zu klopfen. Ich wusste selbst nicht, wo diese Worte herkamen, aber sie fühlten sich genau richtig an. »Und das ist für jeden Menschen ein anderes Kleidungsstück. Was wir tragen, kann uns zu ganz neuem Selbstbewusstsein verhelfen. Wenn die Kleidung unseren Charakter widerspiegelt, macht sie uns stärker.«

Shanini und Zoe starrten mich an. Einen Moment war es still, bis Zoe strahlend rief: »Genau das! Das war es, was ich wollte.«

Eine Leichtigkeit erfüllte mich, als auch ein kleines Lächeln auf Shaninis Gesicht wanderte. »Also gut.«

8

Naima

Verlegen nahm ich Shaninis Maße. Sie hatte etwas so Bodenständiges an sich, dass ich dauernd vergaß, mit wem ich es zu tun hatte. Wann immer es mir aber wieder in den Kopf schoss, traute ich mich kaum noch zu atmen.

Zoe saß auf ihrem rosafarbenen Sessel und ließ die Beine baumeln.

Eine ältere Dienerin kam herein und stellte uns eine silberne Teekanne und Gebäck hin. Sie musterte Shanini und mich neugierig.

»Danke, Olca«, sagte Shanini.

Die Dienerin nickte knapp und wandte sich ab.

»Wie lange dauert das denn noch? Ich muss gleich los, bin noch verabredet.«

»Der Typ vom Fest? Oder der Blumenhändler vom Markt?«, erkundigte sich Shanini.

»Der vom Markt natürlich! Ahmad!« Zoes Stimme machte einen Hüpfer. »Er war so charmant, hat mich gestern nach einem Rendezvous gefragt.«

»So spät abends?«, fragte ich misstrauisch.

»Nein, das habe ich vorgeschlagen«, sagte Zoe. »Wenn es draußen dunkel ist, sind nicht mehr so viele Tratschköpfe unterwegs, die Stuss über mich erzählen ...«

»Du wolltest dir solches Gerede doch nicht mehr zu Herzen nehmen, schon vergessen?«, erinnerte sie Shanini.

»Mach ich auch nicht.« Zoe warf ihr Haar zurück. »Und bei Ahmad ist außerdem alles anders.«

»Wie immer«, flüsterte Shanini, sodass nur ich es hören konnte. Ich verkniff mir ein Grinsen.

»Dann viel Spaß«, sagte Shanini an Zoe gerichtet.

»Den werde ich haben.« Schwunghaft stand Zoe auf. »Bis morgen Shanini. Wir sehen uns, Fisch-Mädchen.«

Fasziniert sah ich ihr nach, als sie aus dem Raum schwebte. Shanini kicherte.

»Sie ist sehr sprunghaft«, sagte sie. »Liegt wahrscheinlich an ihrem wechselhaften Leben.«

Kurz überlegte ich, nach dem Handwerker aus Tuzol zu fragen, aber schüttelte den Gedanken ab. Das ging mich alles überhaupt nichts an.

»Ich wünschte manchmal, mit ihr tauschen zu können«, gestand Shanini. »Sie hat so viel von der Welt gesehen und es fällt ihr so leicht, sich zu amüsieren.«

»Sie hat mir erzählt, dass ihr befreundet seid, seit sie nach Arada gekommen ist?«, fragte ich.

»O ja. Wir hatten beide schon immer Schwierigkeiten, Anschluss zu finden. Sie, weil sie nirgends länger als ein halbes Jahr gelebt hat. Und ich, weil ... Na ja, egal. Das hat uns jedenfalls zusammengeschweißt«, erklärte Shanini. »Manchmal würde ich das Leben auch gerne so offen und unbekümmert angehen können, wie sie es tut.«

»Ja«, sagte ich und ließ mein Maßband sinken. Für einen Moment hingen wir beide unseren Gedanken nach.

»Ich bin hier auch fertig«, sagte ich dann. »Jetzt muss ich nur noch wissen, in was für Kleidern du dich am wohlsten fühlst und was du dir für den Abend vorstellst.«

Shanini bedeutete mir Platz zu nehmen und überlegte. »Ich weiß nicht genau. Das, was ich heute trage, denke ich.«

»Also ein gerader Schnitt, nicht zu aufgebauscht?«

Shanini nickte heftig. »Bloß nicht.«

Ich entdeckte ein paar Stücke Pergament und Kreiden auf einer Kommode liegen.

»Darf ich?«, fragte ich.

»Sicher«, sagte Shanini.

Ich nahm mir die edlen Kreiden und begann mit einer Skizze. »Was trägt man denn so bei einem Gala-Empfang?«

»Da fragst du die Falsche. Ich habe mir noch nie viel aus der Garderobe gemacht. Aber andere hier im Palast ziehen zu so einem Anlass die buntesten Kostüme an.«

»Das kann ich mir vorstellen. Da, wo ich herkomme, haben die reichen Leute sich für ihre Feiern auch immer sehr schrill gekleidet.«

»Stimmt, Zoe hat mir erzählt, dass sie dich in Tuzol aufgelesen haben. Ist es im Norden wirklich so, wie sie es mir immer beschrieben hat? Festspiele, Feiern und aufgeschlossene Menschen?«

Ich wiegte den Kopf. »Ja, nach außen strahlt es wohl so. Die gut betuchte Gesellschaft liebt ihre Feiern. Jeden Tag findet irgendeine Festivität statt, sogar in meinem kleinen Dorf war das so. Es gibt aber auch noch die andere Seite, die weniger glamouröse. Die Menschen im Hintergrund, die die Schnapsgläser stapeln und am nächsten Morgen die Überreste der Nacht aufwischen.«

Shanini nahm einen Schluck aus ihrem Teeglas, wobei sie mir aufmerksam zuhörte. »Das klingt, als würdest du diese Seite besser kennen?«

»Ja, ich bin ... ich *war* diese andere Seite«, sagte ich. Kurz überlegte ich, ob ich es dabei belassen sollte, aber Shaninis Blick animierte mich fortzufahren. »Mit vier wurde ich vor einem Heim ausgesetzt. Die Heimleiterin hat uns Kinder an ihre Kunden vermittelt, zum Putzen, hauptsächlich. Von den schillernden Nächten habe ich wenig mitbekommen, wohl aber von dem Dreck, den sie gemacht haben.« Ich verzog mein Gesicht zu einem Grinsen, doch es gelang mir nicht so recht.

»Das ist ja schrecklich«, rief Shanini und legte die Hand auf den Mund. »Kinder sollten doch nicht putzen müssen!«

Ich zuckte mit den Achseln.

Shanini dachte einen Moment nach. »Und du weißt gar nicht, wo du ursprünglich herkommst?«, fragte sie dann.

»Nein. Ich habe kaum noch Erinnerungen an die Zeit vor dem Heim. Da ist nur so ein Gefühl von hellem Licht und Wärme, wenn ich versuche an diese Zeit zurückzudenken. Ich weiß nicht, ob das überhaupt eine Erinnerung ist. Es hat mich nie jemand abgeholt, also ...« Ich brach ab. Plötzlich überkam mich eine schmerzliche Traurigkeit.

»Ich weiß, wie du dich fühlst«, seufzte Shanini. »Wie du wahrscheinlich weißt, habe ich auch einen Teil meiner Familie verloren. Meinen Bruder und meinen Vater. Vater starb, als ich zehn war. Es war ein schrecklicher Unfall, er ist von einem Balkon gestürzt. Ein sinnloser Tod. Er war als dunkler Zauberer des Südens bekannt und auch in der Familie war er nicht unbedingt herzlich, aber er war mein Vater und …« Shanini sah leeren Blickes geradeaus. »Irgendwas fehlt.«

»Das tut mir sehr leid.«

»Der ganze Fokus meiner Mutter liegt seither auf mir. Es ist nicht einfach, immer perfekt zu sein. Vor allem, weil sie selbst so perfekt ist.«

Ich rang nach den richtigen Worten, doch ich wollte mir kein Urteil über die Königin erlauben.

Auf mein Schweigen hin setzte sich die Prinzessin auf und schüttelte den Kopf. »Was rede ich denn? Entschuldige, dass ich dich damit belaste. Möchtest du etwas essen?«

Sie deutete auf das Gebäck vor uns. Neben Baklava gab es kleine gedrehte Nougatpasteten und Pistazienplätzchen. Dankbar nahm ich ihre Einladung an und kostete vom Nougat. Es war köstlicher als alles, was ich je gegessen hatte. Ich musste mich beherrschen, nicht den ganzen Teller in mich hineinzuschieben.

Nach anschließendem belanglosem Gerede über Stoffe und Farben stimmte Shanini einem meiner Entwürfe zu. Ich faltete das Pergament, verabschiedete mich und ließ mich von Adem wieder bis zum Ausgang begleiten. Mein Kopf war so voll, dass ich sein griesgrämiges Schweigen nicht mal wahrnahm.

Ich war nicht überwältigt davon, die Thronerbin getroffen zu haben, sondern davon, sie tatsächlich kennengelernt zu haben.

***

Am nächsten Morgen wusste ich, was ich zu tun hatte. Ich wollte kein doppeltes Spiel spielen und ich wollte auch nicht meinen sicheren Arbeitsplatz verlieren. Ich musste ehrlich mit Hamdan sein und die Karten auf den Tisch legen.

Als ich in die Werkstatt trat, straffte ich die Schultern. »Ich muss mit dir reden, Hamdan«, erklärte ich.

Zu meiner Überraschung sah Hamdan mich direkt an. »Was ist?«

Ich holte tief Luft und setzte mich gegenüber von ihm an den großen Tisch. »Ich war gestern bei Prinzessin Shanini«, sagte ich geradeheraus. »Und ich will das Gala-Kleid für sie nähen.«

Hamdans Blick war wach und fixierte mich, doch er schwieg.

»Es ist ein besonderer Auftrag. Es ist eine Ehre, ihr Vertrauen gewonnen zu haben. Ich möchte das Kleid hier schneidern, über dein Geschäft«, fuhr ich fort.

Hamdan grübelte vor sich hin.

»Was sagst du?«, drängte ich.

»Mir ist nicht wohl dabei«, murmelte er nach einer Weile.

»Liegt es daran, dass ich unerfahren bin? Ein Grund mehr, dass ich das Kleid unter deiner Aufsicht anfertige.«

»Bei Leuten wie der Thronerbin muss man vorsichtig sein.«

»Ich weiß. Aber ich habe sie kennengelernt und ich denke, ich weiß, was sie für ein Kleid braucht.«

»Ach ja?«

»Sie muss strahlen und sich gut fühlen«, sagte ich. »Es ist eine einmalige Chance. Bitte!«

Allmählich wallte die Nervosität in mir auf. Was, wenn er ein elendiger Sturkopf blieb? Was würde ich dann tun? Shanini vor den Kopf stoßen?

Hamdan kniff die Augen zusammen. »Schön. Aber ich möchte jeden deiner Schritte mitbekommen«, ranzte er endlich.

Ich blinzelte perplex. »Im Ernst?«

»Was denn sonst? Und jetzt leg los, zeig mir deine Entwürfe und mach.« Er fuchtelte ungeduldig mit der Hand.

Mein Herz begann, schneller zu schlagen. Am liebsten hätte ich den mürrischen Mann umarmt.

»Danke!«, rief ich und lief zur Kleiderstange, an der die Grundschnitte aus steifem braunem Papier baumelten.

Ich wählte ein Schnittmuster aus, das schmal in der Taille saß und nach unten hin gerade fiel, und begann, es auf Shaninis Maße abzustimmen. In zwei Tagen sollte ich ins Schloss kommen, damit sie den Prototyp anprobieren konnte. Dann war nur noch eine gute Woche für das endgültige Kleid übrig.

Leichte Nervosität sirrte mir durch die Adern, als ich den Zuschnitt aus einem günstigen Nesselstoff machte. Mit jedem Schnitt hoffte ich, Shanini würde das Kleid gefallen, Hamdan würde meine Arbeit schätzen und vor allem ich würde mich nicht selbst enttäuschen.

***

Am Morgen der Abgabe wurde ich davon wach, dass jemand gegen die Scheibe von Hamdans Laden klopfte. Verwirrt und verschlafen setzte ich mich auf und rieb mir über die Wange, in die sich die Falten des Stoffs gebügelt hatten. Ich musste in der Werkstatt eingeschlafen sein.

Draußen erkannte ich Tarik. Unwillkürlich wurde ich nervös und strich mir die Haare aus der Stirn, bevor ich ihm die Tür öffnete.

»Guten Morgen«, sagte ich.

»Du siehst zerknautscht aus«, begrüßte er mich und legte den Kopf schief.

»Kann schon sein.« Ich rieb mir erneut über die Wange. »Was gibt's? Hamdan ist noch nicht da.«

»Was machst du dann schon hier?« Tarik schob sich wie selbstverständlich an mir vorbei nach drinnen.

»Ich musste noch etwas Wichtiges fertig machen und bin wohl darüber eingeschlafen«, erklärte ich.

»Du hast hier geschlafen?«

Ich zuckte die Schultern. »Passiert mir manchmal.«

Tarik runzelte die Stirn. »Wenn du mit deinem Fleiß Hamdan beeindrucken willst, kannst du lange warten.«

»Wieso?«

»Er ist blind dafür«, brummte Tarik. Es lag etwas Verbittertes in seiner Miene und einen Moment fragte ich mich, ob etwas zwischen den beiden vorgefallen war.

Tarik stellte seinen Rucksack auf dem Tisch ab und kramte eine kleine braune Tüte heraus. »Aber gut, dass du hier eingezogen bist, dann kannst du dem alten Mann später das hier geben.«

»Ich bin hier nicht eingezogen«, verteidigte ich mich.

»Und warum bist du dann immer hier, wenn ich vorbeikomme und nachsehe?« Er sah mich direkt an.

Ich spürte, wie meine Augenbrauen sich überrascht hoben. »Wenn du nachsiehst?«, wiederholte ich amüsiert.

Für den Bruchteil einer Sekunde sah Tarik entsetzt aus, dann sah er an mir vorbei. »Ich meine nur, wenn ich nachsehe, ob jemand da ist.«

Ich schmunzelte und gab nach. »Na gut, du hast recht, ich verbringe wirklich viel Zeit hier. Ich habe mich die letzten Wochen in die Arbeit gekniet. Erst, weil ich es Hamdan recht machen wollte, und dann habe ich den Auftrag für eine besondere Kundin bekommen. Da blieb nicht viel Zeit. Genau genommen habe ich noch gar nichts von Arada gesehen, auch wenn das immer mein größter Traum war.«

Ich biss mir auf die Lippe. Was nur so dahergesagt hätte sein sollen, war überraschend wahr. Arada, diese pulsierende Stadt, lag direkt vor mir und doch sah ich täglich nur mein Dachzimmer und die Kellerwerkstatt.

Tarik fing meinen Blick auf. »Du hast noch nichts von Arada gesehen?«

»Nicht *nichts* …« Ich seufzte lächelnd. »Doch, eigentlich schon so gut wie nichts.«

»Wenn du willst, kann ich dir eine Führung geben«, sagte Tarik und räusperte sich. »Wenn du jemanden brauchst, der dir die Stadt zeigt, meine ich.« Er guckte an mir vorbei, während er sprach, und sah deshalb nicht, wie mir der Mund aufklappte.

»Du willst mir die Stadt zeigen?«, wiederholte ich perplex.

»Es war nur so eine Idee.« Sein Blick huschte umher und er fasste sich in den Nacken.

Bei der Sonne, war er etwa nervös?

»Ja, also … warum nicht?«, sagte ich. »Gerne.«

Tarik sah erleichtert aus. »Heute Abend?«

Mein Blick huschte zum Prototyp auf dem Tisch. »Da kann ich leider nicht.«

Ein kurzer Schatten fiel über sein Gesicht.

»Aber wie wäre es mit jetzt?«, schob ich hinterher. »Ich könnte Frühstück vertragen.«

»Jetzt?« Tarik machte große Augen.

Ich zuckte mit den Schultern und sah hinaus zur aufgehenden Sonne.

»Gut, ja, das geht auch«, sagte Tarik und fuhr sich erneut über den Nacken.

»Ich hole nur meine Sachen«, sagte ich lächelnd.

Schnell schnappte ich meinen Geldbeutel und folgte Tarik nach draußen.

Einen Moment hing eine merkwürdige Anspannung in der Luft. Tarik war noch immer verklemmt oder verschlossen. Was von beidem, konnte ich seinem Gesicht nicht ablesen, also ergriff ich das Wort.

»Woher wusstest du eigentlich, dass ich nicht von hier bin?«

»Das hast du doch selbst gesagt?«

»Nein, ich meine vorher. Als du mich *Reisende* genannt hast.«

Tariks Mundwinkel zuckten. »Ach so. Das war einfach ziemlich offensichtlich. Du hast so einen Singsang.«

»Einen was?«

»Einen Singsang in der Stimme«, wiederholte er. »Du kommst aus dem Norden, oder?«

»Gut erkannt.« Ich nickte. »Und du? Hier aus Arada?«

»Nein. Ursprünglich komme ich aus einer Stadt etwas südlich von hier. Ich bin erst vor ein paar Jahren nach Arada gekommen.«

Ehe ich weiter nachfragen konnte, bogen wir auf den Basar. Sofort hüllte uns der nie abreißende Trubel ein. Händler bauten ihre Stände auf, kehrten die Straße und wuchteten Lebensmittelkisten herum. An den kleinen Hauseingängen drapierten die Eigentümer ihre klirrenden Girlanden, Ketten und Laternen.

»Wohin gehen wir?«, fragte ich Tarik über den Geräuschpegel hinweg. »Was ist der beste Platz für Frühstück in der Stadt?«

Tarik wies mit dem Kopf geradeaus. »Dafür gibt es nur eine Antwort. Komm mit.«

Ich folgte ihm durch das Treiben, sah mir im Vorbeigehen Lampions und Teppiche an und stellte mir vor, wie sich all diese Kostbarkeiten in meinem Dachzimmer machen würden.

Wir durchquerten den Basar und liefen ein Stück in Richtung Hafen. Tarik steuerte ein altes Gebäude mit rissiger Fassade an. Erst als wir eintraten, erkannte ich, dass es eine Bibliothek war.

»Wo gibt's denn hier etwas zu essen?«, fragte ich.

»Sei nicht so ungeduldig.« Die Andeutung eines Lächelns umspielte Tariks Mundwinkel.

Er steuerte zu einem Treppenhaus. Die Bibliothek erstreckte sich über drei Etagen und die dunklen Bücherregale schluckten auch das letzte Licht von draußen. Ich musste an die Ecke im Keller von Herdas Heim denken, die sie gönnerhaft als Bücherei bezeichnet hatte. Die meisten Bücher darin waren inhaltsleere Schundromane gewesen und kaum eines von ihnen hatte mich groß gereizt. Beim Anblick all dieser verschiedenen Themengebiete stieg jedoch auch in mir die Lust auf, mehr zu lesen, obwohl ich nicht sehr geübt darin war.

Ich runzelte die Stirn, als ich sah, dass die letzte Treppe aufs Dach führte. Neugierig folgte ich Tarik nach draußen.

Mir blieb der Mund offen stehen. Das gesamte Dach war mit rotgemusterten Teppichen verkleidet, darüber lagen allerlei Kissen mit Troddeln und mehrere flache runde Tische, von denen einige besetzt waren. Über uns waren nur der rote Morgenhimmel und unzählige Möwen, die über der Stadt kreisten. An einer Seite der Dachterrasse war eine Art Bar, von der ein herrlicher Duft von Zitrusfrüchten und Schafskäse herwehte.

Tarik steuerte einen freien Tisch an und ließ sich in die Kissen plumpsen.

»Ein Restaurant über der Bibliothek?«, fragte ich. »Das ist der Wahnsinn!«

»Man sagt, dass dieser Platz genau im Mittelpunkt der Stadt liegt«, sagte Tarik. »Auf jeden Fall ist es der schönste Fleck.«

»O ja«, seufzte ich und sah über die Dächer von Arada. In der Ferne erkannte ich sogar die Palastmauern. Hier oben fühlte es sich wie die pure Freiheit an. Ich sog die Luft tief in meine Lungen und setzte mich ebenfalls in die geknüpften Kissen. Sie waren aus schweren Brokatstoffen mit feinen goldenen Ornamenten. Jedes Kissen sah komplett anders aus und doch ergaben sie zusammen ein perfekt stimmiges Bild. Verträumt strich ich über die schöne Oberfläche.

Sofort kam ein junger Kellner zu uns und servierte ungefragt Tee in einer großen Kupferkanne. Wir bestellten Omelette und Fladenbrot, was schneller als der Wind auf unserem Tisch landete.

Ich kam aus dem Staunen nicht heraus. All das hier fühlte sich so völlig surreal an. Das Omelett war köstlich. Es war mit Käse, Tomaten und Petersilie verfeinert, und der Tee schmeckte ebenso vollmundig und stark. Über uns segelten die neidischen Möwen durch die Luft.

Ich seufzte, ließ meinen Blick vom Himmel zu Tarik wandern, der sich voll und ganz seinem Frühstück widmete. Sein Kiefer knackte leise, während er kaute.

Unwillkürlich musste ich kichern und verschluckte mich beinahe an meinem Tee. Ich versuchte mich zu beherrschen, bekam das blöde Grinsen aber nicht von meinem Gesicht.

»Entschuldige«, prustete ich und wedelte mit der Hand. »Das hier ist alles so ungewohnt. Ich hätte nicht gedacht, dass mal jemand *mich* bedienen würde.«

Tarik sah mich ernst an. »Warum nicht?«

»Sonst war ich es, die andere bedient hat.«

»Du warst Dienerin?«

Ich verzog das Gesicht. »Eigentlich sogar weniger als das.«

Tarik ließ mich nicht aus den Augen. »Wie bist du dann bei Hamdan gelandet?«

»Durch viele Zufälle. Zu nähen, war alles, was ich je wollte. Hamdans Schneiderei habe ich zufällig gefunden und er hat mich sofort eingestellt, was ich vielleicht nie verstehen werde. Manchmal ist es verrückt, oder? Vor wenigen Monaten dachte ich noch, für den Rest meines Lebens in Tuzol festzuhängen. Und jetzt bin ich *hier*.«

Mein Blick schweifte wieder über die Dächer der Stadt. Wenn Melda das nur hätte sehen können. Wenn ich sie nur hätte mitbringen können. Meine

Ausgelassenheit bekam einen kleinen Dämpfer, als ich an die vielen Kinder dachte, die noch immer unter Herdas Fittichen standen.

»Was ist?« Tarik musterte mich.

»Ach, nichts.« Ich schüttelte den Kopf. »Wenn ich zu glücklich bin, macht mich das manchmal traurig.«

Tarik sah mich überrascht an. »Wie geht das denn?«

Ich biss mir auf die Lippe. »Weil es unfair ist, so glücklich zu sein, während andere es nicht sind. Und vielleicht auch nie sein werden.«

Tariks Augen weiteten sich. Er setzte an, etwas zu sagen, verstummte dann wieder.

»Wahrscheinlich klingt das idiotisch«, warf ich ein, im Versuch, die Munterkeit zurückzuerlangen. »Die Gedanken von jemandem, der so eine Leichtigkeit nicht gewohnt ist.«

Tariks Blick blieb ernst. »Nein«, sagte er dann leise. »Ich weiß, was du meinst. So strahlend Arada auch wirkt, es hat auch seine Schattenseiten.«

Für einen Moment ruhten unsere Blicke aufeinander. Seine dunklen Augen wirkten plötzlich tief wie eine Bergschlucht und etwas zog mich hinein.

»Kannst du sie mir zeigen?«, fragte ich. »Die Schattenseiten?«

Tarik zog die Augenbrauen in die Höhe, sodass eine kleine Falte in deren Mitte entstand.

»Ich will Arada ganz kennenlernen. Nicht nur das hier.« Ich strich mit den Fingern erneut über die Troddel an den Seiten der samtigen Kissen.

»Aber warum?«

»Ich weiß nicht. Ich will das Land besser verstehen.«

»Du bist seltsam«, sagte Tarik. »Aber von mir aus. Gehen wir.«

Wir zahlten und wanderten hinab durch die Bibliothek wieder nach draußen.

Es war, als hätte sich durch unser Gespräch etwas von Tarik gelöst. Ich spürte, wie er mir immer wieder Seitenblicke zuwarf, während wir durch die Straßen schlenderten. Das Stadtbild wurde etwas düsterer. Viele Fassaden waren abgeblättert, an Straßenecken lagen Müll und Schutt und die Luft war staubig. Wir querten eine Kreuzung, die mir bekannt vorkam. Als ein Pulk

Kinder auftauchte, der in den Gassen verstecken spielte, fiel mir ein, dass ich schon mal hier gewesen war.

»Geht es hier entlang zu der Plattform zwischen beiden Meeren?«, fragte ich.

»Der Pavillon der Fernsicht.« Tarik nickte. »Er ist nicht weit. Warst du schon mal dort?«

»Ja, durch Zufall«, sagte ich. »Er ist wunderschön.«

»Und dabei eine der schlechtesten Gegenden der Stadt«, sagte Tarik. »Dieses Viertel war ursprünglich südlich geprägt. Im Krieg wurde es daher am stärksten getroffen bei den Kämpfen zwischen Nord und Süd. Große Teile wurde zerstört, Familien haben ihre Wohnungen verloren. Es gibt deshalb noch immer viele Armenhäuser hier.«

Ich betrachtete die Ruinen, die sich zwischen die normalen Wohnhäuser reihten. Zahlreiche standen leer, es fehlten Dächer und Fenster.

»Bei manchen Häusern weiß niemand mehr, wem sie eigentlich gehören. Da, wo die Zerstörung Jahrzehnte her ist und die Familien gestorben oder fortgegangen sind. Das hat nur den Vorteil, dass man hier günstig wohnen kann.«

Ich sah Tarik überrascht an. »Sagst du das aus Erfahrung?«

Tarik dachte einen Moment nach, wieder so, als müsste er sich erst überlegen, ob er auf meine Frage antworten konnte. Dann hob er den Arm und zeigte die Gasse hinab. Die Fenster aller Häuser waren vernagelt, bis auf ein Geschäft, das eine zerfallene grüne Verkleidung hatte.

»Ich wohne dort vorne, in einer alten Tischlerei.«

Vor Erstaunen wäre mir beinahe der Mund aufgeklappt. »Hier?«, wiederholte ich.

Tariks Miene verdüsterte sich und sofort fühlte ich mich schlecht.

»Das war nicht so gemeint«, sagte ich schnell. »Ich bin nur überrascht.«

»Du solltest jetzt besser gehen«, sagte Tarik, auf einen Schlag so unnahbar wie bei unserer ersten Begegnung.

»Es tut mir –«

»Hamdan wartet sicher schon auf dich.«

Plötzlich wurde mir siedend heiß. *Hamdan!* Ich hatte vollkommen die Zeit vergessen! Er würde mir den Kopf abreißen.

Ich warf Tarik einen nervösen Blick zu. Ich hatte ihn mit meiner Reaktion nicht vor den Kopf stoßen wollen.

»Danke für alles«, murmelte ich, weil ich nicht wusste, was ich noch sagen sollte. »Bis bald.«

Tarik nickte bloß gedankenverloren und kehrte sich ab.

Mit einem Stich im Herzen machte auch ich mich auf den Weg.

9

Naima
Hamdan war zum Glück so in seine Arbeit versunken, dass er vergaß, mich fürs Zuspätkommen zurechtzuweisen.

Während ich alles für mein Treffen mit der Prinzessin vorbereitete, Stoffproben abschnitt und mit Nadeln an das Papier mit dem Entwurf pinnte, wanderten meine Gedanken ständig zurück zu Tarik. Obwohl ich noch so wenig von ihm wusste, kam es mir vor, als würden wir uns schon lange kennen. Auch er war nicht in den besten Verhältnissen großgeworden, musste selbst für sich sorgen und liebte die Kunst. Ich hatte für einen Moment das Gefühl gehabt, dass er mich verstand, auf eine Art und Weise, wie mich noch nie jemand verstanden hatte. Bis er abgeblockt hatte. Was war da in seinem Kopf, das ihn so unnahbar wirken ließ?

Viel zu früh machte ich mich auf den Weg zum Palast, um mit der Prinzessin den Prototyp und die Details durchzugehen. Die Wachen brachten mich in einen Salon, wo ich auf Shanini wartete. Als sie nach einer Weile auftauchte, begrüßte sie mich so freundlich, als wäre ich eine alte Freundin.

Als sie den Prototyp des Ballkleides überwarf, verschlug es mir die Sprache. Selbst der günstigste Nesselstoff sah an ihr elegant und wunderschön aus. Ich musste nicht einen einzigen Abnäher, nicht eine Falte anpassen, es war fast wie Zauberei.

»Es wird wunderbar«, seufzte Shanini, während sie sich in einem bodentiefen Spiegel musterte. »Vielleicht hat Zoe recht. Mit dem Kleid *kommt* die Lust auf alles andere.«

Gleichermaßen überrascht wie beschwingt von Shaninis plötzlichem

Sinneswandel verstaute ich den Prototyp schließlich wieder in meinem mitgebrachten Kleidersack und ging mit der Prinzessin die Stoffproben durch. Wir entschieden uns für einen pfirsichfarbenen Chiffon, der mit klitzekleinen Schmucksteinen besetzt war. Der luftige, transparente Stoff erinnerte an einen Windhauch und hatte die Farbe des Morgenhimmels, bevor die Sonne ihre glühend goldene Farbe annahm. Ich hoffte, Shanini würde sich darin genauso leicht und berauscht fühlen.

Fröhlich pfeifend verließ ich den Palast. Die Anprobe hatte nur einen Bruchteil der geplanten Zeit gekostet, sodass ich noch den ganzen Abend zu meiner Verfügung hatte. Ich beschloss, für heute nicht mehr in die Werkstatt zurückzukehren, sondern die abgebrochene Erkundungstour von heute Morgen zu beenden. Tarik hatte recht. Ich lebte beinahe in der Werkstatt und bevor ich wieder Tag und Nacht an Shaninis Galakleid sitzen würde, genehmigte ich mir heute noch einen großen Spaziergang.

Mit dem Kleidersack über der Schulter lief ich durch die verwinkelten Gassen, sah mir niedliche Stadthäuser mit Blumenkästen und krummen Türen an sowie Ruinen und Hinterhöfe und die vielen kleinen Mosaik-Pavillons, die in der ganzen Stadt verstreut waren. Einige waren mit üppigen Ornamenten und mystischen Symbolen verziert.

Immer tiefer wanderte ich durch die Altstadt, dann in Richtung Hafenbezirk. Als der Himmel eine blutrote Farbe annahm und ich gerade den Entschluss fasste, mich auf den Weg nach Hause zu machen, bremste mich plötzlich aufwallender Lärm aus. Verwundert sah ich mich um. Mir war gar nicht aufgefallen, dass die Gassen mit einem Mal wie ausgestorben waren. Bevor ich wusste, warum, stieg in meinem Nacken ein Fluchtinstinkt auf. *Irgendetwas stimmt hier nicht.*

Ich setzte mich in Bewegung, wusste aber plötzlich nicht mehr, aus welcher Richtung ich gekommen war. Der immer lauter werdende Geräuschpegel wehte bedrohlich zu mir herüber. Stimmen riefen durcheinander, lachten. Eine dumpfe Trommel schlug dazwischen und blockte den Inhalt der Worte ab. *Was war das?* Es klang wie ein Aufmarsch …

In dem Moment bog ein Pulk Menschen um die Ecke, bestehend aus einem

Dutzend Männer. Einer trug eine Fahne in der Hand. Auf den zweiten Blick erkannte ich die rote Flagge mit dem Berg und dem Stern des Südens.

Ihre Blicke durchbohrten mich wie Pfeile, als sie auch mich entdeckten. Die Stimmung veränderte sich schlagartig. Etwas Aggressives lag in der Luft, und *beim Himmel,* ich wollte diesen Männern nicht zu nah kommen.

Für eine Sekunde hielten die Männer inne. Dann hörte ich einen von ihnen aufjauchzen und wie Wölfe stürzten sie los, direkt in meine Richtung.

Ich wich einen Schritt zurück und stolperte über einen schiefen Pflasterstein. Im letzten Moment konnte ich mich aufrappeln. Hals über Kopf drehte ich mich um und rannte. *Ich muss hier weg.* Die Worte hämmerten mir durch den Kopf. Aber wohin?

Ich hatte völlig das Gefühl verloren, wie weit ich von der Werkstatt oder meiner Wohnung entfernt war. Ich rannte schneller, als ich je gelaufen war. Ich hörte ihre Schritte, ihre Rufe hinter mir, traute mich aber nicht, mich umzusehen. *Schneller. Ich muss schneller sein.*

Als eine Abzweigung auftauchte, stürzte ich blind nach rechts – und erstarrte zu Eis. Ein weiterer Mann stand vor mir und schnitt mir den Weg ab. Er hatte pockennarbige Haut und seine Augen waren blutunterlaufen.

»Wen haben wir denn hier?«, gellte er. »Einen Leckerbissen?«

Panisch drehte ich mich um, doch der Pulk Männer kesselte mich ein. Ich saß in der Klemme. Meine Ohren begannen zu rauschen.

»Was wollt Ihr?«, zischte ich und presste den Kleidersack an meine Brust.

»Nur eins.« Der Blick des Mannes flackerte. »Süße Rache.«

»Rache?«, stieß ich hervor. Alles begann sich zu drehen.

Der Mann bleckte seine Zähne. »Wir holen uns die Stadt zurück, rächen die Bluttaten für den Mord an unserem Anführer! Der Krieg ist noch nicht vorbei.«

Was zum Teufel redet er denn da? Ist er völlig wahnsinnig geworden?

Ohne mich umzudrehen, spürte ich, wie meine Verfolger aufschlossen und mich von hinten einkesselten. Ich saß in der Falle. Vor mir ein Verrückter, hinter mir ein Dutzend. *Einer oder ein Dutzend.* Ich musste etwas tun. *Und zwar jetzt.*

Fahrig sprintete ich los, tauchte unter den zuschnappenden Armen des Mannes vor mir durch. Für den Bruchteil einer Sekunde war ich sicher, es geschafft zu haben, doch dann traf mich etwas im Rücken. Der Tritt kam so überraschend, dass ich zu Boden fiel. Ein heißer Schmerz zuckte mir durch die Knochen, als ich auf die Steine knallte. Angsterfüllt und mit aller Kraft rappelte ich mich auf, kam auf die Füße. Mein Herz donnerte gegen meine Brust.

»So schnell kommst du uns nicht davon, Süße«, zischte eine Stimme direkt hinter mir. Ich zuckte zusammen, drehte mich wie in Zeitlupe um.

Der pockennarbige Mann stand nur wenige Schritte entfernt und grinste breit. Hinter ihm bauten sich die anderen Verfolger auf. Er zog etwas aus seiner Hosentasche und ließ es mit einem metallischen Klang aufschnappen. Ich keuchte. Ein silbernes Messer blitzte auf.

»Ich gehe nicht ohne Souvenir«, sagte der Mann und kam bedrohlich näher.

»Bitte«, stieß ich hervor. »Ich habe mit dem Krieg doch überhaupt nichts zu tun.«

»Wer nicht auf unserer Seite ist, ist unser Feind. Was mach ich denn mit dir?« Er hob das Messer an mein Gesicht und betrachtete es beinahe zärtlich. Mein Atem ging so flach, dass ich kaum noch Luft bekam. Hinter mir war der Weg frei, aber wenn ich lief, würden sie mich mit wenigen Schritten einholen.

»Wir ritzen unseren Feinden einen Berg ins Gesicht. Damit sie sich immer an uns erinnern.« Er zeichnete mit seinem Messer einen Haken von einer Wange bis zur Stirn und wieder hinab zur anderen Wange, nur Millimeter über meiner Haut.

Ich begann am ganzen Körper zu zittern. Was sollte ich tun? Ich musste hier weg! Aber wie?

»Schade ist's um so ein hübsches Gesicht ...« Er lachte dreckig, bevor ein plötzliches Scheppern hinter ihm seine Aufmerksamkeit abreißen ließ. Für den Bruchteil einer Sekunde riskierte er einen Blick hinter sich und mich durchzuckte völlige Klarheit. *Jetzt oder nie.*

Ehe ich wusste, was ich tat, riss ich den Kleidersack, den ich immer noch umklammert hielt, hoch und schlug damit das Messer aus meinem Gesicht.

Ich spürte, wie die Klinge im Stoff hängen blieb, und hörte etwas reißen, als ich mich mit aller Kraft zur Seite stürzte. Mein Verfolger berappelte sich schnell, schrie und griff nach dem Prototyp, aber seine grobe Hand rutschte ab. Ich nutzte die Sekunden zwischen dem nächsten Schnappen seiner Klauen und preschte voran.

Wie eine Erscheinung entdeckte ich zwei Meter entfernt eine schmale Seitengasse und rettete mich hinein. Ich warf mir das Kleid auf den Rücken und nahm die Beine in die Hand, rannte so schnell ich konnte, bis etwas gegen meinen Rücken donnerte. Ich stolperte nach vorn, keuchte, hörte dann das metallische Klappern eines Messers auf dem Boden.

Hektisch warf ich einen Blick zurück. Auf den Pflastersteinen lag das geöffnete Klappmesser. Mein Verfolger stand am Eingang der Gasse, den Arm noch in der Ausholbewegung versteinert, doch das Gesicht vor Entgeisterung ganz blass.

Hatte er mich getroffen? Oder nicht? Ich spürte nichts, mein Körper sirrte vor Panik und ich rannte einfach weiter, ohne zu wissen, ob ich gerade am Verbluten war.

10

Naima

Das Viertel war wie ausgestorben. Ich rannte im Zickzack durch die Gassen, bog ab, so oft ich konnte, und warf immer wieder Blicke über meine Schulter. Es wirkte, als hätte ich die Männer aus irgendeinem Grund abgeschüttelt, aber stimmte das auch? Oder warteten sie hinter der nächsten Ecke? Allmählich schmerzte meine Lunge und mein Herz schmetterte gegen meinen Brustkorb. Ich hatte keine Ahnung mehr, wo ich war. Ich musste schon weiter in Richtung Innenstadt und Hamdans Geschäft sein, aber aus dieser Richtung war ich noch nie gekommen.

Ich bremste ruckartig ab, als mir eine grüne Fassade ins Auge fiel, darunter ein Schaufenster, das schwach leuchtete. Beinahe hätte ich vor Erleichterung aufgeschluchzt.

»Tischlerei«, stieß ich hervor, stürzte zum Eingang und trommelte gegen die Tür.

Hinter dem schmutzigen Schaufenster stapelte sich allerlei Zeug. Einen Augenblick blieb es still, doch dann hörte ich ein Rumpeln und die Tür schwang einen Spalt auf.

Tariks Augenbrauen hoben sich überrascht. »Naima?«, sagte er mir rauer Stimme. »Was machst du hier?« Er stockte, als er mein schweißgebadetes Gesicht sah. »Alles in Ordnung?«

Ich nickte, um gleich darauf den Kopf zu schütteln. »Kann ich kurz reinkommen?«

Tarik zögerte einen Augenblick.

»Bitte!«, stieß ich hinterher.

Etwas widerwillig öffnete er die Tür ganz und ließ mich eintreten, wobei er an mir vorbei die Straße hinunterschaute.

Als er endlich die Tür hinter mir schloss, durchspülte mich die Erleichterung. Ich war in Sicherheit! Das war so verflucht knapp gewesen, nur einen Moment später und ...

Ich schlug mir die Hand vor den Mund. Erst jetzt wurde mir bewusst, wie aufgelöst ich war.

»Was ist denn los?«, fragte Tarik.

Ich schüttelte den Kopf, rang nach Fassung. Ich war in Sicherheit. Ich musste mich verflucht noch mal beruhigen.

»Ich war nur spazieren, da kamen vermummte Männer und haben mich eingekesselt, jemand hat ein Messer nach mir geworfen, und ich weiß nicht, ob ...« Mit zittrigen Fingern tastete ich nach meinem Rücken, dann nach meiner Taille.

»Jemand hat *was*?«

»Ein Messer, ich ...«

Meine Hände waren klitschnass. War das Schweiß oder Blut? Ich wusste es nicht. Hektisch sah ich auf meine Finger, konnte aber nichts Rotes sehen.

»Bin ich verletzt?«, fragte ich panisch und drehte Tarik den Rücken zu.

»Beruhig dich erst mal, es ist alles in Ordnung.« Zögerlich trat Tarik einen Schritt an mich heran und schob meinen langen geflochtenen Zopf über meine Schulter. Eine prickelnde Gänsehaut überkam mich. Ich spürte seinen Atem über meinen verschwitzten Nacken streifen und die Zeit schien sich auf einmal ins Unendliche auszudehnen. Einen Moment länger, als er für den Blick brauchen konnte, ruhten seine Fingerspitzen auf meinem Rücken. Dann trat er abrupt beiseite.

»Da ist alles in Ordnung. Du wurdest nicht getroffen.«

Etwas schien von mir abzufallen und ich drehte mich zu Tarik um. »Danke«, sagte ich.

Seine dunklen Augen hefteten sich an meine. »Kein Problem«, antwortete er dumpf. Einen Augenblick war die Werkstatt von einer leichten Anspannung erfüllt. »Was waren das für Männer?«, fragte Tarik irgendwann.

»Ich habe keine Ahnung. Sie waren vermummt und hatten die Flagge des Südens dabei und schwarze Armbinden. So was habe ich noch nie gesehen. Sie wirkten wie Krieger.«

Sein Gesicht versteinerte. »Was wollten sie von dir?«

»Sie haben von Rache gesprochen und dass der Krieg noch nicht vorbei sei.« Ich erschauderte. »Ein Glück konnte ich mich befreien. Sie waren völlig wahnsinnig.«

»Ja«, sagte Tarik mit kratziger Stimme. »Wie hast du das überhaupt angestellt? Du allein gegen mehrere?«

»Ich weiß auch nicht. Es ging alles so schnell. Ich habe mich losgerissen und bin gerannt.«

Ich sah einen Hauch Anerkennung in seiner Miene. Dann trat er nachdenklich ans Schaufenster und sah nach draußen.

»Das ist nicht gut«, murmelte er. »Am besten wartest du einen Moment hier, falls sie noch nach dir suchen.«

»Danke.« Ich wendete mich erstmals dem Inneren des Ladens zu. Durch das Schaufenster fiel gebrochenes Licht in Tariks Räume. Es sah wie eine Mischung aus Küche und Werkstatt aus, vor allem aber war es das unordentlichste Zimmer, das ich je gesehen hatte. Ein Regal war bis oben hin voll mit Papier, Zeitungen und sehr vielen kaputten Vasen. Daneben stand ein Schrank mit unzähligen kleinen Schubladen, von denen die Hälfte offen stand. Bänder und Stoffe quollen daraus hervor. An einer Wand lehnten Leinwände, daneben eine Kalkbüste, überall stapelten sich Kisten und eine kleine Küchennische stand völlig fehl am Platz inmitten der ganzen Dinge, die nicht zusammenpassten.

Tarik folgte meinem Blick und grummelte vor sich hin. »Bin lang nicht zum Aufräumen gekommen. Hab ja auch nicht mit Besuch gerechnet.«

Ich musste mir ein Grinsen verkneifen und schritt mit dem Kleidersack an mich gepresst durch den Raum. Aus dem Augenwinkel sah ich, wie Tarik hastig ein paar Tassen beiseite räumte. Schmunzelnd trat ich an einen verhältnismäßig leeren Schreibtisch und betrachtete die wenigen Utensilien darauf: eine Art Gaskartusche, mehrere dünne Glasstäbe, angekohlte Zangen und einen Haufen Scherben. Daneben lagen ein paar wunderschöne fertige Perlen. Sie waren durchsichtig, schimmerten aber in allen Regenbogenfarben, wenn das Licht sie im richtigen Winkel streifte.

»Nicht anfassen!«, rief Tarik.

Ich zuckte zusammen. »Was ist das hier? Machst du damit die Perlen?« Ich musste mich zusammenreißen, meine Finger nicht über die bereitliegenden Scherben wandern zu lassen.

»Ja«, sagte Tarik. »Das ist mein Brenner. Ab sechshundert Grad schmilzt das Glas und lässt sich formen.«

Ich nickte anerkennend über diese Information, die er mir gestattete. Tarik öffnete noch einmal den Mund, klappte ihn aber sofort wieder zu.

»Kann ich es sehen?«, fragte ich. »Bitte?«

Tarik sah mich verwundert an, sank dann aber an seinen Arbeitsplatz. Ohne ein weiteres Wort entzündete er seinen Brenner und setzte sich eine getönte Brille auf.

Gespannt betrachtete ich seine geübten Handgriffe. Er hielt einen Stab aus Glas über die Flamme, die allmählich rot aufleuchtete. Dann tippte er mit dem Ende des Stabs gegen eine grüne Glasscherbe, die sofort am geschmolzenen Stab kleben blieb. Er hielt die Scherbe ins Feuer, welche aufleuchtete und sanft in sich zusammenfiel. Mit einer Zange begann er, das flüssige Material einzudrehen wie Knetmasse.

Ich konnte meinen Blick kaum von dem kunstvollen Anblick lösen, versuchte nachzuvollziehen, was Tarik erschuf, doch immer, wenn ich eine Idee hatte, verformte er das Glas wieder. Erst als er das Feuer ausdrehte und das fertige Objekt, das langsam auskühlte, danebenlegte, erkannte ich, was es war.

»Eine Garnrolle?«, fragte ich überrascht.

Tarik zuckte die Schultern. »Das Erste, was mir in den Sinn kam.« Er klopfte mit einer Zange gegen den Stab und wie von selbst löste sich das filigrane Glasobjekt. Er nahm es und legte es mir in die Hand.

»Sie ist wunderschön«, flüsterte ich.

Tarik druckste herum. »Du kannst sie behalten, wenn du willst.«

Ich betrachtete die gläserne Garnrolle und lächelte. »Danke!«

»Was ist eigentlich das?«, lenkte Tarik ab und wies auf den Kleidersack, den ich immer noch umklammerte.

»Oh. Ein Auftrag«, sagte ich. »Ich darf das Gala-Kleid für die Thronerbin nähen. Aber nach dem, was gerade passiert ist, wird der Prototyp wohl kaum noch besonders nützlich sein ...« Der helle Sack war einmal längs zerfetzt und schmutzig. Ein Glück war noch nicht das richtige Kleid darin, es musste völlig zerstört sein.

Ich knotete die Stoffhülle auf und runzelte die Stirn. Kein einziger Riss. Der Prototyp war nicht nur perfekt in Schuss, er wirkte sogar wie gerade aufgebügelt. *Das ist doch unmöglich.* Ich kontrollierte die tiefen Einschnitte im Kleidersack, die Stelle, wo anscheinend das Messer drin stecken geblieben war, den Schmutz ... Der Prototyp war makellos.

»Alles in Ordnung?«, fragte Tarik.

»Ja, ich dachte, es wäre alles zerrissen, aber ...«

»Glück gehabt«, meinte er.

»Ja«, gab ich zurück und sah an ihm vorbei nach draußen. Die Sonne war schon beinahe untergegangen und je später es wurde, umso gespenstischer würden sich die Gassen bloß noch anfühlen.

»Ich sollte allmählich zurück. Bevor es ganz dunkel ist«, sagte ich.

»Bist du sicher?«

Ich nickte selbstbewusster, als ich mich fühlte. »Sie sind mittlerweile sicher weg und ich kann ja nicht die ganze Nacht hierbleiben.«

Tarik sah mich lange an. »Gut«, befand er dann und brachte mich zur Tür.

Ein kleiner Teil von mir wünschte sich, er würde mich noch ein Stück begleiten, aber er war schon wieder in Gedanken versunken und gab mir nicht mehr als eine kurze Verabschiedung. Also huschte ich in die Nacht und lief mehr, als dass ich ging, nach Hause.

11

Naima

Da ich keine Anpassungen mehr machen musste, begann ich am nächsten Morgen gleich mit dem Zuschnitt des Abendkleides. Als ich den pfirsichfarbenen Chiffonstoff ausbreitete, sprang Hamdan auf und setzte sich neben mich auf einen Stuhl.

»Na los«, sagte er. »Mach weiter.«

Sein Blick verunsicherte mich, machte alles doppelt so mühselig. Der Stoff verrutschte mir ständig, meine Hände fühlten sich ungeschickt an und zu allem Überfluss stach ich mir auch noch mit einer Stecknadel in den Finger. Hamdan sah mir verkniffen zu, als warte er nur auf mein Scheitern. Allmählich wich die Unsicherheit der Verärgerung.

»Beim Prototyp hast du mir auch vertraut«, murmelte ich, wobei ich den Blick auf meine Schere geheftet ließ, die sich begierig durch den Stoff fraß.

»Da ging's ja auch nicht um so teuren Stoff«, brummte Hamdan.

Der Ärger saß mir im Nacken, doch ich verkniff mir einen weiteren Kommentar. Ich beendete den Zuschnitt am Mittag, musste das Nähen aber verschieben, da Hamdan mir einen Satz Hosenkürzungen zwischenschob.

Am nächsten Morgen nahm er zu meinem großen Missfallen wieder direkt neben mir Platz, flickte diesmal eine Tasche nach der anderen und schaute alle paar Sekunden zu mir herüber.

Ich versuchte ihn zu ignorieren, während ich die ersten Nähte schloss, und konzentrierte mich voll und ganz auf meine Arbeit. Es war wichtig, dass dieses Kleid perfekt wurde, dass in jeden Stich meine und damit auch Shaninis Zufriedenheit einfloss. Nach einer Weile gelang es mir, Hamdan auszublenden. Ich hatte wieder Feuer gefangen, der Stoff raste unter der Nadel weg, das Rascheln hüllte mich in einen träumerischen Zustand.

Die ganze Woche arbeitete ich ohne Unterlass an Shaninis Kleid und erlebte die schönsten Momente, als sich langsam alles zusammenfügte, als die flachen Schnittteile eine runde Form ergaben. Das war es, was mich am Nähen am meisten faszinierte, was mich beinahe an Magie erinnerte: wenn das flache Schnittmuster plötzlich zu einer dreidimensionalen Skulptur wurde.

Es fehlten nur noch ein paar Details, als ich das Kleid über eine Schneiderpuppe stülpte. Es sah völlig anders als der Prototyp aus. Der Schnitt war natürlich identisch, aber der feine Chiffon gab dem Ganzen viel mehr Strahlkraft. Es erinnerte mich an einen zarten Wolkenschleier am Morgenhimmel.

In der Taille saß das Kleid eng, der Rock fiel gerade zu Boden, wie Shanini es am liebsten trug. Der leicht spitze Ausschnitt war mit kleinen Fransen gesäumt, die an den Armen in einer Andeutung von Ärmeln mündeten. Nur eines fehlte noch: Perlen, mit denen ich Saum und Gürtel besticken würde. Dann wäre es vollkommen.

Munter drehte ich mich um und ging hinüber zum Sekretär, in dem Hamdan allen Schmuck aufbewahrte. Ich wusste genau, was ich brauchte: die kleinen silbernen Perlen, die Hamdan letztens von Tarik gekauft und mir für den Entwurf zugestanden hatte. Vor mich hin summend zog die Schublade auf – um gleich darauf wieder zu verstummen. Die Schublade war leer. Da, wo gestern noch eine Dose, bis oben hin gefüllt mir glitzernden Silberperlen, gelegen hatte, herrschte Leere. Ich zog die nächsten Schubladen auf und fand nur ein paar rosafarbene Schleifen. Nach und nach durchwühlte ich den ganzen Sekretär, doch ich fand nicht eine einzige Perle.

Ich schüttelte den Kopf. Das konnte nicht sein. Hamdan musste sie weggeräumt haben oder vorsorglich irgendwo anders aufbewahren.

»Hamdan?«, rief ich und lief zu seinem Büro. »Wo sind denn die Perlen für das Abendkleid?«

»Im Schrank«, brummte er.

»Nein, da sind sie nicht.«

»Du musst nur richtig gucken.«

Ich schnaubte. »Der Schrank ist leer.«

Schwerfällig stemmte er sich auf und schlurfte hinüber in die Werkstatt, wobei er mir einen bitterbösen Blick zuwarf. Seufzend zog er eine Schublade auf – und erstarrte.

»Das kann nicht sein«, murmelte er.

Ebenso hastig wie ich durchsuchte er den kompletten Sekretär, fand aber ebenfalls nur Leere vor.

Mit einem Ruck wandte er sich meinem Kleid zu, das fast fertig an der Schneiderpuppe wartete. »Dann lass es so«, entschied er.

»Was? Nein! So ist es nicht vollkommen, es ist der Prinzessin nicht würdig ohne Schmucksteine!«

Hamdan zuckte mit den Schultern und wandte sich ab.

»Du willst es einfach dabei belassen?« Ich geriet in Rage. »Was ist denn mit den Perlen? Sie können doch nicht weg sein!«

»Sie sind nicht weg. Sie sind nur woanders.«

Ich starrte Hamdan an. »Was soll das denn heißen?«

»Ich werde mich darum kümmern. Und jetzt mach Feierabend, du siehst schon ganz krank aus.«

Perplex hastete ich zurück in die Werkstatt, schaute ein zweites Mal in alle Schubladen, versuchte das Kleid mit den rosafarbenen Schleifen zu dekorieren, was jedoch entsetzlich aussah. Erschöpft ließ ich mich auf einen Stuhl fallen. Wie konnten denn *alle* Perlen verschwunden sein? Es hatte doch niemand außer uns Zugang zur Werkstatt. Und wieso nahm Hamdan es einfach so hin? Es ging hier schließlich um sehr viel Geld, die Perlen waren ein Vermögen wert.

Ich fuhr mir durchs Haar. Der Ball war bereits morgen! Ich brauchte Perlen, ich konnte nicht *Feierabend* machen und warten, dass das Kleid von selbst fertig wurde!

Kurzentschlossen sprang ich auf und verließ die Werkstatt, ohne mich zu verabschieden.

***

Ich hämmerte gegen das schmutzige Schaufenster und wartete nicht auf eine

Antwort. Entschieden stieß ich die Ladentür auf und trat ins schmuddelige Geschäft. Ich entdeckte Tarik hinter seinem Arbeitstisch. Er war über seinen Gasbrenner gebeugt und zuckte zusammen, als er mich wahrnahm.

»Was willst du denn hier?«, fragte er entsetzt und schaltete den röhrenden Brenner aus.

In seinen Händen hielt er wieder zwei dünne Stäbe, in deren Mitte ein geschmolzener Tropfen Glas hing. Für einen Augenblick lockte mich der Anblick, doch dann schüttelte ich energisch den Kopf. Ich ließ meinen Blick über Tariks Chaos wandern, bis ich ein Kästchen mit fertigen Perlen entdeckte und darauf zumarschierte.

»Ich brauche deine Hilfe«, erklärte ich, ohne ihn anzusehen.

»Womit?«, fragte Tarik und drehte das flüssige Glas zu einer Spirale ein.

»Ich brauche Perlen.«

Er kniff die Augen zusammen. »Wofür?«

»Für das wichtigste Kleid, für die Prinzessin! Die Perlen, die ich eigentlich nehmen wollte, sind verschwunden.«

»Verschwunden?«, wiederholte er.

»Ja, verschwunden.« Ich zwang mich, tief durchzuatmen und meine Ungeduld zu bändigen. »Ich brauche Perlen, die ihr würdig sind. Am besten durchsichtig oder silbern. Hast du so was? Wenn es sein muss, ginge auch rot, aber ...« Ich durchwühlte das kleine Perlenkästchen vor mir. Keine Perle passte zur anderen. Ich fluchte leise.

»Lass das! Du bringst alles durcheinander.« Tarik stand auf und lief zu mir herüber.

»Was kann man denn hier noch durcheinanderbringen?«

»Sehr lustig.« Er umfasste mein Handgelenk und hinderte mich daran weiterzusuchen. Seine Hände fühlten sich weich und warm an, ganz anders, als ich erwartet hätte. Sein Blick fiel ebenfalls auf seine Hand, die meine umfasste. Fluchtartig ließ er mich los, als hätte er sich verbrannt, und trat einen Schritt zurück.

Kurz lag betretene Stille in der Luft. Ich spürte Tariks Blick vorsichtig an mir hochklettern.

»Ich hab da vielleicht etwas. Weiß nicht, ob es passt«, erklärte er heiser und ging zu einem vollgestopften Regal hinüber.

Und dann sah ich es. Inmitten der vielen kaputten Dinge stand eine kleine schwarze Büste, die das schönste Collier trug, das ich je gesehen hatte. Von einem breiten Halsband aus funkelnden Kristallperlen verliefen mehrere Stränge aus dünnen Ketten, fein wie Sonnenstrahlen, zu den Schultern und mündeten in angedeutete Ärmel. Auch diese bestanden aus nichts als Glasperlen, die sich zu einem Muster, das fast an Spitze erinnerte, um die Schultern schmiegten. Einzelne Perlenstränge liefen vom Halsband ins Schulterstück vertikal hinab und erinnerten an den Tau am frühen Morgen. Es sah prachtvoll und doch zart aus und verschlug mir vollends den Atem.

»Ich hatte eigentlich nur an einen Perlengürtel gedacht …«, sagte ich, ohne meinen Blick von diesem Schmuckstück reißen zu können.

Tarik trat von einem Fuß auf den anderen. »Du hast recht, wahrscheinlich passt es überhaupt nicht zu deinem Entwurf, ich schau mal, ob ich etwas anderes –«

»Nein!«, sagte ich energischer als beabsichtigt. »Es könnte perfekt sein.«

Ein Lächeln überkam mich, als sich das Bild in meinem Kopf zusammenfügte: mein luftiges Kleid mit den schmalen Trägern und der engen Taille, ergänzt mit diesem Collier, mit den selbstbewussten Schultern und den filigranen Perlenschüren. Zusammen würde es aussehen wie aus einer anderen Welt.

Ich schnappte nach Luft. »Es ist perfekt«, korrigierte ich.

Mein Blick wanderte zu Tarik, der sein Werk mit nachdenklicher Miene betrachtete.

»Ich schenke es dir«, sagte er unvermittelt.

»Was? Nein!« Ich starrte ihn an. »Unmöglich!«

»Doch, nimm es.« Er nahm ein kleines blaues Samtsäckchen und schob das Schmuckstück vorsichtig hinein.

»Danke«, sagte ich lächelnd. Mir fiel ein Stein vom Herzen, das Kleid war gerettet! Ich war gerettet! »Aber ich will es bezahlen. Sobald ich mein Gehalt habe.«

Tarik zuckte mit den Schultern, als ginge es hier bloß um ein paar Linsen, und wandte sich wieder seinem Gasbrenner zu.

Beschwingt verließ ich ein paar Momente später sein Ladengeschäft und tanzte durch die Gassen zurück, als wäre ich es, die auf die Gala gehen würde.

12

Shanini

Ich brachte keinen Bissen herunter. Der Tisch war reich gedeckt, voll mit den köstlichsten Gerichten: Bulgursalate, Schafskäse und Trauben, dazu Falafelbällchen und Fleischspieße, Fladenbrot und Oliven. Es war viel zu viel für zwei Personen und wie immer fragte ich mich, warum so ein Festmahl denn überhaupt nötig war. Menschen im ganzen Land hungerten und meine Mutter und ich speisten jeden einzelnen Abend königlich, ließen einen Großteil der Gerichte zurückgehen.

Heute wurde mir von den deftigen Gerüchen außerdem übel, denn morgen war es so weit. Bisher hatte ich nur einzelne Männer aus der Nähe für einen Nachmittag treffen müssen. Doch morgen würden gleich hundert auf einmal anreisen und für vier geschlagene Wochen hierbleiben. Ich würde nicht einmal mehr allein essen, nicht durch den Park schlendern können. Es fühlte sich an, als würde ich mein Zuhause und meinen Rückzugsort verlieren. Dabei war es nicht der Palast, den ich nicht hergeben wollte. Wenn es nach mir gegangen wäre, hätte ich mich auch in der letzten Besenkammer eingerichtet. Vielmehr war es meine Zeit für mich, die ich nicht teilen wollte. Es strengte mich jetzt schon an, nur an die vielen Gespräche zu denken, die ich würde führen müssen.

Ich hasste es, im Mittelpunkt zu stehen. Große Menschengruppen machten mir Angst. Noch mehr, wenn ihre Aufmerksamkeit auf mich gerichtet war. Ich hatte es schon immer gehasst, angestarrt zu werden. Insbesondere, wenn ich dabei auch laut sprechen musste. Ich hatte immer das Gefühl, jedes einzelne Wort wäre missverständlich, jede einzelne Geste unbeholfen. Und die Erfahrung, dass Menschen es nun mal liebten, einander zu verurteilen, machte alles nicht gerade besser.

Der Hof würde sich das Maul darüber zerreißen, wie ich mich morgen präsentierte, mit wem ich redete, und es würde ohne Ende spekuliert werden, wen ich als meinen Ehemann aussuchen würde. Ich schauderte. Schon die Vorstellung, etwas mit einem dahergelaufenen Fremden anfangen zu müssen ...

»Du hast mir immer noch nicht gesagt, was du anziehst«, riss mich meine Mutter aus den Gedanken. »Zum Gala-Empfang.«

Ich unterdrückte ein Augenrollen. *Ist das wirklich das Einzige, das zählt?*

»Ich habe dir doch gesagt, dass ich ein Kleid in Auftrag gegeben habe«, sagte ich.

»Aber es ist noch nicht fertig?«, fragte Mutter mit hochgezogener Augenbraue.

»Sie bringt es morgen«, erklärte ich.

Mutter hob das Kinn. Ich erkannte die Skepsis, die sich hinter ihrem Lächeln verbarg.

Sie nahm einen Schluck von ihrem Pfefferminztee. »Das Essen beginnt um sechs Uhr. Deine Kandidaten reisen im Laufe des Tages an. Damit wir genug Zeit haben, alles einzustudieren, proben wir den Ablauf deshalb ab zehn.«

Ich nickte unbeteiligt, während sie sich in ihrer größten Leidenschaft, dem Planen, verlor.

»Die verfügbaren Männer werden sich einzeln bei dir vorstellen. Es reicht am Anfang, wenn du dich verbeugst und dich für ihr Kommen bedankst. Mehr brauchst du fürs Erste nicht zu sagen. Aber beim Gala-Essen ist es natürlich wichtig, dass du dich auf anregende Gespräche einlässt. Versprich mir, dass du dir Mühe gibst.«

Ich stocherte lustlos in meinem Schafskäse herum.

»Bitte, Shanini, ein bisschen mehr Euphorie«, seufzte meine Mutter. »Immerhin lasse ich dir noch die Option, deinen Bräutigam selbst auszusuchen.«

Erstmals hob ich meinen Blick. *Ist das eine Drohung?*

Plötzlich hörte ich mich selbst die Stimme heben: »Denkst du, dass es wirklich etwas an der Meinung der Radikalen ändert, nur weil ich jemanden heirate?« Ich war selbst überrascht, meine Gedanken laut ausgesprochen zu haben, und stockte. Mutter hob ebenso verwundert die Augenbrauen.

»Ja«, sagte sie dann. »Genau so funktioniert Politik. Und Politik ist deine Bestimmung.«

Ich spürte, wie meine Schultern schlaff nach unten fielen.

»Unser Frieden hängt am seidenen Faden. Der Rote Block wird stärker. Du hast mitbekommen, dass es vermehrt Festnahmen in der Stadt gab. Sie kommen näher.« Mutter musterte mich.

»Und meine Hochzeit wird das ändern?«, fragte ich grimmig.

»Natürlich. Sie wird zeigen, dass wir uns an das Gesetz halten, das dein Vater und ich eingeführt haben. Melidiya muss vom Norden und Süden Hand in Hand geführt werden. Es wird Zeit, erwachsen zu werden, Liebes. Ich gestatte dir, einen Mann auszuwählen, der dir gut gefällt. Und wenn du bis zum großen Ball keinen gefunden hast, werde ich dir einen aussuchen. In Ordnung?« Sie lächelte, aber ihre Augen waren eiskalt.

»Natürlich«, sagte ich steif. »Eure Majestät.«

13

Naima

Als ich am nächsten Morgen die Werkstatt betrat, bot sich mir ein merkwürdiges Bild. Fünf Wachmänner standen um Hamdan herum, in ihrer Mitte eine kleine, wimmernde Gestalt. Ich brauchte ein paar Augenblicke, um zu begreifen, dass es Zuti war.

»Was ist denn hier los?«, fragte ich und eilte auf sie zu. Die ältere Frau sah durcheinander aus, ihre Haare, die sonst streng nach hinten gekämmt waren, standen in alle Richtungen ab. Ihre Augen waren geschwollen und sie wiegte sich verzweifelt hin und her.

»Ich schwöre, ich weiß nicht, warum ich sie habe«, wimmerte sie.

»Ach so?«, blaffte ein junger Wachmann mit kurzem schwarzem Haar und hervorstehenden Augen. »Hast du nicht als Einzige Zugang zu dieser Werkstatt, neben dem Eigentümer Hamdan und seiner Gehilfin?«

»Doch«, piepste Zuti.

»Und sind nicht genau das die fehlenden Perlen aus ebendieser Werkstatt? Die Perlen, die du in deiner Wohnung gebunkert hast?« Der Wachmann hielt einen Jutesack in die Höhe und warf ihn Hamdan zu. Der Inhalt klirrte leise. »Sind das die von Euch angezeigten fehlenden Stücke?«

Ich schnappte nach Luft, als Hamdan den Beutel aufknotete und sehr vertrauter Schmuck zum Vorschein kam. Konsterniert sah ich von den Perlen zu Hamdan und zur aufgelösten Zuti. *Was, bei der Sonne, hat das zu bedeuten?*

Hamdan warf einen einzigen prüfenden Blick in den Beutel, dann nickte er langsam. »Das sind sie.«

»Aber das ist doch völlig unlogisch!« Es brach einfach aus mir heraus. »Zuti arbeitet seit Jahren hier, warum sollte sie denn jetzt auf einmal sämtliche Perlen stehlen?«

Die Wachen sahen mich überrascht an, ebenso Zuti, deren Augen feucht wurden.

»Ganz richtig.« Der dunkelhaarige Mann spielte sich erneut auf. »Wer weiß, wie viele Schmuckstücke sie in all der Zeit noch gestohlen und auf dem Schwarzmarkt verhökert hat!«

»Das habe ich nie getan!« Zuti schüttelte verzweifelt den Kopf. »Bitte!«

In mir wallte die Wut auf. Es ergab einfach keinen Sinn! »Seht Ihr? Das ist nichts als eine Anschuldigung, wie kommt Ihr überhaupt darauf –«

»Naima«, unterbrach Hamdan mich schneidend. »Genug.«

Ich biss mir auf die Zunge. Wie konnte er seiner einzigen anderen Mitarbeiterin gegenüber so kühl sein?

Ich war so in Rage, dass es eine Weile dauerte, bis Zutis gedämpfte Worte bei mir ankamen. »Hamdan hat recht, *tatlım*, hör auf mich zu verteidigen. Es ist, wie sie sagen. Ich habe die Perlen vor zwei Tagen gestohlen.«

Mir fiel alles aus dem Gesicht. »Aber wieso?«, keuchte ich.

Zuti schüttelte den Kopf und die Tränen rannen ihr die Wangen hinab.

Der schwarzhaarige Wachmann grinste selbstgefällig. »Frau Zuti Gül, verhaftet wegen Diebstahl. Du hast das Recht zu schweigen. Aber sei dir sicher, wir kennen keine Gnade bei Dieberei! Du kommst in den Kerker von Arada, bis zur Anhörung vor Gericht.« Zwei Paar Hände schlossen sich um Zutis magere Arme.

Ich rang nach Worten.

Zuti schüttelte weinend den Kopf. »Es tut mir so leid. Ich war wie im Traum, ich weiß nicht, was in mich gefahren ist. Bitte verzeih mir, Hamdan.«

Mein Herz krampfte sich zusammen, als Hamdan ihr nur nachdenklich hinterhersah, während die Wachen die alte Dame aus der Werkstatt zerrten. Draußen wallte plötzlicher Sturm auf. So heftig, dass Zutis Kleider und Haare in alle Richtungen wehten.

»Aber warum?«, flüsterte ich, noch immer wie versteinert.

Hamdan rührte sich als Erster und drückte mir den Beutel in die Hände. »Du wirst es bis heute Nachmittag nicht mehr schaffen, die anzunähen.«

»Macht nichts«, sagte ich mit kehliger Stimme. Mein Magen fühlte sich an wie zusammengeknotet. Irgendwas war hier ganz und gar nicht richtig. Ich spürte es in jeder Faser meines Körpers. Warum sollte Zuti so etwas tun? Und warum sollte sie lügen?

Hamdan zuckte mit den Schultern und wandte sich ab.

»Wie sind sie überhaupt auf Zuti gekommen?«, fragte ich. »Wieso haben sie ihre Wohnung durchsucht?«

Er verharrte in der Bewegung. »Sie haben sie erwischt«, sagte er, ohne sich umzudrehen. »Als sie heute früh in einem Laden eine Teekanne stehlen wollte. In ihrer Wohnung haben sie Diebesgut aus der ganzen Stadt gefunden, alles funkelnde Teile, wie bei einer Elster.«

»Was?«, rief ich. »Das ist doch völlig absurd!«

Hamdan seufzte schwer. »Mach dich besser wieder an die Arbeit.«

Ich wusste nicht, wo mir der Kopf stand. Ich kannte Zuti nicht gut, aber dass sie eine skrupellose Diebin sein sollte, wirkte für mich unvorstellbar. Es klang überhaupt nicht danach, wie ich die alte Frau wahrgenommen hatte. Und doch – hatte Zuti nicht jedes Mal beteuert, was für eine Schwäche sie für die glitzernden Perlen und Broschen hatte, die wir in die Kleider einarbeiteten? Hatte sie nicht gerade letztens darüber geseufzt, wie gern sie auch mal solch ein Stück besäße?

Mir wurde flau im Magen. Hatte ich mich womöglich getäuscht?

Fahrig packte ich Shaninis Kleid für den Transport ein. Zum Glück musste ich heute keine Perlen mehr annähen, denn wahrscheinlich hätte ich vor Verwirrung nicht einen einzigen sauberen Stich hinbekommen.

Ich lief hinüber zum Palast, wo mich Adem empfing. Ohne große Erklärung begann er, meine Garderobe und meine Stiefel nach Waffen abzutasten. Anschließend wies er mich an, den Kleidersack zu öffnen. Als sein Blick auf das feine Abendkleid fiel, huschte für einen Moment ein Funkeln über seine sonst so nüchterne Miene. Ein Gefühl von Stolz überkam mich und verscheuchte kurz die Grübeleien.

Adem atmete geräuschvoll aus und fokussierte sich wieder auf seine Arbeit, durchsuchte akribisch die Stoffschichten, eine nach der anderen. Als er sicher war, dass ich nichts Gefährliches mit mir herumtrug, nickte er knapp, beinahe enttäuscht, und führte mich durch die Anlage.

Die Dienstboten und Wachen waren in hellem Aufruhr, überall wurde geputzt und dekoriert. Es wurden Girlanden von einem geschwungenen Türmchen zum anderen gespannt, zarte Seidenvorhänge zwischen Palmen und Säulen aufgehängt. Es sah magisch und märchenhaft aus. Schmachtend fragte ich mich, wie es wohl erst bei Dunkelheit wäre, wenn all diese Laternen entzündet würden. Zu gerne hätte ich mich unter die gehobene Gesellschaft gemischt, die vielen Farben und Abendgewänder von Nahem begutachtet.

Ich schüttelte die Gedanken ab. Ich konnte dankbar genug sein, jetzt hier zu sein!

Hastig folgte ich Adem durch die herumlaufenden Dienstboten, die immer mehr Seidentücher, Vasen, Kerzen und Sträuße aus Pampasgras herumtrugen. Adem nahm keine Rücksicht auf mich, hetzte über die kleinen Wege, ohne auch nur einen Blick über die Schulter zu werfen. Ich hatte Mühe, Schritt zu halten.

Wir betraten den Palast diesmal durch eine andere Tür, liefen durch einen roten Flügel, der sogar noch eindrucksvoller aussah als der Teil, den ich bei meinen letzten Besuchen zu Gesicht bekommen hatte. Filigranes Mosaik in Gold und Beige zierte den Boden. Die Wände waren über und über mit Kronleuchtern und Portraits behangen. Sie mussten die ganze Dynastie der letzten Königinnen darstellen.

Ganz früher einmal hatte die Königsfamilie, die aus dem Norden des Landes stammte, in Frieden über das gesamte Königreich geherrscht. Die Zauberer des Südens hatten sie mit ihren Diensten unterstützt. Dieser Einklang war viele Jahrhunderte lang nicht infrage gestellt worden. Bis hin zu Königin Delia. Sie hatte vor hundert Jahren völlig zusammenhangslos ein Heer zusammengestellt und dem Süden ihres eigenen Landes den Krieg erklärt. In einer Nacht-und-Nebel-Aktion hatte sie unzählige Zivilisten und einen Zauberer ermordet. Wenige Tage später war Königin Delia tot aufgefunden worden und das ganze Land dem Krieg verfallen.

Ich betrachtete die Frau auf dem Portrait. Sie sah so unschuldig aus, beinahe zurückhaltend. Ihre dunklen Haare waren schulterlang und ihr Blick verträumt in die Ferne gerichtet. Was war damals nur in sie gefahren? Was war ihr Ziel gewesen?

Nachdem der Krieg ausgebrochen war, hatten Delias Nachkommen jeweils nur für kurze Epochen geherrscht. Wenige von ihnen hatten es geschafft, ein paar Jahrzehnte im Norden abzutauchen und eine Zeit lang unentdeckt zu bleiben. Dabei hatten sie das Land völlig führungslos zurückgelassen und der Krieg hatte sich blutiger denn je entwickelt.

Ein Schaudern erfüllte mich, als ich an den Gemälden dieser vielen jungen Frauen vorbeitrat. Eine nach der anderen war dem Krieg zum Opfer gefallen. Eine nach der anderen, bis hin zu Esme, Shaninis Mutter. Sie hatte den Feind mit offenen Armen empfangen, hatte ihn geheiratet.

Ich erkannte sie auf dem letzten Bild des Flurs. Sie hatte die gleichen feinen Gesichtszüge wie Shanini, dazu aber ein selbstbewusstes Funkeln in den Augen. Ihr Haar war kunstvoll zurückgesteckt, die Krone von Melidiya thronte auf der Frisur. Neben ihr stand ein Mann. Er war groß, schwarz gekleidet und hatte ein unergründliches Gesicht.

»Zauberer Aslan«, flüsterte ich.

Ich wusste nicht viel über diesen Mann, nur dass seine Leute noch immer gefürchtet waren. Ihr Mann im Palast war tot und der Frieden dadurch wieder fragil.

»Kommst du endlich?«, tadelte mich Adem.

Ich riss mich los und folgte ihm in den nächsten Raum. »Wie war er so?«, fragte ich, weil es mir auf der Zunge brannte. »Aslan? Wie war es, einen Zauberer im Palast zu haben?«

Adem warf mir einen abschätzigen Blick zu. »Seine Anwesenheit hat alle Räume ausgefüllt. Man sagt, Zauberer können ihre Opfer aussaugen. Ich weiß nicht, ob er davon je Gebrauch gemacht hat. Trotzdem war der ganze Hof so verängstigt, dass eine dunkle Wolke darüber lag. Er hatte schließlich massenhaft Opfer auf dem Gewissen.«

»Wieso hat er sich wohl darauf eingelassen, seine größte Feindin zu heiraten?«, dachte ich laut nach.

Adem schnaubte. »Es war der größte Triumph seines Lebens. So hat er sich die Position des Königs erschlichen. Er dachte wohl, dass er unbesiegbar wäre. Bis er von diesem lächerlichen Balkon gefallen ist.«

Seine harten Worte verblüfften mich. Er verbarg seine Geringschätzung nicht, obwohl er dem Zauberer und König gedient hatte.

»Aber hat uns nicht letztlich das den Frieden gebracht? Dass die beiden geheiratet haben?«, hakte ich nach.

»Den Südlichen ist nicht zu trauen. Noch weniger ihren Anführern, den Zauberern. Die Entscheidung der Königin war reiner Selbstmord.« Adem blieb vor einer geöffneten Flügeltür stehen. »Wir sind da«, schnitt er mir jede weitere Frage ab und schob mich durch die Tür.

Zuerst dachte ich, dass ich in der Palastbibliothek gelandet wäre. Die ganze Wand vor mir bestand aus Bücherregalen, lang wie eine Hausfassade. Alle Regale waren petrolfarben gestrichen und bildeten acht symmetrische Bögen, die bis oben hin mit dicken Büchern vollgestopft waren. Der Duft von Leder und Papier füllte den ganzen Raum.

Ich sah mich um und entdeckte, dass sich das Zimmer nach links hin weiter öffnete. Unter einem spitz zulaufenden Fenster stand ein Schreibtisch, daneben führten einige Treppenstufen in ein riesiges Schlafzimmer hinab. Das hier war keine Bibliothek, das musste das Privatzimmer der Thronerbin sein.

»Da bist du ja endlich!«, kreischte Zoe und kam die Stufen hinauf auf mich zugestürmt. »Wir dachten schon, dass du gar nicht mehr auftauchst. Wir haben nichts mehr von dir gehört, die Männer kommen in wenigen Stunden und wir haben immer noch keine Ahnung, was du für Shanini entworfen hast! Was, wenn es nicht passt, oder was, wenn es uns nicht gefällt?«

»Vergiss nicht zu atmen«, sagte Shanini, die sich von einem kleinen petrolfarbenen Sofa erhob. Sie hatte ihre Haare mit einer Schleife am Hinterkopf zusammengebunden, in ihren Händen hielt sie ein schweres Buch. Im Vergleich zu Zoe wirkte sie äußerlich entspannt, doch dann realisierte ich, wie sie ihre Nägel in den Einband ihres Buches grub, als sie auf mich zukam.

»Ich hoffe natürlich, dass es euch gefällt«, sagte ich schnell. »Ich habe mich genau an das gehalten, was wir besprochen haben.«

Langsam überkam auch mich die Nervosität. Zoe hatte recht, für Änderungen war kaum noch Zeit, was aber am ohnehin sehr kurzfristigen Zeitplan lag. Der Schreck über die verschwundenen Perlen hatte mich völlig vergessen lassen, dass immer noch alles schiefgehen konnte.

Mit nervösen Fingern öffnete ich den Kleidersack, während Shanini und Zoe vor mir stehen blieben.

»Der Norden ehrt die Kraft der Sonne und die Leichtigkeit des Tages. Das soll das Kleid symbolisieren«, sagte ich, um meine Aufregung zu überspielen. Als ich Shaninis umherhuschende Augen sah, fügte ich schnell hinzu: »Und viel wichtiger natürlich, soll es auch dir dieses Gefühl vermitteln. Leichtigkeit und Selbstbewusstsein.«

Mit einem tiefen Atemzug zog ich den Kleiderbügel aus der Hülle hervor und schwang das helle Kleid durch die Luft.

Ich hörte die beiden nach Luft schnappen. Zoe begann zu quietschen und streckte begierig ihre Finger nach dem funkelnden Stoff aus. Die Prinzessin machte zu meinem Entsetzen einen Schritt zurück.

»Was ist? Gefällt es dir nicht?«, fragte ich und die Sorge rauschte bis in meine Ohren. »Du musst es angezogen sehen …«

»Nein, es ist schön, es ist nur …«, Shanini rang sichtlich nach Worten. »Es ist so viel prunkvoller, als ich erwartet hatte.«

»Machst du Witze? Es ist ja auch für *eine Gala*!«, rief Zoe. »*Deine Gala*, um genau zu sein.«

Shanini wankte noch einen Schritt zurück. »Ich weiß ja nicht. Ich weiß nicht, ob ich so etwas tragen kann!« Ihre Finger krampften sich inzwischen so um das Buch, dass ihre Knöchel weiß hervortraten.

Ich versuchte meine Ernüchterung herunterzukämpfen. Der Prototyp hatte Shanini gefallen, der Grundschnitt des Kleides war ihrer sonstigen Garderobe ähnlich. Es konnte also nur das leichte Schimmern des Stoffes sein, das sie verunsicherte.

Hinter mir hörte ich ein Rascheln, gefolgt von mehreren Stiefelpaaren. Als ich mich umdrehte, erstarrte ich zu Stein. Im Türrahmen stand eine Frau in einem opulenten weinroten Kleid mit dem exakt passenden Lippenstift, um sie herum dutzende Wachen.

Beim Himmel und der Sonne, die Königin höchstpersönlich!

Ich ließ mich in eine tiefe Verbeugung fallen, traute mich kaum, den Blick wieder zu heben.

Ihr Gesicht war noch immer so strahlend und wunderschön wie auf dem Gemälde im Flur, wirkte aber um Jahrzehnte älter. Ihre Stirn zierten tiefe Falten, ebenso die Mundpartie.

»Shanini, Liebes, bist du immer noch nicht umgezogen?«, fragte die Königin. »Wir wollen gleich den Ablauf proben.«

»Ja, Mutter«, sagte Shanini, den Blick auf die Füße geheftet.

»Ich erwarte dich in spätestens einer halben Stunde oben.«

Shanini nickte, ohne ihre Mutter anzusehen.

Die Königin sah sich um und ihr Blick fiel auf Zoe. »Hallo, Zoe, Liebes, du siehst bezaubernd aus. Freust du dich schon auf den Abend?«

Diese nickte eifrig. »Ich kann es kaum erwarten!«

»Wie schön«, sagte die Königin mit freundlichem Lächeln. »Dann sehen wir uns später.«

Damit wandte sie sich zum Gehen, doch ihr Blick streifte mich, kurz bevor sie den Raum verlassen hatte. Sie verharrte.

»Dieses Gesicht kenne ich noch nicht«, stellte sie fest. Ihre Stimme hatte eine wohltuende Sanftheit. »Willkommen im Palast von Melidiya – wie darf ich Euch nennen?«

»Naima Levitan, Eure Majestät«, stieß ich hervor und verneigte mich erneut. »Ich bin Schneiderin.«

»Ah!«, machte die Königin und lächelte wohlwollend. »Ich habe schon viel von Euch gehört. Ihr habt etwas für meine Tochter entworfen?«

Mir verschlug es vollends die Sprache, sodass ich nur ein dämliches Krächzen ausstieß und den Kleiderbügel in die Höhe riss.

»Oh, es ist wunderschön«, seufzte die Königin und ihre Augen nahmen einen verträumten Ausdruck an. »Ich bin gespannt, es an meiner lieben

Tochter zu sehen. Danke für Euren Dienst dem Königreich gegenüber.« Damit nickte die Königin noch einmal und rauschte aus dem Schlafzimmer.

Verblüfft sah ich ihr nach. Die Königin des Landes hatte gerade *mir* gedankt? Ein warmes Gefühl überkam mich. Ich verstand Zoe sofort, man konnte gar nicht anders, als sie zu mögen. Sie hatte eine Aura, die jeden im Raum in ihren Bann zog.

Auch in Zoes Blick, der noch auf den Fleck gerichtet war, wo die Königin verschwunden war, hing die gleiche Bewunderung. Nur Shanini sah noch deprimierter aus als zuvor. Ihre Schultern waren nach unten gesackt und auf ihren Lippen bebte etwas. Doch es war keine Niedergeschlagenheit. Es war Wut. Nachdenklich betrachtete ich sie, als Shanini plötzlich tief Luft holte und energisch nach meinem Kleid griff.

»Ich habe wohl keine Wahl.«

Mit schnellen Schritten verschwand die Prinzessin im anderen Teil ihres Zimmers. Ich betete, dass ihr das Kleid angezogen gefiel. Nein, dass sie sich wohl und wunderschön darin fühlte!

Die Unsicherheit nagte an mir. Ich hatte die Prinzessin vom Fleck weg überzeugen, ein Kleid nähen wollen, das ihrer würdig war. Wie hatte ich mir nur einbilden können, dass ich diese Fähigkeit besaß? Dass ausgerechnet *ich* ein Kleid schneidern würde, in dem sich Shanini gut fühlte?

Zoe plumpste hinter mir auf das petrolfarbene Sofa. »Wenn sie es nicht anzieht, nehme ich es!«, sagte sie leichthin und legte ihre Füße hoch.

Ich rang mir lustlos ein Lächeln ab, begann, den Kleidersack zusammenzulegen, bis ich eine Bewegung registrierte. Langsam richtete ich mich auf und sah hinüber zu den Stufen, die Shanini gerade erklomm.

Doch es war nicht mehr Shanini. Sie war nicht mehr das zurückhaltende Mädchen, das ich kennengelernt hatte. Vor mir stand ein Engel, eine breit lächelnde Frau, die wie die Sonne strahlte. Alle Sorge und Unsicherheit waren aus ihrem Gesicht gespült, stattdessen zierte es ein selbstsicheres Lächeln.

Shaninis olivfarbene Haut leuchtete im Kontrast zum hellen Pfirsichton des Stoffes. Das Kleid saß perfekt, als wäre es wie Wasser über ihren Körper gegossen worden. Die filigranen Verzierungen des Chiffons schimmerten dezent, das Collier um ihren Hals funkelte ehrwürdig und gab dem Kleid den letzten Funken königlicher Anmut. Die verstärkte Schulterpartie ließ Shanini selbstbewusst und aufrecht stehen, die zarten, funkelnden Stränge fielen wie tausend kleine Tropfen zu beiden Seiten von ihrem Körper. Das Halsband nahm den Stil perfekt auf und lenkte alle Aufmerksamkeit auf das erhobene Haupt der Thronerbin.

Sie hatte die Schleife aus ihrer Frisur gelöst und ihr braunes Haar rahmte in eleganten Wellen die Komposition aus Chiffon und ihrer glimmenden Person ein.

Ich hatte nicht gemerkt, dass ich einige Schritte zurückgetreten war, bis ich mich plötzlich neben Zoe wiederfand und ebenfalls auf das kleine Sofa sank.

»Ich weiß nicht, warum ich je daran gezweifelt habe«, erklärte Shanini und auch ihre Stimme war nun lauter und fester. »Ich denke, das Kleid ist perfekt für heute. Für mich. Ich fühle mich gewappnet.« Ihre Augen blitzten aufmüpfig.

Ich stieß einen Schwall Luft aus und spürte, wie mich die reine Erleichterung überkam.

14

Naima

Ein Diener erklärte mir umständlich die Abrechnung für das Kleid und drückte mir einen schweren Beutel in die Hand. Er war bis oben mit blitzenden Goldmünzen gefüllt, alle aufpoliert wie Schmuckstücke. Meine Finger zitterten, als ich den Lohn entgegennahm. Das war mehr als Herda in einem Jahr mit allen Waisenkindern verdiente, mehr als ein einzelner Mensch überhaupt ausgeben konnte!

Fahrig überlegte ich, wohin mit dem Beutel. Er fühlte sich wie eine Einladung an jeden zwielichtigen Charakter auf der Straße an, mich einfach umzulegen.

Letztendlich versteckte ich den Packen in meinem Kleid und presste das Gold an meinen Körper.

Shanini und Zoe waren schon längst irgendwo im Schloss verschwunden, gefolgt von Adem, der Shanini mit weit aufgerissenen Augen angesehen hatte und seine Rolle als Leibgarde heute noch akribischer einnahm.

Eine Wache führte mich durch den Palast nach draußen. Die Sonne stand hoch am Himmel, es war ein herrlicher Tag.

Der Vorplatz des Palasts war fertig dekoriert. Neben den luftigen Stoffbahnen waren jetzt goldene Ketten hinzugekommen, die das Schloss schmückten. Dazu ein Meer aus Leuchten und Laternen, die den Weg zum großen Hauptportal säumten. Sie glühten und blitzten und warfen Tausende Muster über die Parkanlage.

Als ich gerade den einen Kiesweg in Richtung Ausgang hinunterlief, schwang das Palasttor auf und zwei Kutschen rollten hindurch. Ich verlangsamte meinen Schritt und war dankbar, dass die Wache das Gleiche tat. Die Kutschen hielten auf dem Platz vor dem Eingangsportal und mehrere Diener eilten herbei, um der gehobenen Gesellschaft beim Aussteigen zu helfen.

Ich sah hellblauen, gebauschten Stoff, bevor ich die hochgewachsene Frau entdeckte, die sich aus der Kutsche schälte. Hinter ihr stiegen drei gut gekleidete junge Männer aus. Sie trugen helle Kaftane aus üppigem Brokat.

»Das ist also das Hochzeitsmaterial für Shanini«, flüsterte ich vor mich hin und nahm die jungen Männer unter die Lupe. Sie hatten die typischen kantigen Gesichter des Südens und alberten herum. Sie sahen freundlich aus, zumindest, soweit ich das aus der Ferne beurteilen konnte.

Aus der zweiten Kutsche stieg ein einzelner Mann, der an die fünfzig sein musste, mit einem langen Bart und einem weißen Anzug. Die leeren Kutschen wurden wieder vom Platz gefahren und machten Platz für eine dritte, die schon am Eingang wartete.

Die Wache legte wieder einen Zahn zu und führte mich zum Ausgang. Als wir gerade die letzten Meter zum Tor schlossen, blieb ich abrupt stehen. Neben einer weiteren Wache betrat ein mir bekanntes Gesicht den Hof.

»Hamdan?«, sagte ich verwundert. Ungeachtet meiner Begleitung eilte ich auf den alten Schneider zu. »Was tust du denn hier?«

Hamdan zuckte sichtlich zusammen. »Du bist ja noch da«, wich er mir aus.

»Ja, gerade fertig«, sagte ich. »Aber was tust du im Palast?«

»Ein anderer Auftrag«, sagte Hamdan kurz angebunden.

Ich runzelte die Stirn. Wenn es noch einen Auftrag gegeben hätte, dann hätte ich das doch mitbekommen? Und wo war der Kleiderbeutel?

»Ein Notfall. Ich muss dann auch dringend weiter.« Eilig wandte Hamdan sich ab und hetzte mit der Wache im Schlepptau davon. Ich sah ihm verblüfft nach. Schulterzuckend ließ ich mich schließlich vom Palastgelände führen und sah noch einmal zurück auf den wunderschönen schillernden Platz und auf Hamdan, der gerade durch das Hauptportal im Palast verschwand. Alles in mir drängte danach, noch eine Weile dem aufregenden Treiben zuzuschauen, doch der Geldbeutel wog schwer und mahnte mich, den Weg nach Hause hinter mich zu bringen, *bevor* ich umgelegt wurde.

Im Schatten der Gassen ging ich zurück zur Schneiderei, brachte Hamdans Anteil in seinem Büro in Sicherheit und steckte meinen vereinbarten Lohn in meine Manteltasche. Es war ein beachtlicher Batzen, mehr Geld, als ich je erwartet hatte zu besitzen.

Kurzerhand beschloss ich, einen Abstecher zum Basar zu machen und mir selbst eine Belohnung zu genehmigen. Seit meiner Ankunft in Arada wechselte ich täglich zwischen Zoes Kleid, meiner spröden Heimuniform und einem nie abgeholten Mantel aus Hamdans Geschäft, den er mir überlassen hatte. Nichts davon war wirklich meins, aber jetzt hatte ich genug Geld, um mir mein erstes eigenes Kleidungsstück auszusuchen.

Beschwingt schlenderte ich die Straßen entlang, zum ersten Mal nicht bloß in Gedanken, sondern mit einer wahren Intention. Die Hausfassaden glühten im schweren Nachmittagslicht, viele Schaulustige trieben zum Palast, um einen Blick vom Spektakel zu erhaschen. Die schmalen, verschachtelten Gassen quollen mit Ständen über. Obst, Süßigkeiten und Gewürze wurden in rauen Mengen angeboten, daneben dutzende Eingänge, die in kleine Geschäfte führten. Vor einigen hingen schwere Teppiche mit den schönsten verwunschenen Mustern.

Die Waren versprühten einen wohltuenden, kräftigen Duft. Ich stieß auf einen Laden, der Tuniken, Hemden und lange Kleider in allen Formen und Farben anbot. Ich strich über die verschiedenen Stoffe und fragte mich, was eigentlich das war, was ich am liebsten tragen würde. Diese Frage hatte sich in meinem Leben zuvor nie ergeben.

Ich probierte verschiedene Stücke an, bis ich ein hellgrünes Musselinkleid entdeckte. Es war schlicht und kurzärmlig, hatte einen runden Halsausschnitt und fiel in leichter A-Linie bis zu meinen Knöcheln. Es fühlte sich sofort nach mir selbst an und ich beschloss, es gleich anzubehalten. Ich ließ mich dazu hinreißen, auch noch eine weiße Tunika und eine Strickjacke auszusuchen, und musste mich bremsen, nicht einem wallenden blauen Festkleid zu verfallen, für das ich nie in meinem Leben eine passende Gelegenheit zum Tragen haben würde. So langsam verstand ich Zoe, die sich immer so extravagant kleidete. Wie es nur sein musste, mehr Geld zu besitzen, als man brauchte? Wie fühlte es sich an, jede tollkühne Idee in die Realität umsetzen zu können?

Als die Ladenbesitzerin den Einkauf für mich abrechnete, fiel mein Blick auf eine Reihe bunter Hemden, und für einen Augenblick huschten meine Gedanken zu Tarik. Ich hatte ihm versprochen, das Collier zu bezahlen, sobald ich den Lohn bekommen hatte. Soweit ich wusste, hatte Hamdan keine neue Bestellung bei Tarik aufgegeben. Sein Geld konnte ich ihm also genauso gut jetzt vorbeibringen. Wenn ich ganz ehrlich zu mir war, hatte ich sogar überhaupt nichts dagegen.

Meine große Tüte im Gepäck wanderte ich in Richtung Südstadt, kaufte mir unterwegs ein Netz Aprikosen, Kaffee und eine Tüte Naschereien. Je tiefer ich in die Südstadt eintauchte, umso mehr der Flaggen, die an Hauseingängen hingen, verwandelten sich in das alleinige Symbol des Südens. Beim Gedanken an die Männer vom Roten Block fröstelte ich unwillkürlich. Vielleicht war es doch keine gute Idee gewesen, einfach herzukommen. Machte ich nicht ein zweites Mal den gleichen Fehler?

Ich schüttelte die aufkeimenden Bedenken ab.

Tariks Geschäft erkannte ich schon von Weitem. Es war der einzige Laden, aus dem ein Hauch von Licht auf die Straße fiel. Unwillkürlich fuhr ich mir durchs Haar, bevor ich an seiner Tür klopfte. Im nächsten Moment hörte ich von drinnen ein ohrenbetäubendes Knallen und Scheppern. Ich zuckte zusammen.

»Hallo?«, fragte ich vorsichtig und schob die Tür einen Spalt auf.

Wieder erklang eine Welle von Lärm. Ich steckte meinen Kopf ganz durch den Türrahmen und zog die Augenbrauen in die Höhe. Es sah vollkommen verändert aus. Die Regale, die beim letzten Mal noch bis oben hin vollgestopft gewesen waren, standen nun leer. In der Mitte des Raumes waren mehrere halbgefüllte Kartons, daneben Tarik, der lieblos einen Stapel Teller hineinschmetterte. Sie klirrten und zerbrachen in tausend Scherben.

Tarik nahm mich aus dem Augenwinkel wahr und fuhr zusammen. Ich sah, dass seine Augen gerötet waren, sein Gesicht wirkte fahl und verzerrt.

»Naima«, keuchte er.

»Alles in Ordnung?«, fragte ich vorsichtig und schob mich einen Schritt weiter in den Laden.

Tarik schluckte schwer, sodass sein Adamsapfel hüpfte. »Nein«, sagte er.

Ich nickte, auch wenn es nichts zu bejahen gab. Auf einen Schlag war meine gute Laune verpufft. Die Euphorie über Shaninis Kleid, über meinen Erfolg und meine ersten eigenen Kleidungsstücke schlug in ein flaues Gefühl um.

»Was wird das?«, fragte ich mit einer Kopfbewegung in Richtung Kisten. »Ziehst du um?«

»Nein«, murmelte Tarik erneut und löste sich endlich aus seiner Versteinerung. »Ich hatte das Gefühl, aufräumen zu müssen.«

Ich verkniff mir ein Lächeln. Er war der einzige Mensch, bei dem Aufräumen noch mehr Chaos bedeutete. Kaum etwas in den Kisten konnte ganz geblieben sein.

Ich sah prüfend auf all den eingelagerten Schrott.

»Ich wollte dir deinen Anteil bringen«, erklärte ich nach einer Weile und griff in meine Tasche. »Für das Collier.«

Tarik starrte mich an und machte keine Anstalten, das Geld anzunehmen.

»Es sah umwerfend an ihr aus«, fügte ich lächelnd hinzu und stapelte Tariks Münzen sorgfältig auf einer Kommode, ohne dass er Widerworte geben konnte.

Sein Blick ruhte weiter auf mir, offenbar war er tief in seinen eigenen Gedanken versunken. Ich fühlte mich plötzlich wie ein Eindringling und wusste nicht, was ich sagen sollte.

»Das war's auch schon, ich lass dich dann mal in Ruhe …«, erklärte ich schließlich und wandte mich zum Gehen.

»Warte!«, rief Tarik. »Bitte.«

Überrascht drehte ich mich zu ihm um. In seinen Augen lag etwas Flehendes. Er fing meinen Blick auf und hielt ihn fest.

»Kennst du das Gefühl, nicht mehr zu wissen, wer man ist?«, fragte er dann.

Ich zögerte. »Ich glaube, niemand kennt das besser als ich.«

»Man denkt sein ganzes Leben, seinen Weg zu kennen, und dann …« Tarik fegte einen Stapel Zettel von seinem Schreibtisch. Sie flatterten in alle Richtungen und fielen dann sanft zu Boden.

»Was ist denn passiert?«, fragte ich vorsichtig.

Sein Blick schnellte wieder zu mir, in seinen Augen lag ein Anflug von Panik.

»Ich hatte einen Streit«, murmelte er. »Mit meiner Familie.«

Ich versuchte mir die Überraschung nicht anmerken zu lassen. *Er hat eine Familie?* Warum überraschte mich das? Aus irgendeinem Grund hatte ich ihn immer für einen Einsiedlerkrebs gehalten.

»Ich habe das Gefühl, die größte Enttäuschung für sie zu sein.« Seine Stimme war brüchig. »Sie haben hohe Erwartungen, fordern einen klaren Weg von mir. Ich versuche immer das Richtige zu tun. Aber ich weiß nicht, ob ich schaffen kann, was sie von mir verlangen. Ich habe das Gefühl, sie zu enttäuschen, immer wieder und wieder.«

Seine Worte trafen mich mitten ins Herz, auch wenn ich keine Ahnung hatte, worum es ging.

»Ich war schon immer eine Enttäuschung! Für meinen Vater, meine Mutter, meinen Onkel! Ich bin einfach erbärmlich …« Er fegte einen Satz fertiger Perlen von seinem Schreibtisch, die daraufhin klirrend durch die Werkstatt rollten.

»Hör auf!«, rief ich und trat näher. »Tarik, atme.«

Als er seinen Namen hörte, verharrte er. Seine Brust hob und senkte sich aufgebracht, seine Nasenflügel bebten.

»Vergiss einen Moment die ganzen Erwartungen. Wichtig ist nur, was du vom Leben willst.«

»*Ich*?«, wiederholte er.

»Natürlich du. Es ist doch dein Leben.«

Einen Moment wanderte eine Klarheit in seinen Blick, doch gleich darauf riss er panisch die Augen auf. »Ich weiß nicht, was ich will«, sagte er und sein Atem beschleunigte sich wieder. »Ich weiß nicht, was ich tun soll.«

»Das macht nichts«, unterbrach ich ihn und fasste ihn sanft am Unterarm.

»Es ist völlig normal, das erst noch herausfinden zu müssen. Was glaubst du, was ich mache?«

Ich spürte, wie Wärme durch meine Hand pulsierte, an der Stelle, wo ich seine Haut berührte.

Tariks Blick fiel ebenfalls auf meine Hand und einen Moment rührte er sich nicht.

»Du bist keine Enttäuschung«, fügte ich hinzu. »Sag das nie wieder. Du hast so viel Talent. Wer das nicht sieht, für den tut es mir leid.«

In Tariks Augen sammelten sich Tränen. Er fuhr sich eilig mit der Armbeuge übers Gesicht.

»Das hat noch nie jemand zu mir gesagt«, sagte er tonlos.

Ich drückte ein letztes Mal seinen Arm. »Es ist die Wahrheit. Lass dich nicht von deinem Weg abbringen, nur um anderen gerecht zu werden.«

Tarik sah mich nachdenklich an. Seine Haut war blass und die Falte zwischen seinen Augenbrauen tief.

»Warum bist du nur so wunderbar?«, flüsterte er nach einer langen Weile. »Ich verdiene deine Zuwendung gar nicht.«

Mein Herz setzte einen Schlag aus. Ich rang nach Worten, bekam aber nichts zu fassen. »Möchtest du Kaffee?«, platze ich heraus. »Ich hab welchen dabei. Oder etwas zu essen?«

Und dann geschah es: Tariks Gesicht verzog sich zu einem erschöpften, aber breiten Lächeln. »Du hast wirklich immer etwas zu essen griffbereit.«

Ich schnitt eine Grimasse. »Wenn man sonst nicht weiterweiß, dann hilft nur noch etwas Süßes.«

***

Tarik kochte Wasser auf und goss etwas vom Mokka in zwei Tassen. Inmitten des ganzen Chaos setzten wir uns auf den Boden. Ich zog ein gesprungenes Tablett aus einer Kiste und schüttete die Aprikosen und Süßigkeiten darauf aus.

Auch wenn es noch so vieles gab, was ich nicht über Tarik wusste, hatte ich das Gefühl, ihn in diesem Moment besser zu verstehen als in den ganzen vorherigen Wochen. Es fühlte sich vollkommen natürlich an, mit ihm Zeit zu verbringen. Vor ihm hatte ich nicht das Gefühl, eine Rolle erfüllen zu müssen. Und genau wie ich einen Freund in der fremden Stadt gebrauchen konnte, hatte ich den Eindruck, dass auch ihm heute Abend eine Freundin guttat. Was auch immer mit seiner Familie vorgefallen war, mit jeder Minute schien er an Kraft zurückzugewinnen.

Er fragte mich über meine Herkunft und Vergangenheit aus. Ich erzählte ihm von Herda, vom trostlosen Heim und dem Tag, als ich mich auf das Schiff von Zoes Familie geschlichen hatte. All das fühlte sich inzwischen so unendlich weit weg an. Die Worte sprudelten einfach aus mir heraus, doch ich hatte nicht den Eindruck, dass es Tarik störte. Im Gegenteil, er fragte immer wieder nach, sah mich aufmerksam an und schien sich durch die Ablenkung zu entspannen. Als ich zur Stelle kam, an der man mich als blinde Passagierin entdeckt hatte, lächelte er.

»Was hast du denn auch erwartet?«, warf er ein.

»Ich weiß es nicht.« Ich schüttelte den Kopf. »Die Verzweiflung treibt uns zu komischen Dingen.« Aus jetziger Sicht kam es mir ebenso abwegig vor, wie es klang. Über dem köstlichen Kaffee und den Süßigkeiten waren die Tage, an denen ich über Mülltonnen gehangen und irgendetwas Essbares herausgeangelt hatte, beinahe vergessen.

Ich registrierte, dass auch Tariks Miene wieder nachdenklich wurde.

»Woher wusstest du, was zu tun ist?«, fragte er. »Was der richtige Weg für dich ist?«

»Ich habe keine Ahnung, was ich tue«, gestand ich. »Es ist nett, dass du das denkst, aber glaub mir, niemand weiß so wenig von der Welt wie ich. Ich weiß ja noch nicht einmal, wo ich überhaupt herkomme. Manchmal zermalmt mich das.«

Ich hatte diese Tatsache noch nie laut ausgesprochen und die Worte schwebten nun dominant in der Luft. Ich hatte keine Ahnung, wer meine Eltern waren, warum ich es nicht wert war, dass sie mich behalten hatten. Meine Augen begannen zu brennen.

Plötzlich fühlte ich eine weiche Hand in meiner, die sich fest um meine

Finger schloss. Mein Herz stolperte, nur um gleich darauf viel schneller loszugaloppieren. Tarik sah mich an, aber er sah nicht nur auf mein Äußeres. Ich spürte, dass er direkt in mich hineinschaute. Ich fühlte, dass er meine Wurzellosigkeit sah, meine vielen Fragen.

»Du musst nicht wissen, wo du herkommst, um zu wissen, wer du bist«, sagte er leise. »Glaub mir, das bringt dich auch nicht weiter.«

»Was sind wir nur für Wracks«, flüsterte ich, während der Abstand zwischen uns wie von selbst zu schrumpfen schien. Alles um uns herum verlangsamte sich. Da waren plötzlich nur noch wir, nur noch zwei verlorene Seelen in dieser verwirrenden Welt.

Tariks Blick glitt über mein Gesicht, fiel auf meine Lippen. In meinem Bauch spürte ich ein Flattern. Seine Hand wanderte zu meinem Gesicht und fuhr durch eine schwarze Strähne, die sich aus meinem langen Zopf gelöst hatte. Unwillkürlich hielt ich die Luft an. Mein ganzer Körper war wie elektrisiert. Ich spürte seinen Atem auf meiner Wange und realisierte erst jetzt, dass sein Gesicht kurz vor meinem schwebte. Ich biss mir auf die Unterlippe. Es war, als würde jeder seiner Atemzüge mich dichter an ihn heranziehen. Oder waren es meine Atemzüge? Ich wusste es nicht. Genauso wenig wusste ich, wie lange ich dieser unwirklichen Kraft noch standhalten konnte.

Ein flaues Ohnmachtsgefühl überkam mich, als seine Finger über meine Wange fuhren, vorsichtig, als wäre ich aus Glas. Seine Haut war heiß und sein Duft hüllte mich ein wie feine Seide. Ich reckte meinen Hals noch einen weiteren Millimeter in seine Richtung. Und dann riss er sich los. Er zog sich einige Meter zurück, als hätte er sich verbrannt, und hinterließ eisige Kälte auf meinen Lippen.

Was war das denn?

Unfähig, mich zu rühren, sah ich ihm nach. Er rutschte bis an die Rückwand seines Schreibtisches und ballte die Hände unwillkürlich zu Fäusten.

»Entschuldige. Ich kann das nicht«, murmelte er, ohne mich anzusehen.

Ich schluckte schwer. »Wahrscheinlich sollte ich dann auch mal gehen«, sagte ich irgendwann und räusperte mich.

Als Tarik nicht antwortete, spürte ich einen Stich in meinem Herzen. Eilig sammelte meine Sachen zusammen.

»Wir sehen uns«, sagte ich, während ich aufstand und zur Tür ging.

»Naima«, rief Tarik mir nach. »Es tut mir leid. Danke, dass du hier warst. Es war schön.«

Ich verharrte und drehte mich langsam zu ihm um. »Frag dich immer, was *du* eigentlich willst. Was dein Herz dir sagt. Das ist der einzige Kompass, der zählt.«

Ich fügte ein kleines Lächeln hinzu, bevor ich in die Nacht trat.

15

Shanini

Ich saß an der Stirnseite des Speisesaals, neben mir Zoe und meine Mutter. Der Raum, der nur selten genutzt wurde, strahlte heute in seiner ganzen Pracht. Eine unendlich lange Tafel wandte sich in einer Hufeisenform durch den kompletten Saal. Sie war festlich gedeckt mit blitzenden Gläsern und einem Meer aus Speisen und Teelichtern, so weit das Auge reichte. Über dem Tisch hing eine Komposition aus Laternen, die wie Gold funkelten.

Jeder einzelne Platz war belegt. Es war wie eine Vollversammlung, ähnlich wie meine Mutter sie regelmäßig mit den Ministern abhielt. Nur dass es so viele Menschen waren, dass ich die auf den hintersten Plätzen nicht einmal mehr erkennen, geschweige denn mit ihnen sprechen konnte. Alle Augen waren auf mich gerichtet. Die einen penetrant starrend, die anderen immer wieder aufblitzend.

Und trotzdem fühlte ich mich gut. Ich fühlte mich stärker, als ich es mir je zu träumen gewagt hatte. Die Blicke verunsicherten mich nicht. Im Gegenteil, ich musste darüber schmunzeln. Ich wusste, dass ich jeden von ihnen mit nur einer Handbewegung aus dem Palast werfen konnte.

Wie war das möglich? Es war beinahe wie Zauberei ... Nachdenklich nippte ich an meinem Wein. Als ich dieses wunderbare seidenweiche Kleid übergestreift hatte, war etwas passiert. Ich wusste nicht, was es war, aber mit einem Schlag waren alle Stimmen in meinem Kopf verstummt. Ich fühlte mich leicht, unbeschwert. Ich fühlte mich selbstsicher. Aber konnte das wirklich nur ein Kleid bewirken?

»Interessiert Ihr Euch für Astrologie, Eure Hoheit?«

Ich unterdrückte ein Augenrollen, ehe ich zu dem Mann zu meiner Linken sah. Er war ein komischer Kauz mit einem Rauschebart und kaute mir schon den ganzen Abend das Ohr ab.

»Ein spannendes Gebiet. Wie können wir sicher sein, dass unsere geringfügigen Existenzen nicht in Zusammenhang mit den Sternenbildern stehen? Ich kann mir das durchaus vorstellen. Gerade letztens hat mir eine Astrologin eine Verwechslung im Sternendreieck vorausgesagt. Und am Abend habe ich mich doch tatsächlich in der Stadt verlaufen.«

»Was Ihr nicht sagt«, erwiderte ich und verkniff mir ein Lachen.

»Ich bin mir sicher, sie interessiert sich mehr für Mode, nicht wahr?« Ein Schönling, der hinter dem Rauschebart saß, lehnte sich zu mir herüber. Er hatte eine blonde Schmalzlocke, kostbare Kleider und klobige Ringe an den Fingern. Alles an ihm war ein wenig zu gewollt. Schon den ganzen Abend hatte er mich mit Fragen gelöchert und mit Komplimenten überhäuft, um meine Aufmerksamkeit zu bekommen.

»Nein, Mode interessiert mich sogar noch weniger als Astrologie«, antwortete ich mit zuckenden Mundwinkeln. Unterm Tisch spürte ich Mutters Schuhspitze an meinem Knöchel.

Der Schönling stutzte kurz, dann wurde sein Ausdruck fast traurig. »Aber warum denn nicht?«

»Ich sehe darin einfach keinen großen Sinn«, gab ich zurück.

»Aber ich!«, mischte sich Zoe ein und beugte sich schmachtend zu uns herüber. »Ich liebe es, mich durch Mode selbst auszudrücken.«

Die Miene des Mannes hellte sich auf und die beiden verfielen in ein angeregtes Gespräch. Zoe war heute voll in ihrem Element und machte es sich offenbar mehr als ich zur Aufgabe, jeden dieser vielen Junggesellen kennenzulernen.

Ich lehnte mich amüsiert zurück, während ich den letzten Schluck meines Weines trank. Von der Seite spürte ich den Blick meiner Mutter auf mir. Sie tupfte sich die Mundwinkel mit der Serviette ab, dann erhob sie sich. Augenblicklich verstummte jedes Gespräch.

»Danke, dass Ihr alle hier seid, meine Herren. Ich hoffe, unser bescheidenes Festmahl hat Euch gemundet. Meine Tochter wird sich im Anschluss noch ein wenig die Beine im Park vertreten. Gibt es jemanden, der sie begleiten will?«

Schabendes Stühlerücken, dann unzählige Männer, die mit ernster Miene aufsprangen, als meldeten sie sich zum Wehrdienst.

Ich schnaufte leise. Das alles hier war so albern.

»Wie schön«, fuhr Mutter fort. »Shanini, wollen wir nach draußen treten?«

»Ich kann es kaum erwarten«, sagte ich süffisant und nahm Mutters ausgestreckte Hand an, bevor wir in den Park schlenderten.

Sofort kesselten mich die Bewerber von allen Ecken und Enden ein. Einer führte mir unaufgefordert Zaubertricks vor, ein anderer drückte mir einen Korb Obst in die Hand. »Die besten Früchte des Südens!«, sagte er dazu und zeigte auf eine Aprikose, als hätte ich so etwas noch nie gesehen.

Ich drückte Adem, der mich auf Schritt und Tritt begleitete und die Kandidaten böse anfunkelte, das Präsent in die Hand und arbeitete mich weiter durch die vielen Männer. Nach und nach verließ mich der Mut und das berauschende Gefühl, das mich den ganzen Tag erfüllt hatte, schrumpfte in sich zusammen.

Das hier macht dir doch eigentlich Angst, meldete sich eine Stimme in meinem Hinterkopf. *Hast du das etwa vergessen?*

Während mein Herz zunehmend schwerer wurde und die Menge sich enger um mich schloss, überkam mich eine dunkle Erschöpfung. Das würden vier unsäglich lange Wochen werden.

16

Naima

Es drängte mich früh in die Werkstatt. Obwohl ich nur wenig geschlafen hatte, war ich aufgekratzt. Wahrscheinlich immer noch vom gestrigen Abend. Hamdan verzog keine Miene und verlor kein Wort über den Vorabend. Auch nicht auf meine vielen Anspielungen hin, ob er noch weitere geheime Aufträge vorzubereiten hatte oder ob er sich gar selbst unter die Verehrer mischen wollte.

Ich nahm es hin, meine Laune war zu gut, um mich von solchen Grübeleien beirren zu lassen. Immer wieder schweiften meine Gedanken zum gestrigen Tag. Zur Erleichterung, endlich etwas aus eigener Kraft erschaffen zu haben. Und dann zu den Gesprächen mit Tarik, seiner Hand in meiner, dem Gefühl, seinen Puls spüren zu können ...

Bevor ich mich in Träumereien verlieren konnte, schlug die Ladentür auf und zwei bekannte Personen stolperten laut diskutierend herein. Zoe trug ein tiefrotes Kleid und einen Kleidersack in den Händen. Adem schritt aufmerksam neben ihr her, die Hand auf dem Griff seiner Waffe. Ich realisierte sofort, dass etwas in der Luft lag, ohne ein Wort verstanden zu haben.

»Was tut ihr hier? Was ist los?«, fragte ich mit hochgezogenen Augenbrauen, als die beiden zu mir an den großen Tisch traten.

»Irgendwas ist passiert. Wir wissen nicht genau was«, sagte Adem. »Noch nicht.«

Seine Worte versetzten mich in Alarmbereitschaft. »Was ist denn los?«

»Es war einer der schönsten Abende«, fuhr Zoe Adem über den Mund. »Shanini sah bezaubernd aus. Ich habe sie noch nie so selbstsicher erlebt, sie hat alle um den Finger gewickelt mit ihrer strahlenden Art.«

»Aber … wo ist das Problem?«, fragte ich.

Shaninis Wache sah sich angespannt um. »Nach dem Essen hat sich etwas verändert. Wir sind durch die Parkanlage spaziert und die Prinzessin ist mehr und mehr in sich zusammengesackt. Erst dachten wir, sie sei einfach müde, aber dann …«

»Dann was?«, drängte ich.

»Dann ist sie völlig ausgerastet!«, rief Zoe. »Sie hat geschrien wie am Spieß, als würde sie jemand erstechen!«

»Vor der gesamten Gesellschaft«, murmelte Adem.

»So habe ich sie noch nie erlebt. Sie war vollkommen außer sich, wie besessen! Eben noch haben wir uns amüsiert und dann, exakt mit dem Schlag der Mitternacht, ist sie wie vom Skorpion gestochen weggerannt. Damit war die Begrüßungsfeier zu Ende.«

Ich riss die Augen auf. »Wie geht es ihr jetzt?«

»Besser. Aber sie ist immer noch geschwächt.«

Ich schüttelte den Kopf. »Das tut mir so leid. Habt ihr irgendeine Erklärung? Ist etwas passiert, was den Auslöser gegeben hat? Hat ihr womöglich jemand etwas ins Getränk gemischt? Oder ins Essen?«

»Unmöglich«, sagte Adem. »Die Hoheiten haben immer ihre eigenen Diener und alles andere haben wir zusätzlich im Blick.«

Einen Moment herrschte betretenes Schweigen und langsam kroch die Frage in mir auf, was die beiden dann ausgerechnet von mir wollten. War Shaninis Panikattacke nicht eher ein Fall für ihren Leibarzt? Ihre Mutter? Ihre Freundinnen?

Ich sah zwischen ihnen hin und her und in ihren nervösen Blicken erkannte ich, dass sie gedanklich um die gleiche Frage herumtänzelten.

»Aber …«, brachte ich hervor, ohne zu wissen, was ich überhaupt fragen wollte.

Zoe holte tief Luft. »Die Angst hörte mit einem Schlag auf, als die Zofen ihr dein Kleid ausgezogen haben.«

Die Worte trafen mich wie ein Hieb in die Magengrube. *Es ist meine Schuld?* Ich hatte keine Ahnung, warum, aber mein Kleid hatte die Prinzessin eingezwängt. Schlimmer noch, es hatte sie bis zur Luftnot gebracht?

»Ich verstehe das nicht«, flüsterte ich und merkte, wie ich in mich zusammensackte.

Zoe legte den Kleidersack auf den Tisch. *Das war's.* Sie wollten das Kleid nicht mal mehr behalten?

»Es tut mir leid«, sagte Zoe und wirkte ehrlich niedergeschlagen.

»Dir tut es leid?«, stieß ich hervor. »Nein, ich fühle mich schrecklich! Ich dachte, das Kleid säße perfekt, aber vielleicht war es zu eng, vielleicht ... ich weiß nicht ...«

»Nein, es saß perfekt«, sagte Zoe. »Es sah wunderschön aus. Aber irgendetwas muss passiert sein.«

»Wir dachten, dass du vielleicht noch eine Idee hast«, sagte Adem und lehnte sich mit verschränkten Armen zu mir. »Vielleicht weißt du mehr als wir?«

Ich blinzelte perplex. »Ich wünschte, es wäre so.«

Adem zog die Augenbrauen in die Höhe. »Denk noch mal scharf nach. Wenn dir etwas einfällt, weißt du, wo du uns findest.«

»Adem«, sagte Zoe und zupfte ihm unangenehm berührt am Ärmel.

Ich schaffte nicht mehr als ein Nicken. Ich hatte meine Chance vertan, je wieder für den Hof zu schneidern. Wahrscheinlich je wieder für irgendwen zu schneidern. Als sie die kleine Werkstatt verließen, sah ich den beiden niedergeschlagen nach. Ich wollte ihnen zurufen, dass sie Shanini grüßen sollten, aber brachte es nicht über die Lippen.

Wie war das möglich? Was hatte ich falsch gemacht? Ich traute mich nicht einmal, den Kleidersack zu öffnen und das Kleid anzusehen.

»Ich glaube, wir müssen reden.« Hamdans brummende Stimme ließ mich zusammenfahren. Er wanderte langsam aus seinem Büro heraus, den Blick undurchdringlich auf die im Getümmel verschwindenden Gestalten gerichtet.

Auch das noch. Ich wappnete mich emotional für eine weitere Anfeindung. Aber die Tränen brannten schon in meinen Augenwinkeln und ich wusste, dass ich sie beim nächsten kritischen Wort sowieso nicht würde zurückhalten können. Stocksteif saß ich da, kämpfte gegen meine kribbelnde Nase, gegen die Wut und das Unverständnis.

Hamdan ging zur Tür und schloss sie ab, dann zog er die knittrigen Vorhänge zu, die ich noch nie zuvor wahrgenommen hatte. Anschließend drehte er sich zu mir um und flüsterte die Worte, die mein ganzes Leben veränderten: »Ich fürchte, du besitzt Magie.«

Ich blinzelte. Einmal. Zweimal. Seine Worte waren in meinen Ohren angekommen, nicht aber in meinem Verstand. Hamdan verzog keine Miene, also rührte ich mich auch nicht. Einen Augenblick glotzten wir uns einfach gegenseitig an.

»Hast du mich verstanden?«, brummte er irgendwann.

»Nein ... doch! Aber ... was?«, stotterte ich.

»Magie«, sagte Hamdan. »Und wie es aussieht, ist sie ziemlich mächtig.«

»Das kann nicht sein, ich bin doch nur ...« *Ein Waisenkind, das seine Eltern nicht kennt?* Ich schüttelte den Kopf. Das musste ein Scherz sein. Der erste Witz, den Hamdan in seinem Leben gemacht hatte!

»Ich hatte immer nur Pech. Mir ist nie irgendetwas zugefallen. Wenn ich Magie hätte, dann wäre es mir all die Jahre ja wohl besser ergangen!« Ich nickte mir selbst zu. O ja! Eine mächtige Zauberin würde nicht in einem Drecksloch aufwachsen, würde nicht jeden Tag Böden schrubben und hungern.

»Wo hast du denn deine antike Trinkflasche her?«, fragte Hamdan unvermittelt.

»Meine *was*?« Ich starrte ihn an.

Er wies auf meine Tonflasche, die ich heute Morgen wie immer auf dem kleinen Schmuckregal abgestellt hatte.

»Ach, die«, sagte ich. »Sie war das Einzige, was mir mitgegeben wurde, als ich im Heim abgegeben wurde.«

»Und denkst du, es ist Zufall, dass das kleine Zeichen darauf ein traditionelles Symbol einer magischen Spezies ist?«

In meinen Ohren rauschte das Blut wie ein Sturm. »Du kennst das Symbol?«, flüsterte ich.

Hamdan wanderte zum Regal und nahm die Wasserflasche in beide Hände. »Eine Nadel und ein Flügelpaar. Ich nehme an, dass dein Interesse an der Handarbeit auch durch dieses Zeichen geweckt wurde?«

Er sagte es mit leichtem Spott in der Stimme und ich fühlte mich ertappt. Tatsächlich hatte ich das Nähen immer als meine Bestimmung und meine Zugehörigkeit gesehen. Die einzige Verbindung zu den Wurzeln, die ich nicht kannte. Jetzt, wo Hamdan es aussprach, schämte ich mich für meine Durchschaubarkeit.

»Was für magische Wesen kennst du?«, fragte er.

»Zauberer«, sagte ich. »Aus dem Süden.«

»Richtig«, sagte Hamdan. »Das würden wohl die meisten antworten. Aber auch aus dem Norden kommt eine Spezies magischer Geschöpfe. Sie sind in Vergessenheit geraten, werden oft nur noch als eine Legende gehandelt. Sie haben sich während des Krieges fast gänzlich zerstreut. Schon davor haben sie im Verborgenen gelebt, waren nicht so laut und penetrant wie die Zauberer des Südens. Sie verbreiteten ihre Magie anders, leise, oft durch Nadel und Faden.«

Ich erwischte mich dabei, wie ich die Luft anhielt. Mein ganzer Körper war auf Höchstspannung. »Und was sind das für ... Wesen?«

»Feen«, sagte Hamdan. Seine Augen verengten sich zu Schlitzen. »Diese Wesen. Du.«

Ich sprang wie von selbst auf. *Nein, nein, nein.* Das ging nicht an. *Ich, eine was, eine Fee?*

Ich lachte hysterisch auf. Meine Beine setzten sich in Bewegung, als hätten sie ein Eigenleben. Wie besessen schritt ich auf und ab.

Während der eine Teil in meinem Kopf es nicht wahrhaben wollte, diese Möglichkeit sogar für völlig aberwitzig hielt, begann der andere Teil, die Bruchstücke der letzten Zeit zusammenzufügen.

Mein seltsamer Schwindel, der Wirbel um meine Teekleider und der Rummel im Laden. Der Vorfall, als der Prototyp mich vor meinem Angreifer gerettet hatte, und Shaninis *Verwandlung ...*

»Shanini«, seufzte ich. »Es war also wirklich meine Schuld? Meine Magie – angenommen es stimmt – hat dazu geführt, dass es ihr schlecht ging?«

Hamdan sah mich mit zusammengezogenen Augenbrauen an. »Davon gehe ich aus. Du weißt sie nicht zu kontrollieren. Magie ist etwas Unnatürliches.

Du musst aufpassen, dass niemand zu Schaden kommt.« Er kam näher, starrte mich eindringlich an. »Verstehst du das?«

Ich schluckte schwer. »Ja.«

»Gut«, sagte Hamdan, ohne mich aus den Augen zu lassen.

»Aber was heißt das alles? Was heißt das für mich?«

Hamdan durchbohrte mich mit seinem Blick. »Das müssen wir noch herausfinden.«

Ich nahm meinen Marsch wieder auf, lief hin und her. War das wirklich möglich? War Magie die Erklärung für all die Dinge, die passiert waren? Hatte sie mich so weit gebracht? Und war sie etwas Gutes oder Schlechtes?

»War das der Grund, warum du nicht wolltest, dass ich noch mehr Kleider für den Hof nähe?«, fragte ich und blieb wieder stehen.

»Ja.« Hamdan nickte. »Ich traue der Magie nicht. Schon gar nicht bei einer unerfahrenen Person wie dir.«

»Warum hast du mir das alles nicht früher gesagt?«, rief ich. »Das hätte ich doch wissen müssen, bevor ich für die Prinzessin geschneidert habe!«

»Es bestand ja immer noch die Möglichkeit, dass ich falsch liege«, sagte Hamdan. »Deshalb wollte ich genau nachvollziehen, wie du arbeitest.«

Darum hatte Hamdan mich also die ganze Zeit so nervtötend beobachtet, als ich am Galakleid gearbeitet hatte!

»Aber ich konnte nichts Auffälliges feststellen. Nur, dass du immer noch schneckenlangsam bist.«

Ich schnaubte.

»Aber nach diesem Auftritt bin ich mir sicher, dass mein Verdacht doch richtig war. Es ist die einzige Erklärung.«

Ich wusste nicht mehr, wo mir der Kopf stand. Auch wenn sich einzelne Zufälle plötzlich zusammenfügten wie ein Schnittteil ans andere, wie bei einem Kleidungsstück, das nach und nach Form annahm, wusste ich nicht, ob ich diese Wahrheit ertragen konnte.

Hamdan kam einen Schritt näher und packte mich an den Schultern. Er senkte die Stimme zu einem bedrohlichen Raunen. »Dir ist klar, was das bedeutet? Du kannst Menschen beeinflussen, wie *du* es willst. Du kannst

Dinge mit ihnen anstellen, wie es *dir* gefällt.« Er starrte mich eindringlich an, bohrte seine Finger in meine Haut. Etwas an seinem Unterton gefiel mir überhaupt nicht. Gleichzeitig war ich zu perplex, um mich loszureißen.

»Du solltest erst mal weiter die Kleinarbeiten machen, bis wir eine Lösung haben. Ein ganzes Kleid voll von unkontrollierter Magie ist anscheinend lebensgefährlich.«

Mein Magen wurde flau. Er sagte mir all diese Dinge, erklärte mir meine ungeahnte Macht und verdonnerte mich dann zum Flicken? Es konnte sein, dass ich Magie besaß, einzigartige Kräfte, und trotzdem blieb mir nichts anderes übrig, als Löcher zu stopfen? Doch dann kam mir wieder Shanini in den Sinn, dass es ihr *meinetwegen* schlecht ging, und ich sank in mich zusammen. Er hatte recht. Ich musste erst lernen, mich zu kontrollieren. Bevor ich wieder etwas nähte, musste ich noch so viel mehr wissen!

»Kann ich heute frei bekommen?«, fragte ich kurzerhand. »Ich muss das erst mal verdauen.«

Hamdan betrachtete mich, nickte dann und ließ mich los. »Ausnahmsweise.«

Erleichtert packte ich meine Sachen zusammen und lief nach draußen in den brütenden Sonnenschein.

17

Naima

Ich wusste genau, wo ich hinwollte, doch auf halbem Weg zur Stadtbibliothek bremste der Geruch von frittiertem Spritzgebäck meine Entschlossenheit aus. Er kam von dem Stand eines älteren Mannes, der die fettige Süßspeise nach dem Braten in reichlich Zucker wälzte, bevor er sie seinen Kunden übergab. Mir lief das Wasser im Mund zusammen und von einer meiner Goldmünzen genehmigte ich mir eine große Tüte, die wohl eher für eine ganze Familie vorgesehen war.

Im Stress meiner Gedanken stopfte ich eine buttrige Kugel nach der anderen in mich hinein. Warum mein Magen, der sich eben noch ganz flau angefühlt hatte, jetzt diesen unbändigen Hunger verspürte, war mir schleierhaft. Aber das Essen tat gut und war das Einzige, das mein ewiges Gedankenkarussell ein wenig verlangsamte. Ich würde alles lesen und herausfinden, was es zu wissen gab. Und dann würde ich abgleichen, ob Hamdans Verdacht stimmte oder ob es einfach eine Verstrickung dummer Zufälle war.

Als ich bei der Bibliothek angelangt war, hatte sich mein Atem halbwegs beruhigt und die komplette Tüte war verputzt. Ich trat zu einer grauhaarigen Frau am Eingang und holte tief Luft. Sie musterte mich mit spitzen Lippen.

»Habt Ihr auch etwas über …« Ich hatte Probleme, es über die Lippen zu bringen. »Magie?«

Mein Versuch, es so beiläufig wie möglich klingen zu lassen, war anscheinend erfolglos, denn die Bibliothekarin zog ihre dünnen Augenbrauen in die Höhe. »Habt Ihr ein besonderes Interesse an den Mythen und Zauberern?«

»Ja, also …« Ich zuckte mit den Schultern.

Zu meiner Erleichterung lächelte sie. »Es ist spannend, nicht? Das finde ich auch.«

Sie führte mich in die hinterste Ecke der oberen Etage. Je weiter wir uns vom Eingang entfernten, umso muffiger wurde die Luft und umso staubiger die Bücher. Die Abteilung über Magie und Legenden hatte scheinbar seit Jahren niemand mehr betreten. Spinnennetze spannten sich in den Ecken und dicke graue Staubflocken sammelten sich auf den dunklen Dielen.

»Gebende Magie rechts, Nehmende Magie links«, sagte die Bibliothekarin.

»Was?« Ich sah sie fragend an.

»Das sind die Grundsätze«, erklärte sie etwas freundlicher. »Während die Magie des Südens durch den Prozess des Nehmens funktioniert, funktioniert die des Nordens durch das Geben. Am besten lest Ihr zuerst das hier.«

Sie zog einen dicken Wälzer hervor, der den unhandlichen Titel *Die Unterschiede und Überschneidungen der Gebenden und Nehmenden Magie im Großraum Melidiya* trug.

Dankend nahm ich ihn an mich und begann ihn durchzublättern. »Und die Feen …«, fragte ich beiläufig. »Worunter sind sie zu finden?«

»Die Feen sind natürlich gebender Natur«, erklärte die Bibliothekarin. »Man sagt, dass ihre Kräfte nur am Tage wirken, da es helle Wesen sind. Je dunkler es wird und mit dem Schlag der Mitternacht erlöschen sie.«

Ich hätte beinahe laut aufgeschrien und schlug mir die Hand vor den Mund. Zum Glück hatte die Bibliothekarin mir gerade den Rücken zugekehrt.

Beschwingt redete sie weiter: »Feen werden von einer Bestimmung angezogen. Ihr ganzes Leben verläuft dadurch, wie es muss, bis sie finden, wem sie dienen müssen. Eine spannende Vorstellung, nicht wahr? Dass alles einen Grund hat?« Sie drehte sich zu mir um und sah mich mit freundlichen Augen an.

Ich nickte schnell, fragte mich, ob sie hörte, dass mein Herz mir bis zum Hals schlug. Vielleicht war es nie Pech gewesen, sondern immer Schicksal. Jeder Rückschlag, jede Auseinandersetzung, alles, was schief gegangen war, hatte mich letztlich hergebracht, in diesen Moment. Mein Leben war wie ein Faden, dessen Laufrichtung schon immer vorbestimmt gewesen war.

Ich taumelte gegen eines der Regale.

»Alles in Ordnung?«, fragte die Bibliothekarin besorgt.

»Es ist nichts.« Ich rang mir ein Lächeln ab. »Nur ein kurzer Schwindel.«

»Ich hole Euch ein Glas Wasser, während Ihr stöbert«, sagte die Dame und verschwand aus der Abteilung.

Kaum hatte sie sich entfernt, sank ich zu Boden. War es wirklich meine Bestimmung, in Arada zu sein? Und wem sollte ich dienen?

***

Am Nachmittag balancierte ich einen schweren Stapel nach Hause. Neben der Empfehlung der Bibliothekarin hatte ich mich für einen dicken Schinken über den Hundertjährigen Krieg, zwei Bücher zu den Hintergründen und der Geschichte der Magie und ein kleines grünes Büchlein mit dem Titel *Feenwesen und Bestimmungen* entschieden. Ich hatte keine Ahnung, wie lange ich für all diese kompliziert formulierten Texte brauchen würde. Aber jedes Wort würde mir hoffentlich ein bisschen mehr Klarheit verschaffen.

Als ich zu Hause angekommen war und mit einer Hand nach meinem Schlüssel angelte, rutschte das oberste Buch vom Stapel und fiel auf die Straße. Ich versuchte es aufzufangen, wobei jedoch der restliche Stapel ins Wanken geriet. Im letzten Moment konnte ich die Bücher ausbalancieren und vorm völligen Zusammensturz bewahren.

Ich ging in die Hocke, um das gefallene Exemplar aufzusammeln, doch zwei kleine Hände kamen mir zuvor. Ein Junge stand vor mir. Er hatte ein rundes Gesicht und zerschlissene Kleidung. Wortlos und mit höchster Sorgfalt putzte er den Staub auf dem Buch an seinem Hemd ab und stellte sich dann auf die Zehenspitzen, um es wieder auf den Stapel in meinen Armen zu schieben. Gerührt sah ich ihm dabei zu.

»Das ist wirklich nett von dir, danke«, sagte ich.

Der kleine Junge lächelte.

»Wie heißt du?«, fragte ich.

»Kerim«, antwortete er und sah mich durch seine dichten Wimpern an. Sein Gesicht war schmutzig, genau wie seine Kleider. Mit einem Stechen im

Magen musste ich wieder an die kleinen Jungen und Mädchen bei Herda denken, an die Kinder in den Armenvierteln von Arada und in wahrscheinlich jeder anderen Stadt des Landes.

»Warte kurz hier«, sagte ich und lief durch die Tür und die Stufen nach oben zu meiner Dachkammer. Schweißgebadet lud ich den Stapel auf meinem kleinen Schreibtisch ab. Dann schnappte ich mir die restlichen Süßigkeiten des letzten Abends sowie ein paar Aprikosen und steckte alles in meine leere Kleidertüte. Damit im Gepäck hetzte ich die Stufen wieder nach unten.

Kerim stand noch immer vor der Tür, kickte einen Stein gegen einen Mauervorsprung. Als ich nähertrat, sah er auf.

»Hier, für dich«, sagte ich und reichte ihm die Tüte.

Mit großen Augen sah er mich an, offenbar unschlüssig, ob ich es ernst meinte.

»Hier, nimm«, ermutigte ich ihn.

Er warf mir ein breites Milchzahnlächeln zu und nahm die Tüte an. Dann kramte er eine Süßigkeit aus der Tüte und stopfte sie sich genüsslich in den Mund.

Ich fuhr ihm über die Stirn. »Und falls es dir heute noch niemand gesagt hat: Du kannst in deinem Leben alles werden. Lass dir nichts anderes einreden, in Ordnung?«

Kerim legte den Kopf schief, während er kaute, und dachte angestrengt nach. »In Ordnung«, befand er dann und nickte.

»Gut«, sagte ich. »Dann ab nach Hause mit dir.«

Er lächelte mir noch einmal zu, hängte sich die Tüte um die kleine Schulter und kickte den Stein vor sich her, während er die Straße hinunterwanderte. Ich sah noch, wie er in einem heruntergekommenen Hinterhof verschwand.

***

Ich las bis spät in die Nacht. Zuerst nahm ich mir das Buch über die Feen vor. Mit jedem Satz über diese subtile und doch so starke Form der Magie zogen mich die Seiten tiefer in ihren Bann.

Ich fand heraus, dass Feen aus den Quellen im Norden des Landes stammten.

Ähnlich, wie es bei den Zauberern des Südens funktionierte, wurde die Magie von Generation zu Generation weitervererbt, wobei nicht jedes Kind zwangsläufig magisch war. Einige waren nur anfälliger für Magie, konnten aber keine eigene Kraft ausüben. Alte nordische Legenden stellten Feen als aus dem Himmel verstoßene Engel dar, die auf die Erde entsandt wurden, um hier für Frieden und Ordnung zu sorgen. Während des Krieges verschwanden viele von ihnen und bald wusste man kaum noch, was Wahrheit und was Mythos war. Daher war man allgemeinhin unsicher, ob und wie viele Feen es überhaupt noch gab.

Ich blätterte fahrig durch die Seiten. Der Schein meiner Kerze war alles, was ich gegen die drückende Dunkelheit hatte, und mit jeder Minute wurden meine Augenlider schwerer. Trotzdem erlaubte ich mir nicht zu schlafen. Ich musste noch mehr wissen!

Es dauerte, bis ich in den ewigen Passagen über Sagen und Legenden etwas über die Wirkungsweise der Magie fand.

Anders als die Zauberer, die sich dieser Technik nur selten bedienen, nutzen Feen vermehrt ein Handwerk, um ihre magischen Fähigkeiten zu transportieren. So können sie Gefühle und Kräfte in Material einarbeiten. Bekannte Wege der Schicksalsmagie sind das Holzhandwerk, das Kochen, die Brauerei, die Gärtnerei sowie die traditionellsten Formen, das Weben und die Schneiderei.

Ich stieß ein kleines ersticktes Keuchen aus. Es war, wie Hamdan gesagt hatte. Diese Wesen konnten Magie in Stoffe einarbeiten, in Kleider ... Diese Wesen, *ich!*

Meine Schläfen begannen zu pochen. Es gab nur einen Weg, um herauszufinden, ob das alles stimmte. Ich musste meine Fähigkeiten auf die Probe stellen, ein bestimmtes Gefühl in ein Kleid einarbeiten und es dann jemandem anziehen, der nichts davon wusste. Das würde mir den nötigen Beweis liefern.

Ich riss meine müden Augen von den vielen ineinander schmelzenden Worten und legte das Buch beiseite. Für mein Vorhaben brauchte ich einen klaren Kopf. Ich zwang mich, die Kerze zu löschen und zu schlafen, auch wenn meine Gedanken wild kreisten und mich noch Stunden wachhielten. Erst als es bereits dämmerte, schlief ich ein.

***

»Du bist zu spät«, pampte mich Hamdan an, als ich den Laden am Vormittag betrat.

»Entschuldigung«, murmelte ich und rieb mir übers Gesicht.

Er brummte etwas vor sich hin und schob mir ein Jackett zu, bei dem noch die Taschen fehlten. Den Rest des Vormittags erledigte ich alle Arbeiten so schnell ich konnte. Am Nachmittag wagte ich es, Hamdan auf mein Vorhaben anzusprechen.

Er sah mich aus zusammengekniffenen Augen an. »Das ist gefährlich.«

»Aber es ist die einzige Möglichkeit herauszufinden, ob deine Theorie stimmt. Nur so weiß ich, ob ich ...« Es fiel mir noch immer schwer, es auszusprechen. »Es ist der einzige Weg.«

»Schön«, brummte Hamdan. »Aber das passiert unter meiner Aufsicht. Und *ich* suche aus, wem wir es anziehen.«

Ich unterdrückte ein Augenrollen. »Von mir aus.«

Hamdan stellte mir einen hellblauen Stoff zur Verfügung, den er einmal günstig geschossen hatte. Er hatte die Farbe des Himmels an einem klaren, warmen Tag und löste in mir gleich das Gefühl von Entspannung und Zufriedenheit aus. Ich ließ mich ganz auf dieses Gefühl ein, spürte es bis in meine Fingerspitzen, atmete tief durch und schnitt in Seelenruhe eine lockere Tunika zu.

***

Zu meiner Überraschung wartete am nächsten Tag eine Kutsche vor der Schneiderei und Hamdan saß mit Hut und in voller Garderobe darin. Ich hatte ihn noch nie so förmlich gesehen.

»Steig ein«, empfing er mich.

»Wohin fahren wir denn?«

Hamdan antwortet nicht, wies nur auf den Platz neben sich, wo bereits meine fertige blaue Tunika lag.

Schulterzuckend stieg ich ein und die Kutsche setzte sich in Bewegung. Als sie in einem Randbezirk der Stadt anhielt, wurde mir mulmig. Das klotzige Gebäude mit den schweren Gittern konnte nur eines sein.

»Das Gefängnis?«, fragte ich mit schwerem Druck auf der Brust.

»Wir unternehmen einen Härtetest«, erklärte Hamdan und stieg aus.

Drei Wachen führten uns durch das verschachtelte Gebäude. Mit jedem Schritt fühlte ich mich elender. Wir passierten unzählige Zellen, in denen zusammengekauerte Menschen saßen oder das, was noch von ihnen übrig war. Die meisten waren dürr, ausgezehrt und schmutzig. Es stank bestialisch in den trostlosen Steingängen, war finster und dreckig. Mein Magen wurde immer flauer. Es gab nur eine Person, wegen der wir hier sein konnten. Unwillkürlich presste ich die himmelblaue Tunika an meinen Körper.

Endlich, als ich schon völlig die Orientierung verloren hatte, machten die Wachen Halt. »Hier ist es. Ihr habt fünf Minuten«, erklärte einer der Wachmänner barsch und positionierte sich an der Wand.

Ich schluckte schwer, als Hamdan und ich an das kalte Eisengitter traten. Die Zelle war klein. In der Mitte lag eine durchgelegene Matratze, darauf eine kleine Frau mit weißem Haar, das in alle Richtungen abstand.

»Ooh!«, jauchzte sie und sprang auf. »Ooh!«

Stolpernd kam Zuti auf uns zu, ich hörte sie schluchzen und mein Herz verkrampfte sich. »Ihr besucht mich, danke, danke!«

»Hallo, Zuti«, sagte Hamdan.

Die alte Frau sah aus wie ein Schatten ihrer selbst. Ihr Blick war wirr, ihre Augen gerötet.

»Ich dachte schon, jeder auf der Welt hätte mich vergessen«, schluchzte sie. »Bitte, ihr müsst mir helfen. Ich kann hier drinnen nicht bleiben. Ich bereue, was immer ich getan habe, ich weiß nicht, was in mich gefahren ist. Aber bitte, lasst mich hier nicht zurück.«

Jammernd fuhr sie sich übers Gesicht. Am liebsten hätte ich diese verdammte Zelle aufgesperrt und die alte Dame in den Arm genommen. Mir blieb jedes Wort im Halse stecken.

»Wir haben ein Geschenk für dich«, sagte Hamdan. »Naima?«

Ich zuckte zusammen, nickte dann eilig, bevor ich die blaue Tunika durch die Metallstäbe schob. Dabei streiften meine Finger über die von Zuti und ich spürte einen Stich in der Brust.

»Oh, wie schön«, schluchzte Zuti. »Eine Tunika.«

»Zieh sie doch gleich über«, trieb Hamdan sie an.

Die alte Frau nickte wie besessen und stülpte sich die Tunika über ihre schmutzige Uniform. Ich hielt die Luft an und merkte, wie Hamdan das Gleiche tat.

Ganz plötzlich veränderten sich Zutis Züge. Sie atmete tief durch, als wäre sie kurz vor dem Ersticken gewesen, und sah an sich hinab. Sie strich über den hellblauen Stoff und lächelte. *Sie lächelte* inmitten dieser kalten, garstigen Zelle! Ich schnappte nach Luft.

»Wie schön, ihr seid einfach zu gütig«, sagte Zuti ruhig. Ihr Blick fiel auf mich. »Hast du das geschneidert, meine Süße? Es ist wunderbar. Danke, *tatlım*.«

Ihr Gesicht wirkte um zehn Jahre jünger, ihre Tränen plötzlich getrocknet. Das konnte doch nicht wahr sein. Das hier war mit nichts auf der Welt zu erklären. *Außer mit Magie.*

»Wie geht es dir, Zuti?«, stammelte ich.

Die alte Frau zuckte mit den Schultern. »Es könnte schlimmer sein. Ich lebe ja noch.«

»Aber ist es nicht schwer dort drinnen?«

»Ich hoffe auf einen fairen Prozess und dann sehe ich weiter.« Sie lächelte mir zu.

Ich rang nach Worten, als die Wachen plötzlich wieder zu uns traten. »Zeit ist um«, verkündete einer von ihnen.

Mein Herz fühlte sich schwer an. »Bis bald, Zuti.«

»Bis bald, *tatlım*.«

Hamdan setzte an, etwas zu sagen, entschied sich dann doch dagegen.

Die Wachen führten uns fort von Zuti und mit jedem Schritt wallte mehr Verzweiflung in mir auf. Was war das hier für ein Ort? Selbst wenn Zuti geklaut hatte, rechtfertigte das wirklich dieses Verderben? War ein Menschenleben weniger wert als ein paar Perlen? Und wieso hatte ich nicht mehr getan?

»Warum hast du mir nicht gesagt, wo wir hinfahren?!«, fuhr ich Hamdan an. Meine Stimme war brüchig. Er schien in Gedanken versunken und schritt neben mir her, ohne einen Ton von sich zu geben. »Ich hätte viel mehr tun müssen! Ich hätte ihr etwas Hilfreiches schneidern können«, schimpfte ich auf ihn ein. »Ich hätte mehr tun können.«

Hamdan blieb ruckartig stehen. »Nein«, sagte er beißender, als ich ihn je gehört hatte. »Nein, hättest du nicht. Du kannst sie nicht alle retten.« Er wies auf die Zellen, vor denen wir zum Stehen gekommen waren. Einzelne Menschen pressten sich an die Gitter, flehten leise oder streckten ihre Hände nach uns aus.

Mir schossen Tränen in die Augen und sie rollten mir heiß über die Wangen. Eine entsetzliche Ohnmacht breitete sich in mir aus.

»Und warum hast du ihr die Tunika dann gelassen? Du wolltest sie doch wieder mitnehmen«, fragte ich leise. »Wenn du doch Angst hast, dass sie gefährlich ist.«

Hamdan schluckte. »Ich denke, der Tod ist hier drinnen nicht einmal die schlimmste Aussicht.«

18

Naima

Es fiel mir schwer, mein normales Leben wieder aufzunehmen. Seit dem Gefängnisbesuch hatte ich eine Kälte in meinem Inneren, die ich einfach nicht loswurde, egal wie heiß es draußen war. Ich hatte das Bedürfnis, irgendetwas zu tun. Zuti saß in diesem Drecksloch von Gefängnis fest, vollkommen allein. Shanini war meinetwegen fast zugrunde gegangen. Ich hatte eine Kraft, mit der ich unendlich viel ausrichten konnte, und gleichzeitig fühlte ich mich wie gelähmt.

Egal wie viele Bücher ich auch wälzte, ich fand keinen Anhaltspunkt, was mit meinem Kleid passiert war. Es war kein Sterbenswort darüber zu finden, wie die Gebende Magie genau funktionierte und worauf zu achten war. Auch Hamdan war mir keine Hilfe. Er bremste jede meiner Fragen sofort aus, als wäre es eine Schande, das Wort Magie auch nur in den Mund zu nehmen.

Die Tage vergingen im immergleichen Rhythmus. Tagsüber machte ich müßige Kleinarbeit in der Werkstatt. Nachts arbeitete ich mich durch die Bücher aus der Bibliothek. Die vielversprechende Stadt um mich herum existierte in meinem Kopf kaum noch. Ich lebte nur zwischen den Nähten und Seiten der Bücher.

Wahrscheinlich hätte ich mich in diesem Kreislauf ewig weiter verstrickt, wenn nicht eines Abends, als ich gerade die Schneiderei zuschloss, eine Kapuzengestalt auf mich zugetreten wäre.

Im ersten Moment schrak ich zurück, dann erkannte ich Shaninis feines Gesicht unter einer großen Samthaube. Sie war blass, aber ihre Augen leuchteten.

»Hallo, Naima«, begrüßte sie mich.

»Was machst du hier?«, fragte ich erstaunt. »Bist du ganz allein? Wo sind deine Wachen?«

Shanini warf einen Blick die Straße hinab. »Sie wissen nicht, dass ich hier bin. Ich habe mich rausgeschlichen. Deshalb habe ich auch nicht viel Zeit.«

»Was?«, rief ich. »Aber das ist gefährlich, was, wenn jemand dich –«

»Ach.« Shanini wedelte mit der Hand. »Es ist alles in Ordnung. Das hier ist wichtig.«

Ich verstummte unter ihrem eindringlichen Blick, wandte mich dann wieder der Werkstatt zu. »Gehen wir nach drinnen.«

Shanini nickte und schob sich die große perlenbestickte Kapuze vom Kopf, als wir eintraten.

Ich schob mit meiner Schuhspitze eilig ein paar herumfliegenden Stoffschnipsel zusammen. Shanini setzte sich an den Zuschneidetisch und faltete anmutig die Hände.

»Geht es dir wieder besser?«, fragte ich. »Ich habe gehört, was passiert ist, und es tut mir unglaublich leid. Was auch immer es war, ich –«

»Deswegen bin ich hier«, unterbrach mich die Prinzessin. »Ich will mich für Zoe und Adem entschuldigen.«

Ich blinzelte. »Warum?«

»Ich liebe sie beide, doch hin und wieder übertreiben sie es mit ihrem Drang, mich beschützen zu wollen. Sie räumen mir jeden Kieselstein aus dem Weg. Ich weiß, dass das nur gut gemeint ist, aber manchmal wünschte ich, sie würden mir gewisse Dinge selbst überlassen. Wie soll ich denn je ein Land regieren, wenn ich nie lerne, mich selbst um Dinge zu kümmern?« Shanini holte tief Luft. »Entschuldige, dass ich dir das alles erzähle. Eigentlich wollte ich dir sagen, dass ich deine Dienste nie kündigen wollte. Im Gegenteil. Ich brauche noch mehr Kleider. Die Männer am Hof machen mich wahnsinnig. Ich brauche etwas für die vielen Treffen in den verbleibenden Wochen, aber vor allem für den Ball!«

Meine Augen weiteten sich. »Nein!«, rief ich. »Ich glaube nicht, dass das geht.«

Shanini runzelte die Stirn. »Und warum nicht?«

Anspannung machte sich in mir breit. Was sollte ich sagen? Die Wahrheit? Sie würde mich für verrückt halten. Oder Bedenken bekommen. Aber sie anzulügen, fühlte sich auch nicht richtig an.

Shanini riss mich aus meinen Grübeleien. »Falls es mit deiner Magie zusammenhängt«, sagte sie und ihre Augen blitzten, »mach dir darum keine Gedanken.«

Ich schnappte nach Luft. Es fühlte sich an, als hätte sie einen Eimer Wasser über mich gekippt. »Wie kannst du …?«

Die Prinzessin verzog das Gesicht zu einem Schmunzeln. »Also stimmt mein Verdacht.«

Ich blinzelte sie an. »Aber wie …?«

»Naima, ich weiß, wie es sich anfühlt, wenn Magie im Raum ist. Und dein Kleid war nicht von dieser Welt.«

Mir fiel die Kinnlade herunter. »Du hast es sofort gemerkt?«

»Mein Vater war Zauberer. Ich glaube, dass ich deshalb sehr empfänglich für Magie bin.« Shanini zuckte mit den Schultern. »In dem Moment, als ich das Kleid angezogen habe, sind alle Stimmen in meinem Kopf verstummt. Ich habe nur noch die Gedanken gehört, die ich hören wollte. Keine Bedenken mehr, keine Ängste. Ich habe zum ersten Mal nicht darüber nachgedacht, was die anderen denken. So habe ich mich noch nie gefühlt, es war wunderbar. Ich hatte *Spaß*!« Sie lachte leise und klingend.

»Aber dann ist irgendwas passiert«, warf ich ein. »Ich muss etwas falsch gemacht haben. Ich habe dich in Gefahr gebracht. Das können wir nicht noch mal riskieren.«

»Ohne dein Kleid bin ich die ganze Zeit ein Häufchen Elend! Ich brauche dich, um diese restliche Zeit zu überstehen. Die Gala war der einzige Abend, an dem ich wirklich ich selbst sein konnte. Nein, noch besser als ich selbst. Seither ist es der reinste Irrsinn im Palast. Es ist brechend voll. Jeden Tag warten die Kandidaten vor meiner Tür, begleiten mich überallhin, zum Essen, sogar bis zu den Waschräumen! Ich habe ein Rendezvous nach dem anderen und ich bringe kein Wort heraus. Ich will noch mal diese Stärke fühlen, wenigstens für ein paar Stunden.«

»Dafür brauchst du keine Magie«, widersprach ich. »Die Stärke liegt in dir selbst.«

Shanini stöhnte auf und schüttelte den Kopf. Ich erkannte Tränen in ihren Augen glitzern. »Ich habe die letzten Tage viel nachgelesen«, sagte sie. »Deine Form der Magie ist anders. Es kann nicht die Magie des Südens sein, wie Zauberer sie haben. Denn die kenne ich von meinem Vater. Das Gefühl, als ich das Kleid angezogen habe, war völlig anders. Das konnte nur die andere Form sein, die ...«

»Gebende Magie«, schloss ich. »Feenmagie.«

Shaninis Augen weiteten sich. »Genau zu diesem Schluss bin ich auch gekommen. Und diese Form der Magie wirkt nur einen Tag lang, ab dem Moment, an dem sie die Trägerin kleidet, bis Punkt zwölf. Deshalb hat das Gefühl mit jeder Stunde nachgelassen und deshalb hat es um Mitternacht wieder Platz für meine Ängste gemacht. Das, was da freigesetzt wurde, war ich. Ich, in meiner ganzen Armseligkeit.« Sie lachte traurig auf.

»Spinnst du?«, rutschte es mir heraus. »Entschuldige! Aber haben wir nicht alle Angst? Ständig? Vor den kleinsten Dingen? Dir steht eine große Aufgabe bevor, da ist es nur verständlich, dass auch die Ängste groß sind.«

»Kann schon sein.« Shanini fuhr sich übers Gesicht. »Der Frieden, den meine Eltern geschaffen haben, liegt in meinen Händen. Genau wie die Zukunft des Landes. Ob ich den Frieden halten kann? Norden und Süden zufriedenstellen? Die Aufgabe wiegt ziemlich schwer, manchmal zu schwer. Dann merke ich, dass ich sie nicht mehr tragen kann, dass mir alles entgleitet. Aber ich kann es nicht loslassen, bin an das Schicksal gefesselt. Es bleibt an mir haften, zieht mich herunter, zerrt mich zu Boden, mit jeder Unze Gewicht. Wenn mich dieses Gefühl überkommt, schaffe ich es nicht einmal aufzustehen. Dann weiß ich kaum noch, wie ich überhaupt irgendwas hinbekommen soll.«

Ihre Worte legten eine tiefe Traurigkeit über mich. Ich brauchte einen Moment, um meine Gedanken zu sortieren. Shanini sollte nicht glauben, dass sie Magie nötig hatte, um stark zu sein.

»Mutter sagt, dass es unsere Bestimmung ist. Aber wie kann eine Bestimmung sich so schwer anfühlen?«

Plötzlich schossen mir die Worte der Bibliothekarin durch den Kopf. *Bestimmung.* Eine Fee wurde immer von einer Bestimmung angezogen, meist einer Person, der sie dienen musste, um ein großes Ganzes zu bewirken.

Ich hatte keine Macht, etwas am Großen und Ganzen zu verändern. Ich konnte nicht mehr tun, als den Straßenkindern ein paar Süßigkeiten und Münzen zuzustecken. *Aber Shanini.* Shanini würde bald Königin des Landes sein. Sie würde Macht über alles haben, was geschah. Mein Herzschlag beschleunigte sich.

Sie würde Berge versetzen können, wenn sie sich ihren Dämonen stellte. Wenn sie ihre Angst besiegte und herausfand, wie stark sie wirklich war. *Mein Kleid hat ihr dieses Gefühl gegeben.* War es möglich, dass ich die Chance hatte, ihr den letzten Schubs zu geben, um die Schwelle ihrer Sorgen zu übertreten? Ihr zu zeigen, welche Stärke in ihr schlummerte? War das meine Bestimmung?

»Deine Rendezvous musst du selbst durchstehen«, sagte ich irgendwann. »Keine Magie auf der Welt hilft dir dabei, den Mann zu finden, der zu dir passt.«

Shanini sah geknickt aus.

»Aber ich werde dir ein Ballkleid nähen, mit dem du dem Abend furchtlos entgegentreten kannst und mit Sicherheit spürst, was die richtige Entscheidung ist.«

»Du nähst mir noch ein Kleid?« Shaninis Gesicht hellte sich auf.

»Unter zwei Bedingungen«, erklärte ich. »Du musst mir versprechen, das Kleid nicht zu lange zu tragen. Solange wir nicht wissen, ob ich nicht doch einen Fehler gemacht habe, solltest du es nur so kurz wie möglich an dir haben. Spätestens um Mitternacht legst du es ab.«

»Kein Problem«, sagte Shanini. Ihre Augen leuchteten. »Was ist die zweite Bedingung?«

»Ich mache dir ein Kleid, in dem du dich furchtlos fühlst. Und du wirst dieses Gefühl mitnehmen, wenn du das Kleid ablegst. Das Kleid wird nur verstärken, was du schon in dir trägst.«

Shanini setzte an zu protestieren, dann entschied sie sich anders. »In Ordnung. Ich werde es versuchen.«

»Gut«, seufzte ich.

»Aber ich habe auch noch eine Bedingung«, sagte Shanini lächelnd. »Du bist mein Gast auf dem Ball.«

***

Mein Vorhaben missfiel Hamdan, doch er gab nach, als ich ihm erzählte, dass Shanini die Vermählung ganz absagen würde, wenn nicht ich ihr das Kleid nähte.

»Die Vermählung muss stattfinden«, murmelte er vor sich hin, während er sich in sein Büro verzog. »Koste es, was es wolle.«

Ich nahm den Kommentar als Erlaubnis, mich von nun an dem großen Ballkleid widmen zu dürfen. Die Zeit war knapp bemessen, denn es musste ein noch aufwendigeres, weit ausfächerndes Ballkleid sein und ich hatte gerade einmal zehn Tage. Wenigstens konnte ich diesmal schon den Grundschnitt nutzen, von dem ich wusste, dass er perfekt auf Shaninis Maße passte, was mir ein wenig Zeit ersparen würde.

Ich schnappte mir Papier und Kreiden. Shanini hatte mir gesagt, dass der Ball die Verbindung von Norden und Süden symbolisieren sollte. Ich kratzte in meinem Kopf alles zusammen, was ich über den Süden wusste. Ich kannte den südlichen Teil des Königreiches nur aus Erzählungen und dem wenigen, was ich in den Büchern aus der Bibliothek aufgeschnappt hatte. In meiner Vorstellung hatte sich ein Bild von einer eindrucksvollen, felsigen Landschaft ergeben. Das Leben war dort rauer, was sich in der Grundeinstellung der Bevölkerung widerspiegelte. Sie waren bescheidener als der verschwenderische Norden, ehrten die Traditionen und setzten auf Beständigkeit.

Während ich zeichnete, dachte ich darüber nach, wie wichtig es war, dass Shanini ihr perfektes Gegenstück fand und der Frieden bestehen blieb. Frieden war die Voraussetzung für Freiheit, die einzige Chance, Armut und Ungerechtigkeit auf den Straßen entgegenzuwirken und die Gefängnisse des Landes zu reformieren.

Ich konzentrierte mich wieder auf meinen Entwurf und nahm einen dunkelblauen Kreidestift zur Hand, Shaninis Lieblingsfarbe. Furchtlosigkeit und

Stärke. Das war es, worin ich versuchen würde, Shanini einzukleiden. Ich entschied mich für ein Kleid mit spitzem Ausschnitt, das sich eng um Taille und Hüfte schlang und zu den Füßen hin ausfächerte. Den Rock würde ich aus mehreren Lagen machen, aufsteigend wie eine Bergkette. Dazu überlegte ich mir einen mitternachtsblauen Schleier, den sie sich ins Haar stecken konnte.

Ich betrachtete die Skizze, selbst überrascht, wie schnell ich mich auf einen Entwurf festgelegt hatte. Er tanzte schon vor meinem Auge. Jetzt musste das Kleid nur noch genäht werden.

Ich hatte keine Zeit für einen Prototyp, also schnitt ich sofort den Originalstoff zu, was mich in rasende Nervosität versetzte. Ob die Magie auch von der Nähqualität abhängig war?

Wieder lebte ich beinahe in der Werkstatt, nähte ununterbrochen an dem mitternachtsblauen Kleid. Besonders der nach unten hin gebauschte Rock machte mir zu schaffen. Jede freie Minute steckte ich die Nase in ein Buch, las, bis meine Augen schwer wurden. Ich suchte akribisch nach irgendwelchen Hinweisen, wie ich die Magie kontrollieren konnte, welche Gefahren sie womöglich in der Hinterhand hielt, doch ich fand nichts. In keinem der Bücher ging es um die Anwendung der Magie, es wurde immer nur auf geschichtliche Ereignisse oder Mythen eingegangen.

Als ich am Vortag des Balls früh morgens zur Schneiderei kam, wartete draußen vor dem Laden Tarik. Mein Herz machte einen kleinen Hüpfer, als ich das kantige Gesicht und das lila gemusterte Hemd erkannte. Der viele Trubel der letzten Zeit hatte in meinem Kopf keinen Platz gelassen, weiter über den Abend in seiner Werkstatt nachzudenken. Doch jetzt, wo ich ihn sah, war die plötzliche Nervosität wieder da.

Ich strich mir eine Strähne aus der Stirn, als ich auf ihn zutrat. »Guten Morgen«, begrüßte ich ihn.

Tarik strahlte mich an. Ich hatte ihn noch nie so aufgeblüht erlebt. Seine Augen leuchteten und sein ganzer Körper wirkte ein paar Zentimeter größer.

»Dir geht es wieder besser?«, schloss ich.

»Ja, danke.« Sein Blick fiel auf meine Lippen, gleich darauf riss er ihn wieder nach oben. »Ich habe ein paar neue Vorschläge für Hamdan«, fügte er schnell hinzu. »Ist er schon da?«

»Nein«, antwortete ich. »Aber ich kann sie ihm geben?«

»Das wäre toll«, sagte Tarik. Er ließ seinen Rucksack über die Schulter gleiten und kramte eine Tüte hervor.

»Hast du schon mit deiner Familie gesprochen?«, fragte ich.

Tarik verharrte in der Bewegung. »Ja«, murmelte er dann. »Ich denke, dass ich ein paar alte Dinge klären muss, um weiterzukommen.« Er reichte mir die Tüte. Sein Blick war einen Hauch dunkler.

»Das ist gut.« Ich nahm ihm die Perlen ab. Dabei streifte ich versehentlich über seine Finger. Tarik fuhr leicht zusammen.

»Ich hoffe, sie gefallen dir«, sagte er.

Ich sah ihn überrascht an, woraufhin Tarik verlegen den Blick abwandte.

»Was du letztens zu mir gesagt hast, hat mir viel bedeutet.« Er fuhr sich über den Nacken und warf mir einen zögerlichen Blick zu. »Wenn du welche davon magst, schenke ich sie dir.«

Ich merkte, wie ich errötete. »Danke«, antwortete ich, nun ebenso verlegen wie er.

Tarik holte Luft, als wollte er etwas sagen, doch dann klappte er den Mund wieder zu und lächelte. »Hab einen schönen Tag, Naima.« Mit diesen Worten wandte er sich ab und verschwand in der Dämmerung.

Nachdenklich sah ich ihm nach. Tarik war ein Buch mit sieben Siegeln. Aber was auch immer seit unserem letzten Gespräch passiert war, es war gut, dass er langsam seinen Weg fand.

***

Ich öffnete die raschelnde Tüte und warf einen Blick hinein. Tarik hatte wie immer formvollendete Perlen geschliffen und die Exemplare in kleinen Seidentüten verstaut. Ich sah sie nacheinander durch. Jede Perle war ein Kunstwerk für sich. Diesmal hatte er viele verschiedene Formen erschaffen. Fische mit schillernden Schuppen, Rosen und Kronen. Sofort spann ich in Gedanken los, was man aus all diesen wunderschönen Anhängern machen konnte, bis mir ein weißer Beutel in die Hände fiel. Darin glitzerten die schönsten Perlen, die ich je gesehen hatte. Sie waren oval und mitternachtsblau, funkelten wie Saphire. Dazu hatte er ein paar goldene Sterne und einen Mond geformt.

Mein Herzschlag beschleunigte sich. Sie waren absolut perfekt!

Gespannt lief ich zu meinem Kleid und streute die Perlen auf den dunkelblauen Stoff. Ich schnappte nach Luft. Vorgestern hatte ich damit begonnen, den Schleier mit Perlen aus Hamdans Bestand zu besticken. Dafür hatte ich goldene Perlen gefunden und daraus am Saum ein breites Ornament eingestickt, das sich nach oben hin ausdünnte. Ich war beinahe damit fertig. Vorsichtig sortierte ich Tariks Schmucksteine dazu. Sie ergänzten wunderschön das goldene Muster. In die Mittelpunkte des sich wiederholenden Ornaments setzte ich die Sterne ein. Die dunkelblauen Ovale positionierte ich entlang der Kante. Mich durchströmte Begeisterung, wie immer, wenn eine Idee aufging.

Mit schnellen Stichen nähte ich eine Perle nach der nächsten an. Ich registrierte nur nebenbei, wie Hamdan in die Werkstatt kam, Tariks Päckchen vom Tisch nahm und damit in seinem Büro verschwand. Ich war wie in Trance, verlor mich in den schillernden Perlen und der schmeichelnden Seide.

Am späten Nachmittag war ich fertig. Ich breitete den Schleier auf dem Tisch aus und mein Atem wurde flach. Der leicht transparente dunkelblaue Stoff sah wie der Nachthimmel aus. Die goldenen Perlen überzogen ihn, kostbar funkelnd, die filigranen Sterne und saphirgleichen Glasperlen fügten sich perfekt ein. Das Farbspiel war so vollkommen, dass ich mich kaum sattsehen konnte.

Aus dem Augenwinkel registrierte ich den goldenen Mondanhänger auf dem Tisch. Er war das einzige Stück, das ich noch nicht verarbeitet hatte. Nachdenklich fuhr ich mit den Fingerspitzen über das Metall. Es war kühl und glatt, an der obersten Spitze war eine kleine blaue Perle eingearbeitet. Was stellte ich mit dem letzten Stück an?

Ich positionierte den Mond an verschiedenen Punkten am Kleid, doch nirgends passte er so richtig hin, trotzdem wollte ich ihn verwenden. Schlussendlich beschloss ich, einfach eine Kette daraus zu machen, die die Perlen des Schleiers aufgreifen würde.

Ich reckte meine steifen Glieder, ehe ich das Kleid sorgfältig in einen Kleiderbeutel hüllte. Vom vielen gebückten Sitzen hatte ich seit ein paar Tagen einen stechenden Rückenschmerz. Müde und gleichzeitig überglücklich rieb ich mir über den Nacken.

Der morgige Tag konnte kommen. Das Ballkleid gefiel mir noch besser als alles, was ich zuvor genäht hatte, und ich brannte darauf, es endlich Shanini zu überreichen und zu sehen, wie es seine Kraft entfaltete und die Prinzessin so furchtlos machte, wie sie es verdiente.

19

Naima

Jede Faser meines Körpers war auf Höchstspannung. Heute war es so weit. Heute würde der große Ball stattfinden. Menschen aus dem ganzen Reich waren angereist, um zu feiern und das Herz der Prinzessin zu erobern.

Ich hatte das Gefühl, dass die sirrende Aufregung über der ganzen Stadt lag. Viele Menschen pilgerten zum Palast, um von außen einen Blick auf das Spektakel zu erhaschen, vielleicht sogar auf die Thronerbin und ihre vielen Verehrer. Ich fühlte mich mehr als privilegiert, als ich mich zwischen den begierigen Blicken der Wartenden hindurchwand und auf das Palastgelände gelassen wurde.

Adem führte mich durch den Palast. Auch wenn ich wusste, dass in den vergangenen Wochen hundert Edelmänner hier eingezogen waren, überraschte es mich doch, wie voll es war. An jeder Ecke lauerten junge wie alte Männer, warfen Blicke in alle Richtungen, offensichtlich in der Hoffnung, die Thronerbin zufällig abzufangen. Einige hatten sogar frische Blumen dabei, die sie vermutlich im Palastgarten ausgerupft hatten. Was für ein Chaos. Kein Wunder, dass diese Situation Shanini anstrengte.

Adem schob mich in ihr Zimmer, vor dem dieses Mal zusätzliche Wachen positioniert waren. Shanini war sichtlich nervös, hatte rote Flecken am Hals und packte erleichtert den Kleidersack, noch bevor sie mich begrüßt hatte.

»Und was ziehst du an?«, fragte mich Zoe, als Shanini mit dem Ballkleid im hinteren Teil ihres Zimmers verschwand.

Wie vom Donner gerührt zuckte ich zusammen. Ich hatte mich so auf den Entwurf für die Prinzessin konzentriert, auf die Bücher und die Magie, dass ich nicht eine Sekunde darüber nachgedacht hatte, dass auch *ich* eingeladen war und dass auch *ich* etwas zum Anziehen brauchte.

»Das hier?«, sagte ich erstickt und sah an mir herab. Ich trug wieder mein hellgrünes Musselinkleid, was schön war, aber nicht gerade einem königlichen Ball würdig.

Zoe schnaubte. »Also das kommt gar nicht infrage!«

Ich spürte, wie ich errötete. »Ich habe aber nichts anderes.«

»Dann bekommst du ein Kleid von mir.«

»Das ist nicht –«

»Nicht nötig? Oh, ich glaube schon.« Sie grinste breit und lief zur Tür. »Komm mit.«

»Und Shanini?«, warf ich ein.

»Die muss sowieso gleich zur Königin, für den Ablauf. Wir treffen sie auf dem Ball. Und ich muss mich auch noch umziehen.«

»Also gut«, entschied ich und folgte Zoe auf den Flur. Sie führte mich durch die verwinkelten Gänge des Palasts und bald hatte ich schon wieder die Orientierung verloren. Erst als wir in einem Zimmer mit rosafarbenem Sessel landeten, wusste ich wieder, wo wir waren. Es war der gleiche Raum, in dem ich die Prinzessin das erste Mal getroffen hatte.

»Das hier ist dein Zimmer!«, rief ich aus, als Zoe sich eine Spange aus dem Haar zog und sie auf eine Kommode warf, ehe sie hinüber zum Paravent ging.

»Klar«, sagte Zoe. »Shanini kommt oft vorbei, wenn sie sich eine Weile vor ihrer Mutter verstecken will.«

»Warum haben die beiden eigentlich so ein schlechtes Verhältnis?«, fragte ich.

»Ich glaube, Shanini hat immer das Gefühl, so wie ihre Mutter sein zu müssen. Aber sie ist nun mal ein völlig anderer Mensch.« Ich hörte Zoe hinter dem Paravent kramen und etwas zu Boden fallen. »Ah, da haben wir sie!« Breit grinsend trat sie hervor. In jeder Hand ein Kleid. »Such dir eins aus.«

Ich riss die Augen auf. Diese Kleider mussten ein Vermögen wert sein! Eines war rot und fächerte in weiten Bahnen aus. Das andere war enganliegend und golden.

»Ich würde das Goldene empfehlen«, sagte Zoe und hielt es mir hin. »Das passt zu dir.«

»Aber ...«, setzte ich an, doch meine Widerworte verendeten in der Luft. Das Kleid war wunderschön und kostbar, viel zu teuer für mich und meinen niederen Rang, und doch schien es mich förmlich zu rufen, zu drängen, es nur einmal anzuprobieren.

»Na gut«, piepste ich daher und nahm das Kleid mit zittrigen Fingern an.

»Rechts ist ein Bad«, sagte Zoe und wies auf eine Tür.

»Bist du sicher?«, fragte ich.

»Glaub mir, es würde mir mehr ausmachen, wenn du es nicht anziehst.«

Mit eiligen Schritten zog ich mich zurück und streifte mein grünes Baumwollgewand ab, ehe ich in den goldenen Traum von einem Kleid stieg. Es hatte einen herzförmigen Ausschnitt, der mit vergoldeten Federn besetzt war. In der Taille saß es eng, nach unten hin war der Rock leicht ausgestellt. An der Brust war das Kleid aufgrund meines jungenhaften Körpers ein bisschen weit, davon abgesehen saß es perfekt.

Nervös trat ich vor den bodentiefen Spiegel im Badezimmer und stieß ein leises Kichern aus. *Wenn Herda mich nur jetzt sehen könnte. Oder Melda und die Kinder im Heim.* Wenn sie nur hätten sehen können, wo ein bisschen tollkühner Mut hinführen konnte.

Ich drehte mich vor dem Spiegel, betrachtete mich von allen Seiten. Meine Vernunft sagte mir, dass ich es nicht annehmen konnte, dass es beinahe anmaßend war, so auf den Ball der Königin zu treten. Doch mein Herz drängte mich dazu, diesen Abend einmal alle Vernunft ungeachtet zu lassen.

Ich löste das Band aus meinem langen schwarzen Zopf und schüttelte die Haare aus, sodass sie auf beide Seiten meines Körpers fielen. Tief durchatmend trat ich zurück in Zoes Zimmer. Auch sie hatte sich umgezogen und steckte nun in einem tief ausgeschnittenen weißen Kleid. Das Mieder war über und über mit goldenen Ornamenten verziert und ein großer dunkelblauer Saphir war an der Taille eingesetzt. Dazu trug sie schwere goldene Ohrringe und Armreifen. Sie hätte glatt als Göttin des Südens durchgehen können.

»Wahnsinn!«, rief sie aus, als sie mich sah. »Das Kleid steht dir wunderbar. Sehen wir beide nicht zum Anbeißen aus?«

***

Als Zoe und ich eine Stunde später den Festsaal betraten, hatte ich Angst, mir würden die Augen aus dem Kopf fallen. Wo die Flure und Zimmer des Palastes schon eindrucksvoll waren, wo mich der Hof schon überwältigt hatte, setzte der Ballsaal noch eine gewaltige Schippe obendrauf.

Die Decke war drei oder vier Stockwerke hoch und mündete in einer prachtvollen Kuppel. Sie war mit einem Mosaik ausgekleidet, so kunstvoll, dass es mir den Atem raubte. Ich entdeckte ein Bild aus Kamelen, geflügelten Pferden und Wölfen. Dazu majestätische Wesen mit strahlenden Kronen. Es war, als würden die Göttinnen persönlich auf uns hinabschauen.

Ich riss meinen Blick von der Decke, um den Rest der Halle in mich aufzusaugen. Der Boden war aus spiegelglattem Marmor und wurde zu beiden Seiten von einer Doppelreihe aus Torbögen gerahmt. Palmen in schweren Terrakottakübeln reihten sich in perfekter Symmetrie daneben. Und es war voll. Unzählige reich geschmückte Silhouetten schwebten durch den Saal. Die meisten trugen Rot oder Gold und nahmen damit die Farben der melidischen Flagge perfekt auf.

Und die Junggesellen stapelten sich beinahe. Einige waren noch halbe Jungs, andere hatten bereits ergraute Haare.

»Sind heute nur die Heiratskandidaten hier?«, wisperte ich.

»Nein.« Zoe schüttelte den Kopf. »Zum großen Ball hat die Königin auch ranghohe Familien aus dem Norden eingeladen. Es ist die größte Veranstaltung seit Langem!«

»Und heute muss sich Shanini entscheiden«, sagte ich, mehr zu mir selbst. Ich wusste, dass sie in den vorangegangenen Wochen noch niemanden kennengelernt hatte, den sie sich als Partner vorstellen konnte. Also blieb nur noch heute. Was für ein Druck.

»Aber die Auswahl ist doch ganz ansehnlich.« Zoe sah sich um. »Apropos, Shanini müsste gleich kommen, die Musiker machen sich schon bereit!«

Ich folgte ihrem Blick und entdeckte auf einem der Ränge ein ganzes Orchester aus Streichern und Flöten, die sich gerade in Position brachten. Kurz darauf schnitten sie die ersten Töne an und eine märchenhafte Melodie waberte durch die ganze Halle, segelte auf uns hinab, und Gänsehaut überkam mich. Ich hatte noch nie solch bezaubernde Musik gehört.

Ein Raunen ging durch den Saal und ich drehte mich um. Auf die große Treppe gleich neben uns waren die beiden Frauen des heutigen Abends getreten. Die Königin lächelte breit, trug die Krone auf einer aufwendigen Hochsteckfrisur und ein hellblaues Kleid mit langer Schleppe. Doch sie, die immer alles überstrahlte, verblasste heute neben ihrer Tochter.

Die Prinzessin trug mein mitternachtsblaues Kleid, das sich perfekt um ihre Hüften schmiegte. Der verruchte Glanz des Satins schillerte im Schein der tausend Kerzen. Shaninis Silhouette war stolz und stob nach unten hin in die vielen Stoffschichten aus. In ihrem Haar thronte der Schleier, der sich sanft über ihr dunkles Haar und um ihre Arme legte und sie umhüllte wie ein klarer Nachthimmel. Die Perlen funkelten um die Wette, schienen beinahe zu flirren.

Zoe keuchte leise und fasste mich am Arm. »Das ist unglaublich«, flüsterte sie. »Eine Mitternachtsrobe.«

Ein warmes Gefühl überkam mich. Das Wort gefiel mir.

Langsam wanderte Shanini die Treppe hinab, während alle Augenpaare im Raum sie anstarrten. Doch es schien sie nicht im Geringsten zu verunsichern. Sie hatte ihr Kinn erhoben und ihr Blick flackerte wie der einer Kriegerin.

In diesem Moment wich auch der letzte Zweifel aus meinem Kopf. Das hier war Magie. Das hier war eine zauberhafte Verwandlung der schüchternen Prinzessin in die furchtloseste Version ihrer selbst.

Ein Grinsen zuckte über Shaninis Lippen. Ich spürte, wie mich ihr Lächeln ansteckte und auch ich übers ganze Gesicht strahlte.

»Sie sieht umwerfend aus«, flüsterte Zoe, ihr Blick verträumt an ihre beste Freundin geheftet.

Der ganze Saal schien das Gleiche zu denken. Ich sah den Junggesellen alles aus dem Gesicht fallen, einigen standen die Münder offen. Jeder Blick im Raum war auf Shanini gerichtet und diese lächelte vollkommen unerschütterlich. Erst als sie im Saal angekommen und in der Menschenmenge verschwunden war, schafften es einige, ihren Blick von der Prinzessin zu lösen, und ein Stimmengewirr entbrannte. Die jungen Männer reihten sich zu einer Schlange, um sich vorzustellen.

Auch Zoe schüttelte den Zauber von sich und hakte sich bei mir unter. »Na los, dann schauen wir uns doch mal die heutige Ware an.« Mit einem neckischen Grinsen zog sie mich durch den Saal.

20

Shanini

Ich hatte mich noch nie so gefühlt. Es überstieg sogar noch meine Stimmung auf der Gala. Ich war ruhig und befreit, alles hatte so eine herrliche Leichtigkeit. Und ich fühlte mich furchtlos. All diese Gesichter, diese Männer, die sich eifrig in eine Reihe schoben, konnten mir nicht das Geringste anhaben. *Niemand* konnte mir etwas anhaben.

Eine leise Stimme meldete sich in meinem Hinterkopf, erinnerte mich daran, dass das hier nur ein Zauber war, nicht ich selbst. Aber mit einem genervten Kopfschütteln scheuchte ich sie fort. Ich wusste, was ich Naima versprochen hatte. Aber dieser Teil der Abmachung würde erst morgen einsetzen. Jetzt würde ich Spaß haben, mich in dieser unerschütterlichen Stärke suhlen.

Ein hochgewachsener Schönling trat an mich heran und verbeugte sich tief. »Prinzessin Shanini, wenn ich mich noch mal vorstellen dürfte, mein Name ist Archie Topal. Ich habe bisher noch nicht Eure Aufmerksamkeit erregen dürfen. Ihr seht umwerfend aus.«

»Danke«, sagte ich und ein Grinsen zuckte um meine Mundwinkel. Ich genoss es, den besonders selbstgerechten Männern nicht mehr als ein Lächeln zu geben und zu beobachten, wie sich ihr Selbstbewusstsein langsam in Unschlüssigkeit verwandelte, bis sie endlich beschlossen, sich noch einmal zu verbeugen und dann beiseitezutreten.

Einer nach dem anderen stellte sich mir vor und zum ersten Mal fielen mir auch die unverfänglichen Gespräche herrlich leicht. Ich grübelte nicht, sagte einfach das, was mir in den Kopf kam, und lernte viele der Kandidaten besser kennen als in den gesamten vorherigen Wochen.

Die Stunden der Vorstellungen und Komplimente gingen überraschend schnell herum. Hinter all den Thronanwärtern entdeckte ich meine Freundinnen. Naimas Wangen glühten seelig, Zoe war am Schnattern, eine Champagnerflöte elegant zwischen Daumen und Zeigefinger eingeklemmt. Als sie mich sahen, eilten sie auf mich zu. Zoes Augen begannen zu leuchten und sie betrachtete mein wunderschönes Kleid. Sichtlich angestrengt riss sie sich schließlich los und grinste mich an.

»Na, hast du schon jemand Interessantes gefunden?«

Ich kicherte und ließ den Blick durch den Saal schweifen. »Nicht wirklich. Niemand, der meine Aufmerksamkeit verdient«, hörte ich mich sagen.

Zoe wieherte. »Hallo, die neue Shanini gefällt mir.«

Naimas Miene war etwas ernster. »Wie fühlst du dich?«, fragte sie.

»Bestens«, gab ich zurück.

»Denk dran, den Ball um Mitternacht zu verlassen, bevor –«

»Jaja«, sagte ich. »Ich habe keine Angst.«

Naima setzte an, etwas zu erwidern, aber ich unterbrach sie. »Mach dir keine Sorgen. Ich habe alles unter Kontrolle.«

Aus dem Augenwinkel entdeckte ich einen älteren Mann, der sich bereits bei mir vorgestellt hatte, auf mich zukommen. Er tupfte dabei seine Halbglatze mit einem Taschentuch ab.

»Och nö«, seufzte ich und sah zu meinen Freundinnen. »Ich muss kurz verschwinden. Entschuldigt mich.«

Ich lief durch den Saal, schüttelte meinen viel zu alten Verehrer ab und angelte eine Champagnerflöte von einem Tablett. Damit stellte ich mich an einen der Torbögen, betrachtete das Treiben im Saal und die noch leere Tanzfläche, bis plötzlich laute Stimmen zu mir herüberwehten.

Neugierig steckte ich den Kopf durch die Torbögen und entdeckte zwei Wachen, die einen jungen Mann in die Mangel genommen hatten. Er wirkte ziemlich fehl am Platz, trug keinen kostbaren Anzug, sondern ein zerknittertes Leinenhemd und graue Hosen. Dazu hatte er ein markantes Gesicht, einen leichten Bart und halblanges blondes Haar. Was mich in den Bann zog und dafür sorgte, dass ich den Blick nicht abwenden konnte, waren seine hellgrauen Augen.

»Ihr habt keine Einladung dabei und könnt uns auch nicht sagen, wer Ihr seid?«, sagte eine der Wachen und rückte näher.

»Ich habe meine Einladung verloren, das habe ich doch schon gesagt …«, entgegnete der Fremde und rollte mit den Augen.

»Das ist eine ziemlich dünne Ausrede«, zischte die Wache. »Ich sage Euch etwas, Ihr begleitet mich jetzt friedlich nach draußen oder Euch blüht heute noch etwas ganz anderes.«

»Das geht nicht«, brummte der Fremde. »Ich muss etwas Dringendes überprüfen, es betrifft uns alle, das ganze Land, …«

Die Soldaten höhnten. »Und die Prinzessin?«

Der Fremde runzelte die Stirn. »Wie kommt Ihr denn darauf?«

Die Wachen tauschten einen Blick. Ich wusste nicht, was es war, das mich so neugierig machte. Doch plötzlich löste ich mich aus meiner Deckung.

»Aha, da ist ja mein Tanzpartner«, hörte ich mich sagen, während ich genau auf den Fremden zusteuerte. Etwas in mir erschrak über meine eigene Unüberlegtheit, als ich jedoch in die drei überraschten Gesichter sah, erfüllte mich Genugtuung. Die Augen des Fremden weiteten sich erstaunt.

»Eure Hoheit.« Die Wachen verbeugten sich. »Bei allem Respekt, seid Ihr sicher, dass Ihr mit diesem Mann, der ganz augenscheinlich keine Einladung hat, tanzen wollt?«

»Völlig sicher«, sagte ich leichthin und drückte einer der Wachen mein Glas in die Hand. »Wollen wir?«

Dann streckte ich meinen freien Arm aus und wartete darauf, dass der Fremde ihn ergriff. In ihm ratterte es merklich und er zögerte kurz, ehe er meine Hand nahm. Ein Moment der Überraschung überkam mich, als ich seine warme Haut an meiner spürte, und mein Herz schien einen Schlag auszusetzen.

Gemeinsam schwebten wir hinüber zur noch leeren Tanzfläche und ließen die verdutzten Wachen stehen. In meinem Hinterkopf tauchten auf einmal Bedenken auf, kurz wie Schatten, die gleich wieder verschwanden. Ich als Erste auf der Tanzfläche, ich, die einen völlig fremden Mann aufgefordert hatte. Nicht einen der hundert Männer mit Rang und Titel, sondern einen Streuner, der vielleicht sogar gefährlich war.

Was war los mit mir? Wieso erregte mich diese leise Gefahr?

Der Fremde legte vorsichtig seine Finger an meine Taille und ein Kribbeln schoss durch meinen Rücken. Ich setzte meine Hand auf seine Schulter und ließ mich führen. Kaum hatte ich den ersten Schritt gemacht, vergaß ich schon wieder alles um mich herum, und ich spürte, wie sich meine Schultern strafften.

»Wieso hast du das getan?«, fragte der Fremde und fixierte mich mit seinen blitzenden Augen. Für einen Moment erstaunte mich seine Direktheit, im nächsten gefiel es mir, dass er die Höflichkeitsduselei einfach bleiben ließ.

»Ich war neugierig«, sagte ich wahrheitsgemäß. Ich betrachtete sein Gesicht, die dichten Wimpern und Augenbrauen, den leichten Bart. An seiner linken Schläfe hatte er eine feine silberne Narbe.

»Als Revanche solltest du zumindest mir deinen Namen verraten.« Ich lächelte listig und der Fremde tat es mir gleich.

»Ich heiße Lycian«, sagte er mit dunkler Stimme.

»Lycian und weiter?«

»Lycian Batur. Ich bin nicht wirklich eingeladen.«

»Was du nicht sagst.«

Einen Moment funkelten wir uns an, während wir langsam durch den Saal glitten.

»Und du bist die Prinzessin von Melidiya?«, fragte er. Die Überraschung in seinem Tonfall gefiel mir. Er war offenbar tatsächlich der Einzige in diesem Raum, der nicht meinetwegen hier war. *Aber warum dann?*

Plötzlich verlangsamte Lycian den Tanz und seine Miene wurde ernst. »Hör zu«, raunte er. »Irgendetwas ist nicht im Gleichgewicht. Du musst den Blick nach Süden richten. Es ist nicht mehr viel Zeit.«

Ich blinzelte verwirrt. Machte ich nicht genau das gerade? Den Blick auf den Süden richten? Auf eine ganze Bagage südlicher Junggesellen?

»Du meinst den Roten Block«, schloss ich. »Eine Wiederaufnahme des Krieges.«

»Ja und nein.«

»Ja und nein?«, wiederholte ich. »Geht's ein bisschen konkreter?«

»Der Krieg könnte nicht unser einziges Problem bleiben«, sagte Lycian dumpf. Ich spürte, wie sich meine Armhaare aufstellten. Langsam machte er mir Angst.

»Was meinst du dann?«

Er neigte seinen Kopf leicht meinem Ohr entgegen, sodass sein Atem meine Wange streifte. Eine Gänsehaut überkam mich.

»Der Böse Blick«, flüsterte er.

Auf einen Schlag waren alle aufkeimenden Sorgen beiseite gewischt. Ich musste mich beherrschen, nicht laut aufzulachen. *Der Böse Blick?* Nur alte Greise glaubten an solche Geister und erzählten Schauergeschichten darüber.

Lycian sah mich erwartungsvoll an. Er meinte es tatsächlich ernst. Aber was hatte das für einen Sinn? Es gab den Bösen Blick nicht wirklich. Nicht einmal ich, die sehr empfänglich für Magie war, glaubte an solch haarsträubenden Unsinn.

»Bei allem Respekt«, sagte ich leise. »Ich denke, ein Krieg ist doch die realere Gefahr.«

Er schüttelte leicht den Kopf. »Du verlierst dich in dem, was du weißt.« Dann schweifte sein Blick wieder über mein Gesicht. »Pass einfach auf dich auf, Prinzessin.«

»Das werde ich«, sagte ich.

Er lächelte verschmitzt. »Du bist ein freier Geist. Das ist schön.«

Ich spürte, wie ein Schatten über mich huschte. »Nicht immer.«

»Wie meinst du das?«

»Sonst bin ich nachdenklicher.«

»Der Böse Blick«, seufzte Lycian.

Ich lachte. »Was hast du bloß damit?«

»Wenn dich der Böse Blick heimsucht, bestimmt er deine Gedanken, schürt die Ängste in dir, macht dich wahnsinnig im Kopf.« Er löste eine Hand von mir und tippte sich an die Schläfe. »Und ich bin mir sicher, dass gerade du besonders viele Blicke auf dich ziehst.«

Perplex starrte ich Lycian an, der unbeirrt wieder die Hand auf meinen Rücken legte und den Tanz fortsetzte.

»Ist ja klar. Du solltest häufiger das Nazar-Amulett an dir tragen. Das wehrt den Bösen Blick deiner Neider ab.«

Seine Erklärung, diese völlig andere Sichtweise auf Ängste und Unsicherheiten, machte mich sprachlos. In mir breitete sich ein warmes Gefühl aus. Auch wenn es nur Märchen waren, für einen Moment fühlte ich mich von Lycian auf eine ganz andere Art verstanden.

»Würdest du mich heiraten?« Die Worte waren schneller über meine Lippen, als ich sie bremsen konnte.

Zum ersten Mal hatte ich ihn offenbar wirklich aus dem Konzept gebracht. Er riss die Augen weit auf und trampelte mir auf den Fuß. Ich unterdrückte ein Ächzen.

»Was?«, rief Lycian.

»Na ja.« Ich errötete und zuckte mit den Schultern. »Das ist der Sinn von alledem hier.«

Lycian sah sich im Saal um, seine Miene vor Erkenntnis erhellt. Dann wanderte sein Blick zurück zu meinem Gesicht.

»Es wäre sicher das größte Abenteuer der Welt«, sagte er ruhig. »Aber ich fürchte, das steht nicht in meiner Macht.«

Ich lachte leise, um meine plötzliche Nervosität zu überspielen. »Es war auch nur Unsinn«, murmelte ich.

War es nicht, widersprach eine Stimme in meinem Inneren. In den letzten vier Wochen hatte ich hundert aufgebauschte Gockel erlebt. Und keiner hatte auch nur einen Funken Interesse bei mir ausgelöst. Keiner, bis zu diesem mysteriösen Gast auf meinem Ball.

21

Naima

Es hatte sich ein Halbkreis um Shanini und ihren unbekannten Tanzpartner gebildet und die ganze Gesellschaft beobachtete das umherwirbelnde Paar. Die meisten der Junggesellen scharrten mit den Hufen, einige warfen skeptische Blicke in die Mitte. Shaninis dunkelblauer Schleier schillerte im Kerzenschein, ebenso ihr gebauschter Rock.

»Wer, bei der Sonne, ist das?«, flüsterte Zoe nun schon zum dritten Mal.

Dass es ganz offenbar kein eingeladener Edelmann sein konnte, sah man ihm schon von Weitem an. Warum Shanini sich ausgerechnet ihn für einen Tanz ausgesucht hatte, war vermutlich jedem hier ein Rätsel. Als sie plötzlich mitten in der Bewegung stehenblieb und der Fremde ihr kurz darauf einen Handkuss gab, bevor er davonstürzte, hielt der ganze Saal den Atem an.

Zoe lief schnellen Schrittes auf die Prinzessin zu und ich tat es ihr gleich.

»Wer ist das, was wollte er?«, fragte Zoe und fasste Shanini an der Hand.

Diese sah nachdenklich in die Ferne. »Vielleicht die erste interessante Begegnung an diesem Abend.«

Zoes Augenbrauen schossen in die Höhe und sie zog uns in Richtung Treppe und des davorstehenden Dieners mit einem Champagnertablett. »Erzähl uns alles!«

Shanini lächelte verwegen. »Da gibt es nicht viel. Er war nicht mal ein eingeladener Gast.«

»Na, das wird deine Mutter freuen«, rief Zoe. »Du sollst dir doch einen Edelmann aussuchen!«

Um uns herum brach ein mitreißender Trubel aus. Nachdem die Prinzessin den Anfang gemacht hatte, trauten sich viele Paare ebenfalls auf die Tanzfläche, und die Verehrer umschwirrten Shanini wie einen Bienenstock. Die Musik wurde schneller und lauter, die Gesichter glühten und die Stimmen schnatterten wild durcheinander.

Ich setzte mich auf die Treppenstufen und sog alles in mich auf. Eine Weile sah ich dabei zu, wie Zoe eine Aufforderung nach der anderen annahm und die Prinzessin jede einzelne ablehnte und stattdessen mit amüsiertem Gesichtsausdruck durch den Saal schlenderte.

Als ich gerade beschloss, Shanini auf die fortgeschrittene Uhrzeit hinzuweisen, sah ich in der herumwabernden Menschenmenge ein bekanntes Gesicht.

»Das darf nicht wahr sein«, keuchte ich. Da, inmitten der feiernden Menge, stand Hamdan, eingepackt in einen piekfeinen Frack! Was, bei allen Göttinnen, machte er schon wieder hier? Sogar im Palast?

Ich sprang von den Treppenstufen auf. Diesmal würde er mir nicht ausweichen.

Ich schlängelte mich durch die Menschenmenge, doch in dem Moment setzte auch er sich in Bewegung. Ich rannte ihm hinterher, wich den tanzenden Paaren aus und verlor Hamdan kurz aus den Augen.

»Verdammt«, fluchte ich und begann, den Saal zu umkreisen. Er musste hier irgendwo sein.

Und dann sah ich ihn. Hamdan war an der Stirnseite des Saals angekommen, ging direkt auf Shanini zu, die gerade hitzig mit der Königin diskutierte. Er ging gebeugt, irgendwas an seiner Haltung war auffällig unauffällig. Er machte einen Bogen um die Prinzessin, trat ihr nicht von vorne gegenüber, um etwas zu sagen, nein, er schlich von hinten an sie heran. Ehe ich nach Luft schnappen konnte, passierte alles auf einmal.

Mit einem Ruck, der sich wie ein Erdbeben anfühlte, riss Hamdan der Prinzessin den Schleier vom Kopf. Sie stieß einen spitzen Schrei aus, der alles andere übertönte. Die Menge wirbelte herum und starrte Hamdan an, der die dunkelblaue Seide mit verbissenem Gesichtsausdruck umklammerte. Ich schlug mir die Hand vor den Mund, als im nächsten Moment die Glocken erklangen. *Mitternacht.*

Was, bei der Sonne, hat das zu bedeuten?

Am Rande meiner Wahrnehmung erkannte ich Adem und einen Pulk Wachen, die Hamdan mit kurzem Prozess zu Boden warfen. Der Schleier glitt ihm aus den Händen.

Geschrei und Verwirrung hallten durch den Saal. Ich fühlte mich wie benebelt, wusste nicht, wohin mit mir oder was ich tun konnte. Was hatte Hamdan sich dabei gedacht? Wieso hatte er die Prinzessin angegriffen? Was zum Teufel machte er überhaupt hier?

Und da fiel es mir siedend heiß ein: Hamdan war auch am Abend der Gala im Palast gewesen. Und auch da war um Punkt Mitternacht etwas passiert. Shanini hatte die Kontrolle verloren und jetzt ...

Ich stürzte los.

»Shanini!«, schrie ich, aber meine Worte gingen im Lärm unter. »Shanini!«, brüllte ich wieder. »Du musst hier weg, geh, geh, bring dich in Sicherheit!«

Doch es war zu spät. Als ich meine Freundin erreichte, war aller Glanz und jedes Strahlen aus ihrem Gesicht verschwunden. Sie war ruhig, aber ein bitterböser Ausdruck lag über ihrer Miene. Unter ihren Augen zeichneten sich dunkle Ringe ab, die mit jeder Sekunde düsterer wurden. Ihre Haut war fahl und ihr Mund zu einer schmalen Linie zusammengepresst. Sie wirkte wie ein anderer Mensch, blass wie ein Geist.

Und dann stürzte sie los. Mit einem Schrei, der nicht von dieser Welt zu sein schien, warf sie sich auf die Frau direkt neben sich und beide knallten zu Boden. Ich hörte Knochen auf Marmor schlagen, irgendwas knackte. Shanini setzte sich auf die überwältigte Frau, griff ihr an die Kehle und presste ihre Hände zusammen. Sie lachte hämisch, als sie mit aller Kraft und völlig skrupellos ihrer eigenen Mutter die Luft abschnürte.

22

Naima

Ich sprintete durch die Nacht. Weglaufen war mein erster und einziger Impuls. Ich wusste nicht, wohin oder was ich tun sollte, wusste nur, dass ich wegmusste. So weit weg wie nur irgendwie möglich. Die Nacht drückte schwül auf Arada, der Himmel war wolkenverhangen.

Ich machte einen Bogen um die Schneiderei. Keine zehn Kamele würden mich dort noch hineinbringen. Die Werkstatt fühlte sich wie eine Lüge an, gebrandmarkt und böse. Nach Hause wollte ich auch nicht. Ich brauchte frische Luft.

Meine Lungen schmerzten, als ich zum Stehen kam. Ich war den ganzen Weg bis zum Pavillon der Fernsicht gerannt. Das Meer waberte schwarz vor sich hin und es war totenstill. Die Torbögen wirkten starr und gespenstisch. Aber ich hatte keine Angst. Nichts und niemand würde mir etwas anhaben können. Wer auch immer es wagen sollte, mir nahe zu kommen, den würde ich mit oder ohne Magie in die Flucht schlagen.

Ich stützte meine Hände auf den Mauervorsprung der Galerie und zwang mich durchzuatmen. Es war viel zu viel passiert und ich musste diese abstrusen Ereignisse irgendwie verdauen.

Hamdan hatte mir etwas verheimlich. Er hatte die ganze Zeit etwas im Schilde geführt. *Nur was?* Hatte er es auf mich abgesehen? Wollte er mich verunsichern, mir die Magie vermiesen? Er hatte offen zugegeben, dass er nichts von magischen Kräften hielt. Aber für dieses Ziel war sein Auftritt viel zu öffentlich gewesen.

Der Ball muss stattfinden, schossen mir seine Worte durch den Kopf. Er hatte gewollt, dass das passierte, und er hatte gewollt, dass es öffentlich passierte. Hatte er meine Magie irgendwie beeinflusst? Hatte er deshalb nicht mit mir über meine Fähigkeiten sprechen wollen, damit ich seinen verqueren Plan nicht durchkreuzen konnte? Seit er das Kleid zerstört hatte, war Shanini wie besessen gewesen. Das konnte nicht ihr wahres Selbst gewesen sein. Ja, sie hatte Differenzen mit ihrer Mutter, aber sie würde sie doch nicht angreifen. *Oder?*

Mein Kopf begann zu schmerzen.

Adem hatte Shanini von der Königin gezerrt und fortgebracht. Die Königin hatte sich etwas benommen aufgerappelt. Das erste Mal hatte sie in der Öffentlichkeit völlig neben sich gestanden, was ihr nicht zu verdenken war. Die Wachen hatten daraufhin den Ball aufgelöst und Hamdan war inzwischen wohl schon in den letzten Kerker des Gefängnisses geworfen worden.

Es gab niemanden, den ich um Hilfe bitten konnte. Die Fragen schlangen sich um mich wie tausende Bänder, schnürten mich ein, sodass ich keinen klaren Gedanken mehr fassen konnte.

Wie sollte es jetzt nur weitergehen?

***

Als sich der Himmel am folgenden Morgen allmählich heller färbte, saß ich völlig ratlos auf meinem Bett und starrte vor mich hin. Was nun? Wo sollte ich jetzt hin?

Am Hof herrschte sicher noch immer Chaos und die Schneiderei war verlassen. Beide, die dort gearbeitet hatten, saßen inzwischen hinter Gittern, was sich mehr als gruselig anfühlte. Und doch ... war es nicht meine Chance, Hamdans Büro zu durchforsten? Vielleicht versteckte er etwas dort, wo ich sonst keinen Zutritt hatte. Mein Atem ging schneller, als ich mich wie in Trance in Bewegung setzte.

Es kostete einiges an Überwindung, die Tür des Ladens aufzuschließen und in die gespenstische Stille zu treten. Ich nahm mir einen Zettel, kritzelte eine Notiz für alle Kunden darauf und hängte sie an die Eingangstür. Zum Glück waren kaum noch Bestellungen offen, denn ich hätte beim besten Willen keine Konzentration dafür aufbringen können. Wie würde bloß alles weitergehen? Was würde mit Hamdan passieren, was würde mit der Werkstatt passieren?

Mit angehaltenem Atem ging ich in sein Büro. Ich war überrascht, wie geordnet alles auf seinem Schreibtisch aussah, die Aufträge feinsäuberlich notiert und die Papiere fast pedantisch sortiert. Über der Stuhllehne hing eine Jacke. Während ich mich immer wieder umschaute, ging ich die Notizen durch, öffnete anschließend die Schubladen im Schreibtisch und durchwühlte sie Stück für Stück.

Ich hatte schon beinahe alle Hoffnung aufgegeben, da entdeckte ich eine schwarze Armbinde unter einem kleinen Samtbeutel. Ich schnappte nach Luft. *Der Rote Block*. Ihr Erkennungszeichen. Hamdan gehörte zu den Radikalen.

Wie vom Donner gerührt stand ich da. Das konnte nicht wahr sein! Das bedeutete, dass er noch viel mehr verheimlichte. Dass er sogar gefährlich war!

Ich kam ins Wanken, streckte meine Finger nach der Binde aus. Dann zog ich die Hand zurück, als wäre der Stoff aus Feuer. Ich wollte damit nichts zu tun haben. Ich wollte diese Armbinde nicht einmal anfassen. Aber jemand anderes musste dringend davon erfahren.

Im nächsten Moment nahm ich die Beine in die Hand, stolperte durch die Werkstatt und spurtete weiter, immer weiter. Erst vor den Mauern des Palasts kam ich zum Stehen. Die Wachen hatten sich vervielfacht, sie marschierten in Patrouillen auf und ab. Mein Herz machte einen erleichterten Satz, als ich Adem unter ihnen erkannte.

»Adem!«, rief ich und die Wachen am Tor versteiften sich. Zu meinem Glück hörte er mich gleich und kam auf mich zu, bevor mich jemand verjagen konnten.

»Was ist?«, fragte er und musterte mich.

»Bitte, kann ich hereinkommen?«, sagte ich. »Ich muss mit Shanini sprechen.«

Adem runzelte die Stirn, nickte den anderen Wachen aber zu. Während wir die Parkanlage durchquerten, berichtete ich ihm in Bruchstücken von Hamdan, wobei seine Augen aus den Höhlen traten.

»Dann ist er ein Verräter der Krone«, zischte er mit schneidender Stimme. »Einer der gefährlichsten Männer des Landes. Gut, dass du hergekommen bist. Damit passt alles zusammen.«

»Passt zusammen? Inwiefern?«, drängte ich.

»Wir haben ihn gleich nach dem Ball verhört. Er hat nur wirres Zeug geredet, aufgezählt, was die Königin in ihrem Leben falsch gemacht hat. Viel mehr war nicht aus ihm herauszukriegen, aber wir haben uns den Rest gedacht. Eine Verbindung zum Roten Block.«

In meinen Ohren rauschte das Blut. Wie konnte das alles sein? Wieso hatte ich es nicht gesehen? So langsam ergab sein Jähzorn Sinn, sein Groll den Adligen gegenüber. Dass er sie aus dem Laden geworfen hatte, dass er mir verboten hatte, mächtige Kleider für sie anzufertigen. Das alles hatte einen Hintergrund! Er war gegen die Krone und gegen die Königin.

»Die einzige Frage bleibt, warum er bei all dieser Wut nicht die Königin, sondern Shanini angegriffen hat.«

»Wie geht es ihr? Shanini?«, fragte ich, als ich meine Gedanken endlich ein bisschen sortiert hatte. »Hat sie sich … beruhigt?«

Adem sah sich verstohlen um. »Sie ist noch erschöpft, aber steht nicht mehr neben sich. Wir haben sie gestern Abend ans Bett fesseln müssen, damit sie niemanden verletzt, geschweige denn sich selbst.«

Ich erschauderte. Das alles passte so wenig zur zarten, zurückhaltenden Prinzessin.

»Sie hat sich erst heute Morgen beruhigt. Seither ist sie völlig ausgelaugt und schläft.«

»Erinnert sie sich noch daran, was genau passiert ist?«

Adem schüttelte den Kopf. »Sie kann es sich nicht erklären.«

Er führte mich schließlich zu Shaninis Zimmer. Nach einem dezenten Klopfen meldete die Prinzessin sich zu Wort.

»Ist offen«, hörte ich sie murmeln und trat ein.

Adem nickte mir noch einmal zu, bevor er sich verabschiedete und zurück zu seiner Patrouille lief.

Shanini lag in ihrem Bett und sah miserabel aus. Ihre Haare fielen stumpf über ihre Schultern. Ihr Gesicht war fahl und grau, die Augen gerötet, als hätte sie eine schlimme Grippe.

»Wie geht es dir?«, fragte ich überflüssigerweise.

Shanini schüttelte den Kopf. »Ich weiß nicht, was mit mir los war! Es ist mir so unangenehm. Ich kann doch nie wieder vor all diese Menschen treten.«

»Du warst nicht du selbst«, sagte ich und setzte mich zu ihr auf das Bett.

Shaninis Lippen bebten. »Doch«, piepste sie dann. »Doch, ich fürchte schon.«

»Wie meinst du das?«

»Ich erinnere mich an jedes Gefühl, an jeden meiner Handgriffe. Ich war so wütend auf meine Mutter, wegen allem, was sie mir angetan hat. Wegen allem, was sie einfach über meinen Kopf hinweg entschieden hat. Weil das Land ihr mehr am Herzen liegt als ihre Tochter.« Eine Träne rollte ihr über die Wange. »Das waren alles echte Gefühle. Das war ich. Ich bin ein Monster.«

Für einen Moment verschlug es mir die Sprache. »Nein«, flüsterte ich dann. »Du bist kein Monster. Wir haben diese Gedanken doch alle mal. Niemand ist nur gut, von Grund auf.«

»Meine Mutter schon«, murmelte Shanini verbissen. »Sie ist immer gut, immer freundlich und niemals würde sie jemanden verletzen.«

»Sie hat dich verletzt«, entgegnete ich.

»Aber ich zähle nicht«, hauchte Shanini. Ihre Worte versetzten mir einen Stich.

Kurzerhand griff ich nach ihrer Hand. »Das sagst du nie wieder. Du zählst, Shanini. Und du bist gut, wie du bist.«

Shaninis Tränen schossen in Rinnsalen über ihre Wangen und sie krallte sich an meiner Hand fest.

»Manchmal geraten wir auf Irrwege. Aber irgendwann wird alles Sinn ergeben. Und du findest den Pfad, der für dich bestimmt ist.«

»Danke«, sagte Shanini mit kehliger Stimme.

»Du solltest mit deiner Mutter sprechen. Sie wird dich verstehen.«

Die Prinzessin sah mich mit großen Augen an und zeigte keine Regung.

In ihrem Zustand wagte ich es nicht, auch noch mit meinen Problemen anzufangen, also beschloss ich, mich zurückzuziehen und später wiederzukommen.

Adem wartete draußen auf mich. »Was hat sie gesagt? Wie geht es ihr?«

»Ging ihr schon mal besser«, murmelte ich. »Es tut mir im Herzen weh, sie so niedergeschlagen zu erleben.«

Adem sah mich nachdenklich an, während er mich nach draußen begleitete. »Es tut mir leid, falls ich es dir am Anfang etwas schwer gemacht habe«, sagte er nach einer Weile. »Ich versuche jede Gefahr von der Prinzessin abzuschirmen. Sie hat das reinste Herz der Welt. Sie denkt immer erst an alle anderen, bevor sie es wagt, an sich zu denken. Menschen tendieren dazu, das auszunutzen. Deshalb muss ich sie beschützen. Aber ich weiß jetzt, dass du auch nur ihr Bestes willst.«

»Das verstehe ich«, antwortete ich.

»Deine Kleider waren wirklich schön. Ich habe die Prinzessin noch nie so selbstsicher gesehen.« Adem schüttelte den Kopf. »Ich begreife einfach nicht, was passiert ist. Was hat dieser Hamdan mit ihr gemacht? Wieso ist sie plötzlich so durchgedreht? Es war kaum zu ertragen.«

Ich musterte Adem von der Seite und sah einen tiefen Schmerz in seinem makellosen Gesicht. Er ertrug es *wirklich* nicht. *Das alles.*

»Du liebst sie«, hörte ich mich sagen.

Adem riss die Augen auf und ich schlug mir die Hand vor den Mund. Warum konnte ich nicht einfach mal meine Klappe halten?

Das Entsetzen in seinem Gesicht zerfiel in Trübsal. Er räusperte sich. »Erzähl es keinem«, murmelte er.

»Dein Geheimnis ist bei mir sicher«, sagte ich.

Adem nickte. »Ich würde alles für sie tun. Sie ist so ein wunderbarer Mensch. Ich hoffe, wir finden bald eine Lösung, wie wir ihr helfen können.«

»Das werden wir.«

***

Tief in Gedanken versunken wanderte ich nach Hause. Noch immer konnte ich mir keinen Reim auf all diese neuen Details machen. Hamdan war ein

Verräter der Krone. Er arbeitete mit den brutalen Männern aus dem Roten Block zusammen. Er hatte von meinen Fähigkeiten gewusst. Er hatte mich beim Nähen beobachtet. War sein Angriff auf Shanini womöglich nur das Ende des Fadens? Er hatte die ganze Zeit Zugriff auf meine Ballkleider gehabt. Hatte er schon etwas in ihrem Inneren zerstört und so die eigentliche Wirkung verzerrt? Hatte er Nähte im Futter aufgetrennt oder einen anderen Weg gefunden, der Magie entgegenzuwirken? Ich hatte die Kleider am Morgen der Anproben nicht noch mal kontrolliert.

Oder lag der Fehler womöglich doch bei mir selbst? War meine Kraft Fluch und Segen zugleich? War sie eine Droge, die Shanini in schillernde Euphorie aufgeputscht hatte, sodass die Fallhöhe riesig geworden war?

Mein Kopf begann zu schmerzen. Ich konnte nicht ausschließen, dass es mein Fehler war. Und allein diese Erkenntnis legte eine bleierne Niedergeschlagenheit über mich. In meinem Dachzimmer angekommen fiel ich wie von selbst ins Bett und schloss meine müden Augenlider.

Als ich wieder aufwachte, war es schon Nachmittag. Die Sonne schob ihre Strahlen durchs staubige Fenster und schien mir mitten ins Gesicht. Für einen Augenblick genoss ich die Wärme auf meiner Haut, ehe mir ein Gedanke durch den Kopf schoss: *Tarik*.

Er musste die Wahrheit über Hamdan erfahren! Schließlich arbeitete er für ihn und hatte auch noch keine Ahnung, mit wem er es die ganze Zeit zu tun gehabt hatte. Gleichzeitig konnte ich nicht leugnen, dass ich das starke Bedürfnis hatte, mit jemandem zu sprechen, der Hamdan auch kannte. Mit einem Freund.

Stöhnend wuchtete ich mich hoch – mein Körper fühlte sich noch immer schwer an –, zog meine Kleider über und verließ das Haus. Die Straßen um Tariks Laden waren verlassen. Ich atmete unwillkürlich durch, bevor ich klopfte und eintrat.

Tarik hatte seine Renovierung offenbar fortgesetzt. Die großen Kästen in der Mitte des Raumes waren verschwunden und es war erstaunlich leer. Für einen Augenblick vermisste ich sein Chaos, aus dem einfachen Grund, dass es nun mal zu ihm gehörte.

Als Tarik den Kopf aus dem hinteren Teil seines Ladens steckte, machte mein Herz einen Satz. Er sah besser aus denn je. Seine Ausstrahlung wirkte stark und selbstsicher, er war frisch rasiert und ein leichter Moschusduft umgab ihn, als er näherkam.

»Naima«, begrüßte er mich.

Ich schüttelte die fahrigen Gedanken ab, die mir bei seinem Anblick im Kopf herumschwirrten.

»Bist du allein?«, fragte ich.

Tarik hob die Augenbrauen. »Ja. Warum?«

»Ich muss mit dir reden«, sagte ich ruhig. »Es sind merkwürdige Dinge passiert.«

Tariks Miene wurde ernst. »Was ist los?«

Ich holte tief Luft und berichtete in kurzen Sätzen vom Ball, von Shanini und Hamdan. Ich schloss mit meiner Begegnung heute Morgen. Tariks Miene wurde immer nachdenklicher, doch seine Körperhaltung blieb gerade und aufmerksam.

»Du solltest vorsichtig sein«, erklärte ich. »Hamdan könnte gefährlich sein.«

»Danke, dass du mir das alles sagst«, murmelte Tarik nach einem Moment der Stille. »Aber um mich musst du dir keine Sorgen machen.«

»Mach ich auch nicht«, entgegnete ich etwas zu schnell. »Ich dachte nur, du solltest das wissen.«

Er nickte und trat noch näher an mich heran. Gedankenverloren betrachtete er mein Gesicht, meine Haare, die ich heute offen trug, und meine Lippen. Ich sah fragend zu ihm auf. Er wirkte gelassen. Erst als mein Blick auf seine dunklen Augen fiel, erkannte ich noch etwas anderes. Da herrschte ein Unwetter. Die gleiche Verzweiflung wie an dem schicksalhaften Abend vor ein paar Wochen wirbelte in seinen Augen umher. Es war wie ein Orkan eingesperrt hinter Glas.

»Was ist los?«, fragte ich. »Was ist mit dir?«

»Naima«, begann Tarik mit kratziger Stimme. »Es gibt etwas, das ich dir sagen muss …« Er brach ab.

»Was ist denn?«

»Ich kann nicht«, sagte Tarik schmerzerfüllt. »Ich kann es nicht.«

»Was? Was kannst du nicht?«, drängte ich.

Tarik fuhr sich durchs Haar. Ohne nachzudenken, ergriff ich seine Hand. Sie war glühend heiß. »Was ist los?«, fragte ich weiter. Allmählich wallte auch in mir eine Welle der Nervosität auf.

Sein Blick fiel schmerzlich auf unsere Hände. »Wir sollten uns nicht mehr treffen.«

Ich zuckte leicht zusammen und ließ ihn los, fühlte mich plötzlich völlig vor den Kopf gestoßen.

»Ich bin nicht gut für dich, Naima. Es tut mir leid, dass ich nicht der Mann sein kann, den du in mir siehst.«

»Wie kommst du darauf?«, stammelte ich. »Geht es um die Sache mit deiner Familie? Du kannst mit mir reden, Tarik. Ich –«

»Nein«, schnitt er mir das Wort ab. »Du solltest nicht mehr herkommen. Bitte geh einfach.«

Ich taumelte ein paar Schritte zurück. Wo kam das plötzlich her? Was hatte ich getan, dass er mich so wegstieß?

Ich spürte, wie sich Tränen in meinen Augen sammelten und Wut in mir aufwallte.

»Klar«, presste ich hervor. »Tut mir leid, dass ich dir anscheinend so lästig war.« Meine Augen fühlten sich heiß an.

Tarik wandte sich ab, ohne mir noch einen einzigen Blick zu schenken. Mit einem Ruck trat er gegen einen Mülleimer, der krachend umfiel.

Ich schüttelte den Kopf und wusste nichts mehr hinzuzufügen. »Leb wohl, Tarik.«

Mit erhobenem Haupt funkelte ich ihn noch ein letztes Mal an und rauschte nach draußen.

23

Shanini

Ich lag den ganzen Tag einfach nur da und ließ mir Naimas Worte durch den Kopf gehen. Ihr Zuspruch hatte gutgetan, aber er war wie ein Tropfen auf dem heißen Stein versiegt. Mir widerstrebte es, das Gespräch mit Mutter zu suchen. Wie sollte ich ihr nach gestern Abend nur unter die Augen treten? *Nachdem ich sie fast umgebracht habe?*

Ich sank vor Scham tiefer in meine Laken. Die ganze Gesellschaft hatte es miterlebt. Sie alle hatten mich in diesem wahnsinnigen Zustand gesehen. Am besten blieb ich einfach für immer hier. Ich würde von jetzt an nur noch in meinem Bett leben. Sollten sie doch sehen, wo sie eine Thronfolgerin herbekamen. Mich würde sicher keiner vermissen. Ich hatte mitbekommen, dass sogar fast alle meiner Heiratskandidaten abgereist waren. Was ihnen nach dem gestrigen Abend nicht zu verdenken war.

Als ich gerade auch das Abendessen ausgeschlagen und eine Zofe mir ein vollbeladenes Tablett ans Fußende gestellt hatte, klopfte es an meiner Tür. Es war ein bestimmtes und doch elegantes Klopfen, das ich unter allen Menschen des Landes identifiziert hätte.

Ich versteifte mich, krallte meine Hände in die Matratze, bevor ich die Stimme hob. »Ist offen.«

Meine Mutter stand im Türrahmen. Zum ersten Mal in meinem Leben sah auch sie nicht perfekt und strahlend aus. Ihre Haare waren fettig, ihr Gesicht ungeschminkt und müde. Um den Hals trug sie einen dicken Schal.

Für einen Augenblick sahen wir uns einfach nur an. Ich war froh, dass sie nicht gleich damit anfing, mich zu belehren.

Mit zaghaften Schritten trat sie näher. Als sie direkt vor mir stand, faltete sie die Hände und ging in die Knie. Ich runzelte die Stirn, als sie den Kopf auf meine Bettkante legte.

»Es tut mir leid, Shanini«, flüsterte sie.

Ich hatte das Gefühl, jede Kraft würde meinen Körper verlassen. Mein Kopf war wie leergefegt, als ich zu ihr hinabsah, wie sie sich vor und zurück wiegte.

»Ich hoffe, dass du mir irgendwann verzeihen kannst.«

»Du hast doch keinen Grund dich zu entschuldigen«, stieß ich hervor. »Mir tut es leid. Ich weiß nicht, was in mich gefahren ist.« Meine Nase begann zu brennen.

Mutter hob langsam und andächtig ihren Kopf. »Ich schon«, sagte sie. »Eine Mutter, die ihre eigene Tochter nicht sieht. Ich habe dich aus den Augen verloren, habe nicht gesehen, dass etwas nicht stimmt.«

Ich kämpfte gegen die Tränen an und blieb stumm.

»Darf ich?«, fragte Mutter und zeigte auf mein Bett.

Ich nickte und sie setzte sich auf die Kante. Aus dem Augenwinkel erkannte ich auch in ihren Augen ein verräterisches Glitzern.

»Ich habe nicht verstanden, worum es ging. Ich habe nicht zugehört. Ich dachte immer, dass du nur ein bisschen Bestimmtheit bräuchtest. In der Jugend ist man bockig, das weiß ich von mir selbst. Aber so war es nicht. Etwas ist nicht richtig, habe ich recht? Das gestern war eine Verschwörung, ein Fluch, der die dunkelsten Stimmen aus dir herausgeholt hat.«

Ich zögerte. Für einen Moment überlegte ich, ihr von Naima zu erzählen, schüttelte den Gedanken aber sofort wieder ab. Ich würde meine Freundin nicht in Schwierigkeiten bringen. Zumal ich aus irgendeinem Grund wusste, dass mein Verhalten gestern nur meine eigene Schuld gewesen war und nichts mit ihr zu tun hatte.

Mutter seufzte. »Du weißt natürlich auch nicht, was genau passiert ist. Wie auch? Du bist hier schließlich das wahre Opfer.« Sie fuhr sich übers Gesicht. »Ich tue alles, was in meiner Macht steht, um dich in Sicherheit zu wissen. Niemand wird noch mal mein Baby in Gefahr bringen.«

Ich spürte, wie meine Augenbrauen in die Höhe schossen, als sie auf einmal laut aufschluchzte. Intuitiv ergriff ich ihre Hand. Ich wollte ihr sagen, dass niemand mir etwas getan hatte, dass gestern nicht ich, sondern sie in Gefahr gewesen war. *Aber was dann?* Sollte ich ihr sagen, dass meine Wut, mein spontaner Hass auf sie *echt* gewesen waren? Wieder sank ich voll Scham in meine Laken. Was war nur falsch mit mir?

»Ich habe so einen Verdacht«, fuhr Mutter fort. »Schon seit einer Weile liegt etwas Dunkles über dem Palast, eine nicht fassbare Gefahr. Ich dachte immer, dass ich das Ziel sei, aber so ist es nicht. Gestern war der Schlag, den ich zum Aufwachen brauchte. Auch wenn ich ihn mir natürlich weniger schmerzhaft und weniger öffentlich gewünscht hätte.« Sie tupfte sich die Augenwinkel. »Aber ich weiß jetzt wieder, was das Wichtigste in meinem Leben ist: du. Und ich war nicht für dich da, als du mich gebraucht hast.«

Nun erfasste auch meine Brust ein Beben. »Du musstest ein gespaltenes Land regieren. Das alles war viel wichtiger als meine kleinen Probleme. Das verstehe ich jetzt.«

»Ja, alles war wichtig. Aber viel wichtiger wäre das Aufwachsen meiner eigenen Tochter gewesen. Ich habe heute festgestellt, dass ich dich gar nicht mehr kenne.« Ihre Worte sackten mir schwer in den Magen. »Ich wünschte, ich könnte vieles rückgängig machen. Aber das kann ich nicht. Alles, was ich tun kann, ist, dir für die Zukunft etwas zu versprechen. Ich werde dich sehen und ich werde dich beschützen. Mit allem, was ich habe. Ich bin so stolz darauf, dass du deinen eigenen Weg gewählt hast.« Ihre Worte endeten erneut in einem Schluchzen, doch sie machte nicht einmal Anstalten, es zu verstecken.

»Mutter«, sagte ich und streckte die Hand nach ihr aus. Dankbar ergriff sie meine, während die Tränen über ihre Wangen liefen. »Ich weiß nicht, ob ich meinen Weg gefunden habe«, gestand ich. »Es macht mir alles Angst. Ich kann das Königreich nicht so führen wie du.«

Mutter strich die Bettdecke neben sich glatt. »Das sollst du auch nicht. Du wirst es auf deine Weise führen. Ich habe mich in den letzten Jahren den Lauten gewidmet. Aber du hast einen Blick für die Leisen. Auch die müssen gehört werden. Ihre Zeit wird kommen, gemeinsam mit deiner.«

Ihre Worte lösten etwas in mir und die Tränen rollten auch aus meinen Augen. Ich kämpfte mich aus meiner Bettdecke hervor und fiel Mutter um den Hals. Sie drückte sich an mich und weinte in mein Nachthemd. Ich fühlte mich geborgen wie schon seit langer Zeit nicht mehr. Eine Weile saßen wir still da, bis Mutter meine Hände nahm und mich ansah.

»Wir sagen alles ab«, sagte sie. »Wir verschieben die Hochzeit und die Krönung. Wir sagen, dass du nicht wohlauf bist und noch ein paar Monate brauchst. Sie werden es schon verstehen.«

Mein Herz fühlte sich warm und voll an, ein bisschen so, als würde alles doch irgendwann in Ordnung kommen. Aber das war nun meine Aufgabe. Ich musste es in Ordnung bringen.

Ich überlegte einen Moment, schüttelte dann den Kopf. »Nein. Das geht nicht. Ich kann nicht für immer davonlaufen. Es ist Zeit, erwachsen zu werden. Ich muss mich an das Gesetz halten. Ich werde deine Wahl heiraten. Geben wir das größte Fest, das Melidiya je gesehen hat, und zeigen unserem Land Einigkeit.«

»Unser Land.« Mutter lächelte und drückte meine Hand. »Das ist schön.«

24

Naima

Meine Beine hatten mich wie von selbst in mein Wohnheim geführt. Ich wollte nur noch nach Hause. Hierher, wo der Boden knarzte und die Wände schief waren. Hierher, wo ich meine wenigen Habseligkeiten der vergangenen Zeit angeordnet hatte: die Kleider auf den Bügeln, ein paar besondere Kiesel, die ich am Pavillon der Fernsicht gefunden und auf dem Fensterbrett dekoriert hatte, und die Flagge von Melidiya, mit der ich die Wand geschmückt hatte.

Ich warf mich auf mein schmales Bett, rollte mich im Laken ein wie ein *dürüm* und begann zu weinen. Zuerst waren es nur Tränen der Wut. Ich war wütend auf Tarik, auf seine Unehrlichkeit und das verkorkste Spiel, das er mit mir spielte. Ich war wütend auf mich selbst, dass es mir etwas ausmachte, obwohl ich ihn noch gar nicht lange kannte. Doch dann überkam mich Bitterkeit über die Rückschläge, die mich verfolgten, die mich wieder und wieder einholten.

Lange lag ich einfach nur da. Ich hatte den ganzen Tag geschlafen und war nicht müde, aber ich fühlte mich auch nicht bereit, irgendetwas zu tun. Irgendwann griff ich mir eines der Bücher, um mich auf andere Gedanken zu bringen.

***

Am nächsten Morgen wurde ich davon wach, dass jemand gegen meine Zimmertür hämmerte. Wie davon angestoßen, begann mein Herz schneller zu schlagen. Wer konnte das sein? Einer von Hamdans Leuten?

Verschlafen tappte ich durch den Raum.

»Wer ist da?«, fragte ich mit flachem Atem.

»Adem«, hörte ich die Stimme der Wache. »Mach auf, Naima.«

Erleichtert zog ich die Tür auf. »Was machst du denn hier?«, begrüßte ich ihn.

Adem musterte mich, als wollte er meine Funktionsfähigkeit prüfen, und nickte dann. »Die Prinzessin braucht dich. Sie hat einen Auftrag.«

»Was für einen Auftrag?«

»Ein Hochzeitskleid.«

»Hochzeit?«, fragte ich ungläubig. »Wen will sie denn heiraten?«

»Efendi Nil Polat«, sagte Adem. »Die erste Wahl ihrer Mutter. Ein Mann mit Rang und Namen.«

»Arme Shanini«, seufzte ich. »Also hat die Königin ihr Ultimatum eingehalten?«

»O nein. Die Prinzessin hat es selbst so entschieden.«

»Was?«

Adem nickte. »Sie lässt das größte Fest ausrichten und will die Hochzeit vorverlegen, sodass sie schon in zwei Wochen stattfindet.«

Auch wenn er es gekonnt zu verbergen versuchte, erkannte ich etwas Schmerzliches in seinem Blick.

»Wie geht es dir damit?«, fragte ich.

»Ich bin als Leibgardist nicht dazu befugt, eine Meinung zu der Sache zu haben.«

»Mag sein«, seufzte ich. »Aber als Adem darfst du eine Meinung dazu haben.«

Ein Schatten huschte über seine Züge. »Ich wusste, dass es passieren würde. Dafür war der Ball ja schließlich da. Aber es tut weh.«

Ohne zu überlegen, legte ich ihm die Hand auf die muskulöse Schulter. »Das tut mir leid, Adem. Ehrlich.«

Er schluckte schwer und nickte. »Danke. Also, kommst du, oder was?«

Schnell sammelte ich meine Siebensachen zusammen und folgte Adem auf die Straße.

»Woher wusstest du überhaupt, wo ich wohne?«, fragte ich im Gehen.

Adem warf mir nur einen Seitenblick zu. »Wir wissen alles über jeden, der den Palast betritt.«

***

Ich war überrascht, wie viel besser Shanini aussah. Zwar hatte sie noch immer dunkle Ringe unter den Augen und war ungewohnt blass, doch in ihrem Blick war etwas wie Hoffnung zu sehen.

»Ich wollte eigentlich das Hochzeitskleid meiner Mutter tragen«, sagte sie. »Aber es passt mir nicht. Vielleicht kannst du den Schleier übernehmen und ein paar andere Elemente nachahmen. Ihr Kleid war sehr auffällig und das ist gut. Ich will endlich über meinen Schatten springen.«

Ich zögerte kurz. »Ich weiß nicht, ob du wirklich mich beauftragen solltest. Solange wir nicht ausschließen können, dass deine Reaktion mein Fehler war, wäre es sicherer, wenn du ein ganz normales Kleid anziehst.«

Shanini sah mich traurig an. »Nein. Ich möchte nur etwas von dir tragen.«

»Aber wenn es doch nicht sicher ist!«

Shanini überlegte. »Dann schneidere eins, das mir kein künstliches Selbstbewusstsein gibt. Schneidere mir etwas, in dem ich komplett ich selbst sein kann.«

Ich wollte erneut widersprechen, aber verstummte. Das leuchtete ein. Wenn ich ihr ein normales Kleid schneiderte, eines ohne die gefährliche Fallhöhe, dann gab es vielleicht keinen Grund zur Sorge.

»Also gut«, sagte ich nach einer langen Weile. »Keine Magie.«

Shanini strahlte.

Ich wollte mich schon zum Gehen wenden, doch konnte mir die Frage einfach nicht verkneifen. »Wie ist er so? Efendi Nil Polat?«

Shaninis Lächeln schwand leicht. »Er ist ein guter, ehrlicher Mann. Er ist nur drei Jahre älter als ich und hat schon viel erreicht. Meine Mutter hält ihn für die beste Wahl.«

»Und du?«

»Ich werde mich meiner Bestimmung fügen.« Sie hob wieder die Mundwinkel, aber es war kein glückliches Lächeln.

***

Hamdans Laden zu betreten, fühlte sich merkwürdig an. Es war so ruhig. Viel zu ruhig, beinahe schon gespenstisch. Ich verschloss die Tür hinter mir, aus der völlig hirnrissigen Sorge, Hamdan könne plötzlich vor mir stehen.

Auf Zehenspitzen schlich ich durch die Werkstatt und suchte mir meine Utensilien zusammen. Shanini hatte angeboten, eine andere Schneiderei zu bitten, dass ich dort arbeiten konnte, oder mir einen Raum im Palast einzurichten. Aber ich hatte es ausgeschlagen. Hier war alles, was ich benötigte, die Stoffe, die Schnitte und Garne. Ich hatte Shaninis Maße und kannte mich mit den Maschinen aus.

Es dauerte eine Weile, bis ich mich ganz auf die Arbeit konzentrieren konnte. Zu viel schwirrte in meinem Kopf herum und gab Anlass zum Grübeln. Die Entscheidung, ihr keine exzentrischen Gefühle anzuziehen, war richtig, und doch bremste mich etwas. Ich fühlte ich mich unwohl dabei, nichts für sie tun zu können, hatte Angst, dass trotzdem wieder irgendetwas schief ging, dass sie sich vorschnell in etwas hineinstürzte.

Mit Kreiden zeichnete ich einen Entwurf nach dem anderen und verwarf sie alle wieder. Wie konnte ich sie – nach allem, was passiert war – völlig schutzlos auf ihre Hochzeit gehen lassen?

Das war es. Ich sorgte mich um sie! Ich musste ihr Schutz geben. Was auch immer nach ihrer Hochzeit passieren würde, keine Gefahr und kein Unheil sollten Zugang zu ihr haben. Niemand sollte ihr etwas antun können, was sie im Herzen nicht wollte. Das war mein Wunsch, mein Hochzeitsgeschenk, das ich ihr mitgeben würde.

Meine Finger schlossen sich um die Kreide und ich zeichnete einen letzten Entwurf. Ich dachte an die Rüstung der Wachen, aber abstrahierte sie. Ich entwarf ein klassisches weit ausgestelltes Kleid mit gebauschtem Tüllrock und langen Ärmeln. Darüber setzte ich ein Mieder aus hellem Leder, das wie ein Brustschild anmutete und als besonderer Kontrast über dem Rest des Kleides getragen werden konnte. Das Kleid sollte Shaninis Person beschreiben: elegant und ruhig, freundlich und aufgeschlossen, und dazu ein Panzer, den sie sich mit jedem Rückschlag aufgebaut hatte.

Zufrieden heftete ich den Entwurf an die Wand, bevor ich mit dem Drapieren des Rocks begann.

***

Die nächste Woche arbeitete ich ohne Unterlass weiter am Hochzeitskleid. Mit dem gebauschten Tüllrock hatte ich mir einiges vorgenommen. Die vielen Stoffschichten waren kaum zu bändigen und in Form zu bekommen. Zusätzlich schweifte ich in Gedanken immer wieder ab. Ich dachte an Tarik, obwohl ich es nicht wollte, fragte mich, wie es ihm ging. Fragte mich, ob er auch an mich dachte. Gleich darauf schüttelte ich entschieden den Kopf. Er hatte mit mir gebrochen, hatte zerstört, was auch immer das zwischen uns war. Und wenn ich in einem sicher sein konnte, dann darin, dass ich ihm offenbar nicht besonders wichtig war.

Es erforderte all meine Kraft, die Gedanken zu verbannen und mich auf das Kleid zu konzentrieren, auf jede Naht und auf die Sicherheit und Ehrlichkeit, die es beinhalten sollte. Das Kleid würde Shanini schützen, niemand sollte ihr etwas anhaben können. Das war das Einzige, was zählte, das Einzige, was ich mir erlaubte zu tun. Das hier war meine Bestimmung. Es ging nicht um mich und meine Gefühle, es ging um Melidiya. Um die Zukunft des Landes. *Shanini.*

25

Shanini

Zoe und ich streiften durch den Garten. Es war ein milchiger Tag und die Hitze drückte schwer auf die Stadt. Ich war körperlich noch immer nicht in Form und hätte mich lieber in meinem Bett vergraben, aber das ließ Zoe nicht zu. Sie trieb mich mindestens eine lange Runde am Tag durch den Palast und verwickelte mich in willkürliche Gespräche. Obwohl ich mich anfangs sträubte, musste ich zugeben, dass es funktionierte. Ich fühlte mich ein wenig besser, nach jeder Runde, die wir drehten.

»Also, wann rückst du endlich raus mit der Sprache«, riss mich Zoe aus meinen Gedanken.

»Was meinst du?«, fragte ich.

»Was hat es mit diesem Nil auf sich? Ich meine, er ist süß, versteh mich nicht falsch, aber habt ihr überhaupt je zu zweit gesprochen?«

»Darum geht es nicht. Er ist objektiv die richtige Wahl.«

»Objektiv?«, schnaubte Zoe. »Du sollst dein Leben lang mit ihm zusammen sein, da braucht es doch schon ein bisschen mehr als das. Ein paar Schmetterlinge!«

Ich versuchte mir nicht anmerken zu lassen, wie mich ihre Worte verunsicherten. »Ich habe selbst niemanden gefunden. Also nehme ich die Wahl meiner Mutter. So war es abgemacht.«

»Und dieser Fremde? Mit dem du getanzt hast?«

Ich blieb verdutzt stehen.

»Der vom Ball! Keine Chance, dass du dich nicht erinnerst, schließlich ist er der Einzige, mit dem du getanzt hast.«

Ich spürte eine warme Erinnerung in mir aufsteigen. »Lycian«, sagte ich und musste schmunzeln. »Den habe ich ja glatt vergessen.«

»Aha! Lycian also.«

»Er war etwas eigen.«

»Das kann man wohl laut sagen. Und bei ihm? Gab es da Schmetterlinge?«

Ich dachte an seine grauen Augen, seine Hand auf meinem Rücken, mein Herzschlag im Takt unserer Schritte.

»Also ja«, stellte Zoe fest.

»Ich weiß nicht, es ist ja auch egal. Er stand nie zur Wahl.«

»Jammerschade«, seufzte sie. »Manchmal versperrt das Leben der Liebe den Weg.«

»Liebe?«, schnaubte ich. »Ich habe vielleicht zehn Minuten mit ihm geredet.«

»Jaja.« Zoe grinste vielsagend, beließ es aber zum Glück dabei. »Wer kommt sonst noch? Zur Hochzeit?«

Ein plötzlicher heißer Blitz schoss mir durch den Kopf. Ich hatte vergessen, Mutter Bescheid zu geben! Sie hatte mich um meine Auflistung gebeten, wen aus den Adelskreisen ich dabeihaben wollte, und ich hatte es ewig vor mir hergeschoben. Inzwischen hatte sie wahrscheinlich schon selbst die Einladungen verschickt. Ich schlug mir mit der flachen Hand gegen die Stirn.

»Ich muss los«, sagte ich gehetzt und verabschiedete mich von meiner Freundin.

Mit schnellen Schritten durchquerte ich den Garten und lief durch den Palast. *Oh, hoffentlich hat sie wenigstens die ganz unangenehmen Kandidaten ausgeschlossen.* Und den merkwürdigen Mann, der mir ohne Unterlass von seiner Ziegenzucht erzählt hatte. Noch einen Abend des Versteckens würde ich nicht aushalten!

Im Gang vor den Gemächern meiner Mutter verlangsamte ich meinen Schritt. Unser Verhältnis war so viel besser geworden und doch blieb die Angst davor, sie zu enttäuschen. Ich spielte an der Manschette meines Kleides, als ich auf die angelehnte Tür zutrat. Gerade als ich die Hand zum Klopfen hob, drangen Stimmen von drinnen zu mir. Meine Faust verharrte in der Luft.

»Wann brecht Ihr auf?«, fragte meine Mutter.

»Heute Nachmittag«, sagte eine männliche Stimme. »Das Schiff ist bereit.«

Ich kannte diese Stimme, *aber woher*?

»Sehr gut«, entgegnete meine Mutter. »Hoffen wir auf etwas mehr Klarheit nach dieser Reise.«

»Die Sterne stehen gut. Ich bin zuversichtlich.«

Ich zuckte zusammen. Das war Zoes Vater, der Efendi Gould! Wieso traf sich meine Mutter mit ihm im Arbeitszimmer? Ich hatte nicht einmal gewusst, dass die beiden sich näher kannten. Ob Zoe das wusste?

»Was ist mit Eurer Tochter?«, fragte der Efendi und ich hielt unwillkürlich die Luft an.

»Alles in Ordnung«, entgegnete Mutter. Ich hörte, wie ihre Absätze über den Marmorboden klackten, während sie auf und ab ging. »Sie hat sich wohl wieder beruhigt.«

»Das ist gut.«

»Ich werde weiter ein Auge auf sie haben. Sie ist schwach. Ich weiß nicht, ob sie es schaffen kann.«

Ich rang nach Luft und taumelte in paar Schritte zurück. *Sie ist schwach.* Mein Herz verkrampfte sich. *Sie ist schwach.* Die Worte donnerten gegen die Wände meines Schädels. Alles, was Mutter mir an meinem Bett gesagt hatte, war eine Lüge gewesen? Sie war nicht wirklich stolz auf mich? Sie sah in mir noch immer die schwache Tochter, die es nicht schaffen würde?

Ein Schluchzen bahnte sich einen Weg meine Kehle hoch und ich schlug mir die Hände vor den Mund. *Nicht einmal meine Mutter glaubt an mich.* Der Gedanke schwebte so eiskalt und klar vor mir.

Ich geriet ins Wanken, stolperte vorwärts und stürzte den Gang hinab zu meinem Zimmer.

26

Naima

Über Arada hatte sich ein Gewitter zusammengebraut. Die angestaute Hitze und die schwüle, verbrauchte Luft entluden sich in schmetterndem Donnergrollen. Helle Blitze zuckten über den Himmel und tauchten die triefenden Wolken in gespenstisches Licht. Es regnete in Strömen, die dicken Tropfen prasselten auf das schräge Dach und gegen die Scheiben meines Zimmers. Ich überlegte verzweifelt, wie ich Shaninis Brautkleid halbwegs trocken zum Palast bekommen sollte. Dass ich schon auf dem Weg zur Schneiderei bis auf die Knochen durchnässt sein würde, damit hatte ich mich bereits abgefunden.

Ich zog meinen Mantel über die weiße Tunika und trat nach draußen. Wasser spritzte mir entgegen und es war überraschend kühl. Aber es roch gut. Es war, als würde der Regen die Luft säubern und das Gemisch aus Gerüchen wieder in klare Komponenten waschen. Ich roch den Duft von Blättern, von Bougainvilleenblüten und frischer Minze.

Beschwingt lief ich los, versuchte den tiefen Pfützen auf der Straße auszuweichen, doch gab es schnell wieder auf. Meine Schuhe waren in wenigen Augenblicken durchweicht, ebenso meine Haare und mein Mantel.

Pitschnass kam ich in der Werkstatt an. Shaninis Brautkleid stand schon bereit, doch es war nur in einen dünnen Leinensack gehüllt. Ich tigerte durch die Werkstatt, kramte jeden Stoff zusammen, der aufgeopfert werden konnte, und wickelte das Kleid darin ein.

Viel später als geplant kam ich endlich los und hastete zum Palast, den Kleidersack mit meinem Leben schützend. Überall im Palast wurde dekoriert und geputzt, doch alles wirkte etwas traurig. Der Regen gab dem Fest eine

Melancholie, die gespannten Girlanden hingen klamm hinab, die Laternen waren mit Wasser vollgelaufen und überall im Palast waren nasse Fußspuren, egal wie oft die Böden gewischt wurden.

Ich schlängelte mich am verzweifelten Personal vorbei und trat in Shaninis Zimmer. Sie lag bäuchlings auf dem Boden und malte mit ihren Fingern die Muster des Teppichs nach. Zoe ging neben ihr auf und ab.

»Alles Gute für deine Hochzeit«, begrüßte ich Shanini, doch das Lächeln blieb mir im Halse stecken. Ihre Augen waren gerötet, ihr Gesicht war wie versteinert.

»Was ist denn los?«, fragte ich.

Shanini setzte sich auf. »Gar nichts«, sagte sie mit gespenstischer Ruhe in der Stimme.

»So einiges!«, widersprach Zoe. »Mein Vater und die Königin sind Vertraute!«

»Und?«, fragte ich verwirrt.

»Und?« Zoe schnappte nach Luft. »Warum wussten wir das nicht? Warum haben sie es ganz offenbar geheim gehalten? Mir fällt da nur ein Grund ein.«

Ich blinzelte ein paarmal. »Und zwar?«

»Na, eine Affäre, Dummkopf!«

»Das kann ich mir nicht vorstellen«, seufzte Shanini. »Für so was hat sie doch gar keine Zeit.«

»Und was sollen sie sonst ausgeheckt haben?«, fragte Zoe. »Oh, meine arme Mutter. Sie wird einen Wutanfall bekommen!«

Ich stand noch immer völlig verwirrt mit meiner in Fetzen gewickelten Kleidermumie da. »Fragt sie doch einfach«, schlug ich vor. »Wahrscheinlich gibt es eine einfache Lösung.«

»Das geht nicht, meine Eltern sind gestern auf ein Schiff gestiegen und nun erst mal für Wochen unterwegs! Sie fahren bis an den südlichsten Zipfel von Melidiya.«

»Und die Königin? Hast du sie angesprochen?«, fragte ich an Shanini gerichtet.

»O nein.« Sie schüttelte den Kopf und sah dabei aus irgendeinem Grund todtraurig aus. »Ich will diesen Tag einfach nur noch hinter mich bringen.«

Einen Moment schwiegen wir alle. Shaninis Stimmung verwirrte mich. Bei unserem letzten Treffen war sie so zuversichtlich gewesen. Die Hochzeit stattfinden zu lassen, war doch sogar ihre Idee gewesen? Warum war sie jetzt auf einmal so niedergeschlagen?

Zoe stieß ein langgezogenes Seufzen aus. »So kommen wir nicht weiter«, stöhnte sie und rappelte sich auf. »Das schreit nach Schokoladeneis.«

Sie verschwand im Flur und ich setzte mich neben Shanini auf den Boden.

»Wenn du etwas auf dem Herzen hast, kannst du jederzeit mit mir sprechen«, sagte ich leise.

Shanini rang sich sichtlich ein Lächeln ab. »Danke. Aber es ist alles in Ordnung.«

»Also gut.« Ich nickte, auch wenn ich nicht im Mindesten überzeugt war. »Möchtest du dein Kleid sehen?«

***

Wir verbrachten den ganzen Tag in Shaninis Zimmer. Zoes Leichtigkeit färbte ein wenig auf mich ab. Als wir uns nach einem kleinen Mittagessen für die Feier fertig machten, lieh Zoe mir wieder das goldene Kleid und schmiss sich selbst in Schale. Sie hatte sich für heute extra etwas anfertigen lassen, das ganz in den Farben vom geeinten Melidiya gehalten war. Der Stoff war rot und gold gestreift, in der Mitte des Mieders war ein Einsatz aus weißer Spitze. Es war schrill, aber passte zu Zoe.

Auch Shanini brachte es am Nachmittag endlich über sich, mit dem Brautkleid in ihrem Badezimmer zu verschwinden. Als sie nach einiger Zeit wieder heraustrat, breitete sich ein warmes Gefühl in mir aus. Das Kleid saß makellos, ihre Silhouette war anmutig und stolz. Das Oberteil saß eng an, ab der Taille entlud sich der Rock in fein gebauschtem Tüll bis zum Boden. Das Mieder aus weißem Leder wirkte modern und kriegerisch. Es war sicher das auffälligste Kleid, das Shanini je getragen hatte, aber trotzdem war es nicht laut, sondern erinnerte eher an zarte Wolkenschleier. Es passte zu ihr, auch wenn ich noch immer nicht in den Kopf bekam, dass sie gleich einen völlig Fremden heiraten würde.

Langsam drehte sich Shanini zu mir und Zoe. Sie wirkte anders als bei den vorherigen beiden Kleidern. Heute trug sie kein explosives Strahlen mit sich herum, sondern eher ein elegantes Schimmern. Sie war völlig sie selbst und das ließ sie schöner denn je aussehen. Ihre Haare lagen ihr offen über beide Schultern, bis auf zwei seitliche Haarknoten, die sie sich kunstvoll eingedreht hatte. Dazwischen steckte ein Diadem mit dem Schleier der Königin. Um den Hals entdeckte ich eine kleine Kette mit einem glitzernden Mondanhänger. Es gefiel mir, wie sie dem Kleid ihre eigene Note schenkte, auch wenn es mir einen Stich versetzte, als mir klar wurde, was es für ein Mondanhänger war.

»Keine Zauberei. Nur ich«, sagte Shanini mit leiser Stimme.

»Lass das *nur* weg«, sagte ich und fasste sie bei den Händen. »So bist du am besten.«

Ich meinte jedes Wort, wie ich es sagte. Das Kleid veränderte Shanini nicht, sondern wirkte nur wie ein Schutzschild gegen alles Böse, das ihr zu nahe kommen konnte. Zumindest hoffte ich das.

»Das steht dir am allerbesten«, befand auch Zoe. »Du siehst wunderschön aus.«

»Wirklich?«, fragte Shanini.

»O ja«, stimmte ich zu. »Bereit zu heiraten?«

Shanini richtete sich leicht auf und nickte dann. »Bereit.«

***

Der Regen hatte nachgelassen und Platz für die leuchtende tiefstehende Sonne gemacht. Die Diener hatten alle Türen des Ballsaals geöffnet und ließen die frische Luft und die letzten Sonnenstrahlen des Tages herein.

Der Schauplatz war an Prunk kaum mehr zu übertreffen. Ein langer roter Teppich führte quer durch die Halle bis zu einem Podium genau in der Mitte, auf dem ein üppig geschmückter Torbogen stand. Auf einem Thron davor saß die Königin. Zu ihren beiden Seiten standen gebogene Tische mit Kelchen voller Granatapfelsaft und Wein, daneben eine Hochzeitstorte, die länger war als meine gesamte Körpergröße. Sie war quietschrot und mit Erdbeeren,

Schokolade und Mandeln verziert. Mir fiel bei diesem Anblick die Kinnlade herunter.

Rings um den Hochzeitsbogen standen unzählige Stuhlreihen, wie ein Stern angeordnet. Nach und nach traten die Gäste ein, verbeugten sich tief vor der Königin, legten Ungetüme von Geschenken neben der Torte ab und gingen dann zu ihren Plätzen. Ich war froh, dass ich mich an Zoe hängen konnte, denn es war nicht nur die erste Hochzeit, auf der ich war, sondern es war auch noch eine Veranstaltung, bei der jede einzelne Bewegung die passende Etikette verlangte. Wo man saß, mit wem man zuerst sprach, alles hatte seine Regeln. Ich mimte Zoes Verhalten und war erleichtert, als ich endlich auf der Seite der Braut, der Seite der Nördlichen, Platz nehmen konnte. Zoe saß zu meiner Linken und der Stuhl rechts neben mir blieb frei, worüber ich sehr erleichtert war.

Es dauerte eine geschlagene Stunde, bis endlich alle ihren Platz gefunden hatten und von den oberen Rängen ein Orchester anstimmte, das wunderschöne, sehnsuchtsvolle Melodien auf die Feierlichkeit hinuntersegeln ließ. Kurz darauf betrat ein Mann in einem roten Kaftan den Saal und ging über den ausgerollten Teppich bis in die Mitte. Sein Gewand war reichlich bestickt, seine Miene war konzentriert und freundlich. Er hatte kurze schwarze Haare, war klein und breitschultrig. Das war also Shaninis Verlobter. Der Mann, den sie für den Rest ihres Lebens zum Partner haben würde. Es fühlte sich alles surreal an.

Als ein Luftschnappen durch die Reihen ging, registrierte ich, dass Shanini den Raum betreten hatte. Sie sah wundervoll aus. Das Kleid saß makellos und der lange Schleier raschelte hinter ihr her, während sie zaghaft die Schritte über den Steg machte.

Ich hörte Raunen und anerkennendes Getuschel, während Shanini neben ihrem Bräutigam zum Stehen kam. Ein Geistlicher trat mit erhobenen Händen hinzu und stimmte ein traditionelles Lied an.

Zu Beginn spürte ich mein Herz noch nervös klopfen, doch mit der Zeit verlangsamte sich mein Puls und ich wurde beinahe schläfrig. Ich wusste nicht, ob es die Anstrengung durch meine Magie war, die aufreibende letzte

Zeit oder schlichtweg die schier endlose Zeremonie. Die Sonne war schon lange untergegangen und die Luft im Saal wurde zunehmend verbraucht.

Ich wollte gerade Zoe fragen, wie lange so eine Hochzeit denn für gewöhnlich ging, da huschte jemand in mein Blickfeld und nahm urplötzlich neben mir Platz. Er trug einen traditionellen Festanzug und ein Tuch tief in die Stirn gezogen, sodass ich ihn erst auf den zweiten Blick erkannte. Wie vom Donner gerührt sah ich ihn an.

»Tarik?«, keuchte ich.

»Naima.« Die dunkle Note und Vertrautheit der Stimme gingen mir durch Mark und Bein. Für einen Augenblick vergaß ich zu atmen.

Tarik nahm das Tuch von seinem Kopf. Seine Haare waren ungekämmt und wild. Er sah unwiderstehlich aus, so wenig ich das auch wahrhaben wollte. Erst auf den zweiten Blick erkannte ich, dass etwas nicht stimmte. Er wirkte nervös, fast fahrig. Sein Gesicht war verzerrt. Was war los? Und was machte er *hier*?

Tariks Augen weiteten sich, als unsere Blicke sich trafen, ein Funken Überraschung loderte in ihnen auf und er betrachtete meine Silhouette.

»Naima, du siehst –«

»Was tust du hier?«, schnitt ich ihm das Wort ab und schaute mich verstohlen um. Zu meiner Erleichterung waren alle Blicke weiterhin nach vorne gerichtet, nur Zoe sah fragend zu mir herüber.

»Wie bist du überhaupt reingekommen?«, flüsterte ich.

»Naima, ich …« Tarik riss seinen Blick von mir und schüttelte den Kopf. »Bitte, können wir reden?«

»Der beste Zeitpunkt dafür«, zischte ich. Eine kribbelnde Wut kroch in mir hoch und vertrieb die flüchtigen Gedanken, an seinen Auftritt, den Festumhang, seine Lippen …

Ich biss mir auf die Zunge. Erst stieß er mich vor den Kopf und jetzt schmuggelte er sich irgendwie auf diese Hochzeit, um mir auch heute die Stimmung zu verderben? Was sollte das?

Tarik sah sich um. »Können wir woanders hingehen? Am besten nach draußen?«

Ich zischte leise. »Nein, Tarik, ich gehe sicher nicht mit dir nach draußen. Heute geht es nicht um dich.«

Er fuhr sich übers Gesicht. Ich sah erst jetzt, dass er zu schwitzen begonnen hatte.

»Nein, das weiß ich. Deshalb bin ich auch hier. Naima, es tut mir leid, was ich gesagt habe. Ich wollte dich nie verletzen. Als du weg warst, habe ich meine ganze Werkstatt auseinandergenommen …«

Na und? Ich schwieg herausfordernd und sah nach vorne zum Paar, das sich gerade die Ringe reichte.

»Es war die schlechteste Entscheidung meines Lebens, dich aus meinem Leben zu drängen. Ich wusste nicht mehr, wer ich war, du hast alles durcheinandergebracht.«

»Ach so? Jetzt habe ich die Schuld?«, zischte ich.

»Nein! Du hast mich zu einem besseren Menschen gemacht.« In seinem Gesicht blitzte ein beinahe wahnsinniges Lächeln auf. »Durch dich habe ich die Welt in völlig anderen Farben gesehen.«

»Ich weiß beim besten Willen nicht, was das heißen soll, Tarik.«

»Ich dachte, ich wäre nicht gut genug für dich. Und das war ich auch nicht. Aber ich will gut genug für dich werden, Naima. Ich will alles tun, um dich zu verdienen. Alles.« Seine Stimme wurde dunkel. »Ich brauche dich in meinem Leben, Naima.«

Ich starrte ihn an. Meine Gedanken verknoteten sich zu einem Wirrwarr. Was sollte das? Wieso kam er ausgerechnet jetzt damit?

»Tarik, ich weiß nicht, was ich dazu sagen soll.« Ich holte leise Luft. »Ich fühle mich etwas überrumpelt.«

»Das verstehe ich. Aber bitte, gib mir die Chance und komm mit nach draußen, jetzt gleich.«

»Aber warum …«

Ich schaffte es nicht, die Frage zu beenden. Die Luft wurde von einem ohrenbetäubenden Knall zerfetzt. Ich zuckte zusammen. Panisches Geschrei entbrannte, Wachen stürzten von allen Seiten herbei. Meine Ohren klingelten. Was war das? Was passierte hier?

Augenblicke später erklang ein weiterer Knall, diesmal noch lauter und gepaart mit einer Druckwelle, die mich vom Stuhl riss. Ich spürte gerade noch, wie Tarik schützend den Arm um mich schlang, ehe ich mit dem Kopf auf den Boden knallte.

Ein stechender Blitz zuckte durch meine Schläfen und alles fühlte sich auf einmal an wie in Watte gehüllt. Meine Ohren fiepten, ich schmeckte Blut. Ich versuchte mich aufzurichten, doch ein höllischer Kopfschmerz lähmte jede meiner Bewegungen. Die komplette Menge, die eben noch in fröhlicher Feierstimmung gewesen war, lag wie ein Menschenteppich auf dem Boden. Ich roch Feuer, ehe ich die Flammen in der Mitte des Saals sah.

Was, bei allen Göttinnen ...

Ich schob Tariks Arm von mir, kämpfte mich auf die Knie und entdeckte das völlig zerstörte Buffet, zersprengte Tortenreste, den Hochzeitsbogen, der in Flammen stand, genau wie das viele bunte Geschenkpapier. Die Menschen drumherum hatten merkwürdig abgewinkelte Gliedmaßen. Klagende Schreie erhoben sich, einige der liegenden Menschen begannen sich aufzurappeln, andere blieben viel zu still liegen.

Mir wurde speiübel. Hektisch sah ich mich um, suchte nach Shanini, die eben noch genau dort gestanden hatte. Ich sah zum Podest, sah zur Königin. Sie saß noch auf ihrem Thron, doch ihr Körper war schlaff über die Lehne gekippt. Die Krone war ihr vom Kopf gerutscht, stattdessen lief eine Lache Blut über ihr Gesicht. Ich musste würgen, schlug mir die Hände vor den Mund.

Alles um mich herum schien stillzustehen. Das konnte nicht sein. Die Königin, die Friedensbringerin von Melidiya ... War sie tot?

Am Rande meines Bewusstseins hörte ich dumpf jemanden meinen Namen sagen. Ich spürte, wie Tarik mich am Arm fasste, gleichzeitig fühlte er sich kilometerweit weg an. Immer wieder fragte er mich etwas, aber meine Wahrnehmung war wie benebelt.

Und dann brach ein Schrei durch die Luft. Es war der markerschütterndste Laut, den ich je gehört hatte. Shanini erhob sich aus der Mitte und stürzte auf die Königin zu. Jedes letzte Geräusch verstummte, als sie auf ihre Mutter zustolperte und die Arme um sie schlang. Sie wiegte sich vor und zurück.

»Nein«, schrie sie. »Nein, Mutter!«

Ihr Schluchzen drang in jeden Winkel und jede Ritze des Raumes. Es brach mir das Herz.

Ich musste zu ihr, lief vorwärts, kroch über zerborstene Stühle, ohne hinzusehen. Doch bevor ich die Mitte auch nur annährend erreicht hatte, donnerte schallendes Gelächter durch den Saal.

»Willkommen, meine Damen und Herren, in einer neuen Ära von Melidiya.«

Aus dem Schutz der Torbögen traten von allen Seiten Männer, die ihre Festgarderobe von sich rissen und eine dunkle Uniform offenbarten. Sie hatten eine schwarze Armbinde mit einem Berg um ihren Oberarm geschlungen.

»Nein«, keuchte ich.

Der Rote Block.

Ohne mit der Wimper zu zucken, gingen die Männer auf die königlichen Wachen im Saal los, die wie alle anderen noch dem schwindeligen Versuch unterlagen, auf die Beine zu kommen. Die Rebellen traten sie wieder zu Boden, entrissen ihnen die Waffen. Innerhalb weniger Sekunden hatten sie jedes Gewehr und jeden Dolch an sich genommen und den kompletten Saal unter Kontrolle.

So einfach, viel zu einfach.

Wie konnte das passieren? Das musste ein Traum sein! Das konnte nicht die Wirklichkeit sein.

Wie gelähmt wanderten alle Blicke zu dem Mann, der erneut das Wort ergriff. Er war kräftig, hatte graues Haar und irgendwas an ihm wirkte vertraut, ohne dass ich es zuordnen konnte. Selbstgefällig kletterte er auf das brennende Podium, trat mitten vor die Flammen.

»Heute bricht eine neue Ära an«, rief er und hob die Faust mit der Armbinde in die Luft. »Ich habe euch gesagt, dass wir es schaffen, Männer! Nach Jahrhunderten der Unterdrückung reißen wir endlich den Sieg an uns. Wir lassen den Norden bezahlen für das, was sie uns angetan haben. Wir lassen endlich Frieden ins Land einkehren!«

»Frieden«, wisperte ich, aber meine Worte verendeten im dumpfen Jubel der Rebellen.

»Wir haben es geschafft«, brüllte der Mann auf dem Podium. »Die Königin ist tot!«

»Du bist krank, Kaplan.« Die schwache, helle Stimme ertönte aus der Ferne und ließ den Saal zu Atem kommen. Kaplan ruderte herum.

Shaninis Gesicht war tränennass, doch sie hatte sich auf die Füße gewuchtet. »Onkel«, sagte sie streng.

Für einen einzigen Moment wirkte der bullige Mann aus dem Konzept gebracht, doch dann loderte wieder Hass in seinen Augen auf.

»Wie kannst du noch gerade stehen?«, blaffte er und erhob seine Waffe. »Sieht aus, als müssten wir dieses letzte Überbleibsel auch noch beseitigen.«

Shanini hob abwehrend die Hände, die Menge schnappte nach Luft, doch noch bevor ich einmal blinzeln konnte, bevor ich auch nur ein einziges Wort über die Lippen brachte, legte Kaplan seinen Kopf schief und drückte ab. Der Schuss bohrte sich durch die Stille, durch die Zeit und durch jedes Gefühl, das ich zuvor gespürt hatte. Eiseskälte legte sich über den Ballsaal in dem Moment, als Shanini mit aufgerissenen Augen zu Boden ging.

Ich wollte mir die Hände vor den Mund schlagen, ich wollte schreien, doch brachte keinen Ton heraus. Erstarrt sah ich dorthin, wo eigentlich die beiden mächtigsten Frauen von Melidiya hätten stehen sollen.

Die Königin.

Und Shanini.

Das durfte nicht sein.

Das konnte einfach nicht sein!

Über Kaplans Miene zuckte eine leise Genugtuung. Der Ballsaal war von Panik erfüllt, siedender, stinkender Panik. Einige Menschen fingen sich schneller als ich. Wachen stürzten sich auf die Rebellen, unternahmen einen jämmerlichen Versuch, mit bloßen Händen etwas zu bewirken, aber die Rebellen machten kurzen Prozess. Ich hörte Schreie aus allen Richtungen. Die Rebellen hatten es kinderleicht. Innerhalb weniger Momente war jeder Widerstand zerschlagen und Kaplan streckte die Arme über seinen Kopf wie in Zeitlupe.

»So leicht«, dröhnte er. »Und die Dynastie der Königinnen ist ausgelöscht.«

Übelkeit schoss meine Kehle hoch und ich sackte auf alle viere.

»Jetzt wird es Zeit für einen neuen Anführer unseres Landes.« In Kaplans Miene war kein Funken Reue, da war nur Triumph.

Ich starrte den Mörder an, der sich gleich als neuer Herrscher des Landes ausrufen würde, doch zu meiner Überraschung ließ er sich in eine Verbeugung fallen.

Alle im Saal sahen zu jemandem, der hinter mir stand. Ich spürte, wie sich meine Nackenhaare aufstellten. Mit flachem Atem drehte mich um, quälend langsam, und erstarrte zu Eis.

An der Spitze der Rebellen stand Tarik.

27

Naima

»Komm her, mein Junge!«, dröhnte Kaplan. »Hol dir die Lorbeeren, die du verdient hast.«

Mein Magen verkrampfte sich. *Lorbeeren?* Was passierte hier?

»Wer ihn auf die Schnelle nicht erkennt, den jungen Mann, der vor sieben Jahren diesen schicken Palast verlassen hat: Tarik Duran, Sohn des verstorbenen Königs Aslan Duran.« Obwohl die Worte so klar durch den Saal hallten, konnte mein Kopf sie nicht zu einem logischen Sinn zusammensetzen. Meine Ohren rauschten, mein Kopf schmerzte.

Der Mann auf dem Podium gackerte und fügte leiser hinzu: »Und mein Neffe, nicht zuletzt.«

Tariks Miene war verzerrt, als ihm die Rebellen auf die Schultern hämmerten. Plötzlich traf sein Blick auf meinen und er erstarrte wie eine Marmorskulptur.

»Naima«, flüsterte er.

Ich wich zurück, rang nach Luft. Ich musste hier weg!

Tarik setzte sich in Bewegung, stolperte auf mich zu, doch ich wich ihm aus.

»Komm mir nicht zu nahe«, keuchte ich.

»Bitte, Naima, ich hatte keine Ahnung, dass …«

Ich presste verzweifelt die Lippen aufeinander, kämpfte die Übelkeit herunter. »Dass du der Sohn von Aslan bist? Dass du ein Mörder bist?«

Tarik fiel alles aus dem Gesicht. Auch der letzte Funken Hoffnung, das letzte bisschen Leben erlosch in seinem Ausdruck. Er fuhr sich übers Gesicht und lenkte um, wankte über den roten Teppich auf Kaplan zu.

Die Luft war bis zum Zerreißen gespannt. Ich hörte vereinzeltes Gewimmer und Getuschel, raschelnde Ballkleider, die zurückwichen.

Wie hatte ich mich nur so täuschen können? Wie hatte ich es nicht gesehen?

Tarik trat an seinen Onkel heran, sodass ich ihn nur noch von hinten sah.

»Sehr brav, mein Junge, sehr brav. Schön, dass du heute gekommen bist.« Kaplan sprang vom Podium und tätschelte Tariks Kopf, doch dieser wich zurück, wie ein geprügelter Hund.

»Du bist zu weit gegangen Onkel«, sagte Tarik. Seine Worte waren leise, drohend, hatten gerade genug Kraft, dass ich sie verstehen konnte. »Du hast die Königin ermordet«, stieß er hervor.

»O ja«, zischte Kaplan mit leuchtenden Augen. »Deine räudige Stiefmutter.«

Tarik schüttelte den Kopf, stolperte noch ein paar Schritte zurück. »Ich habe dir gesagt, dass ich das nicht mehr mache.« Seine Stimme brach ab. »Du bist zu weit gegangen!«

Der Triumph wich für einen Moment aus Kaplans Miene, dann erkannte ich Verachtung. Kurzentschlossen hob er die Hand und verpasste Tarik einen feuernden Kinnhaken, sodass dieser zu Boden ging.

»Hast du denn wirklich gar nichts gelernt?«, zischte Kaplan und spuckte in Tariks Richtung. »Du betrügst die Familie? Eine Schande bis du. Eine Schande für uns alle.«

Familie.

Das Wort sackte mir in den Magen. Das hier war Tariks Familie. Das waren die Menschen, von denen er gesprochen hatte.

Er krümmte sich auf dem Boden, als bescherten die Worte seines Onkels ihm physische Schmerzen. Kaplan schüttelte den Kopf, das Gesicht angewidert. Er ließ Tarik liegen wie Ungeziefer. Mit schnellen Schritten erklomm er wieder das Podium. Alle Blicke waren voller Erwartung und Entsetzen auf ihn gerichtet, warteten darauf, was dieser Verrückte als Nächstes entschied.

Aber Kaplan blieb stumm, drehte sich nur quälend langsam im Kreis, als überlege er etwas.

»Na, wenn das so ist«, sagte er nach einer gefühlten Ewigkeit. »Dann wäre das nächste passende Familienmitglied wohl *ich*.« Sein Blick flackerte. »Ich bin der Bruder des Königs. Außer mir ist niemand übrig. Was soll ich sagen, ich werde diese ehrenvolle Bürde annehmen und übergangsweise die Herrschaft für Melidiya gewährleisten.«

Just in dem Moment begannen die Glocken zu schlagen, ganz so, als würden sie seine Worte zeremoniell einläuten. Die pure Genugtuung trat in Kaplans Miene. Er sprang vom Podium und marschierte auf Königin Esme und Shanini zu, die wie gefallene Engel um den Thron lagen.

Kaplan angelte sich die auf dem Boden liegende Krone. Er hob sie in die Luft, hoch über seinen Kopf, und wollte sie gerade auf sein Haupt sinken lassen, als plötzlich ein Raunen durch den Saal ging.

Im ersten Moment verstand ich nicht, was los war, doch dann sah ich, wie sich der weiße Stoffhaufen hinter Kaplan bewegte. Langsam richtete sich Shanini auf, erst den Kopf, dann kam sie wankend auf die Beine. Ihre Brust war unversehrt. Da, wo die Kugel sie hätte treffen müssen, war *nichts*.

Da war nur ihr blütenweißes Kleid. *Mein Kleid!* Ich stieß ein verzweifeltes Lachen aus. Die Magie war echt, die Magie hatte sie gerettet!

Alles um mich herum drehte sich. Die Erleichterung erfasste mich wie ein Wirbelsturm. Er konnte ihr nichts anhaben, unser Land war doch nicht völlig verloren! Shanini war noch hier, sie lebte und sie war sicher.

Kaplan ruderte herum. Seine Augen weiteten sich. »Wie hast du …? Das ist nicht möglich!«, röhrte er.

»Onkel«, sagte Shanini erneut.

Kaplan fingerte nach seiner Waffe, doch Shanini schüttelte den Kopf. Irgendwas an ihr sah verändert aus. Hart. Ich konnte es nicht richtig einordnen.

»Das kannst du dir sparen«, erklärte sie.

Wie durch Milchglas nahm ich wahr, was sie als Nächstes tat. In Zeitlupe senkte sie ihr Kinn, dann den ganzen Kopf, ihren Oberkörper und zuletzt fiel sie in eine tiefe Verbeugung. Was, bei der Sonne, tat sie da?

Die Luft im Saal war flau, die ganze Welt schien stillzustehen.

»Du sollst der neue Führer dieses Landes sein, Onkel«, sagte Shanini mit bleierner Stimme. »Ich übergebe dir die Krone, den Palast und Melidiya.«

Die Menge schnappte nach Luft. Das war doch ein Scherz, das konnte nicht ihr Ernst sein. Ein Trick, eine Finte!

Aber als Shanini ihren Kopf hob und ich in ihrer Miene ein kleines Lächeln erkannte, wusste ich, dass es das nicht war. Zum zweiten Mal heute Nacht wurde mein Herz gebrochen. Die Prinzessin, die ich immer zu schützen und zu stärken versucht hatte, der ich all meine Kräfte widmete, hatte mir und ihrem ganzen Land einen Dolch in den Rücken gebohrt.

Ich erkannte die gleiche Verzweiflung in jedem einzelnen Blick der Menschen, die noch immer auf dem kalten Marmorboden lagen und zu dieser bizarren Szene aufsahen.

Sogar Kaplan wirkte überrascht, gar entsetzt, doch dann brach er in tosendes Lachen aus. Er hämmerte sich auf die Oberschenkel, applaudierte. »Na, wenn das so ist, kleines Ding«, dröhnte er. »Ihr alle habt sie gehört. Ihr alle seid die Zeugen dieser Machtübergabe. Und nun bringt sie weg.«

Mit einem Kopfzucken zur Seite setzten sich ein paar Männer in Bewegung. Sie packten Shaninis Arme, doch diese ließ sich ohne ein Murren und ohne einen letzten Blick an ihre Mutter abführen.

Ich hatte das Gefühl, dass mein ganzes Leben zu Bruch ging. Alles, was ich zu wissen gedacht hatte, alles, was ich mir aufgebaut hatte, zerfiel in Trümmer, in Scherben, in Sand. Alles, was Melidiya erreicht hatte, Frieden und Einheit, Normalität und Nächstenliebe, alles wurde von eiserner Faust zerschlagen.

Kaplans Blick war gierig auf den Thron geheftet. Mit schnellen Schritten erreichte er ihn. Er trat die erschlaffte Königin mit dem Fuß beiseite und setzte sich endlich die Krone auf seinen dicken Kopf. Seine Augen flackerten vor Erregung.

»Was ist, wollt ihr euch nicht verbeugen vor eurem neuen König?«, gurrte er.

Die Menge sah ihn entsetzt an. Für einen Moment herrschte Stille, dann neigten einzelne ihren Kopf in Richtung von Kaplan.

»Na also«, brüllte dieser. »Geht doch!«

Mir war speiübel. Ich merkte, wie ich am ganzen Körper zu zittern begonnen hatte. Alles war vorbei.

»Ich mache euch ein einmaliges Angebot, da ich meinen Palast nicht unnötig beschmutzen will«, fuhr Kaplan fort und betrachtete seine Finger. »Ich gebe euch fünf Minuten, die ihr rennen dürft. Ich lasse euch die Freiheit. Ihr habt fünf Minuten, um von hier zu verschwinden. Wer danach noch hier ist, wer sich danach noch in meinen Weg stellt, den werden meine Männer niedermähen.« Voller Hass hob er den Kopf und funkelte zur Menge hinab. »Fünf.«

Wie vom Blitz getroffen setzten sich die Menschen in Bewegung. Sie stürzten blindlings nach draußen. Einzelne versuchten die Bewusstlosen aufzuwecken, sie zu tragen. Mütter und Väter klammerten sich an ihre Söhne. Viel zu viele Menschen lagen noch auf dem Boden!

»Vier.«

In meinen Ohren rauschte das Blut. Ich musste etwas tun, doch ich konnte mich nicht rühren. An den Ausgängen kam es zu Gedränge. Jemand stolperte über mich und zwang mich endlich aus meiner Schockstarre. Panisch rappelte ich mich auf, sah auf die reglosen Menschen. Ich entdeckte einen Jungen, der wimmerte. Mit einem Satz war ich bei ihm.

Bei der Sonne, was nützten meine Kräfte jetzt? Verzweifelt legte ich dem Jungen die Hände auf die Schultern, begann, ihm gut zuzureden. »Du musst jetzt aufstehen. Alles wird gut«, sagte ich.

Der Junge sah mich verwirrt an, zu meiner Erleichterung nickte er dann.

»Drei.«

»Lauf!«, drängte ich. »Lauf so schnell du kannst!«

Ich hatte keine Ahnung, wie ich es schaffte, doch ich half auch noch einer Frau und einem älteren Mann auf die Beine. Der Saal leerte sich allmählich, doch es zerriss mir das Herz, Einzelne zurücklassen zu müssen.

»Zwei.«

Eine junge Wache kam auf die Füße, nachdem ich ihm mithilfe zweier anderer Frauen aufgeholfen hatte. Sie stürzten zusammen zu den Ausgängen.

»Eins.«

Tränen schossen mir in die Augen. Das war's. Wenn ich hier lebend rauskommen wollte, musste ich verschwinden, und zwar schnell. Während ich rückwärts zu den Torbögen wankte, nahm ich aus dem Augenwinkel Tarik wahr, der einen Arm um eine alte Frau und den anderen um einen alten Mann gelegt hatte und ihnen nach draußen half. Ich hatte keine Zeit, um das Bild zu verarbeiten. Mein Kopf platzte beinahe von allem, was gerade passierte. Also nahm ich die Beine in die Hand und rannte.

Ich rannte durch die bekannten Gänge des Palasts, rannte mit den anderen Fliehenden. Gerade als wir das Tor erreicht hatten, erklangen hinter uns, in den Tiefen des Schlosses, dumpfe Schüsse. Jeder einzelne bohrte sich wie ein Dolch in mein Herz.

***

Die ganze Nacht lag ein tosender Lärm über der Stadt. Überall kam es zu Straßenkämpfen zwischen Rebellen und Soldaten, die hitzige Versuche unternahmen, den Roten Block zurückzudrängen. Schüsse und Geschrei mischten sich unter meine vagen Traumfetzen.

Als ich am nächsten Morgen in meinem Dachzimmer aufwachte, hatte ich für einen Moment die Hoffnung, alles wäre nur ein Traum gewesen. Ich hielt die Augen geschlossen, presste die Lider zusammen und versuchte das lähmende Gefühl der Verzweiflung herunterzukämpfen.

Doch von der Straße ertönte ängstliches Klagen. Es war kein Traum. Es war wirklich passiert.

Ich betastete meinen Hinterkopf, fühlte eine dicke Beule und spürte Schwindel, als ich mich aufsetzte. Ich schlug die Augen auf. Auf dem Boden in meinem Zimmer lag Zoe. Ich hatte sie im Gewusel wiedergefunden und zu mir eingeladen, nachdem mit dem Palast auch ihr gesamtes Zuhause und alles, was sie besaß, beschlagnahmt worden war. Jetzt lag die quirlige Adelstochter zusammengerollt auf meinen Dielen. Wir hatten nur ein paar Kissen und Kleider zusammengeschoben.

Nichts war mehr wie früher. Melidiya gehörte nicht mehr seinem Volk. Es wurde nicht mehr von der Königin angeführt, sondern von einem bulligen

Mann, der wie aus dem Nichts aufgetaucht war. Tarik war ... Ich schüttelte den Kopf, wobei mir übel wurde. Tarik war der Neffe dieses kaltblütigen Mörders. Tarik war der Sohn des gestorbenen Königs. Er war der Bruder von Shanini.

Shanini.

Was war nur in sie gefahren? Ich hatte sie nicht für so schwach gehalten. Für so feige. Sie hatte ihr Land kampflos aufgegeben. Es ergab einfach keinen Sinn.

Ich starrte gegen die Wand. Wie hatte ich mich in gleich zwei Menschen so täuschen können? Tarik hatte mich von Beginn an belogen. Und Shanini hatte eine böse, undurchschaubare Art gezeigt, die ich ihr niemals zugetraut hätte.

Tarik und Shanini. Sie waren Bruder und Schwester.

Jetzt, wo ich darüber nachdachte, kam mir eine gewisse Ähnlichkeit in den Sinn. Die braunen Haare, die kantigen Gesichtszüge und die Augen, vor allem diese dunklen Augen. Wie hatte mir das nicht eher auffallen können?

Ich spürte, wie mein Blutdruck sich erhöhte, wie mein Herz schneller pumpte und mich dazu trieb, auf die Füße zu kommen. Ich hatte keine Ahnung, wohin mit mir, aber ich konnte nicht nur herumsitzen.

Als mein Bett knarzte, kam auch Zoe in Bewegung. Verschlafen richtete sie sich auf und sah mich mit großen Augen an. Für einen Moment schwiegen wir beide.

»Was machen wir denn jetzt?«, fragte sie mit kehliger Stimme.

»Ich weiß es nicht«, sagte ich leise.

»Ich kann nicht mehr zurück.« Zoe schüttelte den Kopf und sah an sich hinab. Sie trug noch immer ihr aufwendiges Ballkleid. »Ich hab nur noch das, was ich am Leibe trage!«

»Hier«, sagte ich und zog ihr blaues Kleid aus meinem Schrank. »Du kannst das wiederhaben.«

Zoe lächelte traurig und nahm das Kleid in die Hände. »So wendet sich das Blatt«, seufzte sie. »Danke.«

»Ist doch klar.«

Sie vergrub das Gesicht im Stoff. »Ich bin nur froh, dass meine Eltern in Sicherheit sind. Dass sie auf einem Schiff irgendwo im Nirgendwo sind und noch nicht mal etwas mitbekommen haben von diesem ...« Sie brach ab.

Ich sah sie mitfühlend an. Dass ihre Eltern auf Reisen waren, hatte ich noch gar nicht bedacht.

»Willst du ihnen eine Nachricht zukommen lassen?«

»Ich wüsste nicht mal wie. Ich habe keine Adresse, geschweige denn jemanden, den ich schicken könnte«, murmelte Zoe. »Es wird Wochen dauern, bis sie selbst von dem Vorfall erfahren. Dann werden sie sicher versuchen mich zu erreichen. Oder Hals über Kopf zurückkommen. Aber ich weiß gar nicht, ob ich das will. Sie sollen besser fernbleiben.«

»Die Nachricht wird sich bestimmt rasend schnell im ganzen Land verbreiten«, überlegte ich laut. »Aber was dann? Brechen wieder Kämpfe in allen Städten aus? Das kann doch nicht wirklich passieren!«

Zoe gab ein Röcheln von sich. »Warum hat sie das nur getan? Shanini?«

»Ich weiß es nicht«, sagte ich erneut. »Aber wir werden es herausfinden.«

Zoe sah mich zweifelnd an und nickte dann schließlich.

Schweigend zogen wir uns um und verließen mein Zimmer. Im kompletten Wohnheim standen die Türen offen. Wo bis gestern noch jeder sein eigenes Leben geführt hatte, gab es plötzlich keine Grenzen mehr. Ich hatte die wenigsten meiner Nachbarn je gesehen, jetzt saßen sie alle gemeinsam auf den Fluren, flüsterten sich beunruhigt die Bruchstücke der Informationen zu, die sie ergattert hatten.

Ich erkannte Leyla, die Verwalterin, die gerade Tee verteilte, und eilte auf sie zu.

»Hallo, Liebes«, begrüßte sie mich und reichte mir ein Glas. »Hast du schon gehört, was letzte Nacht passiert ist?«

»Ja«, sagte ich mit kratziger Stimme.

»Es ist so traurig. Wenn es stimmt, was sie sagen, stehen uns dunkle Zeiten bevor.«

»Es stimmt«, sagte ich ernst und warf einen Blick auf Zoe, die mir zögerlich gefolgt war. »Wir waren dabei.«

Die Augen der Verwalterin weiteten sich. Plötzlich wurde es still auf dem Gang. »Ist das wahr? Ihr wart dabei?«, flüsterte Leyla.

Ich schluckte schwer, nickte dann.

»Ja«, sagte Zoe.

All die Gesichter sahen zu uns auf, gespannt, gleichzeitig darum flehend, dass unsere Nachrichten nicht alles bestätigen würden, was sie ahnten.

Es war schwer, die Worte über meine Lippen zu bringen, ganz so, als würde es das realer machen.

»Die Königin ist tot«, sagte ich. »Der Rote Block hat die Krone an sich gerissen und viel Blut vergossen.«

»Sie haben den Palast durch einen Hinterhalt eingenommen«, fügte Zoe hinzu. »Sie haben zwei Bomben gezündet, erst eine Attrappe, die alle Wachen hat herbeistürzen lassen und dann eine zweite, die jeden Kampf ausgeschaltet hat.«

Einen Moment herrschte bedrücktes Schweigen. »Was ist mit der Prinzessin?«, fragte irgendjemand.

Ich zögerte und spürte, wie sich auch Zoe versteifte.

»Sie ist fort«, sagte ich ausweichend. »Sie haben sie weggebracht.«

»Weggebracht?«, murmelte jemand. »Warum das?«

»Was heißt das für uns?«, japste ein anderer. »Krieg?«

Immer mehr Stimmen schwollen zu einem Pegel der Panik an. Die Leute auf dem Gang schrien durcheinander, schaukelten sich hoch.

»Es reicht!«, brach es aus mir heraus und ich war selbst überrascht von der Entschlossenheit meiner Stimme. »Es bringt niemanden weiter, wenn wir den Kopf verlieren. Haltet euch bedeckt, geht am besten nicht vor die Tür, bis wir einen Plan haben.«

»Was für einen Plan?«, fragte eine junge Frau.

»Wie wir unser Land zurückbekommen.«

28

Naima

Ich brauchte mehr Informationen. Egal wie ich es drehte und wendete, die Situation blieb völlig ausweglos, solange ich nur Bruchstücke wusste. Niemand hatte eine Ahnung, was der Rote Block plante, jetzt, wo er das Königreich an sich gerissen hatte. Hatte Kaplan die Nördlichen im Visier? Was würde er mit uns machen? Drohte Gefahr für alle, die anders als er dachten? Meine Begegnung mit den rücksichtslosen Männern im Hafenviertel reichte aus, um das anzunehmen.

Ich ging in meinem Zimmer auf und ab, während Zoe sich auf mein Bett geworfen hatte. Die gestrige Nacht hatte mich mit weiteren noch persönlicheren Fragen zurückgelassen. Wo war Shanini hingebracht worden? Wer sollte an ihrer Stelle den Widerstand anführen? Seit dem Tod der Königin gab es keine Figur der Hoffnung mehr. Zu wem sollte das Volk jetzt noch aufschauen?

Ich drehte mich im Kreis und landete immer wieder bei dem gleichen Ergebnis: Nur einer konnte mir die Antworten geben, die ich brauchte. Auch wenn es mir mehr als widerstrebte, ihn aufzusuchen. Ich wusste nicht, ob Tarik gefährlich war. Wusste nicht, wie tief er in Kaplans Netz verstrickt war. Schon beim Gedanken an die vielen Lügen, die er mir aufgetischt hatte, wurde mir ganz übel. Und trotzdem blieb er die einzige Chance, an wertvolle Hinweise zu gelangen.

Kurzentschlossen suchte ich alles zusammen, was mir als Waffe dienen konnte. Ich steckte mir ein Küchenmesser in den Stiefel, ein zweites in den Ärmel meines Mantels. In die Taschen schob ich mir spitze Scherben und um meine Handgelenke knotete ich mir die selbstgenähten Tücher, in der Hoffnung, sie würden mich selbst mit einer gewissen Zauberkraft versorgen.

»Was machst du?«, fragte Zoe und musterte mich.

Ich zögerte einen Moment. Ich hatte ihr nichts von Tarik erzählt und würde es auch jetzt nicht tun. Die Geschichte zwischen uns war viel zu verworren. Ich wusste ja selbst nicht mal mehr, wer er war.

»Ich muss jemanden besuchen. Vielleicht kann ich so etwas über Kaplan erfahren«, sagte ich also.

»Und dafür brauchst du Messer?« Sie zog die Augenbrauen bis zum Haaransatz.

»Man kann nie vorsichtig genug sein.«

Einen Moment betrachtete Zoe mich zweifelnd, dann setzte sie sich auf. »Ich komme mit.«

»Nein.« Ich schüttelte den Kopf. »Das muss ich allein machen. Aber du kannst versuchen auf anderem Wege Information herauszufinden. Du kennst doch die halbe Stadt? Die Blumenhändler und Wachen?«

»Du wirst ja langsam frech, Fisch-Mädchen.« Zoe funkelte mich an. »Schön. Ich werde sehen, was ich herausfinden kann.«

***

Vor dem Wohnheim verabschiedeten wir uns. Ich verbot mir, die Sorgen in meinem Hinterkopf laut werden zu lassen, als Zoe in Richtung Altstadt schlenderte. Ich zog mir die Kapuze meines Mantels über den Kopf und schlich durch die verlorenen Straßen. Überall entdeckte ich Menschenpulks, die sich immer wieder umsahen und mit gesenkten Stimmen diskutierten. An den Lebensmittelständen bildeten sich Schlangen und die Menschen kauften große Vorräte für ihre Familien. Ich entdeckte auch viele Menschen, die Pferde und Karren vollluden, um die Stadt zu verlassen.

Mit klopfendem Herzen schlängelte ich mich an ihnen vorbei und lief in Richtung Hafenbezirk. Ausgerechnet dieses südlich geprägte Gebiet anzusteuern, dieses Gebiet, in dem ich dem Roten Block schon einmal begegnet war, fühlte sich unheilvoll an. Ich zog mir die Kapuze meines Mantels tiefer in die Stirn, wann immer jemand an mir vorbeikam.

Endlich erkannte ich Tariks Geschäft in der stinkenden schmalen Gasse.

Mein Schritt wurde wie von selbst langsamer, mein Herzschlag schneller. So sehr ich die Antworten auch wollte, sie machten mir gleichzeitig Angst.

Ich näherte mich dem Laden. Durch die schmutzige Scheibe spähte ich nach drinnen. Ich sah niemanden. Zumindest aber auch niemand feindlichen. Mit flachem Atem fasste ich nach der Klinke und trat ein.

Augenblicke später spähte Tarik aus dem hinteren Teil seines Geschäfts. Er trug noch das gleiche Festgewand wie gestern, nur dass es große Schweißränder hatte. Sein Gesicht sah völlig übernächtigt aus. Als er mich entdeckte, schossen seine Augenbrauen in die Höhe.

»Naima!«, rief er mit erstickter Stimme und kam auf mich zu. »Du bist hier, ich weiß nicht, womit ich das verdient habe ...«

»Ich bin nicht deinetwegen hier«, unterbrach ich ihn scharf und umklammerte das Messer in meinem Ärmel. »Nicht wegen deiner Lügen und Spielchen. Ich brauche Antworten und du wirst sie mir geben.«

Tarik blieb auf halber Strecke stehen und schluckte, als wäre sein Hals staubtrocken. »Ich sag dir alles, was ich weiß.«

»Gut«, zischte ich und zeigte auf die Kissen in der Mitte des Raumes. »Dann setz dich hin und rühr dich nicht vom Fleck. Und setz dich so, dass ich deine Hände sehen kann.«

Tarik machte große Augen. »Aber Naima«, flüsterte er. »Du glaubst doch nicht, dass ich dir etwas antun könnte ...«

»Ich glaube dir gar nichts mehr«, erklärte ich kalt.

Tarik verharrte einen Moment schweigend, dann nickte er, nahm auf den Kissen Platz und faltete die Hände im Schoß.

Ich atmete leise durch und entspannte mich ein bisschen.

»Möchtest du einen Tee? Etwas zu essen?«, fragte Tarik.

»Nein. Ich werde nicht länger hier sein als unbedingt notwendig. Also ...« Wo, bei der Sonne, sollte ich überhaupt anfangen?

Ich schleuderte den ersten Gedanken heraus, den ich zu greifen bekam: »Shanini ist deine Schwester?«

Tariks Mundwinkel zuckten leicht. »Halbschwester, ja.«

Ich begann, auf und ab zu gehen.

»König Aslan war auch dein Vater.«

»Ja«, sagte Tarik. »Ich bin mit ihm an den Hof gekommen, als er und die Königin sich verlobt haben.«

»Also hast du gelogen. Du bist nicht erst seit ein paar Jahren in der Stadt.«

Tarik sah zerknirscht in seinen Schoß. »Es war die halbe Wahrheit. Ich habe ihn als Kind nach Arada begleitet. Die Stadt hat sich aber nie wie mein Zuhause angefühlt. Als mein Vater gestorben ist, bin ich zurück nach Gediz. Und seit ein paar Jahren lebe ich nun wieder hier.«

»Und du stehst dem Roten Block nahe.« Ich sagte es als eine Feststellung. »Du stehst Kaplan nahe.«

Tarik schrumpfte sichtbar in sich zusammen. »Stand.«

Ich zog verächtlich die Augenbrauen in die Höhe. »Na klar.«

»Es ist kompliziert. Ich erkläre es dir. Aber das kostet Zeit. Willst du dich nicht setzen?«

Mein bitterböses Funkeln war Tarik Antwort genug. Also sah er stumpf geradeaus und begann zu sprechen: »Als mein Vater den Vorschlag der Königin annahm und sie heiratete, hat er damit den Waffenstillstand in Melidiya unterstützt. Aber der Waffenstillstand war nicht stellvertretend für ihre Ehe. Die ersten drei oder vier Jahre haben sie sich noch Mühe gegeben, da hat es einigermaßen funktioniert. Zumindest, soweit ich das beurteilen kann. Ich war noch ein Kind. Aber je älter ich wurde, desto schlimmer wurde ihr Verhältnis. Ihre Werte sind kollidiert. Sie haben sich gehasst und das mit jedem Tag ihrer Ehe mehr. Und dann ist mein Vater gestorben, direkt nach einem besonders heftigen Streit. Von dem Moment an war ich allein. Der Palast war nicht mein richtiges Zuhause, die Königin war nicht meine Mutter und Arada nicht meine Heimat. Ich war zwölf, hatte niemanden mehr. Also bin ich abgehauen.«

Tariks Stimme wurde mit jeder Silbe düsterer. Ich kämpfte gegen eine Gänsehaut an.

»Ich wusste nicht, wohin. Hab eine Zeit lang auf der Straße gelebt, Essen geklaut und in Hauseingängen geschlafen. Die Königin hat keine Anstrengungen unternommen, mich zu finden. Warum hätte sie das auch tun sollen? Sie hatte ihr Ziel erreicht. Sie hatte die alleinige Herrschaft über Melidiya. Ich spielte da keine Rolle mehr.

Doch dann hat mein Onkel von meinem Verschwinden erfahren. Er kam nach Arada, spürte mich auf und holte mich zurück nach Gediz. Ich habe ein paar Jahre bei ihm gelebt. Zurück in meinem alten Zuhause. Er war meine Rettung. Zum ersten Mal in meinem Leben habe ich mich wirklich aufgehoben gefühlt. Er war der Leiter einer großen Bewegung, alle waren nett zu mir, haben mich unterstützt, mir zugeredet. Endlich hatte ich das Gefühl, verstanden zu werden, Teil von etwas – von irgendetwas in der Welt – zu sein.«

»Vom Roten Block«, knurrte ich.

»Ja«, gestand Tarik. »Wie düster ihre Absichten wirklich waren, habe ich erst viel später verstanden. In dem Moment waren sie meine Familie.«

»Und dann? Warum bist du zurück nach Arada gekommen?«

»Kaplan brauchte jemanden, der sich in der Stadt umhört, der die Stimmung dort beobachtet. Und mich zog es zurück. Ich wollte mit eigenen Augen sehen, was hier passierte. Kaplan hat mich alle paar Wochen besucht, ist dann immer wieder verschwunden und auf Rekrutierungsreise gegangen. In der Zeit habe ich mir ein eigenes Leben aufgebaut. Ich habe kaputte Dinge gesammelt und aus ihnen Kunst gemacht. Es war das Einzige, das mir irgendwas gegeben hat, und brachte ein bisschen Geld ein.« Tarik schluckte. »Das ging drei Jahre so. Drei Jahre, in denen es nicht vor und nicht zurück ging und ich mich wieder zunehmend einsam gefühlt habe. Und dann kam der Ball. Kaplan wusste, dass es die einzige Möglichkeit sein würde, an die Königin heranzukommen. Und ich wusste das auch.«

Ich tastete wieder nach meinem Messer. »Es war also die ganze Zeit dein Plan?« Ich zwang mich, ruhig zu klingen, doch ein leises Zittern in meiner Stimme verriet mich. »Die Königin zu ermorden?«

»Nein!«, rief Tarik und sprang auf. »Das, was gestern passiert ist, war nie mein Plan. Ich wollte nie, dass jemand zu Schaden kommt. Ich hoffe, du kannst mir das irgendwann glauben.«

Ich wischte seine leeren Versprechen mit einem Kopfschütteln weg. »Was war dann dein Plan?«, fragte ich.

Ich spürte, dass es Tarik merklich unbequem wurde, aber ich gönnte ihm kein Erbarmen. Ebenso wenig wie ich mir erlaubte, zu verschwinden, auch wenn mein ganzer Körper in Alarmbereitschaft war. »Wie tief hängst du da mit drin, Tarik?«

Er schwieg eine lange Weile. »Ich wollte nie, dass jemand verletzt wird. Aber ich wollte den Thron.« Er sprach so leise, dass ich ihn kaum verstand. »Für einen Moment wollte ich den Thron.«

Ich sog scharf die Luft ein. »Du? Den Thron?«

»So aufgehoben ich mich die ersten Jahre bei Kaplan auch gefühlt habe, irgendwann hat ihm nichts mehr gereicht, was ich getan habe. Er hat immer gesagt, dass ich mehr für die Familie tun müsse. Gerade ich. Aslans Sohn. Irgendwann war die Aussicht auf den Thron die einzige Möglichkeit für mich, endlich genug zu sein. Ich wusste, dass die Königin abdanken und mit deren Volljährigkeit Shanini den Thron übergeben würde. Ich wollte mich dazwischendrängen und meiner Familie ein besseres Leben ermöglichen. Beziehungsweise den Menschen, die ich für meine Familie gehalten hatte.« Er fuhr sich über das schweißnasse Gesicht. »Ich kannte nur ihre Sicht der Dinge. Das wäre wahrscheinlich auch immer noch so, hätte ich dich nicht kennengelernt.«

Ich starrte ihn an.

»Erst durch dich habe ich die Welt mit anderen Augen gesehen. Du hast mir gezeigt, dass da so viel mehr ist, so vieles, was ich nicht kannte ...«

»Hör auf!«, schrie ich. »Wage es ja nicht, mich da mit reinzuziehen.« Meine Stimme vibrierte vor Erregung und ich umklammerte das Messer in meinem Ärmel so fest, dass ich mich an der Klinge schnitt. Ich versteckte meine blutende Hand hinter meinem Rücken.

Tarik sank in sich zusammen. »Wären die Dinge anders gelaufen, wäre die Sache nicht so ausgegangen. Hätte ich früher Kaplans wirkliche Absichten erkannt oder hätte Hamdan sich nicht so dumm angestellt –«

»Moment«, unterbrach ich ihn barsch. »Was ist mit Hamdan?«

»Er ist mir auf die Schliche gekommen. Er hat herausgefunden, wer ich bin.«

»Aber er gehört doch sowieso zum Roten Block?« Ich fixierte Tarik mit zusammengekniffenen Augen.

»Wie kommst du darauf? Nein, ganz sicher nicht. Nichts läge Hamdan ferner.«

»Aber ich habe doch seine Armbinde gefunden!«

»Das war wohl meine«, gestand Tarik. »Er hat meinen Laden durchsucht und sie zwischen meinen Samtbeuteln entdeckt.«

Einen Augenblick musste ich verarbeiten, was ich gerade gehört hatte. Hamdan hatte Tarik enttarnt, er hatte herausgefunden, dass Tarik der verschollene Prinz war, dass er dem Roten Block angehörte. Er war nicht der Feind, auch wenn ich ihn dafür gehalten hatte. Aber warum hatte er dann Shanini angegriffen? Was hatte er über Tarik erfahren, das ihn so misstrauisch gemacht hatte?

Es durchzuckte mich wie ein Blitz. Hamdan hatte panische Angst vor Magie.

»Dein Onkel ist Kaplan«, sagte ich leise.

»Ja«, bestätigte Tarik.

»Dein Vater war Zauberer Aslan«, krächzte ich.

»Ja.«

Er sah mich mit undurchdringlicher Miene an und für einen Moment stand die Frage so erdrückend im Raum, dass es mir die Luft abschnürte.

»Bist du auch ein Zauberer, Tarik?«, flüsterte ich.

Er fixierte mich mit seinem Blick. Dann ein kaum merkliches Nicken. »Das bin ich«, sagte er.

29

Naima

Mein Herz setzte einen Schlag aus. Alles fühlte sich plötzlich schwer und eng an. Ich stolperte einen Schritt zurück, taumelte gegen die Tür.

Tarik war ein Zauberer. Er hatte Kräfte, über die ich noch weniger wusste als über meine eigenen. Kräfte, über die ich dafür umso mehr Geschichten kannte. Jede einzelne davon hatte einen gefährlichen, düsteren Unterton. Zauberer waren die gefürchtetsten Geschöpfe des ganzen Landes.

»Naima«, sagte Tarik und riss mich aus meinen Gedanken. »Bitte. Du musst keine Angst vor mir haben, wirklich. Ich werde nie wieder –«

»Nie wieder?«, rief ich aufgebracht. »Was soll das heißen, nie wieder?«

War überhaupt noch irgendetwas echt an ihm oder alles nur reine Zauberkunst? Hatte er mich die ganze Zeit geblendet? Blendete er mich jetzt gerade?

Meine blutüberströmten Finger schossen zur Tür und ich riss sie auf.

»Naima, bitte!«, rief Tarik und lief zu mir herüber.

»Komm mir nicht zu nah!«, keuchte ich und stolperte rückwärts aus dem Laden. Tarik blieb wie angewurzelt stehen, sein Gesicht war leichenblass.

Ich zog mich aus seinem Bann und spurtete die Straßen hinab. Immer wieder sah ich zurück, aber er folgte mir nicht. Ich blieb erst stehen, als ich das Hafenviertel hinter mir gelassen hatte und zurück im Westen der Stadt war. Meine Lunge brannte, mein Kopf pochte wie verrückt. Ich hatte Antworten gewollt und nun war ich noch verwirrter als zuvor. Völlig durch den Wind lief ich durch die Straßen zurück zu meinem Wohnheim.

***

Mein Zimmer sah völlig verändert aus. In jeder Ecke stand ein großer Blumenstrauß und auf meinem Tisch hatte Zoe ein Buffet aus lauter kleinen Speisen aufgebaut: Fladenbrot, Oliven, Falafel und Schälchen voll verschiedener *meze*. Es roch köstlich und ich bemerkte erst jetzt, dass ich den ganzen Tag noch nichts gegessen hatte.

»Da bist du ja!«, rief Zoe erleichtert, als ich eintrat. »Wie war es?«

In meinem Kopf drehte sich alles. Wo sollte ich denn bloß anfangen?

»Wo hast du das alles her?«, lenkte ich ab und griff nach einem Stück Fladenbrot.

»Es wurde mir mitgegeben, als ich ein paar Leute aus dem Palast getroffen habe«, erklärte Zoe. »Viele von ihnen sind letzte Nacht im Gasthof in der Altstadt untergekommen. Die meisten fliehen jetzt aufs Land. Der Zusammenhalt ist der Wahnsinn, alle haben sich gegenseitig unterstützt, die kleinen Rivalitäten des Hofes waren plötzlich völlig vergessen. Alle sind zusammengerückt und haben geteilt, was sie ergattern konnten.«

»Und wozu die Blumen?«, fragte ich.

Zoe zuckte mit den Schultern und betrachtete die duftenden Lilien und die buschigen Nelkensträuße. »Der Blumenhändler hat sie mir geschenkt. Er kann sie sowieso nicht verkaufen. Wer schert sich schon um Blumen zu dieser Zeit? Aber ich weiß nicht, ich finde, sie haben etwas Tröstliches, nicht wahr?«

Ich sah die zarten Blumensträuße an, die mein Zimmer zu diesem völlig unpassenden Moment schmückten. Aber Zoe hatte recht. Sie hatten etwas Beruhigendes.

»Hier, bedien dich!«, sagte Zoe und belud sich selbst einen Teller voller Köstlichkeiten. Ich tat es ihr gleich und setzte mich mit den salzigen Speisen auf mein Bett.

»Also, wie war es? Wen hast du getroffen?«, hakte sie nach. Ihr Blick durchbohrte mich förmlich und ich holte einmal Luft, bevor ich ihr alles eröffnete.

»Ich war bei Tarik«, sagte ich.

»Was?«, rief Zoe. Ihre Augen schienen aus ihren Höhlen zu quellen. »Tarik Duran? Warum? Woher kennst du ihn?«

»Als ich ihn kennengelernt habe, wusste ich noch nicht, wer er wirklich ist«, erklärte ich erschöpft. In der Kurzversion berichtete ich ihr von unseren früheren Treffen und wie er mich hintergangen hatte. Zoes Mund klappte mit jedem meiner Worte weiter auf.

»Und er ist ein Zauberer?«, rief sie. »Das gibt's ja nicht.«

»Ich weiß«, sagte ich leise. Mein Körper fühlte sich völlig ausgelaugt an.

»Aber er hat Kaplans Taten verurteilt? Heißt das nicht, dass er auf unserer Seite ist?«

»Das wollte er mir zumindest weismachen«, seufzte ich. »Aber ich sehe ehrlich gesagt keinen Grund, warum ich ihm das glauben sollte.«

Zoe wiegte den Kopf hin und her, während sie all diese neuen Informationen verarbeitete.

»Und bei dir?«, fragte ich irgendwann. »Konntest du etwas herausfinden?«

»Ja.« Ihre Züge wurden traurig. »Wie es aussieht, hat Kaplan es auf jeden abgesehen, der der Königin treu war. Kurz bevor ich kam, haben sie gerade ein paar der Leibwachen überwältigt und fortgeschleppt. Keiner weiß, wohin sie sie gebracht haben, aber es sieht nicht gut aus.« Zoes Stimme wurde dünn. »Das ist der Grund, warum die meisten Adligen Hals über Kopf aus der Stadt verschwinden und versuchen im Norden unterzutauchen. Aber Kaplan kontrolliert den Hafen. Jedes Schiff, das ausläuft, wird von seinen Leuten durchsucht. Es ist schwer, an ihm vorbeizukommen.«

Das zermalmte auch meine letzten Hoffnungen, Kaplan könnte sich mit dem Sieg zufriedengeben und würde die Bevölkerung vorerst in Ruhe lassen. Seine willkürliche Herrschaft brachte jeden in Gefahr.

»Hast du etwas über Shanini herausgefunden?«, fragte ich.

»Nein. Gar nichts«, sagte Zoe. »Sie ist wie vom Erdboden verschluckt. Vielleicht ist sie noch im Palast, niemand weiß das so genau.«

Das köstliche Essen schmeckte plötzlich nur noch halb so gut. Mein Hals war wie zugeschnürt. Mit jeder verschwendeten Minute wurde Kaplan stärker und mehr unschuldige Menschen waren in Gefahr.

»Du solltest auch verschwinden«, flüsterte ich irgendwann. »Deine Familie gehört zum Kreis der Adligen. Wenn sie dich in die Finger kriegen … Du solltest deine Leute begleiten. Über den Landweg schafft ihr es vielleicht noch raus. Du kennst dich im Land doch gut aus, du kannst die Gruppe anführen.«

Aber Zoe schüttelte energisch den Kopf. »Ich gehe nirgends hin, solange ich nicht weiß, was mit Shanini ist. Sie ist meine beste Freundin. Egal was sie getan hat.«

Ich sah Zoe nachdenklich an.

»Wir müssen sie finden und wir müssen einen Widerstand aufbauen. Ich gehe noch mal los und spreche mit den Wachen im Gasthof. Wir müssen eine Truppe zusammenstellen.« Zoe band sich ihre Haare zu einem strengen Zopf zusammen, während sie sprach. Die Entschlossenheit in ihrer Stimme entzündete auch in mir neue Kraft.

»In Ordnung«, sagte ich. »Wir treffen uns in ein paar Stunden wieder hier. Ich habe noch einen Besuch zu machen.«

Als wir uns kurz darauf erneut verabschiedeten, kniff ich die Augen zusammen. »Wir werden ihn stürzen«, erklärte ich mit aller Stärke, die ich aufbringen konnte. »Kaplan darf nicht an der Macht bleiben.«

Zoes Augen leuchteten. »Das wird er nicht.«

***

Die Gefängnismauern ragten noch bedrohlicher denn je in den Nachmittagshimmel. Jetzt, wo der Palast südlicher Führung unterstand, lag auch das Gefängnis unter ihrer Kontrolle. Ich hatte keine Ahnung, inwieweit hier bereits Gefechte ausgetragen wurden, aber betete, dass Kaplan vorerst andere Dinge auf seiner Liste des Schreckens hatte. Wenn er gleichzeitig den Palast bewachen ließ und den Hafen kontrollierte, blieben kaum noch Männer für einen Sturz des Gefängnisses.

Ich klammerte mich an diesen dünnen Halm der Hoffnung, während ich die Festung betrat. Zu meiner Überraschung sah ich nicht eine Wache im Eingangsbereich. Vermutlich hatten sie nach vergangener Nacht die Flucht ergriffen. Überall lagen Zettel und Akten verstreut, die Schreibtische waren leer und das Brett mit den Schlüsseln war geräumt. Ich schauderte. Entweder war das ein verzweifelter Versuch gewesen, dass die Eingesperrten genau das blieben, nämlich eingesperrt. Über die andere Möglichkeit wollte ich nicht einmal nachdenken.

Ich griff willkürlich nach einigen Zetteln, konnte aber mit den aufgelisteten Namen und Zahlenkombinationen nicht das Geringste anfangen. Was hatte ich auch erwartet? Eine genaue Wegbeschreibung zu meinem Ziel?

Mit weichen Beinen setzte ich mich in Bewegung und lief blind drauf los. Ich kannte den Wirrwarr der modrigen Gänge zwar ein wenig von meinem letzten Besuch, hatte aber keine Ahnung, wo die Person, zu der ich musste, verwahrt wurde.

Ich atmete tief durch und hob meine Stimme. »Hamdan?«

Ich rannte durch den ersten Gang voller Gefangener im Erdgeschoss. »Hamdan?«, rief ich erneut, doch meine Stimme ging im Geschrei und Gerassel der Insassen unter.

Die Nachricht vom Sturz der Königin hatte sich offenbar sogar bis hierher herumgesprochen. Die Menschen standen dichtgedrängt an den Gitterstäben und rüttelten am Eisen, während sie Parolen über die Freiheit sangen. Ein beklemmendes Gefühl beschlich mich. Hier wimmelte es wahrscheinlich auch von Kriegsverbrechern und Attentätern des Roten Blocks. Eine ganze Armee, die nur darauf wartete, aktiviert zu werden … *Was, bei der Sonne, ist das hier denn schon wieder für eine Idee?*

Ich straffte die Schultern. Nein, ich wusste genau, was ich tat. Wenn Hamdan nicht zum Roten Block gehörte, dann war er der Einzige, der mir kostbare Informationen über Tarik liefern konnte.

»Hey!«, brüllte ich die nächstbeste Frau an. »Kennst du Hamdan? Weißt du, wo er ist?«

Die Frau verstummte überrascht, dann fletschte sie ihre Zahnstummel. »Keine Ahnung, wer das sein soll«, krächzte sie.

»Dann Verbrechen gegen das Königshaus? Wo werden solche Täter eingesperrt?«

Die Frau gackerte. »Und wer will das wissen?«

»Hör zu«, zischte ich und trat näher ans Gitter. »Unser Land ist in großer Gefahr. Wenn wir weiter Zeit vergeuden, verlieren wir die letzte Chance auf Gerechtigkeit.«

Die Frau schnaubte nur und spuckte mir vor die Füße. »Glaubst du wirklich, irgendwer hier glaubt noch an Gerechtigkeit?«

In ihrem Blick loderte der Hass. Das hier war reine Zeitverschwendung. Ich wandte mich zum Gehen, als eine Stimme aus der Zelle gegenüber zu mir herüberwehte.

»Je schlimmer die Verbrechen, desto tiefer das Stockwerk«, murmelte sie.

Ich drehte mich überrascht um und sah eine ältere Frau an der Wand ihrer Zelle sitzen, den Blick nachdenklich geradeaus gerichtet.

»Und das hier sind?«, fragte ich zögernd.

»Gewaltverbrechen«, sagte die Frau mit plötzlicher Kälte in der Stimme und ihr Blick zuckte zu mir.

Ich unterdrückte ein Schaudern und zwang mich zu einem schnellen Dank, bevor ich den Gang hinunterlief, vorbei an den gierigen Blicken und Rufen der Insassen.

Straftaten gegenüber der Königsfamilie wurden sicher schwerer geahndet als gewöhnliche Gewaltverbrechen, weshalb ich die nächstbeste Treppe nahm und in den ersten Kellerstock rannte. Hier war es finster, bis auf die Fackeln an den Wänden gab es keine Lichtquelle und es stank erbärmlich nach Schimmel und Urin.

»Hamdan?«, raunte ich leise.

Einige Männer traten an ihre Gitterstäbe und musterten mich.

Eine Gänsehaut kroch meinen Rücken hinab. Wenn das im Erdgeschoss Gewalttäter waren, dann waren es hier noch brutalere Menschen. *Mörder.*

»Hamdan!«, rief ich etwas lauter, um meine eigene Angst herunterzukämpfen.

Niemand antwortete mir, also warf ich flüchtige Blicke in die Zellen und lief den Gang bis zum Ende hinab. Eine Abzweigung führte mich in einen weiteren Gang, der genauso wie der vorherige aussah. Das Kellergeschoss war wie ein Spinnennetz aus Gängen und Verliesen. Zunehmend entmutigt nahm ich einen Gang nach dem anderen unter die Lupe, rief immer wieder nach Hamdan.

Als ich langsam das Zeitgefühl verlor und kurz davor war, die Hoffnung aufzugeben, entdeckte ich im letzten Verlies des Flures einen alten Mann mit markanter schwarzer Brille auf der Nase. Er saß auf einer feuchten Matratze und sah jämmerlich aus.

Ich brauchte einen Moment, um mich zu sammeln und mir wieder klar zu werden, warum ich eigentlich hier war.

»Hamdan«, sagte ich leise und überspielte meine Nervosität.

Dieser zuckte zusammen und riss die Augen weit auf, als er mich entdeckte. »Was tust du denn hier?«, rief er. »Naima! Bist du von allen guten Göttinnen verlassen?«

»Ich habe nicht viel Zeit«, schnitt ich ihm das Wort ab. »Ich weiß Bescheid. Ich weiß, wer Tarik ist, und ich weiß, *was* er ist.« Ich brachte es noch immer kaum über die Lippen. »Und ich weiß, dass du es schon viel eher herausgefunden hast.«

Hamdan sank in sich zusammen und wiegte den Kopf. »Ich hatte einen Verdacht.«

Ich umklammerte die Gitterstäbe. »Hamdan. Ich habe keine Zeit für einen Verdacht. Die Königin ist letzte Nacht ermordet worden und der Anführer der südlichen Rebellen hat die Herrschaft an sich gerissen. Du musst mir alles sagen, was du weißt, und zwar schnell.«

Hamdan kräuselte für einen Augenblick die Lippen, doch dann nickte er.

»In Ordnung.« Ich atmete halbwegs erleichtert durch. »Hast du etwas mit dem Roten Block zu tun?«

Hamdan schnappte nach Luft. »Das ist eine Beleidigung meiner Person.«

»Ich musste es von dir selbst hören.«

Hamdan schnaufte. »Überleg dir bessere Fragen. So kommen wir kein Stück voran.«

Ich verschränkte die Arme vor der Brust. »Gut. Was ist mit Tarik? Glaubst du, dass er gefährlich ist?«

»Das weiß ich nicht. Ich glaube, dass das, was aus ihm gemacht wurde, gefährlich ist. In seinem Inneren ist er nur ein verlorener kleiner Junge.«

Seine Worte trafen irgendetwas tief in meinem Herzen, aber ich kämpfte es herunter.

»Wie hast du überhaupt rausgefunden, wer er ist?«

»Ich habe es schon eine ganze Weile geahnt. Mehr als die Hälfte meines Lebens herrschte Krieg im Land. Ich habe alles mitbekommen, die sinnlosen Kämpfe, die Anschläge, die vielen Toten auf beiden Seiten. Es waren furchtbare Zeiten.« Obwohl Hamdans Haltung völlig unverändert blieb, erkannte ich das Leid in seinem Blick. »Alles hat sich verändert, als Zauberer Aslan, der stärkste Mann des Südens, mit seinem kleinen Sohn nach Arada kam, um die junge Königin zu heiraten. Die Stadt war erschöpft, man sehnte sich nach Frieden. Niemand hatte je unbeschwerte Zeiten erlebt. Also setzte man sogar in diesen zwielichtigen Zauberer große Hoffnungen. Wir haben ihn friedlich empfangen, weniger aus Sympathie, mehr aus Kraftlosigkeit. Und es hat funktioniert, von jetzt auf gleich herrschte Waffenruhe, die Stadt konnte endlich aufatmen.«

»Und dann ist er gestorben«, warf ich ein, um die Erzählung zu beschleunigen.

Hamdan nickte. »Nach nur zehn Jahren ist er gestorben. Kurz darauf verschwand auch sein Sohn und wurde nie mehr gesehen. Man nahm an, dass er bei Verwandten untergekommen oder gestorben sei, und irgendwann geriet er in Vergessenheit. Bis eines Tages ein junger Mann mit trotzigem Gesicht in meinem Laden stand, um mir Perlen zu verkaufen.«

»Du hast ihn gleich erkannt?«

»Das ist zu viel gesagt. Er kam mir bekannt vor und daraus entwickelte sich ein Verdacht. Deshalb habe ich ihn beobachtet. Ich konnte aber keine Besonderheit feststellen, bezweifelte stark, dass er magische Kräfte wie sein Vater besaß. So ärmlich und bescheiden, wie er lebte, passte das nicht zusammen. Ich habe irgendwann Kontakt zur Königin aufgenommen, doch sie war zu beschäftigt und ihr Stiefsohn offenbar zu unwichtig, als dass sie Anstrengungen unternommen hätte, sich um ihn zu kümmern. Sie hat mich jederzeit empfangen und sich meinen Bericht angehört, aber mehr hat sie nicht in Bewegung gesetzt. Also habe ich beschlossen, Tarik als festen Zulieferer einzuspannen und so ein Auge auf ihn zu haben.«

Mir fehlten die Worte. Hamdan hatte diese ganze Zeit über gewusst, wer Tarik war? Er hatte ihn im Glauben gelassen, dass er nur an seinen Arbeiten interessiert war?

»Aber was ist dann passiert?«, hakte ich nach, als ich endlich meine Sprache wiedergefunden hatte. »Was hat sich geändert?«

Hamdan wiegte den Kopf. »In der letzten Zeit wurde immer deutlicher, dass etwas Merkwürdiges im Gange war. Zutis Verhaftung, der Aufmarsch von Kaplans Truppe und dann der Zusammenbruch der Prinzessin um Punkt Mitternacht. Das konnte kein Zufall sein.«

»Du hast gesagt, dass Shaninis erster Zusammenbruch mit mir zusammenhing. Mit meiner unkontrollierten Kraft!«

»Das habe ich zu Beginn auch gedacht. Es war schließlich naheliegend. Du wusstest ja nichts über deine Fähigkeiten – deine *gefährlichen Fähigkeiten*! Aber dann sah ich, wie dein magisches Kleid auf Zuti wirkte, sogar in dieser niederschmetternden Umgebung. Es war eine starke Kraft, aber sie war hell. Ich konnte mir immer schwerer vorstellen, dass die Wirkung so ins Gegenteil umschlagen konnte. Also habe ich Zuti ein paar Tage später noch mal besucht, um zu sehen, ob auch etwas mit ihr geschehen war.«

»Du warst noch mal hier? Und?«, drängte ich. »Was hat sie erzählt?«

Zum ersten Mal sah Hamdan mich direkt an. »Gar nichts«, sagte er. »Zuti ging es wieder genauso schlecht wie zuvor. Die Kraft deiner Tunika hatte nach Ablauf des Tages nachgelassen, aber davon abgesehen war nichts passiert. Auch die Wachen haben bestätigt, dass nichts Bemerkenswertes geschehen war. Die Wirkung deiner Kleider scheint um Mitternacht schlichtweg zu erlöschen, aber nicht ins Gegenteil zu stürzen.«

Ich schluckte. Das war eigentlich gut, das hieß, dass ich keinen Fehler gemacht hatte. Warum sträubten sich dann trotzdem meine Nackenhaare?

»Und dann hat Zuti mir noch etwas anderes erzählt«, murmelte Hamdan. »Sie hat sich an die Nacht zurückerinnert, als sie beim Säubern sämtliche Perlen aus meinem Laden gestohlen hat.«

Mein Atem wurde flach. »Und?«

»Sie hat sich an ein Gefühl erinnert. Sie hat sich von einem Moment auf den anderen völlig verzweifelt gefühlt. Jedes Glück, jede Hoffnung, ihren Kindern und Enkeln eine bessere Zukunft zu ermöglichen, war verpufft und da waren nur noch Angst und Not. Mit einem Mal hatte sie kein Gefühl der Loyalität mehr. Sie, die mir all die Jahre sogar Groschen, die sie beim Aufräumen gefunden hatte, auf den Schreibtisch gelegt hatte. Mit einem Mal war jedes Empfinden für richtig und falsch verschwunden. Plötzlich fühlte sie sich völlig allein und auf sich gestellt.«

Mich überkam eine Gänsehaut und ich wartete auf Hamdans Ausführung. Doch dieser schwieg einen Moment.

»Weißt du, warum Zauberer des Südens den Ruf haben, dunkel zu sein? Weißt du, wie ihre Magie funktioniert?«, raunte er irgendwann.

Ich schüttelte den Kopf.

»Sie können die Gefühle und die Kraft anderer Menschen in sich aufsaugen. Und dann lassen sie ihre Opfer mit allem zurück, was übrig ist. Angst. Selbstzweifel. Hass. Einsamkeit. Je schwächer ihre Opfer werden, umso stärker werden sie selbst.«

Einen Moment vergaß ich zu atmen. Jemand, der in all seinen Sorgen zurückgelassen wurde, das kam mir unheimlich vertraut vor ...

»Deshalb wird diese Form der Magie auch als die Nehmende Magie bezeichnet. Sie bildet das Gegenteil zu deinen Fähigkeiten, der Gebenden Magie, die in gewisser Weise umgekehrt funktioniert.«

Ich biss mir auf die Zunge. Das Buch, die erste Empfehlung der Bibliothekarin, war das einzige, das ich noch nicht angerührt hatte.

»Je länger ich grübelte, umso sicherer wurde ich, dass jemand Zuti all ihre Zuversicht und Loyalität geraubt und sie in Geldnot und Panik zurückgelassen hatte.« Hamdan machte eine weitere Pause. »Und nicht nur sie. Die Prinzessin schien ebenfalls ein Opfer dieser Magie zu sein. Es war das gleiche Muster. Nach dem, was ihre Freundin in meinem Laden berichtet hatte, war die Prinzessin in ein ähnliches Loch ihrer Ängste und Sorgen gefallen. Auf der Gala und auf dem großen Ball offenbar auch, jedes Mal um Punkt Mitternacht.«

»Aber warum?«, hauchte ich, auch wenn die Antwort schon zum Greifen nah war. »Es war doch niemand in ihrer Nähe, der ihr das hätte antun können. Um Mitternacht war niemand bei ihr, der sie so hätte verzaubern können ...«

Hamdans Augen blitzten. »Denk nach, es hängt alles zusammen, wie eine Kette aus ...«

»Perlen«, sagte ich tonlos. Ich spürte, wie meine Beine nachgaben und ich zu Boden sank.

Plötzlich schoss mir ein Satz in den Kopf, den ich zu Beginn meiner Nachforschungen gelesen hatte.

Anders als die Zauberer, die sich dieser Technik nur selten bedienen, nutzen Feen vermehrt ein Handwerk, um ihre magischen Fähigkeiten zu transportieren.

»Tarik hat die Perlen verzaubert«, flüstere ich. »Die Perlen, mit denen ich in die Kleider verziert habe. Unsere Kräfte haben gegeneinander gearbeitet. Und als meine um Mitternacht erloschen sind ...«

»Haben seine Kräfte auf einen Schlag übernommen«, schloss Hamdan. »Ganz richtig. Kein Wunder, dass es sie überwältigt hat.«

»Deshalb hast du den Schleier abgerissen!«, rief ich. »Den mit Perlen bestickten Schleier!«

Hamdan nickte. »Nur leider zu spät. Den Zusammenhang, dass Tarik in Verbindung mit dem Roten Block stand, habe ich erst kurz vor dem Ball herausgefunden, als ich seine Werkstatt durchsucht und die Armbinde gefunden habe. Ich habe ihn zur Rede gestellt und er ist an die Decke gegangen. Wäre es mir früher eingefallen, hätte ich vielleicht mehr hingesehen, ich hätte herausgefunden, dass er dir offenbar hinter meinem Rücken Perlen geschenkt hat. Ich hätte dich stoppen oder den Schleier früher abreißen können.«

Ich schüttelte den Kopf. »Es war nicht nur der Schleier. Es war der Anhänger mit dem Mond um ihren Hals. Deshalb hat es nicht funktioniert, als du den Schleier von ihr gerissen hast.«

Hamdans Augen weiteten sich. »Nun ergibt es Sinn«, murmelte er. »Ich habe mich schon gewundert, warum die Thronerbin trotzdem verzaubert wurde, wo ich doch die volle Ladung des Fluchs abbekommen habe.«

»Wie meinst du das?«

»Die Perlen am Schleier haben ihre Wirkung in genau dem Moment entfaltet, als ich ihn an mich genommen habe. Ich habe gespürt, wie die kalte Magie in mich eingesickert ist. Wie sie mir alle Loyalität der Königin gegenüber geraubt hat. Mit einem Mal habe ich sie gehasst.« Hamdan sah verdrossen zu Boden. »War nicht gerade hilfreich beim Verhör.«

»Oh«, machte ich. »Deshalb hast du den Wachen nichts von Tarik erzählt?«

»Ich konnte nicht«, brummte Hamdan. »In meinem Kopf waren nur noch ohrenbetäubende Stimmen, die mir alle Fehler der Königin vorgebetet haben. Ich konnte an nichts anderes denken. Deshalb habe ich den Wachen nur erzählt, was für eine schreckliche Mutter die Königin war und dass ich nicht immer mit ihrer Politik einverstanden war.«

»Nicht die beste Verteidigung«, seufzte ich. »Wie geht es dir jetzt?«

»Besser«, sagte Hamdan. »Doch die Gedanken haben mich ganz schön lang heimgesucht.«

»Dann bleibt nur noch die Frage, wie Zuti in der ganzen Sache mit drin hängt?«, dachte ich laut weiter. »Sie war eines Nachts so verzweifelt, dass sie alle Schmuckstücke aus dem Laden gestohlen hat.« Mein Hals wurde trocken, als mir erneut ein Licht aufging. »Tarik wusste, dass ich in der Not zu ihm kommen würde. Und er kannte den Entwurf des Prototyps, konnte also in aller Ruhe ein perfektes verzaubertes Collier anfertigen.«

Heiße Tränen schossen mir in die Augen. Er hatte mich eiskalt ausgenutzt und ich hatte nicht die leiseste Ahnung gehabt. Deshalb war er angespannt gewesen, wenn wir uns getroffen hatten. Nur deshalb, nicht, weil er mich mochte, weil ich ihn in Nervosität versetzte. Wie dumm war ich denn?

»Und für das Ballkleid hat er mir eine Auswahl an perfekten Perlen geschenkt.«

Ich biss mir auf die Unterlippe, sodass es wehtat. *Wie habe ich nur so dämlich sein können?* Ich hatte wirklich geglaubt, dass er mich mochte! Dass da irgendetwas zwischen uns war, etwas Besonderes, das ich vorher noch nie gefühlt hatte. Dabei hatte Tarik es in Wirklichkeit nur auf meine Nähe zu Shanini abgesehen. Er hatte mich als Werkzeug benutzt. Mich und alle um sich herum. Er war ein Zauberer, der mit den Ängsten und Gefühlen anderer spielte, um an sein Ziel zu kommen.

Das Entsetzen in meinem Inneren schlug in Wut um, als die gebrechliche Zuti vor meinem inneren Auge auftauchte. Dass er mich ausgenutzt hatte, war eine Sache. Aber wie hatte er diese arme Frau da mit reinziehen können? Wie hatte er seine Schwester bei vollem Bewusstsein solchen Qualen aussetzen können?

Ich bemerkte erst, dass ich meine Finger in die Ritzen des Steinbodens gegraben hatte, als meine Nägel einrissen und ein stechender Schmerz in meine Hände schoss.

Hamdan brummte etwas vor sich hin. »Um auf deine Frage zurückzukommen«, sagte er. »Ich glaube nicht, dass Tarik im Herzen böse ist. Aber das, was aus ihm gemacht wurde, in den Jahren, die er im Untergrund verbracht hat, könnte ihn zu einer bösen Waffe gemacht haben.«

Ich spürte, wie mir eine Träne über die Wange lief, und wischte sie eilig weg. Diese neuen Informationen versetzten meinem Herzen einen letzten Stich. Wie hatte ich bei all unseren Treffen nicht sehen können, was für böse Gedanken in seinem Kopf gebrannt hatten? Wie hatte ich ihn sogar ermutigen können, seinen Weg zu gehen?

Ein Donnern erschütterte die Luft und riss mich aus meinen Gedanken. Irgendwo in der Ferne waren Schüsse zu hören. Wie vom Skorpion gestochen sprang ich auf. Auch Hamdan setzte sich in eine lauernde Haltung.

»Verschwinde hier, Naima«, zischte er. »Sie kommen!«

Ohne ein Wort der Verabschiedung setzte ich mich in Bewegung und rannte los. Ich spurtete durch die Gänge des Gefängnisses, durch das Gerassel und Gebrüll der Insassen, und konnte gerade noch abtauchen, als ein Pulk des Roten Blocks auf die Festung zumarschierte.

30

Shanini

Alles war vorbei. Zum ersten Mal in meinem Leben war ich nicht mehr die Prinzessin von Melidiya, nicht mehr die Zukunft des Landes, die Hoffnung der Menschen. Ich war einfach nur noch ein unbedeutendes Mädchen in einem kalten Turmzimmer.

Alle Verantwortung hatte sich von mir gelöst, das Gewicht, das ich all die Jahre zu stemmen versucht hatte, war fort. Es lag nicht mehr auf meinen Schultern, zog mich nicht mehr zu Boden. Ich war befreit von allen Erwartungen. Ich musste nie mehr gut sein. Trotzdem fühlte ich mich scheußlich.

Barfuß wandelte ich über den kalten Steinboden meiner Zelle. Ich trug noch immer mein Brautkleid. Die letzte Erinnerung an …

Mein Kopf brummte. Ich bekam nicht mehr zusammen, was passiert war. Mein Körper fühlte sich steif und leer und eiskalt an. Durch das vergitterte Fenster in meinem Turm schien das milchige Licht des Mondes zu mir herein. Der Süden hatte gesiegt und mit ihnen mein Vater. Endlich war mir klar geworden, dass diese Seite in mir schon immer die herrschende gewesen war. Es war der Grund, warum ich nie mit meiner Mutter und ihrem strahlenden Naturell mithalten konnte. *Ich* war steif und leer und kalt. Ich war nie wie sie gewesen, ich war immer nur wie Vater gewesen.

Meine Mutter.

Irgendein Gefühl war da, tief in meinem Herzen. Ein Gefühl von Schmerz, doch ich war zu flau und benebelt, um es greifen zu können.

Ich lehnte mich an den Fenstersims und schaute nach draußen. Ich hatte keine Ahnung, wo ich war und wie ich hergekommen war. Ich wusste nur noch eines. Jetzt war ich dort angekommen, wo ich hingehörte: in einem Turm, nah am finsteren Nachthimmel, isoliert und allein.

31

Naima

Meine Augenlider waren schwer und ich war völlig ausgelaugt. Ich hatte Zoe haargenau von meinem Gespräch mit Hamdan berichtet, hatte von Tariks Perlen und Shaninis Verzauberung erzählt. Ich hatte ihr sogar offenbart, dass auch ich Kräfte besaß, die gegen Tariks Magie gearbeitet hatten. Auch wenn mich der ewige Monolog auslaugte, musste sie es wissen. Um voranzukommen, brauchten beide von uns alle Informationen, die wir kriegen konnten.

Jetzt fühlte sich mein Kopf leer und gleichzeitig voll an. Ich hatte das Gefühl, alle Worte verbraucht zu haben. Zoe hingegen lief hellwach in meinem Zimmer auf und ab. Sie fragte jedes Detail nach, ließ mich alles doppelt und dreifach durchkauen.

»Das ändert alles«, murmelte sie aufgeregt vor sich hin. »Das heißt, dass es doch noch Hoffnung für unser Land gibt!«

Wenn sie mir nur einen Funken ihrer Energie hätte abgeben können, wäre mein Kopf vielleicht noch nicht schwer ins Kissen gesunken.

»Shanini ist nicht plötzlich wahnsinnig geworden, ihr wurde schlichtweg dunkle Magie um die Ohren gehauen! Kein Wunder, dass sie so irrsinnig gehandelt hat, wenn man ihr alle Hoffnung aus dem Körper gesaugt hat.«

»Mh«, machte ich und kämpfte gegen meine zufallenden Augenlider an.

»Gehen wir es noch mal durch. Beim Gala-Empfang war sternenklar, was passiert ist. Das Collier hat allen Mut und jedes Selbstbewusstsein aus Shanini gesaugt. Deshalb ist sie von dieser strahlenden Göttin zu einem Häufchen

Elend zusammengefallen. Kein Wunder, dass es in einer Panikattacke geendet hat.« Zoe stapfte beharrlich auf und ab. »Beim Ball war es anders. Da wurde ihr nicht der Mut genommen. Es muss eher der logische Verstand oder das Reflexionsvermögen gewesen sein. Vielleicht ein bisschen von beidem, weshalb sie wie ein Tier auf die Königin losgegangen ist. Das größte Mysterium bleibt aber die Hochzeit. Das Kleid hatte doch nicht einmal Schmuck, nur dieses Mieder aus Leder. Was erklärt dann ihren Sinneswandel?«

»Shanini hat den Mondanhänger vom zweiten Ball auch am dritten Abend getragen. Er muss auch nach zwei Wochen noch eine gewisse Wirkung gehabt haben. Ich weiß nicht, wie diese Magie funktioniert, aber sie scheint länger zu halten als meine eigene. Anders kann ich es mir nicht erklären.«

»Verstehe, verstehe«, murmelte Zoe. Dann blieb sie plötzlich stehen. »Für mich ist die Sache klar. Wir müssen Shanini finden und in Sicherheit bringen. Wenn sie sich erst mal erholt hat und wieder bei Sinnen ist, dann kann sie sich an das Volk wenden. Dann haben wir alle wieder einen Ansporn, uns den Palast zurückzuholen und Kaplan, diesen Mistkerl, hinter Gitter zu bringen. Wir müssen nur herausfinden, wo Shanini ist. Und dann müssen wir nur noch den Palast zurückerobern.«

»Nur«, wiederholte ich. »Nichts leichter als das.«

Einen Moment sahen wir uns an, ehe wir in erschöpftes Lachen ausbrachen.

»Kümmern wir uns morgen darum«, schlug Zoe vor und krabbelte auf ihren Schlafplatz. »Morgen machen wir einen Plan.«

***

Obwohl ich so müde war, schlief ich unruhig. Immer wieder wurde ich wach, horchte nach draußen, zermarterte mir das Hirn, wie wir auch nur eines der beiden Ziele erreichen sollten, und verlor mich dabei in sinnlosen Details. Es war schon beinahe Morgen, als ich endlich in einen erholsamen Tiefschlaf fand.

Es fühlte sich an, als wären nur Augenblicke vergangen, da wurde ich auch schon wieder hart aus dem Schlaf gerissen. Auf der Straße erklangen Schüsse, dann Geschrei. Wie von selbst richtete sich mein Körper auf und mein Herz donnerte gegen meine Brust. Auch Zoe rappelte sich auf und lief zum Fenster.

»O nein«, flüsterte sie.

»Was ist?«, fragte ich und sprang aus meinem Bett.

Bevor Zoe antworten konnte, sah ich es: Ein Pulk aus vermummten Männern und Frauen schob sich durch die Gasse. Der Rote Block musste Zuwachs bekommen haben, füllte einen Zug, der die ganze Straße hinunterreichte, wie eine Armee. Wo kamen die Teufel alle her?

In hässlicher Freude schleuderten sie selbstgebastelte Brandsätze durch Fensterscheiben, randalierten und schlugen kurz und klein, woran auch immer sie vorbeikamen. Ein ganzer Häuserblock stand schon in glühend roten Flammen. Einzelne Menschen stolperten schlaftrunken auf die Straße, nur das Wenige, was sie mitnehmen konnten, in den Händen. Der Rote Block nahm sie nicht wahr, setzte seinen Marsch unbeteiligt fort. Ein Mann an der Spitze des Zuges hatte ein Gewehr und schoss ein weiteres Mal demonstrativ in die Luft, sodass ich zusammenzuckte.

»Sie wollen uns Angst machen«, zischte ich. Mir stieg es übel die Kehle herauf. »Ihre Macht demonstrieren.«

»Das ist so widerlich«, flüsterte Zoe. »Niemand hier hat ihnen etwas getan.«

Ich schüttelte den Kopf, weil mir die Worte fehlten. »Wir lassen sie damit nicht durchkommen«, knurrte ich nach einer Weile. »Ich habe eine Idee.«

Zoe sah mich erwartungsvoll an.

»Wir müssen uns schützen. Ich werde uns Ausrüstung nähen, die keinen Schuss und keine Gewalt durchlässt. Dann können sie uns nichts anhaben. Zumindest für einen Tag. Ich werde nicht die ganze Stadt ausrüsten können, aber einzelne Kämpfer zu verschiedenen Zeitpunkten.« Während ich sprach, krallte ich mich an der Fensterbank fest. »Uns nähe ich zuallererst einen Schutz, bevor wir losziehen, um Informationen über Shanini zu sammeln.«

»Bei allen Göttinnen«, seufzte Zoe und ließ ein grimmiges Lachen auflodern. »Gut, dass wir eine verdammte Fee auf unserer Seite haben!«

***

Wir packten ein Bündel aus Essen für den Tag, vermummten uns, so gut wir konnten, und huschten nach draußen. Es war laut und voll auf der Straße. Immer mehr Menschen stolperten aus den brennenden Häusern. Andere eilten mit Wassereimern herbei, um beim Löschen zu helfen. Ich hörte Kinder schreien und es versetzte mir einen Stich ins Herz. So viel Leid, so viel sinnloses Leid.

Ich riss mich mit aller Gewalt von dem Impuls los, den Menschen zu Hilfe zu eilen und mich zu ihnen in die Löschkette einzureihen. Stattdessen spurtete ich neben Zoe die Straße hinunter. Wenn die Wirkung meiner Kleider nur für einen Tag anhielt, musste ich so früh wie möglich so viel wie möglich produzieren. So konnte ich viel mehr bezwecken als hier.

In meinem Kopf ging ich bereits durch, welchen Stoff und welchen Schnitt ich verwenden würde. Was Zoe derweil vorbereiten konnte und mit welchen Nähten ich starten musste. Innerlich wünschte ich, diese Handgriffe würden sich schon durchs Denken erledigen.

Der Weg zur Schneiderei zog sich schier endlos. An jeder Ecke mussten wir stehen bleiben, um in alle Richtungen zu spähen. Zum Glück begegneten wir den Rebellen nicht, dafür herrschte jedoch Verwüstung in vielen Straßen von Arada. Es wurde schlimmer, je näher wir dem Palast kamen. Hier, wo die Menschen der Königin immer am meisten zugetan waren, hatte der Rote Block seinen größten Hass walten lassen. Ich sah immer mehr Familien, die mit Taschen bepackt aus der Stadt flohen, Kinder, die schlaftrunken um die Schultern ihrer Eltern lagen.

Endlich erreichten wir Hamdans Werkstatt. Mit zittrigen Fingern schloss ich die Tür auf und stürzte hinein. Wie Zoe und ich unterwegs besprochen hatten, machte sie sich gleich daran, die Schaufenster zu verrammeln, sodass wir keine Aufmerksamkeit auf uns lenken würden. Ich betete, dass der Marsch hier nicht vorbeikommen würde.

Zoe ging akribisch ihrer Arbeit nach. Nachdem sie die Vorhänge geschlossen und zusätzlich mit schweren Stoffen verhangen hatte, schob sie verbissen die kleine Kommode vor die Tür. Sie hatte sich innerhalb kürzester Zeit von der schillernden Lebefrau in eine nüchterne Kämpferin verwandelt. Sie war sich für nichts zu schade und hatte immer ihr Ziel vor Augen. Diese Haltung stand ihr besser als jedes ihrer Kleider.

Ich stürzte inzwischen zum Zuschneidetisch, rollte einen steifen grauen Baumwollstoff aus und ergriff die Schnittmuster für eine einfache Tunika und eine lockere Hose.

Schon während die Schere sich durch den Stoff grub, merkte ich, dass das alles viel zu langsam ging. Es war Irrsinn. Niemals konnte ich eine ganze Armee gleichzeitig ausstatten.

Ich kämpfte die Bedenken fort und konzentrierte mich auf die erste Tunika. Wenn ich nur einer Person helfen konnte, war das nicht auch schon ein Erfolg?

Ich wusste, dass ich es konnte. Shaninis Ballkleid hatte sie sogar vor Kaplans Kugel gerettet. Ich sammelte alle Kraft in meinem Herzen, dachte an Kaplans Willkür. Während ich zur Maschine hastete und die ersten Nähte schloss, loderte in meinem Inneren die bekannte Entschlossenheit auf. Zum ersten Mal erkannte ich die heiße, wahrhaftige Magie darin. Ich spürte ihr Kribbeln, ihre Stärke, und konzentrierte mich darauf, sie mit jedem Stich in den Stoff einzuarbeiten. Das massive Eisen ratterte. Wir würden Kaplan aufhalten. Stich für Stich bohrte sich die Nadel in den Stoff. Meinen Freunden würde nichts passieren.

Ich flog durch die Nähte, schloss Seiten, dann Ärmel, dann Manschetten und Stehkragen. Nie hatte ich schneller gearbeitet, aber mein Ziel beflügelte mich.

Als es sich dem Mittag näherte, hatte ich die erste Tunika fertig genäht. Wie im Rausch begann ich mit der zweiten, als plötzlich jemand gegen die Ladentür hämmerte. Vor Schreck fiel mir das Kästchen mit den Stecknadeln herunter und mit feinem Klirren verstreuten sie sich über den ganzen Boden. Auch Zoe sprang in Alarmbereitschaft auf. Wir warfen uns einen kurzen Blick zu, schüttelten beide den Kopf. Niemand wusste, dass wir hier waren, es konnte nur ein Teufel sein, oder …

»Naima, ich bin es!« Ich erkannte Hamdans brummende Stimme sofort. »Mach auf!«

Mit einem Satz war ich beim Eingang. Zoe und ich wuchteten die Kommode beiseite und die Tür schwang auf.

Da stand er. Hamdan, in jämmerlichem Zustand. Er war verschwitzt und hatte dunkle Ringe unter den Augen. Ich schnappte nach Luft, doch nicht bloß seinetwegen – neben ihm stand eine zweite Person. Ebenfalls ausgemergelt und schmutzig, aber mit Hoffnung in den Augen.

»Zuti!«, rief ich und fasste die gebrechliche Frau bei den Händen.

»Was macht ihr hier, wie seid ihr rausgekommen?«

Zuti klammerte sich an mir fest, während sie in den Laden stolperte. »Wir wurden gerettet«, hauchte sie. »Von dem netten jungen Mann!«

Fragend sah ich zu Hamdan, der eine Kopfbewegung zur Seite machte. Eine dritte Person trat zögerlich auf die Treppe zu. Die Hände in den Hosentaschen vergraben, den Blick verlegen auf den Boden gerichtet, blieb Tarik an der obersten Stufe stehen.

Ich zog scharf die Luft ein. »Wie kannst du es wagen –«, giftete ich, aber Hamdan schnitt mir das Wort ab.

»Schon gut«, sagte er müde. »Gehen wir erst mal rein.«

Mir widerstrebte der Gedanke, Tarik in die Werkstatt zu lassen. In die Nähe meiner Freunde!

»Naima«, sagte Tarik mit kratziger Stimme, als er auf mich zutrat.

Ich verschränkte demonstrativ die Arme vor der Brust. »Schön vorsichtig«, zischte ich und Tarik ließ den Kopf hängen.

Kaum waren Hamdan, Zuti und Tarik eingetreten, verrammelten wir wieder die Tür. Ich sah, wie Zoe Tarik dabei hasserfüllte Blicke zuwarf. Die Luft in der Werkstatt fühlte sich zum Schneiden dick an.

»Was hat das zu bedeuten?«, stieß ich zwischen zusammengebissenen Zähnen hervor.

Tarik setzte an, etwas zu sagen, klappte den Mund aber wieder zu, als er meinen finsteren Blick auffing.

Hamdan wuchtete sich auf einen Stuhl und fasste sich an den Rücken.

»Kurz nachdem du weg warst, hat der Rote Block das Gefängnis auseinandergenommen«, berichtete er. »Sie haben die brutalsten Männer und Frauen für ihre Armee rekrutiert, Mörder und Gewalttäter, gewissenlose Menschen und Kriegsverbrecher aus den alten Zeiten. Sie haben allen Kämpfern die Freiheit versprochen und einen Trupp in die Stadt geführt, der ihre Seite unterstützen und ihr Vertrauen gewinnen sollte. Ich war mittendrin. Sie haben mich auch für einen Verbrecher gehalten und ich habe natürlich alles getan, um sie in dem Glauben zu lassen.«

»Und dann?«, bohrte ich nach.

»Dann ist Tarik aufgetaucht«, brummte Hamdan. »Er hat sich den Rebellen in den Weg gestellt, nur ein paar Meter vom Gefängnis entfernt.«

Überrascht sah ich zu Tarik, dieser starrte ausdruckslos geradeaus.

»Das war sehr mutig und sehr dumm«, warf Zuti ein. Ihre Augen waren so hell und freundlich, dass es mich wütend machte. Tarik verdiente es nicht, so angesehen zu werden!

»Du warst auch da?«, fragte ich Zuti. Beim besten Willen konnte ich mir nicht vorstellen, dass der Rote Block ausgerechnet die gebrechliche alte Frau für ihre Armee auswählen würden.

»O nein«, sagte Zuti lächelnd. »Mich hat er im Anschluss befreit.«

Hamdan nickte. »Tarik hat die Anführer des Trupps überwältigt und sie gezwungen, mich freizulassen. Aber ich sagte ihm, dass ich nicht ohne Zuti gehen würde.«

»Überwältigt?« Ich kniff die Augen zusammen. »Und wie?«

Tarik fing meinen Blick auf. »Ich habe ihnen die Stärke genommen. Dann war es ganz leicht.« Ein schmales Grinsen zuckte um seine Mundwinkel. Aus irgendeinem Grund machte es mich rasend vor Wut.

Mit zwei Schritten war ich bei ihm und packte ihn am Kragen. »Du verlogener Mistkerl«, schrie ich und stieß ihn zurück. »Tu nicht so scheinheilig, wenn der ganze Mist vorher nur deinetwegen passiert ist!«

Wie besessen trommelte ich mit meinen Fäusten gegen seine Brust. *Dieser elendige Lügner!* Ich wollte ihn anschreien, ihn zur Schnecke machen, aber stattdessen brach nur ein Schluchzen aus meiner Kehle.

Tarik leistete nicht den geringsten Widerstand. Das Lächeln um seinen Mund war noch schneller verschwunden, als es gekommen war. Meine Fäuste wurden immer schwächer und verzweifelter.

Ich spürte, wie sich Zoes bestimmte Hände um meine Oberarme schlangen und sie mich wegzerrte. »Lass gut sein«, murmelte sie.

Ich wischte mir mit dem Arm übers Gesicht. »Glaub ja nicht, dass das irgendwas wiedergutmacht«, zischte ich mit Eiseskälte in der Stimme.

»Es tut mir leid«, sagte Tarik dumpf.

Ich musste mich beherrschen, nicht gleich wieder auf ihn loszugehen, und wandte mich an die anderen. Hamdan und Zuti sahen noch immer wie zwei Häufchen Elend aus.

»Ihr ruht euch erst mal aus und macht euch frisch«, wies ich sie an. »Wir haben ein bisschen Essen.«

»Stimmt!«, rief Zoe und kramte unser Bündel hervor.

Mit großen Augen fielen Zuti und Hamdan über die Speisen her.

»Ich gehe in die Stadt und höre mich um«, entschied Zoe. »Und ich werde neue Vorräte besorgen.«

»Zieh die hier an«, sagte ich und schnappte mir die fertig genähte Tunika.

»Sicher?«, fragte Zoe.

»Du gehst nicht ohne sie raus!«

»Danke.« Zoe verschwand im Büro, um sich umzuziehen.

Ich spürte Tariks verwunderten Blick zwischen uns hin und her wandern und verschränkte die Arme vor der Brust. Sollte er doch denken, was er wollte. Ich würde ihm sicher nicht auch noch die kostbarste Information über mich verraten.

Kurz darauf kam Zoe wieder heraus. Die Tunika saß locker wie ein Kettenhemd. Der Stehkragen wirkte autoritär, was von ihrem strengen roten Pferdeschanz zusätzlich unterstrichen wurde.

»Behaltet den im Auge.« Mit schmalen Augen zeigte sie auf Tarik. »Wir sehen uns in ein paar Stunden.« Sie verabschiedete sich und huschte nach draußen.

»Sie hat recht«, sagte ich an Tarik gerichtet und verzog den Mund. »Bleibt noch die Frage, was wir mit dir anfangen. Am liebsten würde ich dich einfach hier einsperren.«

Tarik sah mich direkt an. »Das kannst du tun, aber es bringt niemanden weiter. Ich habe einen Plan.«

Ich unterdrückte ein Augenrollen. »Ach ja?«

»Ich weiß, wo sie Shanini hingebracht haben«, sagte er. »Und ich werde sie befreien.«

32

Naima

Ich merkte, wie mir alles aus dem Gesicht fiel. Von allen erdenklichen Sätzen hätte ich diesen am wenigsten erwartet.

Tarik hielt meinem Blick stand.

»Was soll das heißen? Wo ist sie?«, fragte ich.

»Es ist sehr wahrscheinlich, dass sie sie nach Gediz gebracht haben.«

»Sehr wahrscheinlich?«, schnaubte ich. »Du weißt es also doch nicht?«

Tariks Augen wurden schmal. »Ich bin mir sehr sicher«, sagte er. »Dort liegt der Bergpalast, der Hauptsitz von Kaplan, bevor er herkam. Kein anderer Ort im Süden ist so gut gesichert wie dieser. Wenn sie Shanini aus der Stadt gebracht haben, und das nehme ich an, dann haben sie sie dorthin gebracht.«

Das leuchtete ein, aber ich sträubte mich innerlich, Tarik recht zu geben.

»Nach Gediz braucht man zwei Tage mit dem Pferd. Zu Fuß eine Woche. Ich werde heute aufbrechen und meine Schwester finden.« Er richtete sich kaum merklich auf.

»Ach ja? Und wie stellst du dir das vor? Du marschierst einfach rein und schaltest alle Wachen aus?«, giftete ich.

Tarik funkelte mich an. »Ich habe mehrere Jahre in Gediz gelebt, wie du weißt. Ich kenne mich aus.«

Einen Moment herrschte Schweigen in der Werkstatt, nur unterbrochen von Zutis Kauen.

Es klang alles logisch und wenn ich nicht gewusst hätte, wie gut Tarik im Täuschen war, hätte ich ihm seine Worte sofort abgenommen. Er wirkte nachdenklich, betroffen. Sein Gesicht war blass und seine Kiefer zusammengebissen. Es versetzte mir einen Stich, als mir klar wurde, dass er mich mit genau diesem Auftreten schon einmal getäuscht hatte. Ich kannte ihn nicht mehr. Diese Erkenntnis fühlte sich wie ein tiefer Schnitt in meine Eingeweide an.

»Wieso willst du sie plötzlich retten?«, fragte ich. »Nach allem, was du ihr angetan hast?«

Tariks Blick nahm den Anschein von Traurigkeit an. »Genau deshalb«, sagte er. »Ich hätte es von Anfang an besser wissen müssen. Sie verdient alles auf der Welt und ich habe ihr das Leben zur Hölle gemacht. Auch wenn ich nie wiedergutmachen kann, was ich getan habe, ist es das Mindeste, sie aus Gediz zu befreien und in Sicherheit zu bringen.«

Bevor ich zu einem weiteren patzigen Kommentar ansetzen konnte, schnitt Hamdan mir das Wort ab. »Du hast recht. Du solltest es versuchen, Tarik«, erklärte er. »Ich habe gesehen, wie du die Männer vor dem Gefängnis überwältigt hast. Wenn du diese Kraft nutzen kannst, um die Prinzessin zu retten, solltest du es tun.«

»Danke«, flüsterte Tarik.

Sprachlos funkelte ich erst Hamdan an, dann Tarik. »Schön. Aber ich komme mit«, hörte ich mich sagen.

»Was?« Tarik zog die Augenbrauen in die Höhe.

»Warum?«, fragte Hamdan.

Ich reckte das Kinn. »Ich traue dir nicht, Tarik. Überhaupt nicht. Keine Ahnung, was du wirklich vorhast, aber ich überlasse meine Freundin sicher nicht allein deiner Verantwortung. Ich komme mit nach Gediz. Und wenn es das Letzte ist, was ich tue.« Meine Stimme war geladen vor Energie.

Tarik sah mich überrascht an, dann zuckte ein Lächeln um seine Lippen. »Schön.«

»Bild dir ja nichts drauf ein«, giftete ich.

»Niemals«, entgegnete Tarik, aber das Lächeln blieb.

»Und was ist mit deiner anderen Freundin? Zoe?«, brummte Hamdan.

Augenblicklich waberte ein schlechtes Gewissen meinen Nacken hoch. Wenn Zoe zurückkam, würde sie darauf bestehen, ebenfalls mitzukommen.

Aber ich würde sie nicht in Gefahr bringen. Es war schon dumm genug, dass ich Tarik mitten ins Herz des Feindes folgte. Ich würde nicht zulassen, dass sie das Gleiche riskierte.

»Wir reisen gleich ab«, entschied ich. »Zoe wird hier gebraucht. Sie bringt den Widerstand zusammen. Sie muss den Männern und Frauen ein Vorbild sein. Sagt ihr, was ich vorhabe und dass ich in ein paar Tagen zurück sein werde.«

Hamdan sah mich nachdenklich an, dann nickte er. »In Ordnung.«

Ich warf mir die halbfertige Tunika über und packte meine Sachen in ein Bündel aus schwarzem Stoff: Nähzeug, eine Schere, meine Wasserflasche und einen warmen Wollstoff als Decke.

»Du willst jetzt sofort los?«, fragte Tarik.

»Ist das ein Problem?«, entgegnete ich.

»Nein, überhaupt nicht.« Er fuhr sich durchs dunkle Haar und ging zur Tür. »Gehen wir.«

Ich fasste Zuti und Hamdan einmal bei den Händen. »Wir sehen uns bald wieder«, sagte ich mehr zu mir selbst als zu ihnen.

»Das wissen wir doch«, murmelte Hamdan in seinem typisch nüchternen Ton, in seinen Augen entdecke ich aber einen Hauch von Sorge. »Passt bloß auf euch auf.«

Ich nickte. »Das machen wir. Haltet die Stellung.«

»Immer doch, *tatlım*«, sagte Zuti und strich mir über die Wange.

Ich lächelte und riss mich los.

Wir liefen in Richtung Altstadt, um noch ein paar letzte Besorgungen zu machen. Es war inzwischen leer auf den Straßen, etwas Bedrohliches lag über der Stadt. Immer wieder spürte ich Tariks Blick zu mir wandern, ignorierte ihn aber gekonnt.

»Kann ich wenigstens versuchen, es zu erklären?«, fragte er irgendwann.

»Was genau?« Ich warf ihm einen mit Verachtung getränkten Seitenblick zu. »Wie du mich benutzt hast, um deine eigene Schwester zu vergiften? Wie du mit den Bluthunden an einem Strang gezogen hast? Wie du deine Stiefmutter hast umbringen lassen?«

Tarik wurde blass um die Nase.

»Ja, ich weiß alles über dich«, zischte ich. »Und ich verstehe nicht, wie man so herzlos sein kann.«

Er schluckte schwer. »Naima, lass es mich erklären.« Seine Stimme brach und er fuhr sich mit dem Ärmel über das Gesicht.

»Ich weiß nicht, was es da noch zu erklären gibt.« Ruckartig bog ich in die nächste Seitenstraße zum Basar ein. »Wir befreien Shanini und dann will ich dich nie mehr wiedersehen.«

Ich spürte, wie Tarik unter meinen Worten zusammenzuckte, und verbot mir anzuerkennen, dass sie auch mir einen messerscharfen Schnitt in die Magengrube rissen.

***

Die Lebensmittelstände waren sehr ausgesucht, viele Menschen hatten sich mit Vorräten eingedeckt und die Lieferketten waren teilweise eingebrochen. Mehrere Stände waren sogar gänzlich geplündert oder von Rebellen verwüstet worden.

Wir ergatterten noch einen Sack grüne Äpfel, etwas Fladenbrot und *sucuk* bei einem älteren Händler, bevor wir uns in Richtung Süden aufmachten.

Tarik hatte einen Bekannten, der Schmied war, Pferde besaß und Tarik angeblich einen Gefallen schuldete. Zunehmend wurde ich froh, die scharfe Schneiderschere eingepackt zu haben, denn ich hatte keine Ahnung, ob ich gerade mit offenen Augen in die nächste von Tariks Fallen lief.

Wir erreichten die schmutzige Schmiede in einem heruntergekommenen Innenhof und Tarik ließ mich kommentarlos vor der Tür stehen. Nachdem ich eine halbe Ewigkeit gewartet hatte, kam er endlich wieder nach draußen und führte ein dunkelbraunes Pferd hinter sich her. Es war ein wunderschönes Tier, hatte ein Blässe auf der Stirn und eine dunkle Mähne. Auf dem Rücken trug es einen schweren Ledersattel, darunter ein traditionell gemustertes Tuch mit einem Saum aus Tasseln. Unser Proviant und unsere Kleiderbündel waren zu beiden Seiten an den Sattel gezurrt.

»Die anderen Pferde hat er den Rebellen überlassen.« Tarik klopfte dem Pferd auf die Flanke. »Er konnte mir nur noch Hadise anbieten.«

»Ich setze mich bestimmt nicht mit dir zusammen auf ein Pferd«, erklärte ich. Schon die Vorstellung, mich an seiner Hüfte festhalten zu müssen ... Ich schüttelte den Kopf.

»Dann geh zu Fuß«, stöhnte Tarik und schwang sich in den Sattel.

Mit zusammengekniffenen Augen sah ich ihn an.

»Ich meine es ernst«, sagte er. »Ich versteh deine Verärgerung, aber wenn wir das durchziehen wollen, müssen wir an einem Strang ziehen. Also schluck deinen Stolz runter oder geh zu Fuß.«

Ich zog ein beleidigtes Gesicht. Tarik streckte demonstrativ die Hand aus.

»Schön«, zischte ich und ergriff sie, ehe ich mich ungalant hinter ihn in den Sattel wuchtete. Es war wesentlich schwerer, als ich es mir vorgestellt hatte. Leise fluchend kam ich zum Sitzen, viel zu eng an Tarik gepresst. Räuspernd rutschte ich so weit zurück wie möglich. Der Sattel war hart und unbequem, und ich wusste nicht, wo ich mich festhalten sollte. Das Pferd strahlte so viel Wärme aus, dass mir augenblicklich der Schweiß von der Stirn lief.

»Können wir dann?«, brummte ich.

Als Antwort setzte Tarik das Pferd in Bewegung und es galoppierte in einem Affenzahn los. Ich verlor beinahe das Gleichgewicht, als wir die Gasse hinunterbretterten. Die Hufe klapperten über die Steinplatten. In kürzester Zeit hatten wir das südliche Viertel hinter uns gelassen und steuerten den Hafen an. In der Ferne sah ich die vielen Schiffe im Hafenbecken dümpeln, alle von den Rebellen lahmgelegt. Der Hafen hatte nichts mehr von dem quirligen Leben, wie ich es kennengelernt hatte.

Tarik lenkte die Stute weg in Richtung meines alten Lieblingsplatzes. Der Pavillon der Fernsicht war der einzige Durchgang zur Straße des Südens. Entsprechend hatten die Rebellen auch diesen Knotenpunkt eingenommen und einen Pulk Wachen in seiner Mitte positioniert.

»Verdammt«, knurrte Tarik und zwang Hadise zum Stehen.

Ich setzte zu einem bissigen Kommentar an, musste mir aber eingestehen, dass ich diesen Teil des Plans in der Eile auch nicht bedacht hatte. Wir mussten erst einmal aus der Stadt rauskommen. Zoe hatte mir gestern schon erzählt, dass die Rebellen die Ausgänge kontrollierten. Insbesondere hier am Hafen.

Ich biss mir auf die Unterlippe. »Kannst du sie nicht verzaubern?«, fragte ich. »Wie du es beim Gefängnis gemacht hast?«

»Meine Magie wirkt nur nachts«, murmelte Tarik und lenkte Hadise in eine Nebengasse. »Wir müssen uns etwas anderes einfallen lassen.«

Ich zermarterte mir den Kopf. Wenn wir sie überwältigen und im Galopp auf sie zusteuern würden, bestünde keine große Chance, lebend aus der Sache herauszukommen. Sie würden sofort das Feuer eröffnen. Eine logische Erklärung oder eine Ausrede, warum wir die Stadt verlassen mussten, gab es ebenfalls nicht.

»Und wenn du ihnen sagst, wer du bist? Niemand würde sich Aslans Sohn in den Weg stellen«, dachte ich laut.

»Da wäre ich mir nicht so sicher«, knurrte Tarik. »Ich habe mich auf dem Ball für eine Seite entschieden. Seitdem bin ich ihr Feind. Und selbst wenn sie mich vorbeilassen, wüsste Kaplan dann genau, was ich vorhabe.«

Dagegen war nichts einzuwenden. Mit Ankündigung würde Shaninis Befreiung noch schwerer, als sie es ohnehin schon war.

»Aber wir können doch nicht einfach abbrechen«, murmelte ich und ließ den Blick durch die Gasse schweifen. Es war eine verlassene Straße. Die meisten Geschäfte waren verrammelt, die Häuser hatten teils eingeschlagene Fenster, wirkten aber doch irgendwie bewohnt. Im Erdgeschoss entdeckte ich gedeckte Tische, halbleere Gläser und vergammelte Töpfe. An der Garderobe hingen Mäntel und Schuhe standen zum Ausgehen bereit, auf einer Kommode lag eine Armbinde. Ich stutzte.

»Ich habe eine Idee«, verkündete ich und schwang ein Bein vom Sattel. Wie ein nasser Sack rutschte ich vom Rücken des Pferdes.

»Was machst du? Was für eine Idee?«, fragte Tarik, während ich auf das verlassene Haus zuging. Durch die eingeworfenen Scheiben konnte ich den Griff am Rahmen erreichen und das Fenster öffnen.

»Was hast du vor?«, zischte Tarik und sprang ebenfalls ab. »Was wird das?«

Ich antwortete ihm nicht, stemmte mich am Fensterrahmen hoch und krabbelte ins Innere der Wohnung. Leise fluchend band Tarik Hadise fest und folgte mir nach drinnen.

»Naima«, zischte er. »Bist du lebensmüde? In diesen Häusern haben sich die Männer vom Roten Block versteckt, als sie in die Stadt gekommen sind.«

»Umso besser. Wir müssen uns verkleiden«, erklärte ich und steuerte die Garderobe an.

Hier drinnen stank es erbärmlich. Ich zwang mich, nicht zu genau auf den Tisch und die Küchenzeile an der rechten Seite des Raumes zu achten. Lebensmittel stapelten sich auf dem Tresen, dazu mischte sich modrige Feuchtigkeit.

Mit spitzen Fingern griff ich nach einem der schwarzen Mäntel an der Garderobe, um ihn gleich darauf schreiend fallen zu lassen, als mir eine dicke Spinne entgegenfiel.

»Was ist passiert?«, rief Tarik und eilte zu mir.

Ich schüttelte mich voller Ekel. »Da war eine Spinne.«

»Ach, die sind doch harmlos«, murmelte Tarik, griff den am Boden liegenden Mantel und schüttelte ihn aus. »Willst du den etwa anziehen? Das ist riskant.«

»Es ist unsere einzige Chance.«

Tarik sah mich nachdenklich an, bevor er schließlich nickte und ebenso wie ich die fremde Kleidung überstreifte. Wir fanden bloß eine Armbinde, die sich Tarik umlegte, der das Verhalten des Roten Blocks besser mimen konnte.

Auch wenn es der Plan war, wollte ich ihn in meinem tiefsten Inneren nicht als Rebell sehen. Was war los mit mir? Ich wusste doch, dass er böse Dinge getan hatte. Wieso war es so schwer, ihn in der Verkleidung der Radikalen zu sehen?

Gedankenverloren stülpte ich mir die Kapuze des zu großen Mantels über meine Stirn. Ich sah zu Tarik auf. Er hatte ein Tuch gekonnt mehrfach um seine Brust geschlungen und den Rest als Kapuze über seine Stirn gelegt, die seine Augen verbarg. Über seinem Hemd trug er die Armbinde. Er sah gefährlich aus, fremd.

»Verlieren wir keine Zeit«, lenkte ich ab und kletterte aus dem Fenster.

Tarik folgte mir Augenblicke später und schwang sich auf das Pferd. Ich nahm hinter ihm Platz. Von seinem Körper schien plötzlich eine eisige Kälte auszugehen. Vielleicht bildete ich sie mir auch nur ein, aber ein Schauer schoss mir über den Rücken.

In gemächlichem Schritttempo lenkte Tarik Hadise die Gasse hinab und zurück auf die Hauptstraße. Wir näherten uns dem Pavillon der Fernsicht und mein Puls beschleunigte sich.

»Wenn sie misstrauisch werden, reite so schnell du kannst«, flüsterte ich in Tariks Ohr. Ich sah, wie sich unter meinem Atem eine Gänsehaut an seinem Hals bildete. Er deutete ein Nicken an.

Die Wachen am Pavillon gerieten in Bewegung, als sie uns entdeckten. Die Männer reckten die Hälse, verteilten sich der Breite nach auf dem Verbindungsstück in Richtung Süden.

Mein Herz pochte inzwischen so gegen meinen Brustkorb, dass ich Sorge hatte, es könnte uns verraten.

»Wer seid Ihr?« Ein kleiner, kompakter Mann, dessen Oberkörper gänzlich in ein dunkelblaues Tuch gehüllt war, trat hervor. An seinem Oberarm trug er die markante schwarze Armbinde.

»Das spielt keine Rolle«, sagte Tarik mit eiskalter Stimme. »Ich bin im Auftrag des Königs unterwegs.«

Die Soldaten tauschten einen Blick. Ich hielt die Luft an.

»Und was soll das für ein Auftrag sein?«, krähte der kompakte Mann.

Tarik sah ihn nicht einmal an. »Das hat dich nicht zu interessieren, *Kanonier*.«

Der Mann zog scharf die Luft ein. »Was war das?«

»Du hast mich schon verstanden.« Tariks Stimme war so herablassend, dass ich ihn kaum wiedererkannte. Ich krallte mich am Sattel fest, bereit für einen plötzlichen Satz nach vorn, bereit zur Flucht.

Nach einer gefühlten Ewigkeit, in der die Männer skeptische Blicke getauscht hatten, machte einer von ihnen endlich einen Schritt zur Seite. »Wird schon seine Richtigkeit haben«, murmelte er.

Die anderen zuckten mit den Schultern und machten den Weg frei. Fast hätte ich vor Erleichterung laut aufgestöhnt.

»Gute Entscheidung«, knurrte Tarik und trieb das Pferd mit einem heftigen Beinschlag an.

Die Männer sahen uns nicht einmal nach, als wir im Galopp davonritten.

33

Naima

Im Süden grenzten mehrere Ortschaften an Arada. Sie wuchsen teilweise ineinander, wurden dann wieder von kleinen Strandabschnitten und Wäldern getrennt. Die Landschaft dehnte sich schnell aus, sodass das Meer immer mehr an die Seiten geschoben wurde, bis ich es bald ganz aus dem Blick verlor. Wir kamen an trostlosen Armenvierteln vorbei, an Häusern, die seit dem Krieg nicht wiederaufgebaut worden waren und an einem ehemaligen Kasernengelände. Überall lagen Schutt und Müll, nur wenige Menschen waren auf der Straße zu sehen.

Tarik trieb Hadise an, als wäre der Teufel hinter uns her, und wir fegten durch die Straßen, dass die Häuser und aufblickenden Gesichter zu einem Wirbelsturm verschmolzen. Hadises Hufen klapperten über das Kopfsteinpflaster und der Wind peitschte mir ins Gesicht. Wir durchquerten in kürzester Zeit die kleinen Orte, verließen dann die befestigte Straße und ritten über einen staubigen Feldweg in Richtung Berge. Hier war die Landschaft noch flach, aber am Horizont türmte sie sich zu einer imposanten Bergwand auf. Ich hatte noch nie so ein eindrucksvolles Naturspektakel gesehen und wäre ich aus einem anderen Grund hier gewesen, hätte ich diesen Anblick sicher gierig in mich aufgesogen.

Heute war dafür keine Zeit. Wir mussten so viel Strecke hinter uns bringen wie möglich, sollten die Wachen ihren Fehler doch realisieren.

Mein Hintern wurde im Takt des Hufgetrappels in den Sattel gehämmert, sodass mir bald jeder Knochen wehtat. Tarik drückte sich in gekonntem Rhythmus in den Steigbügeln auf und ab und beachtete mich nicht einen einzigen Moment, während ich wie ein Haufen Wackelpudding im Sattel hin und her rutschte.

Erst als wir in ein Waldstück eintauchten, drosselte Tarik die Geschwindigkeit. Ein schwerer Geruch von Harz und Piniennadeln stieg mir in die Nase und ich atmete tief durch. Der Wald war wild, Bäume und Gestrüpp wuchsen wahllos durcheinander, der Boden war von einem Teppich aus Tannennadeln bedeckt und hier und da lag ein umgestürzter Baumstamm.

Als wir an einem kleinen Bach vorbeikamen, machten wir halt.

»Gönnen wir ihr eine Pause«, sagte Tarik und sprang von Hadises Rücken.

Ich nickte und ließ mich ebenfalls auf den Waldboden plumpsen. Meine Innenschenkel brannten höllisch und ich fühlte mich um Jahre gealtert. Erschöpft sank ich auf einen Felsen, während Tarik Hadise ans Wasser führte. Die Stute begann sofort gierig zu trinken.

Tarik schob sich eine Hand ins Haar, löste das Tuch von seinem Kopf und zog die Armbinde aus. Ich spürte, wie sich augenblicklich auch etwas in meinem Inneren löste.

Tarik hatte die dichten Augenbrauen zusammengezogen und wickelte das Tuch nachdenklich zu einem Bündel zusammen. »Das hätten wir geschafft«, murmelte er.

Ich wandte den Blick ab und tauchte meine Hände in den kalten Bach. »Was heißt Kanonier?«, fragte ich.

»Es ist der unterste Dienstgrad. So nennen die Ranghöchsten die Männer mit den unwichtigsten Positionen. Kanonenfutter, quasi.«

Ich schüttelte mich. »Was erwartet uns in Gediz?«, lenkte ich um. »Wo, glaubst du, verstecken sie Shanini?«

»Im Bergpalast«, antwortete Tarik prompt. »Die Festung ist bombensicher. Aber wir könnten Glück haben. Gediz war die Sammelstätte für den Block. Jetzt, wo sie Arada eingenommen haben, werden nicht mehr viele in Gediz sein.«

»Das ist gut«, sagte ich erleichtert.

Tarik wiegte den Kopf. »Ein Problem gibt es allerdings. Der Siebte ist in der Festung.«

»Der Siebte?«, wiederholte ich.

»Es gibt sieben. Mein Vater war der Erste.«

»Sieben Zauberer?«, schloss ich.

»Genau. Es bleibt immer ausgeglichen. Zu jedem Zeitpunkt leben in diesem Land sieben Zauberer. Wenn einer stirbt, sucht die Kraft den Sohn des Zauberers. Und wenn er kein Kind hat, dann willkürlich den nächsten Jungen in der Umgebung. Als mein Großvater starb, hat die Magie sich in meinem Vater eingenistet. Die eine Sache, über die Kaplan nie hinweggekommen ist.«

»Kaplan hat also überhaupt keine magischen Fähigkeiten?«

»Warum, meinst du, war ich sonst so wichtig für ihn? Wenn er alles hätte selber tun können?«, erwiderte Tarik.

Das ergab Sinn. Und doch herrschte in meinem Kopf schon wieder Chaos. »Aber wer sind dann die anderen Zauberer? Wer ist der Siebte?«

»Es sind nicht alle bekannt. Zauberer sind ziemliche Einzelgänger. Drei leben irgendwo versteckt in den Bergen. Einer, der Fünfte, ist ein Lebemann, der ständig unterwegs ist. Der ehemalige Sechste war ein Bluthund, der im Krieg gefallen ist. Wer seine Magie geerbt hat, weiß keiner. Dann gibt es noch den Siebten, der ist uralt und war ebenfalls ein Heerführer im Krieg. Er unterstützt Kaplan bei seinen Plänen. Ich bin mir sicher, dass er nach wie vor in Gediz ist und den Palast bewacht. Vor ihm müssen wir uns am meisten in Acht nehmen.«

»Das heißt, vier sind verschollen. Der Fünfte und der Siebte stehen auf verschiedenen Seiten. Und der Erste ...« Ich sah Tarik mit geweiteten Augen an. »Der Erste bist du?«

Tarik blieb eine Weile regungslos, dann stand er auf.

»Der bin ich«, sagte er und räusperte sich. »Lass uns weiterreiten, bevor wir noch mehr Zeit verlieren.«

Ich brauchte einen Moment, bevor ich widerwillig auf Hadises Rücken stieg. Tarik war der Erste. Neben ihm gab es noch sechs weitere Zauberer, doch Kaplan war ein gewöhnlicher Mensch.

Ich versuchte den Schmerz in meinen Beinen zu ignorieren. Ein klein wenig Hoffnung machte sich in mir breit. Das würde einiges leichter machen. Dann wäre er kein unschlagbarer Gegner mehr. Ich sog die Luft in meine Lungen, als wir durch den Wald trabten. Vielleicht war dieser Krieg doch noch nicht verloren.

***

In monotonem Getrappel ritten wir durch den Nachmittag. Tarik hatte den Weg offenbar klar vor Augen und machte einen großen Bogen um jede Ortschaft. Wir blieben im Schatten der Wälder, wann immer es sich anbot. Ein kurzes Stück tauchte wieder das Meer vor uns auf und wir folgten einem sandigen Landstreifen, bis die Ebene felsiger wurde und wir zurück ins Landesinnere eintauchten. Bald wurde das Gelände hügelig. Hadise erklomm eisern jede Steigung und brachte uns Meter für Meter näher an das gewaltige Gebirge. Als es langsam dämmerte, hatten wir eine raue Landschaft erreicht, die von dichteren Waldabschnitten und scharfen Felskanten geprägt war.

»Wir sollten hier unser Lager aufschlagen«, erklärte Tarik und führte Hadise ins Unterholz.

Bei dem Gedanken, hier, mitten im Wald, schlafen zu müssen, erschauderte ich leise. Diese Aussicht war nicht gerade etwas, das ich mir erträumt hatte. Schon gar nicht mit einem Mann, dem ich nicht einmal mehr die Fadenschnipsel aus der Werkstatt anvertraut hätte.

Vielleicht hätte ich den Reiseentschluss doch nicht so vorschnell fassen sollen.

Ich biss mir auf die Zunge, als Tarik elegant absprang und die Ebene absuchte. Es war zu spät, um die Entscheidung infrage zu stellen. Und Shanini brauchte mich. Also ließ ich mich von der Stute gleiten und band sie an einem nahegelegenen Baum fest, der auf der Mitte einer saftigen Wiese stand. Aus den Bündeln am Sattel holte ich das Netz Äpfel und verfütterte einen an Hadise.

Tarik kam mit einem Haufen Stöcke von seinem Erkundungsgang zurück und legte sie zu einem Lagerfeuer zusammen.

»Meinst du nicht, dass wir damit Aufmerksamkeit auf uns ziehen?«, fragte ich und sah mich um.

»Ich glaube nicht, dass sich irgendjemand vom Roten Block ausgerechnet in dieser Einöde herumtreibt«, sagte Tarik. »Die tummeln sich doch alle in Arada.«

Ich sah mich noch einmal zweifelnd um, beschloss dann aber, ihm recht zu geben. Und ein Feuer wäre eine Wohltat. Je höher wir gekommen waren, desto kälter war es geworden. Mit dem Sonnenuntergang war dann auch die letzte Wärme aus der Luft gewichen.

Einige Minuten später flackerte ein kleines Feuer auf und wir wickelten Brot und *sucuk* aus unserem Proviantbündel und grillten beides über der Glut.

Bis wir unsere heutige Ration verputzt hatten, sprachen wir beide kein Wort, nur das Knistern und Knacken des Feuers war zu hören, dazu der Wind, der durch die Bäume kämmte. Bald war mir ein bisschen wärmer, zumindest von vorne, wo das Feuer mich briet. Kurzentschlossen drehte ich mich um, damit auch mein steifer Rücken etwas von der Wärme abbekam.

Ich spürte, wie Tarik mich ansah, dann den Blick wieder abwendete.

»Du kannst gar nicht reiten, oder?«, brach er irgendwann das Schweigen.

»Ich hab's vorher noch nie gemacht«, gestand ich.

»Das war ziemlich offensichtlich.« Tarik grinste ansatzweise. »Und trotzdem wolltest du lieber dein eigenes Pferd, als mit mir auf Hadise zu reiten?«

»Ich hätte es schon irgendwie hinbekommen«, sagte ich unwirsch.

»Klar.«

Ich sah mich um und überlegte, ob ich heute Nacht wohl wenigstens ein paar Minuten Schlaf bekommen würde. Aber wie? Mitten im schutzlosen Wald, neben einem Zauberer, dessen Kraft nachts wirkte. Was hatte ich mir da nur eingebrockt?

»Ich wollte nie, dass jemand stirbt«, raunte Tarik und riss mich aus den Gedanken. »Ich wollte nicht, dass die Königin stirbt.«

»Willst du das wirklich jetzt besprechen?«, stieß ich zwischen zusammengepressten Zähnen hervor.

»Ich befürchte, dass ich nur noch diese eine Chance habe. Du hast gesagt, dass du mich nie wiedersehen willst, wenn wir Shanini befreit haben.«

Ich schluckte, blieb regungslos.

Tarik sah ins Feuer und kratzte mit einem langen Ast in der Glut. »Ich will nur, dass du weißt, dass ich kein schlechter Mensch bin«, flüsterte er. »Ich dachte das selbst immer. Dass ich dazu geboren bin, finster zu sein, dass nichts Gutes in mir entstehen kann. Aber dann hat sich etwas verändert.«

»Und was?« Es sollte patzig klingen, aber die Entschlossenheit meiner Stimme ging auf halber Strecke verloren.

Tarik sah von der Glut auf. »Ich habe dich getroffen.«

Seine Worte warfen mich völlig aus der Bahn. Mit einem Mal schlug mein Zorn in Überraschung um und meine stichelnden Antworten waren wie verpufft.

Zum Glück wandte Tarik sich ab. »Es klingt dumm, ich weiß. Aber du warst der erste Mensch, der mich gesehen hat. Du hast mich *für mich* akzeptiert. Bei dir musste ich nichts beweisen und niemand sein. Es hat gereicht, dass ich *ich* war. Es war so leicht.«

Ich kämpfte gegen seine Worte an. Er war ein Zauberer und es war Nacht, verdammt noch mal. Ich durfte mich nicht einlullen lassen. Und doch ... In seinen Augen erkannte ich einen ganz anderen Tarik. Den verlorenen Jungen, der auf der Suche nach etwas war. Ganz ähnlich wie die Waisenkinder im Heim, ganz ähnlich wie ich.

Ich biss mir auf die Unterlippe, schüttelte den Gedanken ab. »Und trotzdem hast du mich benutzt«, sagte ich. »Das passt doch nicht zusammen.«

Zerknirscht bog Tarik den Ast so weit durch, dass er im Begriff war zu brechen. »Ich kannte es nicht anders. Menschen waren Mittel zum Zweck, um ans Ziel zu kommen. So habe ich es gelernt. Und ich wollte Kaplan meine Treue zeigen. Ich wollte endlich genug sein, endlich das Richtige tun. Oder zumindest das, wovon ich dachte, es sei das Richtige. Als ich mitgehört habe, wie dieses plappernde Mädchen von Shanini erzählt hat und dass ausgerechnet du ein Kleid für sie nähen solltest, schien es die perfekte Chance zu sein, die Macht aus den Händen der Königin zu reißen. Zu dem Zeitpunkt war ich noch von diesen düsteren Gedanken durchtrieben. Aber je besser ich dich kennengelernt habe, umso mehr geriet mein Weltbild ins Wanken. Es fühlte sich plötzlich alles falsch an.«

»Aber was war denn der ursprüngliche Plan? Wie wolltest du den Thron an dich reißen, indem du Shanini wehtust?«

Tariks Miene wurde finster. »Ich weiß, dass Shanini den Thron nie wollte. Ich kenne sie besser als die meisten. Dieses Gefühl wollte ich verstärken und sie zum Abdanken bringen. Dann hätte ich mich als Erbe angeboten. Ich dachte, ich würde ihr sogar einen Gefallen tun!«

»Einen Gefallen?« Ich schnappte nach Luft. »Indem du alle Kraft aus ihr herausziehst?«

»Es war dumm«, sagte Tarik. »Nachdem es schiefgegangen war, fühlte es sich schon nicht mehr richtig an. Beim großen Ball habe ich es deshalb auch nicht noch mal versucht. Ich war mir nicht einmal mehr sicher, was ich eigentlich wollte. Alles, was blieb, war, dass meine Stiefmutter vor aller Welt als das enttarnt werden sollte, was sie war. Ich habe Shaninis eigenen Frust auf unsere Mutter hervorgekehrt und wollte, dass sie nur einmal vor versammelter Menge das Wort gegen die Königin erhebt. Es ist wohl etwas ausgeartet.«

Tarik wagte einen Blick zu mir. Ganz so, als würde er nach dieser Entwicklung auf Besänftigung von meiner Seite hoffen. »Danach war ich mir nur noch sicher, was ich nicht wollte. Ich wollte dieses Chaos nicht. Wollte Kaplans brutale Ausführungen nicht und vor allem wollte ich dich nicht länger anlügen. Deshalb habe ich jeden weiteren Versuch bleiben lassen.«

»Etwas spät«, giftete ich. »Ich verstehe es einfach nicht. Wie konntest du überhaupt je gegen den Frieden sein?«

Tarik bohre den Stock tief in die glimmenden Hölzer. »Ich war allein«, sagte er. »Die Welt hat sich düster und unfair angefühlt. Ich war sicher, dass meine Stiefmutter in irgendeiner Form schuld an Vaters Tod war. Als ich Kaplan und die anderen getroffen habe, waren sie alles, was ich hatte. Deshalb habe ich ihnen jedes Wort geglaubt. Ich hatte niemanden, der eine andere Position bezogen hätte.«

»Ich war auch allein. Mein Leben lang«, widersprach ich. »Und trotzdem habe ich ein Gefühl für richtig und falsch.«

»Ich war mir auch sicher, auf der richtigen Seite zu sein. Bis ich die andere verstanden habe.« Tarik sah mich an. »Manchmal ist es nicht so einfach.«

Ich schüttelte den Kopf und stand auf. »Doch. Es ist sogar total einfach. Es gibt ehrliche Menschen, die in Frieden leben wollen. Und dann gibt es sinnlose, machthungrige Zerstörer, die alles kaputt machen und andere in ihren Mist mit hineinziehen. So einfach ist das.« Ich schnappte mir den Wollstoff, den ich in der Werkstatt eingepackt hatte, und ging einmal um das Feuer, um so viel Abstand zu Tarik zu gewinnen, wie ich konnte. »Ich kann das hier nicht«, murmelte ich und rollte mich in den Stoff ein.

Ein Teil von mir wollte ihm sogar glauben. Tief in meinem Herzen wollte ich, dass es aufrichtig war, was er sagte. Aber er hatte auf mir und meinen Gefühlen herumgetrampelt. Er hatte mich benutzt und die ganze Welt in Gefahr gebracht. Er hatte Shanini schlimme Dinge angetan. Ich wusste nicht, wie irgendetwas diese Taten wiedergutmachen konnte.

***

Ich sank in einen Halbschlaf, zuckte bei jedem Geräusch zusammen und setzte mich schließlich auf. Aber es blieb friedlich. Tarik versuchte nicht noch mal mich anzusprechen und rollte sich ebenfalls neben der Glut zusammen.

Als es dämmerte, wurde ich davon wach, wie Tarik durchs feuchte Gras stapfte und Hadise zum Aufbruch bereit machte. Mir taten sämtliche Knochen weh. Der lange Ritt saß mir noch in den Gliedern und im Steißbein. Die Kälte und der harte Untergrund hatten mir Rücken und Hals verspannt. Schläfrig rappelte ich mich auf und reckte meine Arme.

Mein Blick glitt über die Bergkette vor uns. Bei Sonnenaufgang sah die Landschaft noch malerischer aus als gestern Abend. Die Sonne erhob sich genau hinter den Berggipfeln und tauchte Wiesen und Wald in glühendes Licht.

Ich lief etwas näher zu dem Pass, den wir nehmen würden, und sah auf das immer höher ansteigende Gelände. Ich hatte keinen genauen Plan, wo Gediz lag, hoffte aber, dass wir nicht allzu weit über diese halsbrecherischen Höhen hinausmussten.

Nach ein paar Minuten hörte ich, wie sich Hadise näherte und ihre Hufe dumpf ins Gras trampelten.

»Bereit?«, erkundigte sich Tarik, ohne mich anzusehen. Er saß aufrecht im Sattel, sein Gesicht wirkte abgeschlagen und sein Blick war auf den Weg vor uns gerichtet.

»Bereit«, antwortete ich und stieg hinter ihm auf. »Wie weit ist es noch?«

»Nicht mehr weit. Wir müssen den nächsten Gipfel passieren, dann siehst du es.«

»Was?«, fragte ich, aber Tarik antwortete nicht mehr.

***

Wir brauchten mehrere Stunden bis zum Bergkamm. Hadise schnaufte bald so schwer unter unserem Gewicht, dass wir abstiegen und den Rest des Aufstiegs zu Fuß bewältigten. Mit jedem Schritt wurde mir schummriger. Zu beiden Seiten ging es inzwischen steil bergab und mein Gang fühlte sich unsicher auf den rutschigen Steinen an.

Nach einer Ewigkeit erreichten wir endlich den Gipfel des ersten Hügels. Vor mir breitete sich ein atemberaubender Anblick aus. Ebenso steil, wie es bergauf gegangen war, führte vor uns ein Pass hinab in ein hügeliges Tal, das mit dunklen Tannen eingewachsen war. Ein kleiner Ort lag in seiner Mitte, dahinter türmten sich die Berge steil in den leuchtenden Himmel. Im unteren Bereich waren sie noch von Grün bedeckt, mündeten aber in rauen und harschen Felsen.

Aber das war nicht das erstaunlichste am Anblick. Am Ende des Ortes lag ein Palast. Er stand nicht im Zentrum des kleinen Bergdorfes, so wie ich es kannte. Der Palast verschmolz mit dem Berg dahinter. Die Fassade ging nahtlos in die blanken Bergwände über, die hohen Türme wölbten sich zur Hälfte daraus hervor.

»Der Bergpalast«, flüsterte ich mit trockenem Mund.

Tarik nickte. Ich spürte die Anspannung in seinem Körper.

»Hier hast du deine Jugend verbracht?«

Ich konnte meinen Blick kaum von dem unfassbaren Bauwerk lösen. Von hier war es schon eindrucksvoll, wie sah es wohl erst aus, wenn man direkt davorstand?

»Er wurde von Zauberern errichtet«, erklärte Tarik. »Es gibt wohl kaum eine Festung auf der Welt, die sicherer ist. Man sagt, die Mauern könnten ihre Feinde spüren.«

»Und ausgerechnet da wollen wir rein«, seufzte ich und nahm einen Schluck Wasser aus meiner Flasche.

Wenn Shanini wirklich da drinnen war, dann waren wir unserem Ziel so nah. Und gleichzeitig wurde diese Aufgabe mit jedem Moment unlösbarer.

»Wie machen wir das?«, hörte ich mich fragen. »Wie sollen wir da nur reinkommen?«

Tariks Kiefer knackte leise. »Wir müssen ihn erst mal von außen umreiten. Ich kenne einen unbekannten Weg ins Tal. Die direkte Straße wird sicher beobachtet. Manchmal haben sie auch Späher in den Bäumen sitzen.«

Ich erschauderte und verfolgte mit den Augen den Weg vor uns. Er teilte sich in zwei. Eine Straße führte direkt ins Tal, ein zweiter Pfad verschwand zurück in den Bergen.

»Und dann?«

»Dann geht die Aufgabe erst wirklich los«, sagte Tarik.

34

Naima

Wir schwiegen den ganzen Weg über. Ich hatte Angst, es könnte sich wirklich ein Späher in einer der Tannen verstecken. Gleichzeitig zermarterte ich mir das Hirn, wie um alles in der Welt wir Shanini finden sollten. Würden wir einfach zur Vordertür hineinmarschieren? Die Südlichen würden uns doch aufspießen, ehe wir nur einen Schritt über die Schwelle gesetzt hätten. Für Verkleidungen fehlten mir Zeit und Mittel. Je mehr Magie ich aufwenden wollte, desto weniger Zeit blieb, um uns drinnen zurechtzufinden. Tariks Magie wiederum funktionierte erst bei Nacht, aber würde er es mit einer ganzen Festung voll Wachen aufnehmen können – zu allem Überfluss auch noch mit einem Seniorenzauberer?

Wir kreisten das Tal in einem schier endlosen Umweg ein. Erst als die Sonne ihren höchsten Punkt schon längst überschritten hatte und drohte, hinter den Berggipfeln zu versinken, erreichten wir das große Waldstück im Tal. Tarik brachte Hadise an einem Platz zum Stehen, von wo aus man einen Blick auf den Palast und das Dorf werfen konnte, das eher an eine Ruinenstadt erinnerte. Die Häuser waren verwohnt und ich sah keine Menschenseele.

So leise wie möglich sprang ich ab und fütterte Hadise.

»Am besten lassen wir sie hier«, raunte Tarik und band die Stute an einem Baum fest.

Schweigend nahmen wir uns etwas vom übrigen Proviant und setzten uns auf den moosigen Boden.

»Es ist ruhig«, murmelte Tarik, ohne den Blick vom Palast zu lösen. »Das ist gut. Die meisten Männer und Frauen haben den Ort verlassen, um sich am Sturm auf Arada zu beteiligen.«

»Wie viele, meinst du, sind noch in der Festung?«

»Einige Dutzend bestimmt. Der Palast ist das größte Heiligtum des Südens. Kaplan wird ihn gut bewachen lassen, auch wenn er nicht da ist.«

Verbissen fixierte ich den Eingang. Einige Dutzend und wir waren nur zu zweit.

»Wie gehen wir vor?«, fragte ich unverblümt. »Nehmen wir die Vordertür?«

»Bist du wahnsinnig? Da können wir uns Kaplan auch direkt vor die Füße werfen.«

Ich kniff die Augen zusammen. »Und wie dann?«

»Es gibt Tunnel«, sagte Tarik. »Geheimgänge im Falle eines Angriffs. Ich kenne sie fast alle, habe in meiner Jugend viel Zeit damit verbracht, sie auszukundschaften.«

Erleichterung und ein Schaudern überkamen mich zu gleichen Teilen. Wir konnten uns ungesehen anschleichen. Das war gut. Gleichzeitig war es eine gespenstische Vorstellung, in einem engen Tunnel festzusitzen.

»Sind die Tunnel allen Wachen bekannt?«

»Nicht alle«, antwortete Tarik. »Ich bin mir ziemlich sicher, dass zumindest der aus meinem alten Zimmer unbekannt ist.«

Sein altes Zimmer. Ich bekam es gedanklich immer noch nicht richtig zusammen, dass Tarik hier aufgewachsen war.

»Wo führt er hin?«, hakte ich nach.

Tarik rümpfte die Nase. »Zum Schlachter«, sagte Tarik. »Hinter die Müllanlage.«

Das wurde ja immer besser. Ich verkniff mir einen Kommentar und sah zur Festung.

»Wo, denkst du, haben sie Shanini eingesperrt?«

»Die Verliese sind im Keller. Aber ich glaube nicht, dass sie Shanini dort bei den anderen normalen Häftlingen eingesperrt haben.«

»Sondern?«

»Ich denke, sie ist in einem der Türme.«

Überrascht sah ich zu den vier Spitzen des Palasts auf. Sie waren an die hundert Meter hoch. Der Aufstieg in einen einzigen davon würde schon meine gesamte Kondition erfordern.

»Sicherer geht es kaum«, gab ich zu. »Wir müssen also quer durch den Palast. Vom Geheimgang unter der Erde zu den höchsten Türmen in den Bergen.«

Wie, bei der Sonne, soll das funktionieren?

Tarik erkannte den Zweifel in meinem Ausdruck und sah mich das erste Mal an diesem Tag direkt an. »Jetzt musst du mir vertrauen«, sagte er. »Ich kenne mich hier aus. Ich weiß, was ich tue.«

Ich schluckte. *Vertrauen.* Das war viel verlangt. Aber ich konnte es nicht leugnen. Tarik wusste am besten über den Roten Block Bescheid. Wenn wir eine Chance hatten, Shanini zu befreien und den nächsten sinnlosen Krieg aufzuhalten, dann nur durch sein Wissen. Ich musste einfach darauf vertrauen, dass seine Absichten ehrlich waren. Dass er mich nicht in eine Falle führte, sondern dass es wirklich um seine Schwester ging.

»Also schön«, sagte ich. »Wo müssen wir hin?«

***

Wir vermummten uns so gut wir konnten. Wenn ich meine Magie doch bloß anders zu enthüllen gewusst hätte. Wenn ich sie auf einem anderen Weg hätte nutzen können als mit Nadel und Faden. Aber so war es nun mal. Ich war voll und ganz auf Tarik und seine Magie angewiesen. Sicherheitshalber ließ ich die scharfe Stoffschere in meinen Stiefel gleiten. Unseren restlichen Proviant knotete ich an Hadises Sattel und tätschelte die Stute beruhigend.

Wir warteten, bis es dämmerte, bis sich auch die letzten Menschen von den Straßen zurückgezogen hatten. Als der Himmel sich rot färbte, tauschten Tarik und ich einen Blick.

»Dann los«, murmelte ich.

»Bist du sicher?«, flüsterte Tarik.

»Natürlich«, sagte ich.

Tarik nickte mir zu und zog sich das Tuch tiefer in die Stirn. Wir verließen den Schatten des Waldes, überquerten ein brachliegendes Feld und tauchten in eine Gasse am Rand des Bergdorfes ein. Schwer atmend presste ich mich an die Fassade eines Hauses und lauschte. In meinen Adern sirrte das Adrenalin.

Es blieb ruhig. In den Hecken zirpten ein paar Grillen und eine kühle Böe fegte durchs Tal. Ich hörte weder Schritte, noch konnte ich eine Bewegung ausmachen. Tarik sah sich ebenfalls um, winkte mich dann weiter und lief voraus. Leise wie eine Straßenkatze huschte er durch die Gassen und Straßen.

Mein erster Eindruck von diesem Ort bestätigte sich: Er war sehr heruntergekommen. Was musste passiert sein, wo Gediz doch offenbar eine wichtige Stadt des Südens war? Ich nahm mir vor, Tarik danach zu fragen, wenn wir hier weg waren. Oder eher, falls wir hier lebend herauskamen.

Die Ebene war hügelig, wir mussten mehrere steile Straßen hinauf- und herunterlaufen, bis wir endlich vor einem kleinen Geschäft zum Stehen kamen. Im Schaufenster befand sich eine Eisenauslage, auf der vermutlich normalerweise die Wurstwaren präsentiert wurden. Jetzt war sie leer, ebenso der kleine Laden dahinter.

Tarik sah sich noch einmal um, bevor er das rostige Schloss der Tür aufbrach und hineinschlich. Ich folgte ihm mit angehaltenem Atem.

»Bist du sicher, dass keiner hier ist? Wo ist denn der Schlachter?«, flüsterte ich.

»In Arada«, sagte Tarik knapp. »Er hat auf der Hochzeit die Wachen grün und blau geschlagen.«

Ich schüttelte mich unwillkürlich.

»Komm, wir müssen in den Hinterhof.«

Mit ein paar großen Schritten durchquerte er den Laden und tauchte unter der Theke hindurch. Ein Vorhang führte in den hinteren Teil der Schlachterei.

Der metallische Geruch von Blut schlug mir entgegen, als ich nach Tarik durch den Vorhang trat. Das Hinterzimmer war komplett gefliest. An einer Seite war ein Tresen, auf dem neben einer Öllampe haarsträubende Gerätschaften lagen. Auf der anderen Seite war eine Stange angebracht, an der undefinierbare Brocken Fleisch hingen. Es musste schon seit Wochen hier hängen, entsprechend vergoren war der Geruch. Ein paar Fliegen summten um die Stange herum. Übelkeit überkam mich und ich versuchte nicht zu genau hinzusehen.

Tarik ging an den Fleischteilen vorbei zu einer Tür. Sie war verschlossen. Leise fluchend trat er mehrfach dagegen, bis sie endlich aufsprang.

Ich hätte mich beinahe auf die Fliesen übergeben. Ein Geruch ums Zehnfache schlimmer als drinnen schlug mir entgegen. Ich taumelte einen Schritt zurück.

»Was zur Hölle«, keuchte ich und presste beide Hände auf meinen Mund.

»Das sind die Abfälle«, sagte Tarik und trat nach draußen.

Obwohl sich alles in mir stäubte, folgte ich ihm in den heruntergekommenen Innenhof. Überall standen Fässer und Kartons, leere Flaschen und Papierschnipsel lagen verstreut herum. Der widerliche Geruch kam von einem abgetrennten Steinbecken, das voll von undefinierbarem Abfall war.

»Das muss doch verbrannt werden«, keuchte ich. »Er kann die Reste doch nicht einfach hier vergammeln lassen, das kann Krankheiten verbreiten.« Ich kämpfte gegen ein Würgen an.

Tarik zuckte mit den Schultern. »Er hatte es noch nie mit Sauberkeit. Hat das Brennen immer schon auf die lange Bank geschoben.«

Zu meinem Entsetzen steuerte Tarik genau auf die Fleischreste zu. Vor einer der hinteren Steinplatten, die den Abfalltank einzäunten, blieb er stehen. »Hilf mir mal«, sagte er.

Ich eilte herbei und grub meine Finger in die Rille neben der Platte. Im ersten Moment fragte ich mich, was Tarik mit der fest verlegten Bodenplatte machen wollte, dann hörte ich ein leises Klicken und der Stein ließ sich anheben. Gemeinsam wuchteten wir ihn zur Seite. Eine schmale Treppe kam zum Vorschein, die tief hinab in ein dunkles Loch führte.

»Warum sollte man einen Geheimgang ausgerechnet hier enden lassen?«, fragte ich und hielt mir die Nase zu.

»Na ja, ein sicheres Versteck«, antwortete Tarik.

»Aber der Schlachter muss doch von dem Gang wissen?«

»Ich glaube nicht. Er hat mich zumindest nie in meinem Schlafzimmer besucht«, sagte Tarik. Er kratzte sich am Kopf. »Das klang jetzt etwas verkehrt.«

Ich verkniff mir ein Grinsen.

»Bereit?«, lenkte er meine Aufmerksamkeit zurück auf den Geheimgang.

Ich schluckte schwer und sah in die Finsternis. Ein Stück weiter würde man die Hand nicht mehr vor Augen sehen können.

»Einen Moment«, rief ich und lief zurück in den gefliesten Schlachtraum.

»Was machst du?«, rief Tarik nervös, aber ich achtete nicht auf ihn.

Einen Moment später kam ich mit der Öllampe und den Streichhölzern zurück, die ich drinnen entdeckt hatte.

Wir stiegen hinab in die Dunkelheit und ich spürte, wie sich sämtliche Haare an meinem Körper aufstellten. Tarik wuchtete die Steinplatte hinter sich zu und löschte damit das letzte Tageslicht. Es wurde dunkel und dumpf. Ich fühlte mich wie eingesperrt und kämpfte gegen aufwallende Panik an.

Die Öllampe warf einen kleinen Lichtkegel um uns herum. Mein Blick huschte immer wieder zu Tarik. Ich musste mich vergewissern, weder Panik noch Genugtuung in seiner Miene zu sehen. Er würde mich nicht in eine Falle locken. *Wenn er das hätte tun wollen, wäre nicht dieser Aufwand nötig gewesen.* Er hätte mich zu jeder Zeit auch in Arada den Rebellen aussetzen können.

Zu meiner Beruhigung blieb Tariks Miene ähnlich angestrengt wie meine, und sein Blick glitt über den Weg und die Erde um uns herum.

Der Gang war wortwörtlich in den Untergrund gegraben. Überall hingen Wurzeln und Steinbrocken aus der Erde. Ich versuchte auszublenden, wie viele Spinnen und Kriechtiere hier mit uns unterwegs waren, und konzentrierte mich auf den Weg vor uns. Schritt für Schritt kamen wir näher an die Festung heran. Schritt für Schritt.

Der Tunnel wölbte sich direkt über meinem Kopf, sodass ich gerade noch aufrecht gehen konnte. Tarik musste leicht gebückt laufen.

Schweigend gingen wir nebeneinanderher. Unsere Schritte klangen dumpf auf dem feuchten Boden, es roch nach Erde und Nässe. In der Ferne hörte ich irgendwas tropfen.

»Wie lange werden wir brauchen?«, brach ich irgendwann das Schweigen. Meine Stimme fühlte sich fremd und gedämpft an.

»Eine halbe Stunde ungefähr«, murmelte Tarik.

Bald verlor ich das Zeitgefühl. Wir liefen leise unter der Stadt entlang, Meter für Meter. Ich unterdrückte die Bedenken darüber, was passieren konnte, was uns erwarten würde, richtete meine Gedanken nur auf meine Füße und meinen Atem.

Bald stieg der Weg an und mündete schließlich in einem Oval, etwas breiter als ein Brunnen, an dessen Wand sich eine Treppe ohne Geländer in die Höhe schraubte. Ich leuchtete mit der Öllampe hinauf, konnte das Ende der Treppe aber nicht erkennen.

»Etwa da rauf?«, fragte ich mit erstickter Stimme. Meine Worte hallten gespenstisch in der Höhe nach.

»Ja«, sagte Tarik. »Geh einfach ganz an der Seite. Es ist nicht so schlimm.«

Nicht so schlimm. Ich schluckte und setzte mich in Bewegung. Die Treppe war aus Stein und von der Feuchtigkeit ganz rutschig. Ich fasste an die glatte Steinwand zu meiner Rechten. Die ersten Stufen waren noch erträglich, doch je höher wir kamen, desto lauter wurden die Sorgen in meinem Kopf. Es ging steil hinab und es gab nichts zum Festhalten. *Wenn ich ausrutsche, wenn ich falle …*

Ich schüttelte den Kopf und biss die Zähne zusammen. Tarik ging ein paar Schritte hinter mir. Weiter, immer weiter, liefen wir die Treppe empor. Als ich schon dachte, wahnsinnig zu werden, kam endlich eine Plattform mit einem schmiedeeisernen Geländer in Sicht.

»Wir sind da!«, flüsterte Tarik erleichtert.

Eilig lief ich die letzten Stufen nach oben und hielt mich am Geländer fest. In der Dunkelheit konnte ich einen kleinen quadratischen Eingang ausmachen.

»Lass mich zuerst reinschauen«, raunte Tarik und schlängelte sich an mir vorbei. Er ging in die Hocke und drückte die Tür einen Spaltbreit auf. Ein Lichtstrahl fiel in den Tunnel. Ich hielt die Luft an und lauschte. Tarik rührte sich ebenfalls nicht vom Fleck und spähte in den Raum.

»Gut«, flüsterte er dann. »Niemand ist drinnen.«

Ein zentnerschweres Gewicht löste sich von meiner Brust und ich atmete tief durch. Diesen ersten Teil hatten wir geschafft.

Tarik stieß die Tür ganz auf, krabbelte durch das Loch und ließ sich aus meinem Sichtfeld fallen. Ich kroch ihm hinterher und stockte. Der Geheimgang endete am oberen Teil einer Wand. Von hier aus ging es gut zwei Meter tief in ein opulentes Schlafzimmer.

Ich fluchte leise. »Wer hat sich denn diese schwachsinnigen Eingänge ausgedacht? Sie sind total schlecht zu erreichen«, beschwerte ich mich, während ich mich umständlich ins Zimmer fallen ließ.

Tarik warf mir ein halbherziges Grinsen zu. »Das ist ja auch das Prinzip bei Geheimgängen.«

Ich schnitt eine Grimasse und betrachtete das Loch, durch welches wir gekommen waren. Es war von dieser Seite hinter einem großen Büffelgeweih versteckt, das an der Stirnseite des Raumes thronte.

»Immerhin sind sie bei einem Konzept geblieben«, murmelte ich und sah mich weiter um.

Der Raum war mit dunklem Holz ausgekleidet, an der rechten Seite waren zwei spitze, schmale Fenster, die etwas vom rötlichen Abendlicht hereinließen. An der gegenüberliegenden Seite stand ein schmales Bett, ebenfalls aus dunklem Holz, daneben ein Schreibtisch und eine Tür.

»Das hier war also dein Zimmer?«, fragte ich. Ich wusste nicht, was ich erwartet hatte, aber dieser Raum war so leer, so karg, fast schon steril. Das komplette Gegenteil zum kreativem Chaos in Tariks Ladengeschäft.

»Ja«, sagte er und sah sich um. »Nichts Besonderes, aber es war mein Raum im Palast.«

Ich trat zum Fenster, um mich zu orientieren. Zu meiner Erleichterung befanden wir uns schon recht hoch in der Festung. Man konnte von hier aus über den kompletten Ort sehen.

»Wo müssen wir hin?«, wendete ich mich an Tarik, der schon durch einen Spalt in der Zimmertür spähte.

»Der linke Turm ist nicht allzu weit«, raunte er. »Wir müssen den Gang durchqueren und dann ins Treppenhaus bis ganz nach oben. Ich gehe aber davon aus, dass Wachen vor Shaninis Zelle positioniert sind.« Er bedachte mich mit einem langen Blick. »Noch kannst du hierbleiben. Es könnte gefährlich werden, es ist sogar wahrscheinlich, dass es gefährlich wird.«

»Was?«, rief ich empört. »Ich bleibe sicher nicht auf den letzten Metern stehen. Geh vor, ich komme dir hinterher.«

Tarik zögerte, dann nickte er. »In Ordnung.«

Mein Herz klopfte schneller gegen meine Brust, als er durch den Türspalt auf den Gang schlüpfte und den steinernen Flur heruntersprintete. Ich rannte ihm nach, so schnell, dass ich kaum etwas von der eindrucksvollen Festung registrierte.

Es sah hier völlig anders aus als am Königshof in Arada, aber ebenfalls majestätisch. Die Decken waren mindestens vier Meter hoch, an den Wänden hingen silberne Kronleuchter, die die Flure erhellten. Davon abgesehen war es schlicht und puristisch. An der bergzugetanen Wand ergaben Formen und Struktur des Felsens eine organische Gestaltung.

Ich rauschte an allem vorbei, betete mit jedem Schritt, unentdeckt zu bleiben. Tarik schlug mit einem Mal einen Haken und tauchte durch einen Torbogen in ein abgeschiedenes Treppenhaus. Schwer atmend kam ich neben ihm zum Stehen, doch er ließ mir keine Verschnaufpause. Sofort lief er zur Wendeltreppe, nahm zwei Stufen auf einmal und schraubte sich in die Höhe. Ich folgte ihm mit zusammengebissenen Zähnen, musste meinen Schritt aber verlangsamen. Das enge Treppenhaus ließ darauf schließen, dass wir bereits im ersten der vier Türme angelangt waren.

Wir liefen weiter hinauf, immer höher, bis mir von den engen Kreisen schwindelig wurde. Dann bremste Tarik ab. Am Ende der Treppe war eine schmale Tür aufgetaucht. Sie war unbewacht. Im ersten Augenblick überkam mich Erleichterung, die gleich darauf in Ernüchterung umschlug. Wenn keine Wachen da waren, dann gab es hier auch nichts zu bewachen.

Trotzdem gingen wir den letzten Weg bis zur Tür. Tarik zog sie auf. Zum Vorschein kam eine Rumpelkammer, die offensichtlich seit Jahren nicht mehr betreten worden war. Überall stapelten sich Kisten, Bücher, sogar altes Spielzeug und alles war unter einer dicken Staubschicht begraben.

»Shanini?«, flüsterte ich ohne große Erwartungen. »Bist du hier irgendwo?«

Es blieb still.

»Dann weiter«, seufzte ich und machte auf dem Absatz kehrt.

Als wir endlich wieder unten angekommen waren, scheuchte Tarik mich den Gang, aus dem wir eben gekommen waren, weiter hinab, dann eine breite Treppe hinunter auf eine Zwischenebene und wieder hoch in den nächsten Gang. Niemand kam uns entgegen und allmählich fragte ich mich, ob nicht die ganze Festung ausgestorben war.

In diesem Teil des Palasts sah es identisch aus wie um den letzten Turm herum. Wir fanden auch das zweite Treppenhaus, hetzten die Wendeltreppe hinauf und stießen erneut auf ein staubiges, menschenleeres Zimmer.

Langsam schwand die Zuversicht in mir und auch Tariks Schultern sanken herab. Wir liefen die zweite Wendeltreppe wieder hinunter, zurück in den Flur – und erstarrten zu Salzsäulen.

Zwei Männer in opulenten mitternachtsblauen Kutten kamen den Gang heruntergeschlendert, genau auf uns zu. Bei unserem Anblick blieben sie stehen und ihre Gesichter hellten sich auf.

»Tarik?«, rief einer von ihnen. Er war dicklich und groß, und sein hängendes Doppelkinn erinnerte mich an einen Pelikan. »Ich wusste nicht, dass du zurück bist, *oğlum.*«

Blanke Panik wallte durch meine Adern.

Tarik stieß einen kehligen Laut aus. »Gerade angekommen«, sagte er.

»Das ist ja was! Gut, dich zu sehen«, sagte der Pelikan beschwingt und klopfte Tarik auf den Rücken. »Wie man hier gehört hat, ist es gut gelaufen?«

»O ja«, sagte Tarik. »Wie geplant.« Sein Kiefer knackte.

»Wollte Kaplan nicht dich zum König machen?«, meldete sich der andere Mann zu Wort. Er war einen Kopf kleiner und hatte listige Augen.

Ich konzertierte mich ganz auf meinen Atem, der völlig aus dem Rhythmus gefallen war.

»Ich habe ihm die Position überlassen«, sagte Tarik mit festerer Stimme.

»Ach?«, machte der Pelikan. »Warum?«

»Er ist besser in diesen Dingen«, sagte Tarik und hielt dem Blick des kleineren Mannes stand.

»Das ist ja eine ungeahnte Wendung. Und wer ist das?«

Alle Augen schossen zu mir.

»Seine Frau«, stammelte ich und biss mir auf die Zunge. Warum fiel mir ausgerechnet das als Erstes ein?

Ich spürte Tariks verblüfften Blick auf mir.

»Du bist verheiratet?«, fragte der Mann mit den listigen Augen.

Tarik stockte kurz, dann richtete er sich auf. »Frisch verheiratet. Wir wollten das eigentlich erst heute Abend bekannt geben.«

»Wunderbar.« Der größere Mann lachte und klopfte Tarik noch einmal auf die Schulter. »Dann komm erst mal an, *oğlum*. Wir sehen uns nachher beim Abendessen in der Halle.«

Tarik nickte. »Bis heute Abend.«

Die beiden Männer nickten noch einmal, bevor sie an uns vorbeischlenderten. Mir entging dabei nicht der skeptische Blick des kleineren.

Kaum waren die Männer um die nächste Kurve verschwunden, stieß Tarik ein leises Knurren aus. »Jetzt aber schnell. Wir haben nur noch ein paar Minuten.« Im nächsten Moment nahm er die Beine in die Hand und raste den Gang hinunter.

»Ein paar Minuten bis was?«, rief ich im Laufen.

»Bis sie auch nur irgendjemandem von meiner Rückkehr erzählt haben. Wenn die Nachricht von der erfolgreichen Eroberung Aradas es bis hierher geschafft hat, dann sicher auch die Nachricht von einem Blutsverräter.«

Mir wurde eiskalt. »Dann werden sie uns jagen«, flüsterte ich.

Ich spürte Tariks Blick auf mir. Er musste es nicht bestätigen. Wie sollten wir es nur fertigbringen, Shanini zu finden, sie zu befreien und uns rechtzeitig aus dem Staub zu machen? Der Palast war ein Irrgarten und die Uhr tickte.

Wir erreichten das dritte Treppenhaus und spurteten die Stufen hinauf. Durch eines der wenigen Fenster fiel etwas silbriges Mondlicht herein.

Meine Glieder kribbelten inzwischen schon und wurden mit jedem Schritt schwerer. Dann endlich kam die oberste Stufe in Sicht und mit ihr zwei vor sich hindösende Wachmänner, die an der Tür lehnten. Bei ihrem Anblick wäre ich beinahe rückwärts die Treppe hinuntergestürzt. Verdammt, an diese Hürde hatte ich nicht mal mehr gedacht! Ehe ich weiter ins Grübeln fallen konnte, schob sich Tarik an mir vorbei.

»Keine Zeit für eine elegantere Lösung«, murmelte er und trat direkt auf die Wachen zu.

Ich schnappte nach Luft. *Was soll das werden?* Wir hatten doch noch keinen Plan, was machte er denn da?

Die Wachen setzten sich überrascht auf. »Was zur …«, rief einer von ihnen. »Hier ist jeglicher Zugang verboten, auch für dich.«

»Ich bin der König von Melidiya«, sagte Tarik selbstbewusst und baute sich vor den Männern auf.

Die beiden tauschten einen kurzen Blick. »Nein«, sagte einer mit kalter Stimme. »Das bist du nicht. Kaplan ist der neue König.«

Die Männer langten nach ihren Waffen, doch Tarik reagierte blitzschnell. Mit einem Satz war er in ihrer Mitte und fasste nach ihren Gewehren. Kurz dachte ich, dass er sie entwaffnen wollte, doch dann schlang Tarik seine Finger um die Handgelenke der Wachen.

Was macht er da?

Und da sah ich es. Zum ersten Mal sah ich, wie Tarik nach seiner Magie schöpfte. Sein ganzer Körper begann zu beben, seine Knöchel traten weiß hervor und die Wachmänner verzogen schmerzerfüllt die Gesichter, ganz so, als wäre Tariks Berührung pure Säure. Fast synchron schien das Blut aus ihnen zu weichen, ihre Gesichter wurden fahl und schlaff, ihre Schultern sackten zusammen, ihre Beine begannen zu zittern und etwas Dunkles, Ängstliches flackerte in ihren Augen auf.

Erst jetzt bemerkte ich, dass ich aufgehört hatte zu atmen. Was auch immer Tarik sie spüren ließ, es sah wie die Hölle auf Erden aus und ich wünschte dieses Gefühl nicht einmal diesen bulligen Wachen, meinen Feinden.

Genauso plötzlich, wie Tarik sich ihre Hände gekrallt hatte, ließ er sie los.

Die Männer sackten zitternd in sich zusammen. Tarik entriss ihnen die Gewehre und drehte sich zu mir um. Ich keuchte leise. Er *strahlte*. Sein Gesicht war zu einem breiten Grinsen verzogen, sein Körper wirkte kraftstrotzender als je zuvor.

»Hier«, sagte er und warf mir eines der Gewehre zu.

Ich fing es gerade so auf, bevor es auf die Treppe gefallen wäre. Noch immer durch den Wind stolperte ich die letzten Stufen hinauf.

Nehmende Magie. Er konnte die Stärke und Zuversicht aus seinen Opfern saugen. Sie im Rest ihrer Gefühle zurücklassen. Gänsehaut überkam mich. Was die Wachen wohl gerade fühlten?

Als Tariks Blick meinen kreuzte, schwand das Grinsen aus seinem Gesicht. Er öffnete den Mund, aber etwas in ihm schien ihn zu bremsen.

»Shanini«, stieß ich irgendwann hervor und stolperte auf die Tür zu. Mit zittrigen Fingern schloss ich sie auf und öffnete die schwere Tür. Da saß sie. Mitten auf dem Boden, noch immer in meinem Brautkleid, das inzwischen einen grauen Dreckschleier hatte. Ihr Blick war nach draußen auf den Mond gerichtet. Als sie uns hörte, drehte sie sich um. Ihr Blick fiel erst auf Tarik, dann auf mich. Im nächsten Moment veränderten sich ihre Züge und sie begann zu schreien.

35

Naima

Shanini schrie wie am Spieß. Es klingelte in meinen Ohren.

»Hör auf!«, rief ich und hastete zu ihr. »Bitte, hör auf! Sie werden uns hören!«

Zu meiner Erleichterung verstummte Shanini augenblicklich. Doch dann legte sie den Kopf schief und ein bitterböser Ausdruck trat in ihre glasigen Augen. »Umso besser«, sagte sie. »Sie sollen euch holen und vernichten.«

Es fühlte sich an, als hätte sie mir einen Dolch ins Herz gerammt.

»Das kann unmöglich dein Ernst sein«, flüsterte ich.

»Doch, ist es. Alles ist gut, so wie es ist.« Sie wirkte wie im Wahn. »Die richtige Seite hat endlich gewonnen.« Sie bleckte ihre Zähne.

»Aber ... nein! Das bist doch nicht du!« Ich spürte, wie mir Tränen in die Augen schossen.

Alles umsonst.

Die kämpfenden Truppen in Arada. Diese ganze Reise, die Gefahr, der wir uns ausgesetzt hatten. *Alles für nichts?* Wir waren hier, um eine Prinzessin zu retten, die gar nicht gerettet werden wollte? Und allem Anschein nach würden wir dafür auch noch mit dem Leben bezahlen.

»Ich kenne dich doch«, flüsterte ich. »Shanini, so bist du doch nicht.«

Sie grinste. Ihre Augen waren von einem milchigen Schleier belegt. »Wie bin ich denn?«

»So kalt«, stieß ich hervor. »So furchtbar.«

»Darf ich mal?«

Ich ließ mich bereitwillig von Tarik zur Seite schieben. In diesem kurzen

Augenblick hatte jede Kraft meinen Körper verlassen. Tarik kniete sich vor seine Schwester und riss mit einer schnellen Bewegung an der Kette um ihren Hals. Geräuschlos löste sich der Verschluss, nur Shanini keuchte.

Die Kette. Sie hatte immer noch die Kette getragen. Erst jetzt wurde es mir klar. Tarik sah auf den Mondanhänger in seiner Hand, dann wieder zur Prinzessin.

»Es tut mir leid, was ich dir angetan habe«, flüsterte er.

Erwartungsvoll sah ich zu Shanini. Der Anhänger war nicht länger an ihr, sie war befreit.

Zu meiner Enttäuschung blieb ihr Blick jedoch kühl und sie verzog keine Miene.

»Weißt du, wer ich bin?«, fragte Tarik zögerlich.

Shaninis Blick glitt durch ihren Bruder hindurch. Sie war mit einem Mal völlig weggetreten.

»Shan?«, fügte Tarik hinzu. »Ich bin's, dein Bruder.«

Aber Shanini blieb stumm, sah aus, als hätte sie Tarik noch nie gesehen.

Plötzlich ging ein Beben durch Tariks eben noch stolz geplusterte Brust. »Ich habe sie zerstört«, flüsterte er. »Was habe ich nur getan?«

Blankes Entsetzen durchströmte mich, als ich sah, wie er aufgegeben hatte. Das war's. Wir saßen fest und hatten mit dieser Mission niemandem geholfen. Wir würden ohne Prinzessin zurückkommen. *Sollten wir überhaupt noch zurückkommen.*

»Sie ist sehr empfänglich für Magie«, hörte ich mich sagen. »Der Fluch muss bleibende Schäden bei ihr angerichtet haben.«

Einer der Wachmänner vor der Tür wimmerte leise.

Tarik fuhr sich übers Gesicht. »Ich dachte, ich könnte es durchbrechen«, keuchte er. »Ich dachte, ich könnte nicht nur Dunkles bringen. Aber am Ende ist es doch meine Bestimmung. Die Nacht, die Dunkelheit. Ich kann den Menschen nur alles wegnehmen und mich aus ihnen stärken, ich kann nur alles an mich reißen. Ich verdiene solche Kräfte gar nicht, ich verdiene es nicht ...«

Plötzlich verstummte er und sah Shanini prüfend an. »Ich sollte eher das da fühlen«, murmelte er. »Ich könnte es an mich nehmen.«

»Was?« Ich verstand gar nichts mehr. »Was meinst du damit?«

Tariks Blick schnellte zu mir und er machte einen Schritt auf mich zu. »Naima«, flüsterte er, auf einmal erregt. »Wenn es klappt, dann bin ich möglicherweise zu nichts mehr zu gebrauchen. Weißt du noch den Weg zu meinem Zimmer?«

»Warum?«, entgegnete ich.

»Weißt du ihn?«

»Ich glaube schon, aber ...«

Tarik nickte. »Wenn es mir gelingt, rennt ihr so schnell ihr könnt. Lasst mich hier zurück, ich habe es so verdient.«

»Was redest du denn da?«, fragte ich atemlos.

Tarik umfasste meine Hände. »Ich versuche meine Magie umgekehrt zu nutzen. Ich werde all die Ängste und Gedanken, die ich ihr eingepflanzt habe, in mich aufnehmen. Ich werde alles zurücknehmen, damit sie wieder sie selbst sein kann. So herum habe ich das noch nie gemacht und ich denke nicht, dass es sonst jemand gemacht hat, also hoffe ich, dass es wirkt ...«

»Das kannst du nicht tun!« Mir blieb die Luft weg. »Wenn du die Dunkelheit in dir aufnimmst, könnte dich das zerstören. Es wird dir das Gleiche antun wie ihnen. Wenn nicht sogar Schlimmeres.« Ich machte eine Kopfbewegung zu den wimmernden Wachen am Eingang.

Tarik folgte meinem Blick. »Das wäre nur gerecht«, sagte er mit kratziger Stimme. »Und vielleicht reicht es ja als kleiner Vertrauensbeweis.«

»Aber ...«, setzte ich an, ohne zu wissen, was ich eigentlich sagen wollte.

Tariks Mundwinkel zuckte. »Danke, dass du Licht in meine Dunkelheit gebracht hast, Naima.« Seine Stimme brach ab und sein Blick fiel auf meine Lippen. Mit seinen Fingern strich er mir vorsichtig über die Innenseite meiner Unterarme und hinterließ ein Kribbeln auf meiner Haut. Dann drehte er sich ruckartig von mir weg und langte nach Shaninis dünnen Handgelenken.

Ich spürte, wie er die Magie erneut in sich aufwallen ließ. Shaninis aggressiver Gesichtszug wich einem schmerzerfüllten und ihre Augen verdrehten sich und wurden einen Moment weiß.

Ich wollte zu ihr eilen, ihr helfen, aber ich fühlte mich schwer wie Stein. Alles in meinem Kopf drehte sich und ich wusste nicht mehr, was wahr und was falsch war. Ich war wütend, stinksauer auf Shanini und gleichzeitig auf Tarik. Die andere Seite meines Gehirns hatte panische Angst um beide der Geschwister.

Und dann passierte es: Im völligen Gegensatz zu dem, was bei den Wachen passiert war, wurde Shaninis Rücken Wirbel für Wirbel gerader, ihre Schultern bogen sich nach hinten, ihr Kopf richtete sich auf, wie von einem Bindfaden in die Höhe gezogen. Selbst ihre Mundwinkel hoben sich an und ihre Augen rollten sich wieder in Position.

Ich gab ein Gurgeln von mir. Ich kannte diese Person. Shanini sah freundlich und elegant aus, zugetan und nachdenklich, wie bei unserem allerersten Treffen, damals in Zoes Zimmer.

Ich spürte, wie mir eine Träne die Wange hinunterrollte.

»Naima«, begrüßte mich Shanini. Ihre Stimme war melodisch und warm. »Was tust du denn hier?«

Sie sah sich um, registrierte Tarik, und Entsetzen überkam sie. »Tarik? Bist du es wirklich? Das kann nicht sein! Wo bin ich?«

»An einem Ort, den wir schnellstens verlassen müssen«, sagte ich.

Eine Mischung aus Schluchzen und Lachen sprudelte aus meiner Kehle. Endlich aus meiner Starre erlöst, stürzte ich zu ihr und drückte ihre Hand, ehe ich mich zu Tarik umdrehte. Die böse Vorahnung in meinem Herzen übertraf sich, als ich endlich sein Gesicht sah. Jegliche Farbe war aus seinem Körper gewichen. Er war in sich zusammengesackt, zitterte am ganzen Leibe und stieß ein leises Stöhnen aus.

Mein Herz verkrampfte sich bei seinem Anblick. Ich fasste ihm an die Stirn, sie war eiskalt.

»Tarik?«, flüsterte ich. »Kannst du mich hören?«

Ich bekam keine Antwort. Immer mehr Verzweiflung wallte in mir auf. Er wollte, dass wir ihn zurückließen, aber das konnte ich nicht!

»Was ist mit ihm?«, fragte Shanini besorgt. »Was hat er?«

Ich kämpfte gegen ein Schluchzen an. »Alles, was du in der letzten Zeit gefühlt haben musst. Ich erkläre es dir später. Komm, hilf mir, wir müssen hier weg …«

»Bloß keine Eile«, segelte da eine süffisante Stimme zu uns herab.

Im Türrahmen stand der kleine Mann mit dem listigen Blick, hinter ihm ein Pulk Wachmänner, die gesamte Treppe hinunter, und ein steinalter Mann mit purpurnen Gewändern. Ohne ihn zu kennen, wusste ich sofort, wer er war. *Der Siebte.*

Die Welt schien von jetzt auf gleich stillzustehen. Tarik zitterte unter meinen Fingern, Shanini stieß einen überraschten Laut aus. Wir saßen in der Falle.

»Was suchst du hier in Gediz? Du stehst ganz oben auf der Feindesliste, *Erster*«, dröhnte der Zauberer im roten Gewand. »Sieh mich gefälligst an, wenn ich mit dir spreche!«

»Er kann nicht«, stieß ich hervor.

Der Siebte warf mir einen missbilligenden Bick zu, ehe er nähertrat. Ohne mich oder Shanini zu beachten, streckte er den Fuß aus, der, wie ich erst jetzt registrierte, barfuß war, und stupste damit Tariks Kopf an, sodass er zur Seite rollte. Ekel durchzuckte mich.

»Was für ein Schwächling er schon immer war«, spottete der Zauberer. »Ist ihm ein Zauber misslungen? Dieser Narr!«

Mein Körper war bis in die Zehenspitzen gespannt. Alles in mir drängte darauf, auf diesen widerlichen Mann loszugehen, aber mein letztes bisschen Verstand hielt mich zurück.

»Von welcher lächerlichen Bewegung seid ihr?« Plötzlich schoss der Blick des Zauberers zu mir. Seine Augen waren hellblau und eiskalt.

»Von gar keiner«, sagte ich.

»Lüg nicht!«, rief der alte Mann und durchbohrte mich mit seinem Blick. »Es nützt dir eh nichts«, fügte er überheblich hinzu und griff nach meinem Kinn.

Ich spürte, wie ich die Augen aufriss, als mich ein stechender Schmerz durchzuckte. Er würde mich aussaugen, würde mir alle Kraft nehmen, vielleicht sogar mein Wissen. Ich spürte, wie ich Stück für Stück von mir selbst verlor. Spürte eine eisige Kälte, die beinahe unwirklich war.

Meine Welt wurde klein. Warum kämpfte ich überhaupt noch? Wer würde mich vermissen, wenn ich die Kälte zuließ? War nicht alles egal? War ich nicht sowieso schon immer allein gewesen? Ich, das kleine Findelkind, das niemanden hatte, das zum Löcherstopfen bestimmt war –

Nein! Eine leise Stimme meldete sich in meinem Hinterkopf.

Nein. Ich würde mich nicht aussaugen lassen, ich würde Melidiya nicht dem Untergang überlassen, Tarik, Shanini, all die Menschen in Arada!

Mit aller Kraft kämpfte ich gegen den Wahn an. Mein ganzer Körper schmerzte, als ich in meinen Stiefel griff und etwas Metallisches zu fassen bekam. Ich zog die Schneiderschere heraus und rammte sie in das nächstbeste Körperteil, das ich zu fassen bekam. Der Schmerz riss urplötzlich ab und ein lautes Japsen erklang. Ich spürte etwas Heißes über meine Finger laufen.

Es dauerte einen Augenblick, bis meine Augen wieder scharfstellten. Dann sah ich den Siebten. Ich sah Blut, heißes rotes Blut, das aus der Flanke seines Oberkörpers in seine teuren Gewänder sickerte und über meine Schere und meine Finger rann. Ein Gurgeln kam aus seiner Kehle, dann schwankte der Zauberer und fiel zu Boden.

Shanini sah mich mit schockgeweiteten Augen an. Im nächsten Moment stürzten sich auch schon dutzende Wachen auf mich und ich spürte, wie mir ein Schlag in den Magen verpasst wurde. Würgend kippte ich zur Seite und die Schere fiel klirrend zu Boden.

Ein weiter Schlag traf mich an der Schläfe und alles verschwamm und wurde schwarz.

36

Shanini

Mit einem Donnern schlugen die Wachen die Tür zu. Mehrere Stiefelpaare stampften die Treppe hinab, doch ein paar positionierten sich offenbar vor der Tür. Ich war gefangen und allein mit zwei bewusstlosen Körpern.

Zu einer Seite lang Tarik, mein Halbbruder, den ich seit acht Jahren nicht gesehen und lange sogar für tot gehalten hatte, so urplötzlich und heimlich, wie er verschwunden war. Jetzt lag er hier zitternd auf dem Boden neben mir.

Zu meiner anderen Seite lag Naima, von den Wachen bewusstlos geschlagen, nachdem sie törichterweise den Mann in Rot mit einer Schere angegriffen hatte.

Und ich saß hier, zwischen den beiden, ohne die leiseste Ahnung, warum. Was, bei der Sonne, war denn nur passiert? Was machten ausgerechnet diese beiden Menschen bei mir?

Nachdem ich vergeblich versucht hatte, einen von ihnen zum Aufwachen zu bringen, breitete ich den Fetzen von Decke über ihnen aus und trat zum Fenster. Ich sah in einen tiefschwarzen, wolkenverhangenen Nachthimmel. Weit unter uns lag ein kleiner Ort, nur durch eine Handvoll Lichter verraten.

»Wir lassen Kaplan eine Nachricht zukommen und ihn entscheiden, was mit denen passiert«, hatte einer der Männer gesagt, als er den verwundeten Mann in Rot herausgeschleppt hatte.

Kaplan, das war mein Onkel. Der rachsüchtige Bruder meines Vaters. Langsam sickerten die Erinnerungen zurück in meinen Kopf. Bruchstücke, die sich mehr wie Träume anfühlten, blitzten vor meinem inneren Auge auf und setzten sich zu einer Handlung zusammen. Meine geplatzte Hochzeit, der Anschlag ...

»Mutter«, flüsterte ich. Meine Augen füllten sich mit Tränen, als mich plötzliche Klarheit überkam. Sie war tot. *Fort.* Hatte ich überhaupt um sie getrauert? Was hatte mich so neben mir stehen lassen, dass ich nicht einmal das mehr wusste? Was war nur los mit mir?

Ein Schluchzen bahnte sich seinen Weg meine Kehle empor. Was hatte ich noch verpasst? Wie war es zu diesem Albtraum gekommen?

Benommen rutschte ich an der Wand zu Boden. Ich war schwach. Wie recht Mutter doch mit jedem ihrer Worte gehabt hatte. Sie war gut gewesen. Und ich hatte es ihr vorgeworfen. Ich vergrub das Gesicht in den Händen. Jetzt saß ich hier fest, in den Fängen meines Onkels, und niemals konnte ich mich wieder bei ihr entschuldigen, denn sie war fort.

37

Naima

Höllische Kopfschmerzen weckten mich auf. Als ich mich aufrappelte, sah ich Shanini vor mir knien. Ihre Augen waren leicht gerötet, aber zum Glück hatte sie wieder einen wachen Gesichtsausdruck.

Wie ein Blitz zuckte der Schmerz durch meinen Schädel und ich keuchte leise.

»Alles in Ordnung?«, flüsterte Shanini. »Hier, nimm etwas Wasser!« Sie reichte mir ein Glas.

»Danke«, stieß ich hervor und sah mich um, während ich ein paar Schlucke trank. Draußen war es noch dunkel. Tarik lag zusammengerollt neben mir. Er hatte aufgehört zu zittern, war aber immer noch bewusstlos.

Ohne nachzudenken, tastete ich nach seiner Stirn und strich ihm die Haare zur Seite. Er war eiskalt. Zu meiner Erleichterung hob und senkte sich sein Brustkorb regelmäßig.

Ich spürte Shaninis verwunderten Blick auf mir und zog ertappt meine Hand zurück. Ihre Augenbrauen schossen in die Höhe, aber sie schwieg.

»Wie fühlst du dich?«, fragte ich ausweichend. »Erinnerst du dich daran, was auf der Hochzeit passiert ist?«

»Die Erinnerungen sind langsam wiedergekommen«, erklärte Shanini. »Meine Mutter, sie ist …?«

Ich schluckte schwer. »Ja«, antwortete ich mit belegter Stimme.

Shanini nickte und kämpfte gegen ein Schluchzen an. »Die ganze Welt muss mich hassen. Ich habe sie nicht gerächt, ich habe den Palast wie ein Feigling dem Feind überlassen. Ich weiß nicht, was in mich gefahren ist. Es hat sich wie ein Traum, wie ein Wahn angefühlt, aber das ist keine Entschuldigung.« Sie schüttelte benommen den Kopf. »Ich würde mich dafür auch hassen.«

»Niemand hasst dich«, sagte ich und ergriff ihre Hand. »Es ist eine lange Geschichte. Eine müßige dazu. Aber es ergibt alles Sinn.«

Die Prinzessin sah mich zweifelnd an. Wo sollte ich nur anfangen?

»Du weißt ja von deinem Vater, wie Nehmende Magie funktioniert«, setzte ich an. »Du wurdest verzaubert, alle Hoffnung und Kraft wurden aus deinem Körper gezerrt. Die Nehmende Magie hat sich entzündet, nachdem meine um Mitternacht verschwunden ist. Kein Wunder, dass du bei den Feierlichkeiten so neben dir standest.«

Da sich Shaninis Skepsis nicht auflöste, redete ich weiter. Ich erzählte von Tarik und Hamdan, von Kaplans Machtübernahme und den Kämpfen in der Stadt. Shanini war eine gute Zuhörerin und unterbrach mich kein einziges Mal. Sie hörte sich alles aufmerksam an und nickte dezent, als ich damit endete, wie Tarik seine Kraft schlussendlich gegen sich selbst gerichtet und ihre Ängste in sich aufgenommen hatte.

Ihr Blick fiel auf Tarik und wurde traurig. »Der Arme«, sagte sie. »Was hat ihn nur getrieben?«

Ich war einen Augenblick sprachlos. Wieso war sie nicht wütend? Wieso *explodierte* sie nicht vor Wut?

Shanini schüttelte den Kopf. »Ich meine, warum hat er sich in dieser ganzen Sache verstrickt? Warum ist er nicht einfach zu mir gekommen? Das klingt so gar nicht nach ihm.« Sie seufzte. »Ich habe so viele Fragen.«

»Meinst du, er wird wieder?« Ich konnte die besorgte Note in meinen Worten nicht verstecken. »Weißt du, wie das alles funktioniert?«

»Mein Vater hat immer gesagt: Glück ist flüchtig, Sorge robust.«

Ich blinzelte. »Soll heißen?«

»Wenn wir Freude empfinden, egal wie groß sie ist, kann sie schnell wieder verpuffen. Sorgen und Ängste sind dagegen umso haltbarer. Sie hängen einem lange nach und es ist schwer, sie zu überkommen. Das ist das Gemeine daran.« Sie wiegte den Kopf. »Ich denke, das gilt auch für die Magie, weshalb das Bedürfnis von Zauberern nach guten, frischen Gefühlen unstillbar ist.

Die aufgesogene Euphorie erlischt schnell. Wohingegen ihm das, was er aufgenommen hat, wohl noch lange nachhängen wird.« Sie wies auf Tarik.

»Aber irgendwann wird er es wieder los, oder?«, drängte ich.

»Ja, mit Sicherheit. Ich denke, dass es ihn vor allem nachts heimsuchen wird.«

Ich nickte. Das war immerhin etwas. Ich warf einen Blick nach draußen, auf den immer noch dunklen Himmel und sehnte den Sonnenaufgang herbei. Gleich darauf biss ich mir auf die Zunge. Der Tagesanbruch half uns gar nicht. Wir saßen immer noch fest. In einem Turm. Mit tausend Wachposten vor der Tür. Wie sollten wir es an ihnen vorbei und zurück zu Tariks Geheimausgang schaffen?

»Was machen die wohl mit uns?«, fragte ich. »Was ist mit dem Siebten passiert? Habe ich ihn ... war er ... *tot*?« Ich schluckte schwer.

»Das war ein Zauberer?«, rief Shanini und schlug sich die flache Hand vor die Stirn. »Ich glaube es nicht, du hast einen Zauberer mit einer Schere abgestochen?«

Ich knirschte mit den Zähnen. »Ist das schlimm?«

Shanini lachte laut auf. »Nein, es ist einfach nur ziemlich sagenhaft.«

»Oh.« Ich spürte, wie ich rot wurde. »Was, meinst du, ist mit ihm passiert?«

»Ich weiß es nicht. Es ging alles so schnell. Du hast ihn ziemlich übel getroffen, aber ob er daran zu Grunde gegangen ist, kann ich nicht sagen.«

Ich erschauderte. Ich wusste nicht, was schlimmer wäre: Einen Mann auf dem Gewissen zu haben oder die Rückkehr eines noch viel zornigeren Zauberers.

»Wir müssen hier weg«, sagte ich und sprang auf. »Und zwar schnell.«

Ich lief zur Tür und lauschte: Schritte, die auf und ab gingen. Da war mindestens ein Soldat vor der Tür, zu allem Überfluss war er auch noch wach. Ich tigerte zurück zum Fenster und warf einen Blick nach draußen. Wir befanden uns in schwindelerregender Höhe. Von außen hatte ich gesehen, wie steil die Türme in die Luft ragten. Hinunterzuklettern war unmöglich, es würde uns nichts als den sicheren Tod bringen.

Nervös verschränkte ich meine Finger ineinander. So konnte es doch nicht enden. Wir konnten hier doch nicht einfach festsitzen. Shanini stand auf und stellte sich zu mir ans Fenster. Nachdenklich sah sie nach draußen. Ich folgte ihrem Blick und erkannte erste hellere Töne, die sich unter den blauen Nachthimmel mischten.

»Sie werden uns in Stücke reißen«, flüsterte ich mit erstickter Stimme. »Es ist ein Wunder, dass sie uns jetzt noch nicht umgelegt haben. Ihr nächster Besuch wird sicher nicht so harmlos verlaufen. Wahrscheinlich werden sie nicht mal dich verschonen, aus Angst vor einem weiteren Rettungsmanöver.« Ich spürte, wie die Panik in mir aufwallte. »Alles umsonst.«

»Nein«, sagte Shanini entschieden. »Es wird nicht umsonst sein. Melidiya verdient eine bessere Zukunft. Ich muss wiedergutmachen, was passiert ist. Ich muss mich bei meinem Volk entschuldigen. Sie sollen wählen, ob sie mir verzeihen, aber sie sollen *wählen können*!«

Ein erster Sonnenstrahl schob sich am flacher werdenden Horizont empor, ganz so, als würde Melidiya ihr antworten.

»Aber wie?«, stieß ich hervor.

Shaninis Augen wurden groß. Sie sah zu mir und wieder zur aufgehenden Sonne. Dann flüsterte sie so aufgeregt, dass ich sie kaum verstand: »Wenn eine Fee nicht fliegen kann, wer dann?«

Perplex sah ich sie an. »Ich kann nicht fliegen, das weißt du. Ich kann gerade einmal Kleider mit vorübergehenden Fähigkeiten ausstatten.«

»Gerade einmal!«, wiederholte Shanini aufgebracht. »Ich kann deine Fähigkeiten vermutlich am besten beurteilen, nachdem ich sie auf meiner eigenen Haut gespürt habe.«

Ich starrte Shanini weiter an, noch immer unwissend, was sie mir sagen wollte.

»Du hast ein Kleid gemacht, das meine Furcht ausgelöscht hat, und eines, das nicht mal von einer Kugel durchbohrt werden konnte. Wer, wenn nicht du, könnte uns einen Fallschirm nähen?«

»Einen was?«, keuchte ich.

»Einen Fallschirm! Er wird uns sicher nach unten tragen!« Shaninis Augen leuchteten.

»Das kann nicht dein Ernst sein. Du willst nicht wirklich aus dem Fenster springen!«, flüsterte ich. »Das ist lebensmüde.«

»Lebensmüde wäre es, hier zu bleiben.«

»Aber ...«

»Dann sind wir verloren. Der Versuch ist unsere letzte Chance. Melidiyas letzte Chance!« Shanini fasste nach meinem Handgelenk. »Bitte. Versuch es. Hast du eine Nadel dabei?«

Plötzlich spürte ich die Nadel, die ich in meinen Zopf gesteckt hatte, unnatürlich deutlich.

»Aber ich habe so was doch noch nie genäht! Ich habe gar keinen passenden Stoff!«

»Da findet sich genug«, sagte Shanini. Ohne mit der Wimper zu zucken, schälte sie sich aus ihrem weißen Hochzeitskleid und ließ die vielen verarbeiteten Meter vor meine Füße fallen. Anschließend schnappte sie sich die gräuliche Decke, in die Tarik gewickelt war. Er grunzte leise, als sie sie ihm entriss.

Perplex sah ich die Stoffschichten an. »Du meinst es wirklich ernst.«

»Mehr als alles, was ich je gesagt habe.« Sie bedachte mich mit einem langen Blick. »Ich kümmere mich um meinen Bruder. Versuch es.«

Einen Augenblick stockte ich, dann ging ich in die Hocke, um die Materialien anzusehen. Der Rock des Kleides war so ausgestellt, dass er für sich schon an ein Segel erinnerte. Nachdenklich zupfte ich auf der Innenseite an einer Längsfaser des unversäuberten Chiffons. Die Faser löste sich glatt aus der Schnittkante. Ich betrachtete sie. Es war ein beinahe perfekter Faden zum Nähen, dünn wie Engelshaar und doch stabil.

Ohne den Irrsinn infrage zu stellen, löste ich die Nadel aus meinem Zopf, fädelte die Faser ein und begann damit, das Oberteil vom Rock des Kleides zu trennen. Anschließend breitete ich den rund fallenden Rock auf dem Boden aus und nähte die Decke über das Loch in der Mitte. Die Sonne schob ihre Strahlen zum Fenster hinein und meine Nadel schien sich mit Hitze aufzuladen. Ich spürte den seidigen Stoff stärker denn je in meinen Händen. Mit jedem Stich gewann ich an Geschwindigkeit, griff nach der letzten

Zuversicht in meinem Herzen und ließ sie in das Kleid, nein, in das große weiße Segel fließen.

Wenn ich es recht bedachte, sah es inzwischen wirklich wie ein Fallschirm aus. Er würde uns drei tragen und er würde uns sicher hier herausbringen. Ich spürte die Magie und lehnte mich tief in sie hinein. Ich schöpfte aus dieser Quelle in meinem Inneren, dem Punkt in meinem Herzen, in dem alle Ideen, alle Hoffnung und Vorstellungskraft saßen. Ich beherrschte die Gebende Magie *und ich würde geben*. Ich würde Melidiya ihre Königin und den Frieden zurückbringen. Ich würde uns eine letzte Chance geben und vielleicht sogar dem verlorenen Geschwisterpaar.

Mein ganzes Leben war von dieser Bestimmung geleitet worden. Es war mein Schicksal, das mich bis hierher gebracht hatte, und ich würde es nicht enttäuschen.

Ich merkte nur flüchtig, wie meine Finger lange Bänder aus dem auseinandergenommenen Oberteil nähten und wie ich sie anschließend an den Schirm ansetzte. Als die Sonne schon hoch an den Himmel gewandert war, sah ich urplötzlich auf.

»Ich glaube, ich bin fertig«, sagte ich überrascht.

Shanini stand am geöffneten Fenster, Tarik war an sie gelehnt, die Augen halb geöffnet und auf mich gerichtet. Unwillkürlich versetzte der Anblick meinem Herz einen Hüpfer.

»Das trifft sich gut«, sagte Shanini. »Da ist nämlich gerade ein Reiter angekommen und wenn mich nicht alles täuscht, hat er unser Urteil im Gepäck.«

Ich schluckte einen neuen Anflug von Panik herunter und wies Shanini und Tarik an, in die zusammengenähten Schnüre zu steigen.

»Was habt ihr vor?«, fragte Tarik krächzend, aber wir übergingen seine Frage. Dafür war jetzt keine Zeit. »Das kann nicht euer Ernst sein, es wird niemals halten!«, protestierte er weiter. Er war kurzatmig und schwach.

Dicht aneinandergepresst kletterten Shanini und ich auf den Fenstersims, breiteten den Fallschirm vor uns aus und ließen ihn in die Tiefe segeln. Allein vom Anblick des kleinen Vorplatzes und der winzigen Häuser wurde mir schlecht.

»Das ist absolut wahnsinnig«, keuchte ich.

»Und genial«, sagte Shanini. »Meinst du, es klappt?«

Ich sah sie mit großen Augen an. »Es war doch dein Vorschlag!«

Shanini zuckte entschuldigend mit den Schultern, als hinter uns ein Poltern erklang. Jemand war schon bei der Tür.

Shanini und ich warfen uns einen panischen Blick zu, dann hakten wir uns links und rechts bei Tarik unter.

»Danke«, flüsterte Shanini. »Dass ihr dummen Kamele an mich geglaubt habt.«

Ehe ich irgendetwas erwidern konnte, ehe Tarik seine Bedenken noch mal äußern konnte, lehnte sich Shanini nach vorn und riss mich und Tarik in den Abgrund.

Ich hörte nicht mehr, wie hinter uns die Tür aufschlug, wie jemand schrie, hörte nur Shaninis gellendes Kreischen, das durchs Tal hallte, und spürte, wie sich die Luft gegen mein Gesicht drückte. Irgendetwas flatterte an meinem Ohr.

Wir flogen nicht. *Wir fielen!*

Der Boden kam immer näher, der staubige Platz vorm Palast. Ich wollte schreien, aber die Angst blieb mir im Halse stecken. Und dann ging ein Ruck durch meinen Körper, der mir die letzte Luft abschnürte. Wir wurden einen Meter zurück in die Höhe gewirbelt, die Schnüre schnitten in meine Haut, dann trug uns der Wind, langsam, fast friedlich. Irgendwo hinter uns ertönten mehr und mehr Schreie, aber wir flogen ihnen davon.

Ich rang nach Luft, sah nach oben, sah, wie sich der Fallschirm zu einer perfekten Halbkugel ausgebeult hatte, und brach in lautstarkes Lachen aus.

»Das kann nicht wahr sein! Das ist ja Zauberei!«, keuchte Tarik und Shanini fiel in mein Gelächter ein.

»Ich wusste es! Ich wusste, dass Feen fliegen können!«

Ich spürte gerade noch Tariks verwunderten Blick auf mir, da entflammte eine kleine Ohnmacht in meinem Magen. Stück für Stück kletterte sie von meinem Herzen meinen Hals empor und hinunter in meinen Magen, in meinen Schoß und in meine Glieder. Ich fühlte, dass ich es übertrieben hatte. Ich hatte meine Kräfte überstrapaziert.

Meine gesamte Energie floss in dieses Segel ein, das uns durch die Luft trug, in Richtung Dorfmitte. Ich kämpfte mit aller Kraft gegen die Ohnmacht an, spürte, wie das Segel zu vibrieren begann. Die Schnüre knarzten unter unserer Last. Der Boden kam näher und näher. Ich riss das letzte bisschen Willensstärke in meinem Körper zusammen, bevor mein Kopf zur Seite sackte und wir unweit des Schlachters mit einem Ruck auf der Straße aufschlugen. Ich landete krachend auf meiner rechten Hand und ein stechender Schmerz zuckte mir den ganzen Arm hinauf. Ich wollte ein Japsen ausstoßen, aber brachte keinen Ton heraus.

»Alles in Ordnung?«, fragte Shanini.

Ich sah auf mein Handgelenk, das beinahe augenblicklich anschwoll.

»Naima?« Tarik nahm mein Gesicht zwischen seine Hände. »Bist du in Ordnung?«

»Es geht schon«, nuschelte ich.

Irgendetwas an der Situation schien Tarik wacher werden zu lassen als zuvor. »Was ist mir ihr?«, fragte er kurzatmig.

»Sie muss sich verausgabt haben«, sagte Shanini und trat ebenfalls in mein Sichtfeld.

Ich wollte ihnen sagen, dass wirklich alles in Ordnung war, wollte mich aufrichten, aber konnte mich nicht rühren.

»Sie kann mit Nadel und Faden Magie erzeugen, Tarik. Sie hat ein Zaubersegel genäht.«

»Was?«, flüsterte er mit weit aufgerissenen Augen.

»Sie muss dir das alles selbst erzählen. Aber jetzt müssen wir hier erst mal weg!«, drängte Shanini. Sie sah sich gehetzt um. Wenn wir nicht alles gaben, dann würde uns der Rote Block bald einholen.

Ich sammelte die letzte Kraft zusammen, versuchte den Schmerz zu ignorieren und die Schnüre von mir zu strampeln. »Hadise«, stieß ich hervor.

Erleichterung trat in die Gesichter von Shanini und Tarik, während sie mir auf die Füße halfen.

»Los«, flüsterte ich.

Meine Beine zitterten unter meinem Gewicht, während wir auf den Wald zuwankten. Hoffentlich war die Stute noch da!

»Warte«, rief Shanini. »Wir brauchen noch ein Pferd.«

Die Ohnmacht schien mich erneut einzuholen. *Wir haben keine Zeit!*

»Da vorne ist eine Koppel«, sagte Shanini und zeigte in entgegengesetzter Richtung die Straße hinab. »Ich habe es von oben gesehen. Ich versuche eines zu erwischen. Wir treffen uns am Ortsende.«

Obwohl sich alles in mir dagegen sträubte, dass wir uns aufteilten, jetzt, kurz nachdem wir alle es lebendig aus der Festung geschafft hatten, nickte ich schließlich. Hadise würde uns drei nicht tragen können und die Rebellen würden uns im Nu einholen. »Ist gut.«

Shanini nickte mir ebenfalls zu und Tarik stützte mich, wobei seine eigenen Beine durchsackten. Wir waren beide gebrechlich wie uralte Greise und trugen uns gegenseitig.

»Geht es?«, fragte er.

»Und bei dir?«, entgegnete ich.

So schnell wir konnten wankten wir durch das Bergdorf und zurück in den Wald. Ich hätte beinahe vor Erleichterung aufgestöhnt, als ich Hadise genügsam wartend am Baum stehen sah.

Mit lahmen Handgriffen machte Tarik die Stute los und half mir auf ihren Rücken. Anschließend schwang er sich dahinter. Er trieb Hadise an und wir galoppierten am Ort vorbei bis zur Straße, die in die Berge führte. Mein Kopf sirrte vor Erschöpfung, noch immer kämpfte ich gegen die Bewusstlosigkeit an.

In der Ferne hörte ich näherkommende Schreie und stampfende Stiefel. Wir mussten hier weg, und zwar so schnell es ging! Wo blieb nur Shanini?

Nervös sah ich die Straßen hinab. Der Ort war noch immer wie ausgestorben, bis auf die Wachen, die sich vom Palast vorarbeiteten. Ich biss mir auf die Zunge. Wir mussten los, wir mussten …

Ich stieß einen erschöpften Freudenschrei aus. Shanini kam auf dem Rücken eines großen schwarzen Pferdes um die Ecke gebogen. Ihr Gesicht war wild entschlossen und ihre braunen Haare flatterten im Galopp. Ohne auf sie zu warten, trieb auch Tarik Hadise an und die Stute setzte sich in Bewegung. Schneller denn je trappelten Hadises Hufe über den Pfad, ganz so, als würde sie die Gefahr hinter uns spüren. Shaninis Pferd nahm das gleiche Tempo auf und wie ein Wirbelsturm verließen wir Gediz und verschwanden in den Bergen.

38

Naima

Erst am Mittag gönnten wir uns und den Pferden eine Pause. Ich wusste nicht, wer von uns am schwächsten war. Ziemlich sicher war ich zwischenzeitlich in eine kurze Ohnmacht gefallen, aber Hadise hatte uns durch die Berge geführt, ganz so, als kannte sie den Weg genau. Inzwischen hatten wir Tariks und meinen letzten Rastplatz bereits hinter uns gelassen und waren am Ende des Gebirges angekommen. Ich fühlte mich noch immer zittrig, aber immerhin konnte ich meine Augen wieder offen halten.

In einem Waldstück fanden wir ein malerisches Fleckchen, von dem aus man über das flacher werdende Land bis zum Meer blicken konnte. Ein kleiner Fluss, an dem die Pferde trinken konnten, verlief zwischen den Tannen hindurch.

»Sie sind sicher hinter uns her«, sagte ich und warf immer wieder Blicke zurück. »Ich schlage vor, wir reiten die Nacht durch.«

Tarik nickte schwerfällig. »Bloß weg hier«, stieß er hervor und sackte gegen eine Tanne.

»Aber erst mal brauchen die Pferde eine Pause, sonst brechen die auch noch zusammen«, warf Shanini ein.

Ich kaute nervös auf meiner Unterlippe. Mit jeder verlorenen Minute konnten unsere Verfolger weiter aufschließen. Gleichzeitig hatte es keinen Zweck, die Pferde zu überfordern.

»Du hast recht«, stimmte ich zu, angelte die letzten Äpfel aus dem Proviantbeutel und verfütterte zwei an die Pferde, die anderen reichte ich Shanini und Tarik. Der sah mich mit schmerzlicher Miene an.

»Ihr hättet mich zurücklassen sollen«, sagte er. »Ich bin Ballast, ihr könntet so viel schneller sein.«

»Familie im Stich zu lassen, ist für mich keine Option«, sagte Shanini und fixierte ihren Bruder.

Ich biss einen viel zu großen Brocken aus meinem Apfel, um mich aus dem Gespräch zurückzuziehen.

Tarik sah seine Schwester lange an. »Es tut mir leid, Shan.«

»Warum hast du mich allein gelassen, Tarik?« Zum ersten Mal erkannte ich Tränen in ihren Augen.

»Du warst nicht allein«, sagte Tarik krächzend. »Du hattest deine Mutter.«

Shanini schnaubte laut. »Meine Mutter war eine gute Königin, aber sie war nicht für mich da. Sie hat mich für schwach gehalten und irgendwo hatte sie auch recht damit. Ich bin schwach. Manchmal habe ich mich gefragt, ob sie mich dafür gehasst hat.«

Tarik schluckte. »Sie hat dich mehr als alles auf der Welt geliebt.«

»Da bin ich mir nicht so sicher.« Shanini schüttelte den Kopf.

»Aber ich.« Tariks Stimme war merkwürdig kehlig. »Denn ich weiß es.«

»Wie kannst du das wissen? Du warst ja nicht da.«

»Ich weiß es, weil ich es gesehen habe«, sagte er und blickte auf seine Füße. »Nach Vaters Tod hat deine Mutter alles für dich getan. Sie hat sich nur um dich gekümmert, hat alles versucht, damit es dir besser ging. Ich habe zugesehen, habe mir gewünscht, dass auch mal jemand so für mich da wäre. Dass mich auch mal jemand in den Arm nehmen würde.«

Seine Worte sackten mir wie ein zentnerschweres Gewicht auf die Brust.

»Und dann habe ich gespürt, wie Vaters Kräfte in mir aufgetaucht sind. Ein paar Wochen nach seinem Tod, als deine Mutter dich gerade in den Schlaf gesungen hatte, habe ich sie abgepasst. Ich wollte nur ein bisschen Liebe abhaben. Ich wollte es nur einmal in mir selbst spüren, wie sich diese Liebe anfühlt. Da habe ich versucht, mir etwas von ihrer Liebe für dich zu nehmen.«

Mit weit aufgerissenen Augen sah Shanini ihn an.

»Aber es ging nicht«, stieß Tarik hervor. »Ich habe mich verbrannt. Ich habe nur einen Funken gespürt, der allein schon so übermächtig war, dass ich ihn kaum aushalten konnte. Nie zuvor hatte ich so etwas Reines, Klares wahrgenommen. Es war die tiefgreifende Liebe einer Mutter für ihre Tochter. Sie war stärker als Eisen, stärker als Feuer. Es hat sich angefühlt, als würde mein Herz verätzen. Ich habe gespürt, dass mich nie jemand so lieben würde, wie du geliebt wurdest, und das konnte ich nicht ertragen.« Tariks Stimme versagte und in seinen Augen bebten die Tränen.

Meine Kehle fühlte sich plötzlich wie zugeschnürt an, was nicht nur am großen Apfelstück lag, mit dem ich noch immer kämpfte.

»Das wusste ich nicht«, flüsterte Shanini.

»Wie auch?« Tarik fuhr sich mit der Hand übers Gesicht. »Ein Teil von mir war sogar auf dich wütend, obwohl du gar nichts dafürkonntest. Aber ich habe es nicht ertragen und dann bin ich abgehauen.«

Shanini stieß ein kleines Schluchzen aus und fiel ihrem Bruder um den Hals. »Ich wünschte, du hättest mit mir gesprochen. Ich *war* allein. Einsam, seit du mich im Stich gelassen hast.«

Ich sank ins Moos und zog die Beine an meine Brust, während ich das traurige Geschwisterpaar beobachtete. Zum ersten Mal hatte ich das Gefühl, diese ganze verkorkste Beziehung zu verstehen. Shaninis Einsamkeit, Tariks Wunsch nach einem Familienersatz, der ihn sogar in die Arme der Radikalen geführt hatte.

»Aber warum war sie dann so streng mit mir?«, fragte Shanini, als sie sich von Tarik gelöst hatte. »Warum hat sie mich schwach genannt?«

Tarik zuckte die Schultern. »Das weiß ich nicht.«

»Ich wünschte, ich könnte noch ein einziges Mal mit ihr sprechen«, murmelte Shanini und blickte in Richtung Arada. Die Sonne neigte sich schon langsam dem Horizont zu und die Nacht nahte.

»Wir sollten weiter«, meinte Tarik und stemmte sich auf die Füße. Seine Hände zitterten wieder und er versuchte offenbar sie hinter seinem Rücken zu verstecken. Sein Blick wanderte über die Pferde und fiel dann auf mich. Er guckte ernst, fast scheu, wandte sich dann ab.

Ich räusperte mich. Aus irgendeinem Grund fühlte ich mich unangenehm berührt, ganz so, als hätte ich etwas mit angehört, das nicht für meine Ohren gedacht war.

Um von mir abzulenken, erhob ich mich und meinte: »Am Pavillon der Fernsicht sind bestimmt noch Wachen positioniert. Wir müssen in sicherer Entfernung halten und einen Plan machen.«

Shanini und Tarik stimmten mir zu und wir bestiegen erneut die Pferde. In gleichmäßigem Tempo ritten wir in die Nacht hinein.

Mit jeder Minute wurde die Nacht um uns schwärzer und Tariks Zustand schwächer. Eine Weile versuchte er es zu verbergen, doch als der Mond hoch an den Himmel wanderte, sackte sein Körper gegen meinen und seine muskulösen Arme schlangen sich wie von selbst um meine Hüfte. Mein Atem wurde durch seine Berührung flacher. Ich wagte es nicht, mich zu sehr zu bewegen, aus Angst, er könne sich zurückziehen. Seine Nähe versetzte mich in merkwürdige Aufregung und hielt mich wach, während die Hufe monoton vor sich hin klapperten.

Als ich merkte, wie ein dämliches Lächeln auf meine Lippen wanderte, verzog ich schnell den Mund. So vieles war passiert. Mehr, als mein Kopf im Moment durchdringen konnte. War ich noch immer wütend auf ihn? Ich wusste es nicht. Dass wir dem Tod so knapp von der Schippe gesprungen waren und sein Gespräch mit Shanini rückte alles in völlig anderes Licht. Für den Moment wusste ich nur, dass ich es genoss, ihn nah zu haben und zu spüren, dass er noch atmete.

Wir legten nur wenige Pausen ein und ritten, bis der Horizont sich aufhellte. Mit den ersten Sonnenstrahlen tauchte auch Arada in unserem Sichtfeld auf. Wir hatten es beinahe geschafft.

Das Meer breitete sich zu beiden Seiten vor uns aus und in der Mitte erkannte ich den Pavillon der Fernsicht. Im Schatten eines morschen Schuppens, direkt an einem Strandabschnitt, machten wir eine letzte Rast. Von hier aus hatte man einen guten Blick zum Eingang der Stadt, wo die Wachen auf und ab gingen.

Als Tarik aus seiner Trance erwachte und sich ruckartig von mir löste, fühlte sich mein Rücken kalt und leer an. Ich versuchte mir nichts anmerken zu lassen, und stieg ebenfalls ab.

Wir versorgten die Pferde, tranken den Rest unseres Wassers und grübelten über einen neuen Plan, wie wir es an den Wachen vorbeischaffen konnten. Für eine Verkleidung war keine Zeit, außerdem war ich noch immer schwach und meine Hand vom Sturz inzwischen so angeschwollen, dass das Nähen mehr als müßig gewesen wäre.

»Kannst du dir nicht neue Energie von den Wachen sammeln?«, fragte Shanini an den zusammengesackten Tarik gerichtet.

Dieser schüttelte langsam den Kopf. »Ich habe nicht genug Kraft, um meine Magie zu nutzen.«

»Ein Teufelskreis«, murrte Shanini. »Jetzt, wo du neue Energie wirklich brauchen könntest, kommst du nicht an die Magie. Wir sind erledigt. Ich geh was für die Pferde sammeln.« Stöhnend stand sie auf und wanderte den Waldabschnitt hinunter.

Kaum dass sie weg war, überkam mich Nervosität. Sie konnte uns doch hier nicht einfach alleine sitzen lassen. Plötzlich spürte ich Tariks Anwesenheit fast übermächtig und die Gedanken in meinem Kopf fühlten sich so verworren an, dass ich keinen einzigen greifen konnte. Es war mir nie schwergefallen, mit ihm zu reden. Warum denn jetzt auf einmal?

Ich spürte, wie auch sein Blick zu mir huschte und er ihn sofort wieder abwendete. Das war ja nicht zum Aushalten.

»Du hast also auch Magie im Blut?«, brach Tarik irgendwann das Schweigen.

Ich zuckte zusammen. »Ja. Die andere Form, die Gebende Magie. Ich kann Menschen vorübergehend in Stimmungen oder Fähigkeiten kleiden.«

Tarik beobachtete mich fasziniert. »Dass ich da nicht früher drauf gekommen bin. Es ergibt alles Sinn.«

»Unsere Kräfte haben in den Kleidern gegeneinander gearbeitet.«

»Und um Mitternacht haben sie sich abgelöst.«

»Genau.«

»Es passt zu dir. Dass du so eine noble Magie in dir trägst. Du gibst der Welt so viel.«

Ich räusperte mich verlegen. »Wie geht es dir denn?«, fragte ich lahm.

Tarik zögerte. »Jeder Atemzug ist anstrengend. Aber jetzt, wo der Morgen naht, wird es etwas besser. Nachts fühlt es sich an, als würde alles seinen Sinn verlieren.«

»Was du gestern zu Shanini gesagt hast …«, begann ich, doch schon im nächsten Moment hatte ich keine Ahnung mehr, wie ich den Satz zu Ende bringen sollte.

»Ja«, antwortete Tarik, als wüsste er es.

Einen Moment starrten wir beide auf die Wellen, die sanft auf den Strand rollten. Es sah märchenhaft aus, wie der Nachthimmel dunkel auf die Welt drückte und nur am Horizont einen goldenen Ton annahm.

»So gegensätzlich sie auch erscheinen, am Ende gehören Tag und Nacht zusammen«, brach ich irgendwann das Schweigen. »Genauso wie der Norden und der Süden, so wie das Geben und das Nehmen. Eins macht nur Sinn, solange es das andere gibt.«

Ich spürte Tariks nachdenklichen Blick auf mir, dann zuckten seine Mundwinkel und er sah wortlos auf den Horizont.

»Ich habe es die ganze Zeit nicht verstanden. Vielleicht wollte ich es auch nicht verstehen, weil es mir so bekannt vorkam. Aber fehlende Liebe kann einen zu allem bewegen. Kein Kind sollte das fühlen müssen.« Plötzlich begannen meine Augen zu brennen. »Ich wünschte, deine Kindheit wäre anders verlaufen.«

Tarik sah mich an, seine Kiefermuskeln arbeiteten. »Letztlich hat es mich hierhergebracht. Wenn auch über einen sehr, sehr dummen Umweg.« Er sah niedergeschlagen aus. »Nachdem ich weggelaufen war, habe ich immer gedacht, dass die Nehmende Magie nur zum Schaden anderer genutzt werden könnte. Aber so ist es gar nicht. Die Magie ist nicht böse, es kommt nur darauf an, was man damit macht. Ich kann es selbst bestimmen.«

»So wie alles im Leben.«

Ich wusste nicht, wieso, doch mit einem Mal übermannte mich eine tiefe, schwere Traurigkeit. Das ganze verstrickte Chaos zehrte an mir, die Angst, die Gebrochenheit. Es fühlte sich an, als würde ich in einem Ozean versinken.

Ein kehliger Ton entschlüpfte meinem Hals. »So viele Scherben«, sagte ich.

»Was meinst du?« Tarik sah mich lange an und ich hielt seinem Blick stand. Diesen dunklen Augen.

»Weißt du, eine Zeit dachte ich, es wäre besonders gewesen«, stieß ich hervor. »Das mit uns. Aber nach allem, was passiert ist, weiß ich nicht mehr, was echt war und was nicht. Jetzt ist alles verheddert und durcheinander ...«

Ich brach ab, als er in sich zusammensackte. Der Moment schien sich zu einer Ewigkeit auszudehnen.

»Es klingt vielleicht dumm, aber du hast mein Leben heller gemacht«, sagte Tarik langsam. »Du hast alles verworfen, was ich dachte zu sein. Du hast mir gezeigt, dass ich jemand anderes sein kann. Das ist besonders. Und es war echt, von Anfang an.«

Überrascht sah ich, wie seine Augen sich mit Tränen füllten und er sich genervt übers Gesicht fuhr. »Ich wünschte, ich hätte keine Sekunde vergeudet, das zu erkennen. Ich bin ein Idiot, weil ich dich verletzt habe. Du verdienst die Sterne und die Sonne und viel mehr, als ich dir geben kann.«

Seine Worte trafen mich wie ein Schlag und mein Herz setzte einen Moment aus. Wahrscheinlich war das der Grund, warum ich zu benebelt war, um klar zu denken, warum mein Kopf alles beiseiteschob und meine Hand im Sand nach seiner fasste.

Dieser Abstand zwischen uns, er fühlte sich auf einmal viel zu groß an. Irgendetwas zog mich an ihn heran, wie eine übermächtige Kraft. War es Magie? Seine? Oder meine? Jetzt, wo die Nacht auf den Tag traf und sich Dunkelblau und Gold vermischten. Ich wusste es nicht. Ich wusste nur, dass dieser Abstand zwischen uns viel zu weit war.

»Ich will aber nicht die Sonne und die Sterne«, murmelte ich.

Tarik sah mich fragend an, dann fiel sein Blick auf meine Lippen und mein Herz begann, umso schneller zu klopfen. »Was meinst du damit?«, fragte er leise und lehnte sich zu mir herab.

»Ich will nur dich«, flüsterte ich und gab dem Druck nach. Ich wehrte mich nicht mehr gegen die unsichtbare Kraft und ließ meine Lippen auf seine treffen. Bei der Sonne, fühlte es sich perfekt an.

Tarik keuchte überrascht und erstarrte kurz, nur um den Kuss dann mit umso größerem Verlangen zu erwidern. Er küsste mich so haltlos, dass es mir den Boden unter den Füßen fortriss. Alles in mir flatterte. Das musste Magie sein. Das hier war mehr, als ich je gespürt hatte, und ich wollte, dass es niemals endete.

Tarik legte seine Arme um meine Taille und zog mich an sich, schloss die letzten verfluchten Millimeter zwischen uns. Wie benommen verschmolzen wir miteinander, ich atmete seinen Duft ein, als wäre es die Luft, die ich zum Atmen brauchte. Wie berauscht schlang ich meine Arme um seinen Hals, als er mich immer fiebriger küsste.

Wahrscheinlich hätten wir nie wieder aufgehört, wenn nicht plötzlich ein Kreischen aus dem entferntesten Teil meiner Wahrnehmung zu mir gedrungen wäre.

Tarik löste sich schwer atmend von mir und schlug die Augen auf. Nach Luft ringend verflochten sich unsere Blicke und ich musste leise kichern. Wir brauchten beide einen Augenblick, um zurück in die Welt zu finden, dann registrierte ich, dass der Schrei von Shanini kam.

»Guckt da!«, rief sie uns zu und zeigte zum Pavillon.

Keuchend rappelte ich mich auf und sah gerade noch, wie ein Hagel von Brandsätzen aus dem Inneren der Stadt auf die Wachen einrieselte und diese die Flucht ergriffen.

»Heute muss unser Glückstag sein«, rief Shanini und ruderte mit den Armen. »Sie ziehen ab!«

Völlig perplex rannten wir zu unseren Pferden und galoppierten auf den Durchgangspunkt zu. Die Wachen waren in der Stadt verschwunden und der Pavillon lag nun völlig verlassen dort. Nur ein paar Glutnester waren auf dem Boden zu sehen.

»Reiten wir durch, solange wir können«, rief ich Shanini zu.

Als wir zwischen Ost- und Westmeer hindurchtrabten, entdecke ich mehrere Brandsätze auf dem Boden, die meisten aus den schrillsten Stofffetzen hergestellt. Ich sah Pink und Rot, dann dunkelblauen Satin. Ein Grinsen stahl sich auf mein Gesicht.

»Zoe«, rief ich. »Sie haben uns den Weg freigeräumt!«

Shaninis Gesicht hellte sich beim Namen unserer Freundin auf.

Kein Feind kann einem etwas anhaben, wenn man so gute Freunde hat, dachte ich, als wir in die Stadt eintauchten.

Überall waren Überbleibsel von Straßenkämpfen zu sehen. Einzelne Blocks waren vollständig abgebrannt. Patronenhülsen und Scherben lagen verstreut und ich entdeckte viele große Blutflecken, sodass mir augenblicklich schlecht wurde. Erst jetzt spürte ich wieder die Erschöpfung in meinen Knochen.

Mit letzter Kraft schleppten wir uns zu einem Hinterhof ganz in der Nähe von Hamdans Werkstatt und banden die Pferde an einem kargen Grünstreifen fest. Hinter dem Torbogen einer ansässigen Lagerstelle fanden wir ein paar noch halbgefüllte Wasserkübel. Wahrscheinlich waren damit die Brände in der Umgebung gelöscht worden. Wir gaben den erschöpften Pferden das Wasser und ich strich Hadise über die Flanke.

»Danke«, flüsterte ich ihr zu. »Wir kommen gleich wieder und versorgen euch richtig.«

Ich drehte mich zu Tarik um, der mich verlegen anlächelte. Am liebsten hätte ich mich gleich wieder in seine Arme fallen lassen, aber jetzt mussten wir uns erst mal in Sicherheit bringen.

»Bereit?«, fragte ich.

Tarik und Shanini nickten. »Bereit.«

Wir huschten die letzten Meter durch die Stadt. Als Hamdans Geschäft vor uns auftauchte, hatte ich das Gefühl, mein Herzschlag würde sich beschleunigen. *Hoffentlich sind alle in Ordnung. Hoffentlich sind sie alle da.*

Ich lief die Stufen zum Eingang hinab und klopfte. Stille. Nervös knetete ich meine Finger. Dann wurde die Tür einen Spalt aufgezogen und Hamdans schrulliges Gesicht tauchte auf.

»Bei der Sonne«, rief er atemlos. »Ihr habt es geschafft!«

Urplötzlich schossen ihm Tränen in die Augen und ehe ich mich's versah, fiel ich dem alten Schneider um den Hals. »Wir sind zurück«, sagte ich und grinste in seine Schulter.

Hamdan versteifte sich überrascht, dann klopfte er mir väterlich auf den Rücken. »Ich bin so froh«, sagte er. »Jetzt kommt rein, alle miteinander, schnell!«

Ich lief an ihm vorbei in den Laden, Tarik und Shanini kamen hinterher. Als Erstes nahm ich Adem wahr, Shaninis Wache, der uns ebenfalls überschwänglich begrüßte, dann Zuti, die zum Glück wieder völlig erholt aussah und begeistert jubelte.

Während Hamdan die Tür sorgfältig verriegelte, schob sich Zoes Rotschopf an Adem und Zuti vorbei und stürzte auf uns zu. »Bei allen Göttinnen«, schluchzte sie und fiel Shanini und mir gemeinschaftlich um den Hals. »Ich habe mir solche Sorgen gemacht.« Sie schlang ihren Arm so fest um mich, dass ich das Gefühl hatte, zu ersticken. »Und du.« Ruckartig ließ sie uns los uns funkelte mich an. »Ich bin stinksauer auf dich. Lässt mich einfach hier zurück!«

Ich sah beschämt auf meine Füße. »Es tut mir leid.«

»Ich verzeih dir, jetzt komm her«, rief Zoe und erdrückte mich erneut mit einer Umarmung. Dann wandte sie sich Shanini zu und fiel auch ihr erneut um den Hals.

Noch nie war mein Herz so voll gewesen. *Das hier ist meine Familie*, schoss es mir in den Kopf. *Das sind meine Leute, wie ich sie mir meine ganze Kindheit gewünscht habe.*

Ich spürte, wie mir Tränen in die Augen schossen, und versuchte nicht mal sie zu verstecken. Jemand zupfte mir am Ärmel. Als ich aufsah, registrierte ich, dass es Tarik war.

»Alles in Ordnung?«, fragte er und sah mich durchdringend an. In seinen Augen lagen so viel Wärme und Verletzlichkeit, Sorge und Zuneigung. Ich hatte das Gefühl, seinen Blick auf meiner Haut zu spüren.

»Es könnte nicht besser sein«, sagte ich und eine Träne rollte mir die Wange hinab.

Tarik lächelte und schob seine Hand in meine. Sie war groß und warm. Ich drückte sie dankbar.

»Ihr müsst ausgehungert sein.«, rief Zuti und wedelte uns zu sich an den Tisch. »Hier, wir haben alles da. Setzt euch, stärkt euch erst mal und *erzählt!*«

Aus den Gedanken gerissen sah ich zum köstlichen Proviant.

»Hey«, raunte Tarik, als ich im Begriff war, mich abzuwenden. »Können wir später noch mal reden?« Er wirkte, als würde er die Luft anhalten.

Ich lächelte und nickte. »Ja«, sagte ich.

Tariks Schultern sackten erleichtert durch. Wir setzten uns an den Tisch, aßen und erzählten, wobei glücklicherweise Shanini den größten Part übernahm. Ich war zu erschöpft und der Worte müde.

Als sie von der Bruchlandung mit dem Fallschirm berichtete, schnappten alle nach Luft.

»*Tatlım*, wie geht es deiner Hand jetzt?!«, rief Zuti und ergriff meinen Arm, den ich in meinem Schoß abgelegt hatte. Die Hand war noch immer angeschwollen und entsprechend steif.

»Himmel, wir brauchen einen Verband«, stellte sie fest und kramte einen Leinenstoff hervor, den sie in der kleinen Teeküche mit kaltem Wasser befeuchtete. Mit geübten Handgriffen verpackte sie mein Handgelenk.

»Wo hast du das gelernt?«, fragte ich erstaunt.

Zuti kicherte und gab mir einen gutmütigen Klaps. »Wenn man viele Kinder und Enkel hat, steht das dauernd auf dem Programm. Also, schön ruhig halten und kühlen.«

Ich nickte brav. Tatsächlich fühlte sich meine Hand gleich schon viel besser an.

»Was gibt es hier Neues?«, fragte Shanini. »Wie ist die Lage in der Stadt?«

»Wir halten die Stellung«, sagte Zoe und pustete sich eine rote Strähne aus der Stirn. Erst jetzt registrierte ich, dass sie über meiner grauen Tunika einen Brustschutz trug und die Haare zu einem buschigen Pferdeschwanz zurückgebunden hatte, aus dem sich nur einzelne widerspenstige Strähnen herausmanövriert hatten. Sie sah wie eine brandgefährliche Gladiatorin aus.

»Zoe hat ein sehr überzeugendes Naturell«, meldete sich Adem zu Wort. »Sie hat all ihre Kontakte zusammengerafft und dazu gebracht, den Widerstand zu unterstützen. Zusammen mit den mobilisierten Wachen haben wir eine Armee aus zweitausend Männern und Frauen.«

Mir klappte die Kinnlade herunter. Das war gut! Vielleicht reichte das sogar, um es mit Kaplan aufzunehmen.

Zoe lächelte vielsagend. »Wir haben schon einzelne Stützpunkte zurückerobert. Eine Ausfahrt in den Norden, durch die Menschen wieder aus der Stadt verschwinden können. Und ich nehme an, dass sich auch die Aktion am Pavillon gelohnt hat?« Ihre Augen blitzten.

»Ja! Die Rebellen sind verschwunden, kurz bevor wir ihn passiert haben«, rief Shanini. »Wie habt ihr das angestellt?«

»Wir haben euch gestern schon erwartet und das Verbindungsstück unter Dauerbeschuss gestellt. Gleichzeitig haben wir einen Alibi-Angriff auf den Palast und das Gefängnis gestartet, sodass Kaplan seine Wachen zusammenziehen musste. Er hat viele Anhänger, aber auch nicht unendlich viele. Er muss sie einteilen, das ist unsere Chance.«

»Das klingt gut«, sagte ich.

»Ja«, antwortete Zoe. »Aber gleichzeitig ist es schwierig, sie einzukreisen. Sie haben sich in der ganzen Stadt aufgestellt, wechseln ständig ihre Positionen. Es ist schwer, sie zu erwischen. Wie Wiesel tauchen sie ständig wieder ab, diese Mistkerle.«

»Deshalb setzen wir alles auf eine Karte und starten übermorgen eine Großoffensive«, erklärte Adem. »Wir haben nachher eine Großversammlung einberufen und besprechen das Vorgehen.«

»Eine Großversammlung?«, wiederholte ich und sah mich in der kleinen Werkstatt um. Mehr als zwanzig Leute würden hier nicht Platz finden.

»Ja, da gibt es noch eine Kleinigkeit, die ich dir sagen muss ...« Zoe kratzte sich am Kopf. »Der Hauptsitz ist bei dir zu Hause.«

Ich blinzelte sie an. »Was?«

»Dein ganzes Haus hat sich ebenfalls dem Widerstand angeschlossen und seither finden Treffen dort im Treppenhaus statt.«

Ich sah sie sprachlos an, brach dann in überraschtes Lachen aus.

»Du bist nicht böse?«, fragte Zoe.

»Wie könnte ich denn?«, schnaubte ich. »Das ist gut!«

Adem und Zoe tauschten einen Blick und Zoe verzog das Gesicht zu einem *Ich hab's ja gesagt.*

»Du kannst dich in mein Büro legen«, bot Hamdan an. »Und Tarik, du bleibst besser auch hier, in deinem Laden wird man dich zuerst suchen.«

Kaum dass wir vom Schlafen sprachen, überkam mich eine abgrundtiefe Müdigkeit und meine Hand begann schmerzhaft zu pochen.

»Die Pferde«, fiel es mir da ein. »Wir müssen uns noch um sie kümmern!«

»Kein Problem, das übernehmen wir«, sagte Adem. »Wir müssen sowieso los. Wir bringen sie schon irgendwo sicher unter.«

»Ich komme mit«, schaltete sich Shanini ein. »Ich muss mit auf die Versammlung und erklären, was passiert ist.«

Alle im Raum tauschten einen Blick und Shanini seufzte. »Schaut nicht so! Ich muss die Menschen um Verzeihung bitten. Ich will an ihrer Seite kämpfen.« Ich hatte sie noch nie so entschlossen und selbstsicher erlebt, nicht einmal in den verzauberten Kleidern.

»Also gut«, entschied Adem irgendwann. »Aber zieh dir etwas über.«

Shanini sah an sich hinab und auf das hauchdünne Unterkleid, das sie noch immer trug, und verschränkte die Arme vor der Brust.

»Kein Problem.« Hamdan kramte einen fertigen Auftrag heraus, ein schlichtes rotes Kleid. Shanini zog sich um und huschte kurz darauf mit den anderen beiden nach draußen. Zuti verabschiedete sich ebenfalls, um zurück zu ihrer Familie zu gehen.

Unfähig, noch ein Wort zu sprechen oder zu denken, verzog ich mich in Hamdans Büro. Ein Bett aus Stoffballen lag auf dem Boden und ich setzte mich erleichtert auf die Kante.

Tarik warf Hamdan einen zögerlichen Blick zu und lehnte sich dann in den Türrahmen. »Darf ich?«, fragte er.

Mein Herz machte einen müden Hüpfer und ich lächelte breit. »Bitte.« Ich klopfte neben mich.

Erleichtert eilte Tarik zu mir und schlang seine Arme um meine Mitte. Er zog mich an sich, als wäre ich sein kostbarster Schatz. Ich rollte mich in seinen Armen zusammen, die sich wie ein wärmender Schutzschild anfühlten. Obwohl ich sterbensmüde war und mich die Erschöpfung übermannte, war ich glücklicher denn je.

39

Naima

Als ich aufwachte, war ich von Frieden erfüllt. Es war still. Mein Körper war gestärkt. Tariks Arme lagen noch immer eng um mich geschlungen und ich spürte seinen Herzschlag.

Eine Weile lag ich einfach da und genoss die Ruhe. Ich hatte nicht gewusst, dass man sich so leichtherzig fühlen konnte. Am liebsten wäre ich für immer genau hiergeblieben, in Tariks Armen, eingehüllt in seinen Duft, seine warme Haut an meiner. Er war wie ein Gegenstück, das sich perfekt an mich fügte. Vielleicht musste es so sein. Vielleicht waren wir zwei Kanten in einem Schnittmuster, die zusammengehörten. Zwei Formen, die sich ergänzten und deren Ecken haargenau ineinandergriffen.

Es verstrichen ein paar Minuten, bis langsam Stimmen in meinem Kopf anschwollen. Das hier war ein trügerisches Gefühl. Ja, wir hatten es aus dem Bergpalast geschafft, waren Kaplans Leuten haarscharf entkommen. Aber vom Sieg waren wir noch meilenweit entfernt.

Obwohl mein ganzer Körper sich zu sträuben schien, rappelte ich mich auf.

Tarik erwachte durch meine Bewegung und streckte sich. Seine Haare waren verstrubbelt, aber sein Gesicht sah schon deutlich lebendiger aus. Außer den Ringen unter seinen Augen wirkte er wieder menschlich. Als sich unsere Blicke trafen, lächelte er.

»Guten Morgen«, murmelte er.

Ich grinste. »Ich glaube, es ist Abend.«

»Oh.« Er fuhr sich übers Gesicht und spähte an mir vorbei nach draußen. »Wie geht's jetzt bloß weiter?«

Einen Moment fragte ich mich, ob er vom Widerstand gegen Kaplan sprach oder von *uns*.

Tarik registrierte mein Zögern und räusperte sich. »Die Rückeroberung soll morgen früh passieren, richtig?«

Ich nickte. »Am besten finden wir raus, was bei der Versammlung besprochen wurde und wie wir den Widerstand unterstützen können.«

»Gut«, antwortete er und musterte mich. »Wie geht's deiner Hand?«

Ich betrachtete den Verband. »Schon in Ordnung. Es tut noch etwas weh, wenn ich sie bewege, aber ist halb so wild. Wie ist es bei dir?«

»Besser«, sagte Tarik und grinste schelmisch. »Ich glaube, dazu hat eine andere Form der Magie beigetragen.«

»Ach ja?«

»Wenn ich davon vielleicht noch etwas mehr bekommen könnte …« Er beugte sich zu mir vor und strich mit seinen Lippen über mein Lächeln.

Grinsend legte ich die Hände in seinen Nacken und erwiderte seinen Kuss. Diesmal fühlt er sich sanft an, weniger verzweifelt. Ein Kribbeln fegte durch meinen Körper und ich krabbelte auf seinen Schoß, ohne die Lippen von seinen zu lösen. Vielleicht konnten wir die Welt da draußen noch ein wenig beiseiteschieben. Vielleicht konnten wir uns hier verkriechen und …

Hinter uns ertönte ein Räuspern. Erschrocken löste ich mich von Tarik und rutschte zur Seite.

Im Türrahmen stand Hamdan. Er sah etwas geniert zur Seite, musterte die Regale in seinem Büro, als hätte er sie vorher noch nie wahrgenommen. Ich verkniff mir ein Kichern. Hamdan benahm sich genauso, wie ich mir immer einen Vater vorgestellt hatte, der seine Tochter in einer brisanten Situation erwischte. Nur war er nicht mein Vater. Warum fühlte ich mich dann trotzdem ertappt?

»Also, ich wollte nur sagen, dass die Thronerbin zurück ist«, sagte Hamdan zu den Regalen.

»Super«, antwortete ich und biss mir auf die Lippe. »Ich komme.« Tarik und ich tauschten ein Grinsen, dann rappelte ich mich auf und ging hinüber in die Werkstatt.

Am großen Tisch saßen Shanini und Adem, der seine Rolle als Wache offenbar wieder voller Pflichtbewusstsein eingenommen hatte. Shanini sah wunderbar und lebendig aus. Über dem roten Kleid trug sie einen Brustschild und ihre langen Haare fielen zu beiden Seiten über ihre Schultern. Sie sah aus wie eine Kriegerin.

»Wie ist es gelaufen?«, grüßte ich sie.

»Besser, als ich je erwartet hätte. Die meisten haben mir verziehen, nachdem ich erklärt habe, dass ich unter dem Einfluss von Magie stand.« Shanini atmete tief durch. Es war offensichtlich, wie die Tatsache sie beruhigte. »Und die letzte Skepsis räume ich aus dem Weg, wenn ich beim Sturm auf den Palast an der Spitze laufe.«

»Das besprechen wir noch«, warf Adem ein.

»Nein.« Shanini schüttelte den Kopf. »Lange genug habe ich gemacht, was andere für mich entschieden haben. Jetzt treffe ich meine eigenen Entscheidungen.« Ihre Nasenflügel bebten. Ich hatte sie noch nie so energisch gesehen.

»Es ist gefährlich«, gab Adem zu bedenken. »Du bist die letzte Thronfolgerin.«

»Wenn das Volk von Melidiya kämpft, dann kämpfe ich an der Spitze.« Shanini ballte die Hand zu einer Faust.

Adem verzog besorgt das Gesicht und wandte sich an mich. »Kannst du ihr nicht wenigstens einen besonderen Schutzanzug schneidern?«

Ich schnappte nach Luft. »Woher weißt du davon?«

Adem zuckte die Schultern. »So was spricht sich herum ...«

Perplex blinzelte ich, sah dann auf meinen Verband. »Ich kann es versuchen, aber weiß nicht, wie gut ich damit nähen kann.«

»Und ich will es auch nicht!«, schnitt mir Shanini das Wort ab. »Ich will keine Sonderbehandlung. Was macht mein Leben wertvoller als das der anderen Kämpfer?«

»Du bist die Königin«, sagte Adem gequält.

»Das ist kein Argument.« Shanini schüttelte den Kopf. Für einen Moment lag eine unangenehme Stille über der Werkstatt.

»Wann wollt ihr angreifen?«, brach ich das Schweigen.

Adem nahm den Themenwechsel erleichtert an. »Morgen früh, kurz vor Sonnenaufgang. Wir haben uns in zwei Gruppen geteilt: Eine stürmt das Gefängnis, wo die Rebellen ihre neuen Kämpfer ausbilden. Alle anderen zingeln den Palast ein. Wir kennen die Schwachstellen der Festung. Beten wir zur Sonne und zu den Sternen, dass das ausreicht.«

Nervosität überkam mich. »Wenn sie wieder ihre Standorte wechseln, wird es gefährlich.«

»Stimmt«, räumte Adem ein. »Wenn sie uns in einer zweiten Reihe einkesseln, sitzen wir in der Falle. Dann können sie von beiden Seiten auf uns feuern.«

Bei der Vorstellung wurde mir übel. Wenn ich eines von Kaplans Männern wusste, dann, dass sie erbarmungslos waren.

»Aber es ist die einzige Möglichkeit«, sagte Shanini. »Wir können sie nicht länger ungehindert ihre Barbarei treiben lassen.«

»So ist es. Hoffen wir, dass wir sie kalt erwischen.« Auf Adems Stirn trat eine angespannte Ader hervor. »Wenn wir sie doch nur irgendwie zusammentreiben könnten.«

Plötzlich entbrannte leise Aufregung in mir. »Wartet«, sagte ich. »Vielleicht habe ich eine Idee.«

Alle Blicke schossen zu mir. Mein Herz begann schneller zu schlagen.

»Wenn ihr die Überhand habt, treibt sie in Richtung Bibliothek. Lasst alles Weitere meine Sorge sein.«

»Was hast du vor?«, fragte Tarik.

Ich antwortete nicht, meine Gedanken waren zu fahrig. Wenn das funktionierte ... Ich sog die Luft in meine Lungen. *Es könnte wirklich funktionieren!*

»Was überlegst du?«, drängte Shanini mit großen Augen.

Ich strahlte sie nur breit an. »Ich brauche Stoff. Bringt mir alles, was ihr finden könnt!«

***

Am späten Abend war der ganze Zuschneidetisch unter Bergen von Stoff und

Bändern bedeckt. Shanini war mit Adem zum Hauptquartier verschwunden, um sich für den Kampf bereit zu machen, und Hamdan half mir, die vielen unterschiedlichen Stoffe in Längsstreifen zu schneiden. Während wir akribisch vor uns hin arbeiteten, kippte Tarik urplötzlich von seinem Stuhl und schlug der Länge nach auf dem Boden auf.

Ich schnappte nach Luft und ließ die Schere fallen, welche scheppernd auf den Tisch krachte. Tarik hatte wieder zu zittern begonnen. Seine Augen waren nach innen gerollt, sodass man nur noch Weiß sah, und er sah so erbärmlich aus wie am ersten Abend.

Leise fluchend tastete ich nach seiner Stirn. Ich hatte völlig ausgeblendet, dass die Sonne schon wieder untergegangen war. Warum war die Wirkung bloß immer noch so stark?

»Ich dachte, es wäre besser geworden!«, rief ich und bettete seinen Kopf auf meinen Knien. Tarik wimmerte leise vor sich hin. Es zerriss mich, ihn so zu sehen.

Mit einem Satz war auch Hamdan neben mir, die Stirn in tiefe Falten gelegt. »Bringen wir ihn nach hinten«, schlug er vor.

Gemeinsam trugen wir Tariks verrenkten Körper in Hamdans Büro und wickelten ihn in einen Wollstoff ein.

»Wie lange soll das noch so gehen?«, flüsterte ich. Tränen brannten in meinen Augen.

Hamdan brummte leise. »Ich glaube, dass er eine Menge zu verarbeiten hat. Die Prinzessin hatte es schon dreifach erwischt und diese aufgebauschte Schwäche und Angst hat er nun zu bewältigen. Aber das ist sein Kampf.«

Ich presste die Lippen zusammen. Wie gerne hätte ich ihm etwas von der Last abgenommen.

»Tagsüber ist er doch schon der Alte, nicht?«, fragte Hamdan aufmunternd.

Ich nickte.

»Na, siehst du.« Er schob sich die Brille auf seiner Nase hoch. »Mehr können wir nicht für ihn tun. Konzentriere dich auf deine Mission, während er sich auf seine konzentriert.«

Ich wollte Hamdan widersprechen, aber die Worte blieben mir im Halse stecken. Es stimmte. Es half niemandem weiter, wenn ich nur neben Tarik saß und ihn bemitleidete. Ich musste meinen Plan im Auge behalten. Die anderen zählten auf mich.

Entschlossen riss ich mich von Tariks Anblick los. »Also gut«, sagte ich. »Kannst du dich um ihn kümmern?«

»Das tue ich schon all die Jahre. Mach dir keine Sorgen.«

»Danke.« Ich holte tief Luft. »Dann also bis später.«

Ich wandte mich zum Gehen. Als ich gerade im Türrahmen angekommen war, rief mir Hamdan hinterher: »Naima?«

Ich drehte mich fragend um.

Der alte Mann lächelte. »Ich bin stolz auf dich.«

Mit einem Bündel Stoffstreifen in den Händen trat ich in die Gasse. Es war wie ausgestorben und ich hörte nur meinen Atem. Über mir leuchtete ein großer Vollmond.

Wohin zuerst?

Ich entschied mich für ein bestimmtes Ziel. Im Schatten der Häuser lief ich durch die Stadt, bis ich vor einem kleinen verwohnten Hinterhof stehenblieb. Mit gedämpfter Stimme rief ich zu den halb geöffneten Fenstern: »Kerim? Ich brauche deine Hilfe!«

40

Shanini

Als Kind hatte ich eine Zeit lang Fechttraining gehabt. Mein Vater hatte darauf bestanden, dass wir mit einem Schwert umgehen konnten. Aber das war lange her und würde mir kaum etwas nützen. Ein Gewehr hatte ich nämlich noch nie in den Händen gehabt.

Natürlich verschwieg ich das den anderen. Ich war es leid, für schwach gehalten zu werden. Ich war unerfahren und hatte meine Dämonen. Aber das hieß nicht, dass ich nicht kämpfen konnte. Und das hier war mein Krieg. *Mein Volk*, das geschützt werden musste. Ich klammerte mich fester an den Gewehrlauf.

»Alles in Ordnung?«, raunte Adem, der neben mir ging.

»Ja.« Ich reckte den Hals und sog die kühle Nachtluft in meine Lungen.

»Gut. Dann alle auf Position«, zischte Adem.

Wir waren kurz vorm Schloss angekommen. Wie besprochen ging ich hinter einem Mauervorsprung in Deckung, während ein Trupp aus vier Soldaten auf das Portal zustürmte. Aus dem Inneren der Palastmauern war Krach zu hören, dann zerfetzten Schüsse die Luft. Ich zuckte zusammen. Alles in mir sträubte sich dagegen aufzusehen und doch riskierte ich einen Blick. Einer der vier Soldaten war zu Boden gegangen, die anderen bearbeiteten unter Gewalt das Schloss im Eingangstor. Zeitgleich tauchten zu beiden Seiten weitere unserer Kämpfer aus den Schatten der Gassen auf und kletterten über die Palastmauern.

Immer mehr Schüsse ertönten und ich konnte nicht mehr zuordnen, auf welche Seite sie gehörten. Die Angst kroch meinen Nacken empor, ein Gefühl, das ich nur zu gut kannte.

Ich presste die Lider zusammen, hämmerte meinen Kopf gegen die Mauer. *Ich darf keine Angst haben. Ich darf keine Angst haben.*

Ich versuchte mich zu beruhigen. Wo war meine Zuversicht? Meine Stärke von eben gerade? Mein Volk brauchte mich.

Adems Stimme donnerte über die Ebene. »Alle auf Angriff!«, brüllte er.

Es ging mir durch Mark und Bein. Wie in Trance richtete ich mich auf, wankte zur Seite. Von überall strömten Männer und Frauen in behelfsmäßiger Ausrüstung auf den Palast zu. Sie waren bewaffnet mit allem, was sie gefunden hatten. Und sie waren furchtlos. Mütter und alte Männer stürzten an der Seite der ausgebildeten Soldaten aufs Palastgelände.

»Ich werde keine Angst haben«, stieß ich zwischen den Zähnen hervor.

Und dann rannte ich. Schneller als ich je gerannt war, lief ich durch das Palasttor. Ich war wie im Rausch, blendete die Körper aus, die auf dem Boden lagen, stürzte wie der Wind an ihnen vorbei. Ich wollte nur einen Mann bluten sehen. Ich wollte nur, dass Kaplan büßte.

Jemand schloss zu mir auf und als ich aufsah, erkannte ich Adem. Er grinste. »Es läuft gut«, zischte er. »Wir haben sie überrumpelt. Das Schwerste haben wir geschafft.«

Ich hatte Adem noch nie so euphorisch erlebt. Meist war er streng und verschlossen.

»Dann holen wir uns den Palast zurück«, sagte ich.

Gemeinsam stürzten wir durch einen Nebeneingang ins Innere. Ich schnappte nach Luft. Der prachtvolle Palast, wie ich ihn kannte, war völlig verwüstet. Laternen waren umgestürzt, die üppigen Brokattapeten teilweise beschmiert und zerfetzt, überall lagen Scherben und Papier. Anscheinend hatten die Rebellen nach ihrem Sieg alles auseinandergenommen.

Wir wanderten durch das Chaos und spähten in jeden abzweigenden Raum. In einer Bibliothek entdeckten wir einen von Kaplans Leuten. Mit geübter Schnelligkeit überwältigte Adem ihn und entriss ihm seine Waffen. Ich sperrte die Tür zu und warf den Schlüssel weg.

Kurz vor dem großen Ballsaal eröffnete sich das wahre Gefecht vor uns. Von allen Seiten kamen unsere Leute herbei, genau wie Kaplans Bluthunde.

Schnell ging der Kampf in ein Gerangel mit bloßen Händen über. Die Lage war zu undurchschaubar, um es mit Gewehren zu versuchen. Rebellen und Widerstandskämpfer rangen sich gegenseitig zu Boden. Ein ohrenbetäubender Lärm lag in der Luft, ich hörte Schreie und knackende Knochen. Adem zog seinen Säbel und stürzte sich kopfüber ins Geschehen.

Ich wollte ihm gerade folgen, da traf mich völlig unvermittelt etwas im Rücken. Ich schnappte nach Luft und stolperte zu Boden. Als ich mich zur Seite rollte, tauchte eine hässliche Fratze über mir auf. Das Gesicht vor Begeisterung verzogen, bohrte sie ihre Finger in meinen Hals. Ich keuchte, versuchte an meine Waffe zu kommen, doch sie war mir beim Sturz aus den Händen geschlittert.

»Das gibt's doch nicht«, gackerte die Frau über mir. »Ist das die Prinzessin persönlich?«

Ich atmete flach, sie presste sich mit ihrem ganzen Gewicht auf meinen Oberkörper und schnürte mir die Luft ab.

»Das wird mir keiner glauben«, hauchte sie mit stinkendem Atem. »Sag Lebewohl, Prinzessin.«

Die Frau riss ihre Hand in die Luft und ich sah ein Messer aufblitzen. Noch während sie ausholte, um es in meine Kehle zu rammen, ging ein plötzlicher Ruck durch ihren Körper. Die Klinge glitt aus ihrer Hand und schlug dicht neben meinem Kopf auf. Bewusstlos rutschte die Frau zur Seite.

Hinter ihr tauchte ein Rotschopf auf, eine Holzlatte in den Händen. »Falsch. Sie ist die *Königin!*«, rief Zoe. Ihr Blick flackerte gefährlich.

»Zoe«, stieß ich hervor.

Meine Freundin reichte mir die Hand und half mir auf die Beine. »Gemeinsam durch den Irrsinn«, sagte sie. Erleichterung überkam mich wie ein Sommergewitter.

»Durch den Irrsinn«, wiederholte ich und drückte ihre Hand.

Wir wollten uns gerade zurück ins Gefecht stürzen, da ertönte eine dröhnende Stimme über alle Köpfe hinweg und ließ jeden Kampf erstarren.

»Ihr seid Narren! Denkt ihr wirklich, ihr könnt es mit *mir* aufnehmen?« Die Stimme meines Onkels ging mir durch Mark und Bein. »Ich gebe euch drei Minuten. Lauft, wenn euch das Leben lieb ist.«

Die Menschen rund um den Ballsaal erstarrten, sahen sich aufgebracht um.

»Von wo aus spricht er denn?«, flüsterte Zoe.

Auch ich sah mich suchend um, bis mein Blick auf die Empore fiel.

»Da!«, rief ich und zeigte auf den Rang hoch über dem Saal. Kaplan stand gönnerhaft über das Geländer gebeugt, um ihn herum mehrere seiner Männer, die Gewehre auf die Arena gerichtet. Einige unserer Leute begannen zu zögern, stolperten ein paar Schritte zurück.

»Wir lassen uns nicht verunsichern«, sagte ich verbissen. »Komm mit. Der gehört uns.«

Ich riss die überraschte Zoe mit mir und spurtete an den Szenen des Kampfes vorbei aus dem Saal. An den Torbögen schloss Adem zu uns auf. »Wo wollt ihr hin?«, rief er.

»Nach oben«, sagte ich im Laufen.

»Gut, ich komme mit.«

Adem nahm unser Tempo auf und ich lenkte die beiden zum versteckten Treppenhaus, das auf die Oberränge führte.

Drei Minuten, und dann? Würde er das Feuer von oben eröffnen? Bei dem Gedanken wurde mir schummrig.

Wir nahmen zwei Stufen auf einmal und stolperten endlich auf den Rang. Ich erkannte Kaplan und seine Männer sofort. Ich tauschte einen Blick mit den anderen. Adem und Zoe nickten mir ernst zu. Dann setzten wir unsere Waffen auf Anschlag und schlichen auf Kaplan zu. Er war so in das Treiben unten im Saal vertieft, dass er uns erst registrierte, als ich ihm das Gewehr an den Hinterkopf setzte. Er zuckte zusammen.

»Schön langsam, Onkel«, zischte ich.

Zoe und Adem zielten auf die beiden Wachen neben Kaplan. Schwer atmend stahl sich ein Grinsen auf mein Gesicht. Das war's.

Doch zu meinem Entsetzen begann Kaplan zu lachen. Es war ein lautes, bellendes Lachen. Ich presste den Lauf meiner Waffe energischer an seinen Hinterkopf.

»Gib auf, Kaplan, und ich verschone dein Leben.«

Mein Onkel schüttelte sich vor Lachen und drehte sich um, als wäre da nicht eine Waffe auf sein Haupt gerichtet. »Du dummes Ding. Du wirst mich nicht töten.«

»Doch, das werde ich«, stieß ich hervor. Die Waffe in meinen Händen begann zu zittern. »Du hast meine Mutter umgebracht und ich werde sie rächen.«

Kaplan zog eine Grimasse. »Ich bitte dich.« Völlig unvermittelt schlug er mir das Gewehr aus den Händen, wirbelte herum und versetzte mir einen Kinnhaken. Ich verlor das Gleichgewicht. Noch bevor ich auf den Steinboden aufschlug, schmeckte ich Blut.

Ich hörte, wie sich zwei Schüsse lösten, doch konnte sie nicht zuordnen. Kaplan trat mir mit dem Stiefel in die Magengrube. Dann griff er nach meinem Gewehr.

»Ich habe einen Fehler gemacht«, sagte er. »Ich hätte dich schon beim ersten Mal töten sollen.«

Mein Körper schmerzte zu sehr, um Panik aufzubringen. Kaplan entsicherte klackend das Gewehr.

Und drückte ab.

Der Schuss war ohrenbetäubend laut. Ich spürte nicht, wie er mich traf. Vor meinen Augen war alles rot und vernebelt. Ich spürte einen dumpfen Aufprall, zwei Körper, die gegeneinanderschlugen und zu Boden gingen.

Meine Augenlider flatterten. Kaplan stand nicht mehr dort, wo er gewesen war. Ich betastete meine Brust, aber ich fühlte kein Blut. Eine heiße Vorahnung kroch in mir hoch. Mit letzter Kraft drehte ich mich zur Seite. Neben mir lag Adem. Sein Atem ging unregelmäßig, ganz so, als würde er hecheln. Unter seiner Schutzweste sickerte zähes Blut auf den Boden.

»Adem«, keuchte ich und versuchte mich aufzurappeln. Sein Blick suchte fahrig die Luft ab, fand endlich meinen. Ich kroch mit aller Kraft zu ihm. »Adem«, sagte ich noch einmal und Tränen schossen mir in die Augen. Die Kugel hatte seine Schulter getroffen. Ich lachte blubbernd auf. Das war gut! Es war noch nicht alles verloren.

Ich presste meine Hände auf die Wunde, versuchte die Blutung zu stoppen. »Alles wird gut, bleib hier, Adem«, flüsterte ich eindringlich.

Sein Blick verstrickte sich mit meinem.

»Alles wird gut«, drängte ich weiter. »Du hast mir das Leben gerettet, Adem.«

»Sha-ni-ni«, hauchte er erstickt.

Nur aus dem Augenwinkel nahm ich wahr, wie sich etwas Großes vom Boden erhob. Kaplans massiger Körper kam neben Adem wieder auf die Beine. Er fluchte vor sich hin, während er sich aufrappelte und seine Waffe suchte. In mir brannte etwas durch. Ich riss mich von Adem los und stürzte mich zornentbrannt auf Kaplan. Ich erwischte sein Bein und er verlor das Gleichgewicht.

»Das genügt«, schrie ich. »Du wirst nicht weiter morden und zerstören, kein weiterer Mensch wird deinetwegen sterben.« Alles in mir bebte. Ich bekam meine Waffe zu greifen und donnert ihm den Lauf gegen den Schädel. Kaplan schrie schmerzerfüllt auf und fiel flach zu Boden. Ich warf mich erneut auf ihn, rammte ihm die Fäuste in die Seiten. Voller Verzweiflung dachte ich an meine Mutter und all die anderen, die wegen Kaplan nicht das Leben hatten leben können, das sie verdienten. Ich merkte gar nicht, wie Kaplan aufgehört hatte sich zu regen, und hörte erst auf, auf ihn einzutrommeln, als mich jemand von ihm wegzerrte.

»Es ist gut.« Das war Zoes Stimme. »Es wird alles gut.« Schluchzend brach ich in ihren Armen zusammen. »Wir haben es geschafft«, flüsterte sie und tätschelte meinen Kopf. »Du hast es geschafft.«

Ich wagte nicht, mich zu rühren. Ich wollte das Ausmaß dieser Schlacht nicht ansehen müssen.

»Na los«, flüsterte Zoe und schob mich von sich. »Kümmern wir uns darum, dass der sich nicht mehr rühren kann, wenn er aufwacht.« Ich sah, dass ihre Augen ebenfalls blutrot waren und ihre Hände zitterten.

Zoe zerrte sich das Band aus ihrem Haar und schnürte damit Kaplans fleischige Hände auf seinem Rücken aneinander. Ich schüttelte all die Verängstigung von mir, all die Sorge um Adem, der dringend in Behandlung musste, löste meinen Gürtel und band Kaplans Beine zusammen.

Zoe nickte mir aufmunternd zu, dann zog sie mich zum Geländer. Erst jetzt fiel mir auf, dass die Schützen, die zu beiden Seiten gestanden hatten, zusammengesackt waren. Zoe folgte meinem Blick und reckte das Kinn. »Adem und ich haben sie erwischt«, erklärte sie.

Ich schluckte schwer, versuchte zu nicken, aber konnte es nicht. Es war widerlich, dass so viele Menschen sterben mussten. Und wofür? Ich stolperte ans Geländer und sah nach unten. Der Kampf war ins Stocken geraten und viele Augenpaare sahen zu uns herauf. Als sie Zoe und mich anstelle von Kaplan erblickten, brach ein tosender Jubel aus.

»Wir haben es geschafft!«, schrie Zoe zu ihnen nach unten und griff nach meiner Hand. »Wir haben Kaplan!« Sie reckte sie siegessicher in die Höhe und brach gleichzeitig in Jauchzen aus.

Ich fühlte mich wie eine Puppe, konnte mich nicht rühren, konnte nur wie betäubt nach unten starren auf den Kampf, der neu entfachte. Unser Widerstand war von neuer Zuversicht geladen. Der Sieg war so nah!

Da drang ein blubberndes Lachen an mein Ohr. Auch wenn es leise war, schien es die unten aufeinanderschlagenden Klingen zu übertönen.

»Du dummes, dummes Gör.« Das war Kaplan!

Ich erstarrte und drehte mich langsam um. Mein Onkel röchelte und zuckte wie ein Wurm und doch lag hämische Freude in seinem Blick. »Glaubst du wirklich, das hier sind meine einzigen Männer? Der kurze Triumph wird dir nichts nützen.« Er bleckte die blutverklebten Zähne. »Sie kommen.«

41

Naima

Im Morgengrauen huschten viele kleine Schatten durch die Stadt. Alle hatten sich mit sämtlichen Stoffen, die sie finden konnten, eingedeckt: Wolldecken, Festtagskleider, Streifen aus Seide und Samt, dazu Angelschnur und Jute, sogar ein paar alte Strümpfe waren dazwischen.

Sie kamen von überallher, es waren mehr, als ich je zu träumen gewagt hätte. Der kleine Kerim hatte seine Freunde zusammengetrommelt und diese wiederum ihre Freunde und Familien. Wie es aussah, beschränkte sich der Widerstand gegen Kaplans Zwangsherrschaft nicht bloß auf eine Armee aus zweitausend Köpfen, die im Palast verschwunden waren. Ganz Arada war heute früh auf den Beinen, um die Stadt zurückzugewinnen.

Und dann begannen sie.

Sie wickelten ihre Garne ab, rollten die Stoffballen aus und verteilten die Fasern in der ganzen Stadt. Freunde und Fremde verbanden ihre Enden miteinander, alte Socken wurden an Brokatgardinen geknotet, Juteband an Samtstoff. Geschickt und schnell sponnen sie ein Netz, von den äußersten Winkeln der Stadt bis hierhin, zum Mittelpunkt. Der Stoff verlief durch geöffnete Fenster, wickelte sich um Laternen, streifte die Eingänge der Geschäfte und stieg bis zu den Segeln überm Basar.

Ich stand auf der Dachterrasse über der Bibliothek und sah hinunter auf das Gewimmel. Ob es die kühle Morgenluft war, die mich in völlige Klarheit tauchte, oder die vielen Menschen, die sich, ohne mit der Wimper zu zucken, an meiner Idee beteiligt hatten, wusste ich nicht. Doch es fühlte sich gut an. Es fühlte sich an, als wäre doch noch nicht alles verloren. Ich breitete auch meine mitgebrachten Stoffe aus und warf dabei immer wieder unruhige Blicke zum Horizont. Es war ein wolkiger Morgen. Hoffentlich funktionierte alles wie es sollte.

Je weiter die Zeit fortschritt, umso mehr Erregung wallte in mir auf. Es musste einfach klappen. Ich wollte all diese Menschen nicht enttäuschen. Ich *durfte* sie nicht enttäuschen.

Während das Netz unten immer engmaschiger wurde und immer mehr Fremde herbeieilten, um auch ihre Stoffstücke unterzubringen, veränderte sich plötzlich etwas. Im ersten Augenblick wusste ich nicht, was es war. Doch dann wurde es mir mit einem Schlag klar und Angst erfüllte mich. Mit einem Schlag war es ruhig geworden. Bedrohlich ruhig. Ich presste mich an die Reling der Terrasse und spähte nach unten. Die vielen Menschen waren in der Bewegung stehen geblieben. Einige wichen mit blassen Gesichtern zurück.

Und dann hörte ich sie. Stiefelpaare auf Stein, in gefährlichem Stechschritt. Erst leise, nur ein Trappeln in der Ferne, dann wurde es lauter und lauter. Und schließlich brachen sie von allen Seiten herein. Vermummte Rebellen, Kapuzen tief in die Gesichter gezogen, Gewehre im Anschlag. Sie kamen von überall, vermehrten sich in jeder Sekunde und schlängelten sich durch die gespannten Streifen hindurch. Bald sah ich ein ganzes Rebellenheer, das mitten auf den Palast zumarschierte.

Mein Atem wurde flach und mein Herz schlug schneller gegen meinen Brustkorb. Meine Leute saßen in der Klemme. Shanini und Zoe saßen in der Klemme. Der gesamte Widerstand war im Palast. Wenn die Rebellen sie einkesselten …

Mir wurde siedend heiß. Ich kniff die Augen zusammen, die von der plötzlich aufleuchtenden Sonne geblendet waren.

Moment. Die Sonne!

Es war so weit. Ich musste endlich handeln, musste etwas tun! Ich stürzte zurück zur Mitte, schnappte mir meine Stoffstreifen und knotete sie mit aller Kraft zusammen, sodass das Gewebe knarzte. Ich konzentrierte mich auf die vielen Menschen dort unten. Sie alle glaubten an etwas. Egal ob Nördlich oder Südlich, arm oder reich, heute waren alle zusammengekommen. Ich dachte an das Fest der Einigkeit, das Band zwischen den Menschen in Arada. Die Sonne streckte ihre Strahlen an den Wolken vorbei und tauchte die Hauptstadt in goldenes Licht. Ich spürte die Hitze auf meiner Haut, spürte, wie die Strahlen bis in mein Herz trafen.

Von unten erklangen Schüsse. Ich zuckte zusammen. *Nein!* Es reichte. Die Rebellen würden nicht weiter morden. Sie würden uns in Frieden leben lassen. Entschlossen rannte ich zum Vorsprung und warf die Enden meiner Streifen nach unten. Vor der Bibliothek erkannte ich Kerim, der sich im Schock an die Mauer gepresst hatte.

»Kerim!«, rief ich. »Kerim! Hab keine Angst.«

Es dauerte einen Moment, bis der Junge sich berappelt hatte, doch dann schnappte er sich endlich die losen Enden meines Stoffes.

Ich animierte auch die Bibliothekarin und einen alten Mann dazu, meine Bänder mit ihren zu verbinden. Allmählich kam wieder Bewegung in die Gassen. Auch wenn die Rebellen es schon bis kurz vor die Palasttore geschafft hatten. Sie würden nicht davonkommen. Wir würden den hart erkämpften Frieden von Königin Esme nicht wieder verlieren. Ich klammerte mich an dieses Gefühl, an diese friedvolle Wärme, und webte akribisch weiter meine Stoffstreifen zu einer großen Sonne zusammen.

Wieder ein Schuss. Ich presste die Augenlider zusammen, spürte die Fasern unter meinen Händen.

Funktionierte es? Es musste einfach funktionieren.

Leichte Verunsicherung breitete sich in mir aus und ich kämpfte dagegen an, sie zu laut werden zu lassen. Die Einigkeit würde von nichts und niemandem durchbrochen werden. Das Netz würde die Feinde dort gefangen halten, wo sie waren. Wo sie es verdienten.

Plötzlich begannen meine Handflächen zu brennen. Erst dachte ich, es wäre nur der Schmerz meiner Verstauchung, aber als ich die Augen aufschlug, entdeckte ich ein Flimmern, das von dem Mittelpunkt des Netzes ausging, über die Streifen wanderte und unten in der Stadt verschwand.

Ich stieß ein leises Keuchen aus. Es funktionierte tatsächlich.

Es war kaum zu erkennen, aber ich wusste, dass sie da war. Das Flimmern, die Magie. Ich spürte es in meinem gesamten Körper, spürte, wie all meine Kraft in den Stoff hineinfloss. Doch es schwächte mich nicht. Im Gegenteil. Ständig flackerte neue Energie in mir auf, Freude und Zuversicht, entzündet aus der Gewissheit, dass es funktionierte. Dass *ich* etwas bewirken konnte.

Jemand schrie, erst nur einer, dann immer mehr Stimmen, erschrocken, wütend. Ich löste mich aus meiner Erstarrung, lief zur Seite der Terrasse und sah hinüber zu den Palastmauern. Kaplans Bluthunde, die es schon bis zu den Toren geschafft hatten, kamen auf einmal ins Straucheln. Sie stolperten über die gespannten Schnüre und fielen zu Boden. Und dann ... Ich vergaß einen Augenblick zu atmen.

Sie standen nicht mehr auf! Wie Fliegen klebten sie im Spinnennetz fest, zuckten leicht, unternahmen Versuche, sich zu befreien, aber je mehr sie sich bewegten, umso mehr schienen sie sich zu verheddern.

Ich stieß eine Mischung aus Schluchzen und Lachen aus. Aus allen Gassen erklangen Jubelschreie, Menschen stimmten die Hymne von Melidiya an. Dazu hörte ich die Rufe einiger Kinder.

»Naima! Naima!«

Ich sah Kerim und seine Bande aus Mädchen und Jungs zu mir heraufgrölen und mich anfeuern. Ein Schluchzen überkam mich und mir liefen die Tränen über die Wangen. Wir hatten es geschafft. Wir hatten die Stadt befreit.

In dem Moment wusste ich es: Das hier war der Grund gewesen, warum mich mein Lebensfaden nach Arada geführt hatte. Das hier war schon immer meine Bestimmung gewesen.

42

Shanini

Naima hatte sich wieder selbst übertroffen. Das Kleid war das schönste, das ich je gesehen hatte.

Der Seidenstoff sah aus wie flüssiges Silber. Die Silhouette saß in der Taille eng und stülpte sich steif wie eine Tulpe nach unten. Über einer Schulter lag eine Art drapierte Schärpe aus dem gleichen Stoff, die dem Kleid etwas Formelles gab, passend zum heutigen Anlass. Dazu hatte sie zwei hauchzarte Handschuhe genäht, die fast transparent waren, leicht schimmerten und mir bis über die Ellenbogen reichten. Zoe hatte mir die Haare kunstvoll hochgesteckt.

»Ein würdevolles Kissen für die Krone, Hoheit«, hatte sie es genannt.

Ich betrachtete mich im Spiegel. Äußerlich war alles perfekt, doch innerlich fühlte ich mich noch immer wackelig. Die Wunden der Vergangenheit waren noch nicht geheilt. Es verging kein Tag, an dem ich nicht an meine Mutter dachte, an dem ich mir nicht den Kopf darüber zerbrach, was ich nur anders hätte machen können, wie ich sie und all die anderen nur besser hätte schützen können. Den Sieg hatten wir davongetragen, aber es war ein bitterer gewesen.

Hinter mir trat Naima in mein Blickfeld. Sie trug ein schlichtes weißes Kleid und hatte ihre hüftlangen Haare ausnahmsweise mal offen. Die nachtschwarzen Locken fielen ihr zu beiden Seiten über die Schultern.

»Gefällt es dir?«, fragte sie mit ihrem melodischen Singsang in der Stimme.

Ich rang mir ein Lächeln ab. »Es ist perfekt«, versicherte ich. »Und ganz ohne Magie?«

Naimas Mundwinkel zuckten. »Ohne Magie. Ich glaube, wir haben fürs Erste genug rumgezaubert.«

»Schade«, seufzte ich.

Naima kam zu mir herüber und zupfte die Schärpe zurecht, die auch vorher schon perfekt gesessen hatte. »Ich bin mir sicher, dass du keine Magie nötig hast. Du bist die stärkste Frau, die ich kenne.«

So, wie sie es sagte, klang es fast schon nach der Wahrheit.

»Es ist so viel passiert, aber heute ist es Zeit, nach vorne zu schauen«, erklärte Naima. »Du kommst schon klar.«

»Und was ist mit dir?«, fragte ich.

Sie sah überrascht auf. »Mit mir?«

Ich nickte. »Ja, wie geht es dir? Was hast du als Nächstes vor?«

»Ich weiß es nicht«, wich sie aus.

»Ich würde dich sofort als meine persönliche Schneiderin einstellen, das ist dir klar?«

Naima lächelte. »Danke. Aber ich kann doch Hamdan nicht im Stich lassen.«

Ich musterte sie durch den Spiegel. Irgendwas in mir gab mir das Gefühl, dass es hier nicht bloß um den alten Schneider ging. Ihr Blick glitt zum Fenster und raus in die Ferne.

»Ich werde nie vergessen, was du für mich getan hast«, sagte ich nach einer Weile. »Du bist in diesem Krieg die wahre Kämpferin gewesen. Deine List über der Bibliothek hat uns allen den Sieg gebracht.«

Naima sah plötzlich unangenehm berührt aus und sie löste die Augen vom Horizont. »Ach, das hätte doch jeder an meiner Stelle getan. Keine große Sache.«

»Doch«, widersprach ich. »Ohne dich würde ich heute nicht hier stehen. Du warst mein Schutzengel. Meine gute Fee.« Ich lächelte und merkte, wie Tränen hinter meinen Augenlidern kitzelten.

Naima setzte an zu widersprechen, doch klappte den Mund dann wieder zu. »Ich bin froh, dass sich unsere Wege gekreuzt haben«, sagte sie. »Ich hätte nie gedacht, dass mein Leben mal eine Bedeutung haben würde. All die Jahre dachte ich, meine Bestimmung wäre das Löcherstopfen.«

»Das Löcherstopfen?«

Ein Schleier huschte über Naimas Blick, dann schüttelte sie den Kopf. »Das ist jetzt egal.« Sie hakte sich bei mir unter. »Bereit, gekrönt zu werden?«

Ich schluckte. »Bereit.«

Naima lächelte mir aufmunternd zu. »Dann nichts wie los.«

***

Der Saal war nicht dekoriert. Ich hatte darum gebeten, den ganzen Prunk und Protz für meine Krönung zu sparen und das Geld lieber in den Wiederaufbau unserer Stadt zu stecken. Nur der Thron auf dem Podium in der Mitte war mit einem Bogen aus weißen, roten und gelben Rosen verziert. Ganz in den Farben von Melidiya.

Die Stuhlreihen standen dicht aneinander und es war voll bis in die letzten Winkel. Ich hatte auch Kämpferinnen und Kämpfer der Befreiungsschlacht eingeladen. Nicht einmal Adem hatte etwas gegen diese Geste gehabt. Er war heute aus dem Krankengeschoss entlassen worden und erwartete uns vor dem Eingang des Saals, zusammen mit einem Dutzend weiterer Wachen. Als er mich sah, hellte sich sein Gesicht kaum merklich auf, dann verbeugte er sich leicht und ging mit Naima und Zoe vor ins Innere des Saals.

Ich holte tief Luft, als kurz darauf die Hymne von Melidiya ertönte. »Ich werde keine Angst haben«, flüsterte ich tonlos vor mich hin. Dann betrat ich den Saal.

Ich spürte alle Blicke auf mir, als ich über den weißen Teppich in Richtung Thron schritt. Mein Atem ging flach und ich konzentrierte mich nur darauf, nicht zu stolpern.

In der ersten Reihe entdeckte ich Zoe, deren Gesicht tränenüberströmt war, während sie aufgeregt applaudierte, daneben Naima und Tarik.

Ein Geistlicher empfing mich und begann mit der Prozedur. Er ließ mich auf einem Kissen vor dem Thron niederknien und eröffnete die Veranstaltung, indem er die Menschen ehrte, die im Kampf gefallen waren.

»Wir wollen preisen und respektieren, was die Göttinnen geschaffen haben«, sagte er und hob die Hände.

Ich wusste, dass nun mein Part kam, und meine Knie wurden weich wie Butter. Mühsam stand ich auf und wandte mich an das Volk von Melidiya. Tausende Augenpaare waren auf mich gerichtet. Es machte mich nervös, aber ich hatte keine Angst mehr.

»Wir wollen in Frieden und Einigkeit leben«, hob ich meine Stimme. Sie zitterte leicht. »Das Gesetz, das vor neunzehn Jahren von meinen Eltern, Königin Esme und König Aslan, beschlossen wurde, besagt, dass unser Land nur Hand in Hand von einer Nördlichen und einem Südlichen regiert werden darf. Ich will dieses Gesetz ehren und mit gutem Beispiel vorangehen. Aber ich werde meinen Regierungspartner nicht in Form eines Ehemanns wählen.«

Ich sah einige Augenbrauen überrascht in die Höhe schießen. Dann wandte ich mich der ersten Reihe zu.

»Ich wähle meinen Bruder«, verkündete ich. »Ich wähle meinen Bruder als den Repräsentanten des Südens.«

Ich sah, wie Tarik nach Luft schnappte und sich an Naimas Hand festklammerte. Ein Lächeln zuckte über meine Lippen. Ich hatte ihm noch nichts von meiner Entscheidung erzählt.

Der Geistliche trat vor mich und richtete das Wort an Tarik. »Und nehmt Ihr, Tarik Duran, Sohn des Zauberers Aslan Duran, diese Ehre und Verantwortung an?«

Einen Moment starrte Tarik den Geistlichen perplex an, dann erhob er sich zaghaft. Er war dünn geworden, aber die schlimmsten Nächte hatte er inzwischen glücklicherweise überstanden.

»Ich nehme diese Ehre und Verantwortung an«, wiederholte Tarik und trat an meine Seite. »Bist du verrückt geworden?«, raunte er mir zu. »Warum tust du das?«

Ich lächelte. »Ich glaube, dass wir zusammen jeden im Land repräsentieren können«, flüstere ich zurück. »Wenn es dir recht ist.«

»Es ist mir eine Ehre«, sagte Tarik und seine Augen glänzten.

Ich lächelte und wandte mich an die Zuschauermenge. In einigen Gesichtern sah ich noch große Verwunderung über meine Entscheidung, weder die alleinige Herrschaft an mich zu nehmen noch einen Ehemann zu wählen.

Ich atmete tief durch, doch meine Stimme klang immer noch hohl, als ich erneut zum Sprechen ansetzte. »Ich weiß, dass ich noch jung bin und dass einige im Land skeptisch sind, wie ich diese große Hürde meistern werde. Aber ich werde alles, was ich habe, für Melidiya geben. Ich wünsche mir eine neue Epoche für unser Land. Ich will nicht allein über das entscheiden, was doch eigentlich uns alle angeht. Ich will eure Wünsche und Gedanken jederzeit empfangen und werde mein Bestes geben, jedes Anliegen umzusetzen. Darauf schwöre ich. Wer mir also jetzt gleich etwas mitzugeben hat, den will ich im Anschluss an die Zeremonie anhören.«

Einige Menschen raunten leise, andere nickten wohlwollend. Ich atmete tief durch.

Das wäre geschafft. Ich hatte alles gesagt, was ich mir vorgenommen hatte, und das sogar ohne größeres Verhaspeln.

Der Geistliche nahm wieder das Wort an sich und sprach das heilige Gelübde, während er Tarik und mich mit Weihrauch reinwusch. Ich merkte, wie mich eine tiefe Erschöpfung erfüllte.

Als ich schließlich auf dem Thron Platz nahm und der Geistliche langsam die Krone auf mein Haupt sinken ließ, musste ich an meine Mutter denken. Wäre sie heute stolz auf mich gewesen? Wie hätte sie mich jetzt angesehen? Mit dem gleichen Blick, den ich so gut kannte, der leichten Besorgnis um die Mundwinkel? Oder hätte sie mich endlich anders gesehen? *Stärker*, zumindest ein wenig? Mit einem Mal spürte ich das Gewicht der Krone schwer auf meinem Kopf.

Bevor ich mich in den Gedanken verlieren konnte, streckte Tarik seine Hand nach meiner aus. »Es ist das, was unsere Eltern sich gewünscht hätten«, raunte er, ganz so, als hätte er meine Gedanken gehört.

Ich schluckte und nickte so heftig, wie es die Krone zuließ. Vielleicht hatte er recht.

Tarik drückte meine Hand, bevor er plötzlich in die Knie ging und sich tief vor mir verbeugte. Dann richtete er sich wieder auf und machte eine Kopfbewegung zur Mitte des Saals. »Wollen wir?«, fragte er.

Erst jetzt bemerkte ich, dass der Geistliche aufgehört hatte zu sprechen und uns erwartungsvoll ansah. Ich stand auf und stellte mich neben Tarik.

»Ehre sei mit Königin Shanini, Ehre sei mit dem königlichen Geschwisterpaar!«, rief der Geistliche. Der ganze Saal wiederholte inbrünstig seine Worte, ehe sich jeder einzelne Mensch tief vor uns verbeugte.

Mir schoss das Blut ins Gesicht und mein Herz begann schneller zu schlagen. Es war so weit. Ich war die Königin von Melidiya.

***

Die Menschen drückten sich in eine Schlange, um nach der Zeremonie an mich heranzutreten. Unzählige gaben mir ihren Segen oder brachten Ideen und Wünsche für die Zukunft hervor, viel mehr, als ich mir auf einmal merken konnte. Doch Tarik, der neben mir stand, hatte sofort ein Notizbuch gezückt und schrieb eifrig mit. Die Prozedur ließ den Druck der Krone mehr und mehr verschwinden. Plötzlich hatte ich das Gefühl, mit den Einwohnern des Landes auf Augenhöhe zu sprechen. Das machte die Aufgabe wesentlich nahbarer.

Als der Strom nach Stunden etwas abnahm, kam Naima auf mich zu.

»Darf ich auch einen Wunsch äußern?«, fragte sie scheu.

Ich schnappte nach Luft. »Du darfst dir alles wünschen, Naima. Alles, was du willst.«

Naima lächelte. »Dann wünsche ich mir, dass Würde und Gerechtigkeit in alle Kinderheime und Gefängnisse des Landes einkehren.«

»Ist notiert.« Ich griff nach ihren Händen und drückte sie wie ein Versprechen. »Nicht wahr?«

Tarik sah über seinen Notizblock hinweg zu Naima. In seinen Augen lag so eine tiefe Bewunderung für sie, dass mein Herz ganz warm wurde.

»Und wenn du mir auch einen Gefallen tun würdest«, wandte ich mich an Naima. »Dann geh mit meinem Bruder nach drüben zur Feier. Er hat für heute genug gearbeitet.«

Naima schmunzelte und hakte sich bei Tarik unter, der einen Arm um ihre Taille schlang. »Es ist mir eine Ehre, Eure Majestät.«

Lächelnd sah ich den beiden hinterher, als sie in Richtung des großen Umtrunks den Saal durchquerten.

»Ich möchte auch noch etwas loswerden«, meldete sich da eine Stimme von der anderen Seite. Überrascht sah ich mich um.

Ein junger Mann schlenderte auf mich zu. Er trug ein knittriges Sakko, das wie ein Versuch wirkte, festlich auszusehen, der aber gänzlich misslungen war. Die Schultern waren verbeult und viel zu groß, der Stoff war alt und ausgetragen.

Ich blinzelte ein paarmal. Ich kannte dieses Gesicht. Das war doch unmöglich.

»Lycian?«, rief ich überrascht.

Er wanderte über den weißen Teppich, als wäre es ein gewöhnlicher Bürgersteig. Kurz vor mir kam er zum Stehen.

»Lycian. Was machst du hier? Wie bist du ...?«

»Ich fühle mich geehrt, dass du meinen Namen behalten hast.« Er legte eine Hand auf die muskulöse Brust und verbeugte sich vor mir.

»Wie bist du hier reingekommen?«, fragte ich verblüfft. Seit der Rückeroberung des Palasts waren die Mauern noch stärker gesichert als je zuvor. Es war absolut unmöglich, sich einfach so hereinzustehlen. Und ich war mir sicher, ihn nicht eingeladen zu haben.

»Na, wie immer, durch den Eingang.« Lycian sah mich ebenso verständnislos an.

Ich hörte Adem nach Luft schnappen. Lycian hatte die Königin des Landes gerade völlig formlos angeredet. Ich für meinen Teil fand seine Direktheit erleichternd.

»Also, was willst du loswerden, Lycian?«, hakte ich nach.

»Ich habe etwas für dich.«

Ich sah ihm dabei zu, wie er seine Taschen durchforstete, eine nach der anderen. Er schien nicht zu finden, was er suchte, und ich runzelte die Stirn.

»Ihre Majestät hat nicht den ganzen Tag Zeit«, knurrte Adem.

»Alles gut, ich auch nicht«, murmelte Lycian.

Ich biss mir auf die Unterlippe, um nicht zu lachen.

»Ah, da ist er ja!«, rief er und zog ein vollkommen zerknülltes Stück Papier aus einer seiner Innentaschen. »Hier, bitte sehr.«

Er trat unbeteiligt auf das Podest, auf dem mein Thron stand, und überreichte mir den Zettel. Mit spitzen Fingern nahm ich ihn an.

»Danke«, sagte ich und wartete auf eine Erläuterung. Doch es kam keine. Lycian sah mich ebenso abwartend an wie ich ihn.

»Na, du musst es schon lesen«, erklärte er.

Ich folgte seiner Aufforderung und entfaltete das Papier. Es stellte sich als Briefumschlag heraus. Dem vergilbten Papier nach zu urteilen, war es ein sehr alter Brief. Die Tinte, die den Empfänger beschrieb, war so verblichen, dass ich sie nicht entziffern konnte.

Neugierig zog ich ein Blatt aus dem Umschlag und begann zu lesen.

Wenn Norden und Süden sich verbinden,
Freund und Feind sich in Liebe finden,
sind hundert Jahre der Knechtschaft gebrochen.
Wenn Beil begraben, Frieden erblüht,
wird Einigkeit zur Bedrohung für Nord und Süd.
Deine Erbin muss schützen, was lieb uns und teuer,
vor Fluch und Verderben.
Wenn eins, was in Scherben,
wenn Baum und Berg bluten,
wird beschworen der Bann
und Fluch bricht herein, mit dem alles begann.
Leben wird Tod und Anfang wird Ende.
3

Stirnrunzelnd sah ich auf. Lycian musterte mich mit großen Augen. Ich wusste beim besten Willen nicht, was ich dazu sagen sollte.

»Danke für dieses Gedicht?«, folgerte ich und faltete den Brief wieder zusammen.

»Nein, du verstehst nicht.« Er trat so nah an mich heran, dass er direkt neben meinem Thron stand. Ich spürte, wie sich Adem und die anderen Wachen versteiften.

»Das ist eine Prophezeiung«, raunte Lycian.

»Eine Prophezeiung?«, wiederholte ich.

Er seufzte und sah einmal nach links, dann nach rechts, als würden ihn die umstehenden Menschen stören. Er senkte seinen Mund an mein Ohr und murmelte so leise, dass nur ich es hören konnte: »Der Brief ist adressiert an Königin Delia.«

Mir fiel alles aus dem Gesicht.

»Königin Delia? Die Königin, die vor hundert Jahren den Krieg losgetreten hat?«

Lycian nickte. Überrascht sah ich auf den verblichenen Schriftzug. Jetzt, wo er es sagte, erkannte ich den Namen der Königin. Wenn das stimmte, war dieser Brief nicht nur uralt, sondern auch sehr wertvoll!

»Woher hast du den?«, bohrte ich weiter nach.

»Er wurde mir vor Kurzem überlassen, mit der Aufgabe, ihn zu entschlüsseln.«

Ich strich über das dünne Papier. Konnte das wirklich wahr sein? Eine Prophezeiung an Königin Delia?

»Und wieso gibst du ihn nun mir?«

»Weil so die Abmachung war. Ich musste auf den Brief aufpassen und ihn dir zu deiner Krönung überreichen«, sagte Lycian. »Das habe ich versprochen.«

»Versprochen?«, fragte ich. »Aber wem denn?«

Er zögerte einen Moment, dann sah er mich direkt an.

»Deiner Mutter.«

ENDE von Band 1

DANKSAGUNG

Ich verdanke die Veröffentlichung von *Die Magie der Mitternachtsrobe* einer ganzen Reihe wunderbarer Menschen, die so viel zu diesem Herzensprojekt beigetragen haben.

Zuallererst möchte ich Pia für die großartige Zusammenarbeit danken. Danke, dass du die Mitternachtsrobe überhaupt erst möglich gemacht hast!

Ebenso danke ich Larissa für das bereichernde Lektorat sowie dem ganzen Impress-Team für die unglaubliche Arbeit. Danke an Makita für das märchenhafte Cover.

Danke Mark, dass du mir immer den Rücken freihältst und bei Plot-Blockaden mit Stiften und Papier herbeieilst, um den Figuren noch mal richtig auf den Zahn zu fühlen!

Ebenso danke ich meiner Familie fürs Mitfiebern, Testlesen und Aufbauen, wenn gerade mal nicht alles nach Plan läuft.

Danke an meine liebsten Schreibgirls für die unzähligen gemeinsamen Schreibstunden. Ihr inspiriert mich immer wieder aufs Neue. Ich bin so froh, dass wir uns gefunden haben.

Danke außerdem an meine wundervollen Testleserinnen. Ihr habt dem Buch so viel gegeben. Danke für eure Zeit und Unterstützung!

Und zu guter Letzt danke an meine Makies! Dieses Buch ist für euch. <3

Impress
Die Macht der Gefühle

Wir produzieren nachhaltig
- Klimaneutrales Produkt
- Papiere aus nachhaltigen und kontrollierten Quellen
- Hergestellt in Europa

FSC
www.fsc.org
MIX
Papier aus verantwortungsvollen Quellen
FSC® C083411

Impress
Ein Imprint der Carlsen Verlag GmbH
September 2022

Lektorat: Larissa Bendl
Umschlagbild: freepik.com / © macrovector / © rawpixel.com / © user6096278 / © keng_1980 / © starline / © fotolit / shutterstock.com / © VolodymyrSanych / © nienora / © Philipp Tur / © AlexAnnaButs / © Khomenko Maryna / © agsandrew / © carpetpattern
Umschlaggestaltung: M.D. Hirt
ISBN 978-3-551-30500-8
www.impressbooks.de